影武者

鸠占鹊巢

中

U0821833

[日]隆庆一郎 /著　　姜涛 /译

九州出版社
JIUZHOUPRESS

图书在版编目（CIP）数据

影武者．鸠占鹊巢/（日）隆庆一郎著；姜涛译
.—北京：九州出版社，2016.4
ISBN 978-7-5108-4342-6

Ⅰ.①影… Ⅱ.①隆… ②姜… Ⅲ.①长篇历史小说
—日本—现代 Ⅳ.①I313.45

中国版本图书馆CIP数据核字（2016）第081630号

Original Japanese edition published by SHINCHOSHA PUBLISHING CO., LTD
Simplified Chinese translation rights arranged with SHINCHOSHA PUBLISHING CO., LTD
through BEIJING Kareka Consultation Center.
版权合同登记号 图字：01-2016-2879

影武者：鸠占鹊巢

作　　者　（日）隆庆一郎　著　姜涛　译
出版发行　九州出版社
地　　址　北京市西城区阜外大街甲35号（100037）
发行电话　（010）68992190/3/5/6
网　　址　www.jiuzhoupress.com
电子信箱　jiuzhou@jiuzhoupress.com
印　　刷　北京市雅迪彩色印刷有限公司
开　　本　700毫米×980毫米　16开
印　　张　17.5
字　　数　300千字
版　　次　2016年6月第1版
印　　次　2016年6月第1次印刷
书　　号　ISBN 978-7-5108-4342-6
定　　价　32.80元

时代背景

◎ 从十五世纪中叶到十七世纪初，是日本历史上的战国时代。在这个时期，割据各地的军阀——大名们，既不服从幕府的命令，更无视天皇的存在，彼此间也频频发生争夺权力和地盘的战争。各地大名氏族内部，也不断发生家臣背叛主人夺取权力的事情，而这些背叛主人的家臣，又经常被自己的部下背叛并攻击。所以，这段时期也被称为“下克上”的时代。在战国时代末期，出现了三位非常重要的人物，分别是织田信长、丰臣秀吉、德川家康。在织田信长和丰臣秀吉掌权时期，日本逐渐出现了统一的趋势。最后，由德川家康打败了各敌对大名，统一了全国，使日本进入了长达二百余年的中央集权制的江户幕府时期。

◎ 本书开始时所描述的关原之战，就是德川家康在统一日本前，与已故大名丰臣秀吉的党羽间进行的最后决战。所以，书中的故事发生在从战国末期到江户幕府初期的一段时间里。

出场人物

织田信长（1534—1582）：

织田信长最初是统治尾张地区的战国大名。曾率兵攻占京都，废掉了幕府的足利义荣将军，并扶植足利义昭成为第十五代将军。后来在1573年废除了幕府将军这一职位。织田信长在去世前，征服了二十六个领国，统一了大半个日本。织田信长以心狠手辣、性情暴躁，经常进行灭绝性的屠杀而闻名。

1582年织田信长借宿在京都本能寺时，被自己的家臣明智光秀围攻，最终葬身火海。

丰臣秀吉（1537—1598）：

丰臣秀吉原名羽柴秀吉，后被尊称为太阁秀吉。原是织田信长的家臣，在织田信长死后，丰臣秀吉取得了领导地位，并于1590年初步完成了日本的统一大业。

德川家康（1543—1616）：

德川家康原姓松平，是统治三河地区的大名，后归附丰臣秀吉，并在丰臣秀吉死后，成为丰臣家的五大老（顾命大臣）之首。但之后，德川家康背叛了丰臣家，并最终统一了日本全国，建立了江户德川幕府。本书中，真正的德川家康被刺杀于1600年的关原之战。

世良田二郎三郎：

世良田二郎三郎字元信，是德川家康的影武者（替身），原是一个崇尚自由的野武士。在关原之战中，家康被刺杀后，扮演家康达十六年之久。

本多弥八郎：

本多弥八郎字正信，是德川家负责内政外交的重要家臣，和德川家康是挚友，和二郎三郎是长年的战友和知交。

本多平八郎：

本多平八郎字忠胜，是德川三虎将之一，曾出面把世良田二郎三郎推荐给家康做影武者。

井伊直政：

井伊直政是德川三虎将之一，家康四子松平忠吉的岳父。

榊原康政：

德川三虎将之一，德川家康世子秀忠的监护人。

结城秀康：

结城秀康是德川家康的次子，曾是丰臣秀吉的养子，后被丰臣秀吉送给结城家做养子。以勇猛果断而著称。

德川秀忠：

德川家康世子。第二代德川幕府的将军，为人阴险狡诈。

松平忠吉：

德川家康的四子，井伊直政的女婿。

丰臣秀赖：

丰臣秀吉的遗孤。

石田三成：

忠于丰臣秀吉的丰臣家遗臣。关原之战中的西军统帅。

岛左近胜猛：

石田三成的家臣，著名的猛将。后与家康的影武者世良田二郎三郎结成挚友。

甲斐的六郎：

武田忍者、岛左近的家臣。在关原之战中刺杀了家康，后成为影武者世良田二郎三郎的得力手下。

目次

第八章 千姬

二郎三郎觉得自己所处的位置很有讽刺意味。

用现代的话来说就是，一个大半生都在和专制君主做着斗争的自由战士，有一天忽然发现自己已经站在了专制君主的顶点上。他不会觉得很尴尬吗？二郎三郎完全不知道，自己应该怎样担当征夷大将军这个重任。

“我该怎么做？”

二郎三郎用他特有的直率方式，向本多弥八郎问道。但就连弥八郎也无法立刻回答这个问题。

弥八郎深思良久后说道：“要使德川家可以长久地稳坐天下。”这个回答，就弥八郎来说，未免有些太平常了。

“这个我知道。可为了做到这一点，我到底该做些什么？”

“是啊……”弥八郎又一次陷入了沉默。

并不是弥八郎的头脑变迟钝了，正相反，弥八郎的大脑现在正飞速地运转着。如果对方是家康，弥八郎肯定会像平时一样，做出简单明了的回答。但正因为对方是二郎三郎，弥八郎才会有些犹豫，从而陷入了沉默。

弥八郎现在已经认识到，二郎三郎是一个令人恐惧的人物。这个结论是弥八郎在分析了二郎三郎近两年的所作所为之后得出的。弥八郎经常想，这个人实在不简单，敏锐远胜于秀忠，而且性格刚强。在这两年的暗地里较量中，胜者很明显是二郎三郎。

如果自己教会了这个强人如何去做征夷大将军，那会出现什么样的后果呢？这个担心，使得弥八郎有些不知道怎样说。

简单地说，弥八郎担心，如果二郎三郎知道了作为征夷大将军该做些什么事，那么他会不会故意不去做这些事？如果他知道了什么事不能做，他会不会反而故意去做？对二郎三郎来说，所谓的德川家的百年大计没有任何价值。如果因受秀忠逼迫而需要自救，他完全可能毁掉德川家。看看他在长福丸出生时，是如何毫无顾忌地威胁秀忠的，就可以证明这一点。这一点也正是弥八郎最担心的。

如果事情仅仅如此，倒也罢了。问题是还有秀忠，这个阴险的家伙，认为二郎三郎就任了将军就万事大吉了，现在正在欢呼雀跃，太浅薄了。弥八郎越想越觉得危险，德川家说不定会毁在此人手里。反而是二郎三郎，让人觉得很值得信赖。

现在的问题集中在一点上，为了德川家，可以在多大的程度上利用二郎三郎。弥八郎抬头轻轻看了一眼二郎三郎，舔了舔嘴唇，说道：“加强直系大名的力量，削弱外姓大名的实力。这是第一点。”

“这我知道。”

“另外，通过江户的城市建设，新筑江户城以及其他的一些大工程，耗费外姓大名的金钱。”

“这种做法真让人恶心，但中纳言大人肯定喜欢这样欺负别人。”二郎三郎绷着脸说道。

“没收没有子嗣的大名的领地，然后封给自己人。”

大家现在已经都知道，因为这项政策的出台，很多大名在后来都消亡了。关原之战最大的功臣小早川秀秋，在庆长七年（1602年）十月早逝之后，德川家以其没有子嗣为理由，没收了小早川家在冈山的五十一万四千石的领地。

“和外国的贸易，只能由德川家，也就是幕府来操作，禁止其他大名染指。”

二郎三郎点了点头。根据威廉·阿达姆斯的建议，二郎三郎已经有了这样的打算，并已着手做了一些准备。阿达姆斯和他的同伴扬·约斯坦正在秘密地进行着这项工作。

“把各地的金银山都收归幕府直辖。不过，这件事你好像已经干得差不多了……”

弥八郎用嘲讽的目光看着二郎三郎。关原会战之后，二郎三郎趁着以秀忠、弥八郎为主的德川家的首脑们正在忙着制定天下大名们的“盆栽移植”政策时，把各地的矿山都已收归德川家直辖，并派了自己的心腹大久保长安做了矿山奉行。弥八郎也从这个很有远见的行动上看出，二郎三郎是个心思缜密的人。

“然后呢？”二郎三郎装糊涂岔开了话题。

“剩下的事就是如何处置秀赖公。”

正如弥八郎所说，如何处置大阪城里的丰臣秀赖和淀君，是摆在征夷大将军德川家康面前的最大难题。家康原本是丰臣家的家老。到今天为止，淀君也仍然很执着地坚持着，秀赖是主君，家康只是秀赖的家老。不管家康的实力变得如何强大，这种支配关系都没有改变。但是，随着家康成为征夷大将军，这种关系被一举扭转。征夷大将军是所有武家的领袖，不可能有武士把征夷大将军当作自己的家臣，每念及此，淀君总是懊恼得夜不能眠。好在，现在秀赖还很小，这终于为淀君找到了一个借口。

秀赖这一年十一岁。十一岁的孩子是不可能当征夷大将军的，所以现在只能让自己的家臣首领家康来暂时担任这个职务。秀赖一旦成人，当然要让家康把将军的位子还给秀赖。

淀君在这个想法中表现出了极强的名门意识。可是很明显，秀忠的想法和淀君的这种一厢情愿的想法大相径庭。秀忠之所以把自己继任将军大位的时间定在两年后，也是为了对付丰臣家。秀忠继承将军大位一事，并不是一次单纯的政权转移，这里面含有重大的历史意义。

我们可以把此前的一段时间当作战国末期。在这个时期里，不看阶层、不看身份，只看实力。家臣推翻主君，胜者王侯败者寇，被当作了公理。就拿征夷大将军这个职位来说，这个统率天下武家的称号，现在虽然被授予了家康，但继任者可以是任何人，只要这个人拥有足够的实力。现如今，的确是德川家拥有绝对的实力，但如果家康不在了，那么情况会如何变化，就很难预料了。如果继任将军的是秀赖，或是伊达政宗，甚至是萨摩的岛津，都没有什么好奇怪的。天下本就该轮流坐。

在这种情况下，家康把大位传给自己的儿子秀忠，实际上就宣告了这个“下克上”时代的终结。百姓也应该认识到，战争已经结束，和平即将到来。当然，开创新时代，必须以强大的实力为基础。因此，传承将军大位一事必须要及早，趁着有“日本第一军事统帅”之名的家康在世时进行。秀忠最大的弱点就是，如果被世人知道家康已经死了，那么战国乱世将依旧持续下去。

秀忠最大的敌人是秀赖。

四

尽管在关原会战后，秀赖的领地已经从二百万石剧减至六十五万石，但他在精神层面仍然拥有巨大的影响力。加藤清正、福岛正则、浅野幸长等旧丰臣家大名，就是秀赖的力量基础。征夷大将军二郎三郎最重要的任务是明摆着的——削弱这些大名的实力，把秀赖变得孤立无援后除掉。

但是，二郎三郎根本不打算消灭丰臣家。因为丰臣家灭亡之时，就是二郎三郎被杀之日。很明显，到了那时，二郎三郎就失去了利用价值，秀忠肯定会吐掉胸中郁积多年的这口恶气。

有一封很有名的信，是仙台的伊达政宗在关原之战的第二年，即庆长六年（1601 年），写给堺的富商今井宗熏的。在信中，政宗直截了当地讲了他对秀赖未来的看法。旧丰臣家的大名们很可能都在心里这样想着，只不过没有说出来罢了。

"应该趁着秀赖殿下年纪尚幼时，把他送到伏见或江户，总之要在家康公的身边。在他成年之后，由家康公决定如何为他安排将来。即使是太阁殿下的公子，如果不是治理天下之才，封给他两三个或更少的领国也就可以了。如果仍像现在这样，任其待在大阪，秀赖公迟早会在奸人的怂恿下谋反，其结果也肯定是失败后被迫自尽。如果事情搞到这步田地，恐怕我们都将没有面目去见死去的太阁殿下。但这种事也不能由秀赖殿下自己提出，请你找适当的时机，先半开玩笑地对本多弥八郎试着提一下。"

在当时，明白事理的人可能都会这么想，但有两个人是例外。其中一位，不用说就是秀赖的母亲淀君，另一位就是秀忠。秀忠打算，无论如何也要灭了丰臣家。他执着地认为，只有斩草除根，杀掉秀赖，德川家的地位才能稳如磐石。

二郎三郎是赞成留下秀赖的。如果丰臣家承认地位发生了变化，并向德川家表示臣服，就没有必要赶尽杀绝。另外，如果丰臣家不在了，二郎三郎自己也就完了。所以，二郎三郎必须保护秀赖。

在成为将军后的庆长八年（1603 年）的正月，进行例行年贺时，二郎三郎通知诸大名可以在一日去参拜秀赖，二日到自己处便可。

而且，在正式就任将军的二月十二日的四天前，即二月八日，二郎三郎特意去大阪向秀赖贺年。

因为二郎三郎知道，自己就任将军已经严重地激怒了淀君，所以有必要现在尽一下礼数。但是，淀君的怒火是不会被这点儿事平息的，她反而认为家康是在惺惺作态，心地实在是恶毒。

在庆长八年二月，发生了一件值得特别记录一下的怪事。

二郎三郎向泰山府君献上祭文，乞求长寿福禄。这件事本身并不奇怪。泰山是位于中国山东省的名山，泰山府君就是那里的山神。作为掌管人间寿命福禄的神，自古就被信奉道教的人们所尊崇。后来这种信仰传入了日本，自平安朝以来，阴阳师们就开始祭拜泰山府君，直至近代。

祭文是用朱笔写就的，其中有三处家康的署名。这应该是二郎三郎模仿的，三处都是用黑墨书写的。但奇怪的是，在这篇祭文中，家康的年龄被写成了六十一岁。家康在这一年应该已经六十二岁了，但为什么又成了六十一岁呢？因为六十一岁是二郎三郎的真实年龄。二郎三郎对阴阳道是心怀畏惧的。他原本是一个“漂泊之民”，阴阳师也属于“漂泊之民”，所以二郎三郎无法把阴阳师写就的祭文，仅当作是一种毫无意义的表面文章，他命人在本应写上家康六十二岁的地方，填上了自己的真实年龄六十一岁。这应该是唯一可以成立的解释了。

咱们再说说二郎三郎对丰臣家的苦心。二郎三郎就任征夷大将军之后，做出的第一个安排，竟然是把秀忠的女儿千姬嫁入丰臣家。这并不是二郎三郎临时想出的主意，而是家康在世时，在五奉行的面前，和命在旦夕的太阁秀吉交换的誓约。

庆长三年（1598年）五月五日，太阁秀吉发病，七月末自知不起。在这期间，秀吉命人定下了《太阁觉书》（遗嘱），共十一条，其中第一条和第三条中提到了这件事情。

把关键的第一条译成白话文便是：“（秀吉）长年以来，认为内府（家康）是一位正直稳重的人，一直对他非常信任，所以考虑让秀赖做家康的孙女婿，并经常在大纳言（前田利家）及众年寄（指五奉行）面前提起此事。”

接下来再说一下第三条。

“因为江户中纳言（秀忠）是秀赖的岳父，所以即便内府（家康）上了年纪或生了病，秀忠也会和内府一样继续照顾秀赖。太阁秀吉经常在众人面前如此说。”

在这里不难看出秀吉为了保护秀赖，已经产生了一种近于盲目的执着。特别是他预想家康生病时，秀忠也会继续照顾秀赖，简直有些鬼迷心窍。

秀吉在第十一条里，提到在五大老中地位仅次于家康的前田利家。他不但希望前田利家可以照顾秀赖，甚至同样执着地要求，在利家老了以后，利家的儿子利长应子承父业，继续照顾秀赖。

当时，秀忠几乎是欢呼雀跃地接受了这份誓约。当然了，因为这份文书第一次承认了秀忠是家康的世子。

但在关原之战后，二郎三郎成为征夷大将军的今天，情况已经迥然不同。说实话，秀忠不愿意让千姬离开自己，尤其不愿意让她嫁给注定要被自己消灭的秀赖。千姬刚刚七岁，现在就嫁人，年龄太小了，让人实在舍不得。而且，淀君总是形影不离地跟在十一岁的秀赖身边，这位淀君看上去就是一个会欺负儿媳的恶婆婆。不管是古代还是现在，有谁会愿意把自己可爱的女儿嫁到这种人家呢。

但千姬和秀赖的婚约，是有五大老之一的前田利家和奉行们做见证的正式的誓约。不能因为家康夺取了天下就毁约，不，应该说，正因为家康夺取了天下，就更不能毁约。虽然在誓约中没有定下嫁娶的时间，但秀忠也明白，现在就是最好的时机。

家康就任了征夷大将军，最受打击的就是丰臣家以及旧丰臣家的大名们。他们正在拭目以待，看家康接下来会怎么做。如果家康接下来做的第一件事就是遵守和太阁秀吉的誓约，把千姬嫁入丰臣家，那么大家的猜疑也会在一定程度上得到缓解。

但在现实中，事情没能圆满地按照德川家的设想发展。首先，在猜疑心很强的淀君眼里，二郎三郎的这个原本很正常的举动，看上去像是个阴谋。淀君认为，家康之所以要把千姬现在嫁入丰臣家，只不过是要给天下人演一出戏，证明自己是一个诚实守信的人。而丰臣家和丰臣家旧属的大名们，也至少会因此暂时放下心来。取得了成功的家臣，不忘旧主的恩情，履行了旧日的誓言，这简直就是一段美谈；已经厌倦了战争的百姓，也会因此而欢欣鼓舞，并真心地为家康喝彩，认为他是一位值得信任的将军。

而且，随着千姬的到来，很可能会出现一种可怕的情况。千姬嫁过来时，德川家肯定会送来大批陪嫁人员，这些人都会跟随千姬进入大阪城，并随时向家康报告千姬的情况。如果他们向家康报告了假消息会怎么样呢？比如说，他们向家康报告，七岁的千姬被淀君和侍女们虐待得骨瘦如柴，将不久于人世。那么，接下来将会发生什么情况呢？

面对一个七岁的小女孩，不论怎么说，淀君也不会占理。家康当上征夷大将军后，顾念旧日恩情，信守承诺，把自己可爱的孙女嫁入了丰臣家。可这孩子现在就要被丰臣家虐待致死了，家康听到了这个情况，肯定会大发雷霆。如果怒火直接演变成为战火，世人肯定也会接受。不管淀君一方如何解释这只是一场误会，想必也不会有人相信，因为淀君以往的言行，人们宁愿相信她虐待了千姬。到那时，旧丰臣家的大名们会有什么样的反应呢？他们会不顾世人的感受，坚持站在丰臣家一方吗？这应该是一个很大的疑问。如果德川家占有大义名分，大名们就只有两个选择了，要么投入德川家的怀抱，要么保持中立。他们不可能再有第三条路可走。关原之战时的情况，已经证明了这一点。而一旦失去这些大名的支持，丰臣家无可避免地将要土崩瓦解。

淀君做了以上的分析之后，陷入了极大的恐慌。实际上，这只不过是淀君的杞人忧天。但从她的角度看，得出这样的结论也在情理之中。

但是淀君无法拒绝这门亲事。因为如果拒绝不但违背了已故太阁秀吉的遗愿，而且还会遭到世人的唾骂。此时，淀君能做的只有一件事，她向福岛正则、加藤清正、浅野幸长、前田利长等旧臣派出使者，让这些人重新向丰臣家递交了效忠书。但方寸大乱的淀君没有注意到，她的这一行为反而招致了这些大名的反感。

另一方面，秀忠对此事也非常抵触。

但很有意思的是，这种抵触仅仅来自于作为父亲的秀忠，母亲于江却没有任何不快的表示。为人父的悲哀莫过于此了，对秀忠来说，千姬是自己的第一个孩子。有一种说法，男人最重要的恋人就是自己的长女，千姬的确可以称得上是秀忠最喜爱的恋人。秀忠尽管另有子姬（庆长四年六月生）和胜姬（庆长五年五月生）两个女儿，但和千姬相比，秀忠对她们的喜爱程度简直有天壤之别。现在的父亲们，也有很多人不愿把女儿嫁人，在婚礼上甚至会痛哭流涕。而仅有七岁的千姬，正是最可爱的年龄，为什么一定要把这个可爱的、纯洁无瑕的小女孩嫁为人妇呢？而且结婚的对象是一个迟早会被自己亲手杀死的人。尽管没有别人知道，但在秀忠的脑海里，肯定已经非常清晰地描绘过，自杀后的秀赖和淀君，倒在浓烟滚滚的大阪城里的情形。为什么一定要在那两具尸体的旁边，添上自己最爱的女儿千姬呢？

秀忠也清楚，从政治上考虑，现在是把千姬嫁过去的最好时机。出于理性尽管明白这个道理，但在感情上无论如何都无法接受。所以秀忠找了很多借口，尽可能地拖延着婚期。

“这样下去，会错过大好时机的。”焦急万分的二郎三郎向弥八郎抱怨道。

"您不用担心，您别忘了，中纳言大人的夫人是淀君夫人的妹妹。"

自从二郎三郎就任了将军，弥八郎就不再用"你"来称呼他，而改用了一种对真家康的恭敬口吻。

正如弥八郎所说，于江夫人是浅井长政和阿市夫人生的三个女儿中的幼女。长女淀君做了秀吉的侧室，次女阿初夫人嫁给京极高次为妻，而接下来就是于江夫人。三女的母亲阿市夫人是战国时期最美丽的女人。于江夫人继承了母亲的美貌，同时，她的身体里也流淌着父亲长政的血液，性情十分偏激。这一点，她和淀君很像。当于江夫人做出了判断，认为现在把千姬嫁过去，对自己的姐姐淀君很重要时，她无视丈夫秀忠的感受，带着千姬赶往了伏见城。此时，于江夫人已经怀有八个月的身孕。对大腹便便的她来说，从江户到伏见的这段路，肯定不是一段轻松愉快的旅途，但她的口中没有吐出一句怨言。母女二人到达伏见城时，是庆长八年（1603 年）的五月十五日。

七月二十八日，千姬进入大阪城，和秀赖举行了盛大的婚礼。

同月，于江夫人在大阪城生下了四女初姬，怀着身孕在东海道的那段艰苦的旅途，也没能给这次生产造成任何妨碍。由此不难看出，于江夫人是一位多么坚强的女性。后来，初姬按照她出生时的约定，嫁给了京极忠高为妻。

千姬出嫁时带着一名年仅六岁的侍女，叫作阿巧，后来被称为松坂局。松坂局为世人提供了大阪城被攻陷时淀君等人的情况。

千姬自从出嫁以后，好像就突然从历史中消失了。她度过了怎样的少女时代，她是如何和自己的丈夫秀赖进行心灵上的沟通，婆婆淀君对她怎么样，一切都无从得知。再有，她在什么时候、在什么情形下，成为秀赖真正的妻子？她爱自己的丈夫秀赖吗？秀赖爱她吗？如果秀赖爱着她，那淀君当然会非常嫉妒，这种嫉妒是以什么样的形式表达出来的呢？千姬为此遭受了多少苦难，作为一个女人的一生中最重要的这些部分，在我们的历史中没有记载。这一切都随着大阪城的陷落，被埋于尘埃。我们现在能够知道的，仅仅是大阪城被攻陷后，有关千姬的一些断断续续的情况。比如她和本多忠刻的恋情，还有在坊间流传的"谁到了吉田，都会被请上二楼"之类的民谣。千姬住在吉田御殿时的所谓的放荡生活，实际上都是后世的演义创作。千姬在七岁时作为政治交易的筹码被嫁到丰臣家之后，只按照自己的意志做了一件事，那就是复兴了上州世良田德川乡的满德寺。

满德寺的正确名称应该是"尼寺御所德川满德寺"或者"御位牌所时宗一

本寺”，是由新田义季开创的缘切寺。在社会制度尚不承认女性可以主动提出离婚的当时，进入缘切寺是女性唯一可以主动解除婚姻的方法，因此缘切寺也被称为出走寺。在江户时期，缘切寺只有两处：一处是镰仓松冈的东庆寺，还有一处就是满德寺。在缘切寺，女性提出的离婚要求可以被认可，人身自由也能够得到保证，只要在寺里带发修行若干年，女性就可以从夫家得到解放。

千姬在大阪城被攻陷之后，进入这所寺院，切断了和丰臣家的俗缘。后来，她又嫁给了本多忠刻。千姬之所以要扶助已经没落了的满德寺，也隐含着向自己的悲惨命运抗争的意思。在那以后，满德寺一直享有着一百石的领地，在当时的二百七十五所时宗寺中，满德寺的领地排在第八位。

秀忠的心灵正在忍受着巨大的煎熬。

自己的掌上明珠被夺走了，而且是被自己的妻子夺走的，这一点让他无法接受。即便是被妻子用针刺死了侍女生的长丸时，秀忠仍然可以忍受。因为于江的行为是出于嫉妒，并且，如果自己和于江没能生出男孩的话，侍女生的长丸将来就有可能成为继承人。但这次的情况不一样，比起秀忠的心情和利害得失，于江很明显地把自己姐姐淀君的利益放在了首位。这种行为绝对不可原谅。话虽如此，但秀忠也无法对于江做出报复。因为秀忠必须要维护自己常年以来辛苦铸就的形象：诚实、孝顺，敬畏自己的妻子，总之就是一个老实人。在这种表象背后，秀忠已经逐渐露出了自己的獠牙，但是，至少现在还不能毁掉这个形象。在登上将军的宝座之前，自己还是应该“忍”字当先。秀忠这样告诫自己之后，总算是忍住了满腔怒火。

而且，仔细想一想，把怒火抛向于江，应该是找错了人，最先提出这件事的是二郎三郎。如果二郎三郎没有提出这个要求，那么，千姬也许还能待在自己的身边。如果非要恨一个人，那么这个人必定是二郎三郎。秀忠对二郎三郎的怨恨，由此又加深了一层。

这时发生了一件事，险些就让秀忠失控。

在这一年的八月十日，阿万夫人又生下了一个男孩，乳名鹤松，就是后来的德川赖房（第十一子）。

这一次，秀忠终于按捺不住了。他立刻唤来柳生宗矩，命令他暗杀阿万夫人和鹤松。秀忠之所以如此愤怒，是因为二郎三郎在孩子降生之后，仅仅通知了秀忠一下，不但没有像上次长福丸出生时那样进行威胁，甚至连一句解释都没有，完全就是一副理所当然的态度，认为只要通知秀忠一下就没事了。这种态度对现在的秀忠来说，简直就是火上浇油。

宗矩的犹豫，阻止了秀忠的发作。宗矩此时已经知道，伏见城被改造成了一座忍者难以进入的城池。只要鹤松母子待在城里，就很难暗杀他们。为了杀死一个婴儿和他的母亲，不知道要牺牲多少柳生忍者的性命。宗矩当然会对秀忠的这个命令有些抵触。而且，已经有了长福丸，再去暗杀鹤松还有什么意义呢。秀忠的这个命令，不过是一时愤怒被激发出来的而已。

宗矩在犹豫了片刻之后，还是毅然决定把自己的想法如实地告诉秀忠。尽管这样做可能会招来秀忠的责罚，但宗矩必须尽量避免柳生忍者的实力遭到无谓的削弱。

这段时间，被德川家闲置的伊贺·甲贺忍者，逐渐查明了柳生忍者的存在，并在暗地里准备打击柳生。作为有很长历史的忍者名门，这是一种理所当然的报复，因为这关系着一族的兴衰，宗矩不得不准备接受这个挑战。一场在历史上没有见诸文字的惨烈战斗，此时已经开始。在这种关键的时期，怎么能为一时的意气之争，而丧失宝贵的战斗力呢。

秀忠闻言果然大怒，甚至说出了今后再也不用柳生忍者的话。但如果秀忠真的放弃柳生，那么就没有人为他执行秘密任务了。在成为将军之前，秀忠可以调动的正式军队也是有限的。如果是正面开战则另当别论，可如果是进行暗杀等肮脏的地下活动，除了柳生，秀忠手下的确也没有别人了。宗矩对此也是心知肚明，所以尽管表面上诚惶诚恐地不停赔罪，但到最后也没有答应接受这项任务。不仅如此，宗矩还提出，可以派伊贺·甲贺忍者前去。

宗矩这样做的目的是削弱伊贺·甲贺的力量。而且，让伊贺·甲贺忍者去执行这个任务，还有一个非常好的借口，秀忠可以假称鹤松不是家康公所出，也就是说，是阿万夫人与人私通生下了这个孩子，所以必须要通过暗杀把母子二人除掉。

冷静下来之后，秀忠也改变了原来的主意。宗矩说的话也有一定的道理，眼下是一个不说破二郎三郎的身份，却可以派遣伊贺·甲贺去执行任务的机会。秀忠决定派伊贺·甲贺忍者去执行这项任务。历来，甲贺忍者善于集团行动，而伊贺忍者善于个人行动。暗杀这种任务，即便不是一个人，也应该由很少的人去执行。

久未接到过任务的伊贺忍者的首领，在得到秀忠的密令后狂喜不已，迅速挑选了六名高手赶往伏见。但这六个人，连伏见城都没能到达。

二

甲斐的六郎半年前安排的眼线，在这时发挥了巨大的作用。六郎在江户时，把江户城里几乎所有的江湖首领都带去见了二郎三郎，并赐予重金。因此，这些人把江户发生的所有事情都随时报往伏见，伊贺忍者们得到密令的消息，也立刻传入了六郎的耳中。他马上和风魔小太郎取得了联系。

六名伊贺尽数被斩杀于箱根山中，尸体也被隐秘地埋藏起来，所以，六人的行踪在很长时间里都是一个谜。六人到达伏见之后，本应立刻发回到达的信号，但过了十天，仍然没有任何消息。江户这边逐渐察觉到，六人可能发生了意外。

伊贺忍者的首领立即向伏见派出了第二批人马，这次他挑选了三倍于第一批的二十名高手。但这二十人也被斩于箱根山中，尸体同样被掩埋了起来。

伊贺忍者终于发现事态紧急。刺客们出发的时间是绝密的，只有首领本人知晓，但在第二天，刺客已出发的消息会被报告给秀忠。所以，泄露情报的只可能是秀忠。仔细想一想，这件事从一开始就非常奇怪，关原之战以后，伊贺忍者就再没有接到任何任务，但这次却突然接到了秀忠的命令，而且任务是暗杀家康公的爱妾和她的孩子，理由是这个孩子是母亲和别人私通所生。可是他自己的母亲去年也生下了一个儿子，那个孩子就和私通没有关系了吗？秀忠不喜欢伊贺·甲贺忍者，重用新来的柳生忍者是众所周知的事，在和柳生忍者暗地里斗得不可开交的紧要关头，秀忠为什么放着柳生忍者不用，反而让伊贺忍者来执行任务呢？伊贺忍者去执行这次任务的结果，是精心挑选的二十六名高手失踪，很可能都已经死了。那么是谁杀死这二十六个人的？很自然地，伊贺忍者就联想到了柳生，如果真是这样，这次任务从一开始就是柳生设下的一个圈套。

首领非常震惊，秀忠和柳生属于同一个阵营，秀忠会不会为了置伊贺忍者于死地，故意下达了这次任务呢？万一伊贺的忍者们躲过柳生忍者到达了伏见，在那里等待他们的，也应该是一个更大的圈套——阿万夫人的所谓私通完全是编造出来的。到那时，伊贺忍者会激起家康公的怒火，下场很可能是被完全消灭。

伊贺的首领有些不寒而栗。虽然他很早就听说，世子秀忠是绝对不能招惹的，但是现在这个传言变成了现实，而且让自己碰上了。首领考虑了很久，最后决定大胆地如实向秀忠报告事情的经过，并要求退出这次行动。如果秀忠发怒，要惩戒自己，就只能报告家康公了，这样也总比坐以待毙强。

伊贺忍者首领的话让秀忠非常吃惊，因为秀忠知道柳生和这件事没有任何关系。很明显，这二十六个伊贺忍者的失踪肯定是二郎三郎做的好事。为了以防万一，秀忠还是叫来了宗矩，询问他这件事是不是出于柳生之手。这次轮到宗矩吃惊了，如果二十六个伊贺忍者是在伏见被杀死的，还有情可原，但他们在到达伏见之前就失踪了，说明二郎三郎新雇用的忍者已经把他们的势力扩展出了伏见。但是二郎三郎是从什么地方找来的人，能够消灭二十六名伊贺忍者？就算是日本全国也找不出有这样实力的忍者集团。木曾谷和户隐是很有名的门派，但是从忍术和功夫上来说，这两个门派都没有什么过人之处，因为他们已经很久没有参加实战了。不管日常进行过多么严格的修炼，没有参加过实战的忍者，肯定不会是高手，绝对不可能打败身经百战的伊贺忍者。

剩下的就只有以箱根为根据地的风魔了。在传说中，风魔忍者的本领十分高强，而且，他们曾经被北条家雇用，参加过很多实战。但是从来没有听说过风魔忍者跨出过关东一步，再有，前年抢夺金块的事件应该是风魔所为，至少宗矩是这样认为的。这件事说明风魔忍者对家康（二郎三郎）抱有敌意。考虑到北条家灭亡的经过，这一点也合情合理。风魔忍者会投靠家康，而且去他们并不熟悉的伏见吗？答案应该是否定的。忍者如果不在自己熟悉的地方，很难充分发挥出实力，特别是像风魔这种以箱根山天险为根据地的门派。宗矩排除了风魔忍者作案的可能性。如此说来，自己现在竟然对二郎三郎的实力一无所知。宗矩放弃了追查，现在还不用着急。就任了征夷大将军的二郎三郎，不可能永远待在伏见城。既然幕府设在江户，他总要到江户来吧，到那时就会很容易查出，是什么人在保护二郎三郎。在此之前，必须把和伊贺·甲贺忍者的争斗终结，并且尽可能地增强柳生的实力。

秀忠也放弃了暗杀鹤松的想法。鹤松出生，二郎三郎为什么仅仅通知了自己一下？现在秀忠自认为找到了答案。二郎三郎不知何时已经找来了新的护卫，全歼伊贺忍者就是为了显示实力。同时，这也是二郎三郎发出的威胁信号——我手下也有可用的忍者，如果有必要，我也能暗杀你。秀忠仿佛看到了二郎三郎略带嘲讽的笑容，不禁在心里打了一个寒战。

因为鹤松的出生而受到打击的，不仅仅是秀忠，在伏见城里，阿梶夫人就因为愤怒和哀怨病倒了。最早接受二郎三郎的是阿梶夫人，后来倾尽全力，保护二郎三郎免遭秀忠的毒手的，还是阿梶夫人。如果没有她，或者在关原会战之后，她没有替二郎三郎做掩护，就不会有二郎三郎的今天。阿梶夫人为二郎三郎立下了汗马功劳，而且比任何人都爱着他。二郎三郎在自己的侧室当中，真正爱着的也只有阿梶夫人一个。去年在阿梶夫人的推荐下，二郎三郎带到江户的阿夏夫人，虽然深得二郎三郎的喜爱，但这种喜爱还不能被称为爱。阿梶夫人一直担心，阿夏夫人会不会怀上二郎三郎的孩子。在江户长达三个月的时间里，阿夏夫人几乎独占了二郎三郎，怀上二郎三郎的孩子也是完全可能的。但即便这种担心真的成为了事实，阿梶夫人肯定也不会受到现在这样的打击。因为在大内，阿夏夫人最崇拜阿梶夫人，两人的关系就如同姐妹一般。

在大内最有实力的是阿茶局夫人，她的人品和见识都非常不凡。阿梶夫人尽管也很聪明，但很遗憾，她没有阿茶局夫人那种包容力，无法得到所有侧室的信任和尊敬。阿梶夫人的性格，就像一把锋利的剑，让大内的女人们都非常害怕，唯一对阿梶夫人表示心悦诚服的，只有阿夏夫人一个人，因为她们的性格在某种程度上有些相似。同样，阿万夫人总是喜欢跟着阿茶局夫人，可能也是出于同样的原因。阿万夫人的性格最能够让男人放松，她和阿茶局夫人一样，都给人一种圆润、温和的印象。

去年正月，二郎三郎从江户回来之后，阿梶夫人就把自己的全部注意力都放在了闺中的夫妻生活上。而且从十月开始，在长达四个月的时间里，阿梶夫人陪伴二郎三郎去了江户，她在这期间独享了二郎三郎，加上旅途的时间，这段日子几乎长达五个月。这五个月对阿梶夫人来说，是一段幸福的时光，她享受到了充分的关爱。二郎三郎在这段时间肯定也非常满足。尽管如此，阿梶夫人却没有任何怀孕的迹象。作为长福丸的母亲，阿万夫人和二郎三郎在一起的时间肯定是减少了，但现在怀孕的又是她，这怎能不让阿梶夫人伤心呢？

二郎三郎对阿万夫人怀孕这件事，也觉得有些遗憾，如果有可能，他还是希望能和阿梶夫人生一个孩子。但这件事不是二郎三郎能够决定的。尽管人们常说，产后是非常容易怀孕的时期，但二郎三郎和阿万夫人同房的次数屈指可数，可现在阿万夫人又怀孕了。这只能说明，两人的体质吻合且非常匹配。

不用说，阿万夫人没有做任何越轨的事情。在防守如此严密的伏见城里，而且每日里和一些利益并不完全一致的女人生活在一起，是不可能做出这种事来的。而且，阿万夫人也不是那种能出轨的性格，她以自己的方式爱着二郎三郎。在一起时，阿万夫人从来不像阿梶夫人那样，无休止地痴缠着二郎三郎，而是一味地让二郎三郎休息。她表达爱情的方式，就是为二郎三郎舒缓心情，让他身心都能够得到放松。如果二郎三郎没有心情，那么阿万夫人也从来不会要求二郎三郎一定要和自己温存。只要能够在被中感觉到他的体温，闻到他的味道，阿万夫人就已经觉得很幸福了。因此，二郎三郎和阿万夫人在一起时，总是能觉得很放松，并且可以长时间地睡个好觉。有时会有些夫妻间的亲热，也总是发生在凌晨或者上午，熟睡了一夜之后，消除了疲劳的二郎三郎会主动地伸出手。从结果上看，也许这种方式和阿万夫人的两次怀孕有着直接的关系。而阿梶夫人的焦急，可能反倒导致了她的不孕。这可以说是一种奇妙的因果报应。

这一年是庆长八年，九月十一日，家康的第五个儿子，也就是秀忠的第二个弟弟，享有二十八万石领地的水户城主武田信吉死了，年仅二十一岁。信吉的母亲是武田家穴山梅雪的养女于都摩夫人，穴山梅雪的母亲是武田信玄的姐姐，而他的妻子是信玄的女儿。梅雪没有亲生儿子，所以在信吉出生后，家康就把他过继给了武田家。信吉名字中的“信”字，也是武田家代代相传的。现在信吉死了。据史书记载，信吉的死因是生了湿疮，但实际上，他是被土匪杀死的。信吉虽然已经娶妻，但还没有孩子。德川家的规矩是，大名死后如果没有子嗣，家系就会被废止。去年十月，小早川秀秋的领地就因为没有子嗣而被没收。不能因为信吉是家康的儿子就能例外。所以在他死后，水户二十八万石的领地也被没收了。

二郎三郎既然已经成为征夷大将军，就不能总待在伏见城里，因为幕府是开设在江户的。十月八日，二郎三郎从伏见出发，去了江户，他很大胆地只带着甲斐的六郎和阿福等几名女忍者做护卫，陪伴在他身边的是阿梶夫人和第九子五郎太丸（四岁）以及第十子长福丸（两岁）。前面已经提过，二郎三郎非常疼爱家康留下的五郎太丸。

这一年的正月二十八日，二郎三郎从伏见回到江户之后，授予刚刚四岁的五郎太丸甲州二十五万石领地，并任命平岩亲吉为他的监护人，但是甲州的地方政务被交给四名武田家的旧臣负责。这四人是石原昌明、樱井信忠、小田切茂富、嫉部昌忠，这四人被人们称作四奉行。因为交给了武田家的旧臣，所以甲州的地方政务进行得非常顺畅，还有很多武田家的旧臣被提拔使用，据说有二十人之多。二郎三郎当然不愿意看到，在自己最疼爱的五郎太丸的领地上发生各种麻烦。五郎太丸在成为拥有二十五万石领地的藩主之后，仍然留在伏见二郎三郎的身边，由他的生母阿龟夫人和阿茶局夫人负责照顾。二郎三郎这次去江户之所以带着五郎太丸和长福丸，第一个目的就是让阿梶夫人受伤的心得到安慰。在途中和江户，这两个孩子都由阿梶夫人负责照顾，通过让阿梶夫人知道，这两个孩子都处于她的支配之下，她可以认识到自己的优势地位仍然没有任何改变。这个目的达到了，在旅途中，阿梶夫人原本忧郁的表情逐渐变得明朗起来。第二个目的就是让秀忠见一见已经两岁的长福丸，并再一次就前年双方达成的约定进行确认。所谓的约定，是指秀忠要把长福丸当成家康的亲生孩子，给予相应的地位，并绝对不会去暗杀他。二郎三郎没有为长福丸安排特别的护卫，只是让甲斐的六郎和阿福手下的女忍者们对他进行一些日常的照顾。如果秀忠愿意，随时都可以很轻易地杀死长福丸。“如果你有胆量，尽管试试吧。”二郎三郎表现出一种完全无所畏惧的气势。

当然，既然已经有了那个约定，秀忠现在肯定不会对长福丸有任何动作。而且即使杀死了长福丸，还有鹤松，这件事对秀忠来说，是一件想都不愿想的麻烦，他甚至还不得不让柳生负责保护二郎三郎一行的安全。

二郎三郎离开伏见之前，在朝廷做了很多的工作。这些工作的成果是，钦差乌丸光广会到江户来宣旨，任命秀忠为右即位大将兼寮浴监，这是为了把将军的职位让给秀忠而进行的前期铺垫。秀忠闻讯，当然狂喜不已。而在同一天，二郎三郎把信吉死后德川家收回的水户城二十万石的领地授予了长福丸。

秀忠发现自己又一次被二郎三郎算计了。但是现在也没有其他办法，只能咬牙忍耐。

转过年，庆长九年（1604年）的元旦到了，这是二郎三郎成为征夷大将军后的第一个新年。在元旦这一天，以右大将秀忠为首的在江户城的诸大名向二郎三郎恭贺了新年。之后的二月份里，二郎三郎一直在悠闲地打着猎。三月一日，二郎三郎离开江户回了伏见。在这段长达四个月的时间里，二郎三郎第一次在江户过了一段轻松的日子。轻松的原因有两个，一个是和阿梶夫人每天的鱼水之欢；另外一个就是，秀忠每天都变化丰富的表情。在这段时间里，秀忠完全被二郎三郎玩弄于股掌之上，柳生宗矩也是一样。这两个人很不理解，二郎三郎为什么在不设防的情况下来到江户。后来他们认为，这是二郎三郎对自己的一种挑衅。

二郎三郎现在让长福丸做了拥有二十万石领地的水户城领主，他根本不考虑秀忠的想法。对秀忠来说，不能和二郎三郎在明面上唱反调，能使出的手段，最多也就是暗杀长福丸。可如果秀忠真的这么做了，以二郎三郎现在的实力，他肯定不会有好下场。二郎三郎是没有人可以替代的，可以替代秀忠的人却有不少。现在即使秀忠突然死了，对德川家也不会有什么影响。这一点秀忠心里很明白。而且，杀死二十六名伊贺忍者的二郎三郎的精锐部下，现在完全不见踪影，肯定是在江户的什么地方待命。要想防备自己完全不了解的敌人，是一件很难的事情。至此，秀忠只能承认自己的失败。接下来，仍然是忍字当头，继续演自己诚实孝子的角色。秀忠每日在扮演着这个角色的同时，总是觉得有人正在暗地里盯着自己，脖子后面经常冷飕飕的。而这种感觉，又时不时地被他挂在了脸上，二郎三郎现在就在尽情地欣赏着秀忠的这些表情。

三月一日，离开江户的二郎三郎，途中在热海的温泉享受了七天悠闲的日子。二郎三郎在热海和岛左近、风魔小太郎以及风斋三人见了面，几位心心相印的朋友举行了一次宴会。四个人悠闲地泡在风吕里，喝着酒，一起展望着将来。阿梶夫人也第一次见到了二郎三郎的这些心腹。岛左近又犯了老毛病，开始向阿梶夫人大献殷勤，让二郎三郎着实慌张了一番。风斋、小太郎还有阿梶夫人看着二郎三郎滑稽的怪样，都不禁发出了会心的笑声。

二郎三郎的周围都被风魔严密地保护着。柳生忍者在小田原就返回了江户，因为宗矩不想让他们重蹈伊贺忍者的覆辙。

四个男人，还有阿梶夫人看着七分盛开的樱花，在热海的温泉里度过了一段开心的时光。

第九章 转变

二郎三郎于三月二十九日回到了伏见城，路上花了近一个月的时间。这是一段悠闲愉快的旅途，在路上轻松地消磨时光，这是阿梶夫人的主意。阿梶夫人很珍惜这次快乐的旅行，对她来说，这次旅行仿佛就是在和二郎三郎度蜜月。如果有可能，她甚至希望在这期间怀上二郎三郎的孩子。但天不遂人愿，阿梶夫人初次怀孕已是两年后的庆长十一年（1606 年），孩子在庆长十二年（1607 年）正月一日出生，是个女儿，起名市姬。这一年的上半年，只发生了一件重大的事情。六月二十四日，二郎三郎在二条城召来朝廷百官，举行了一场盛大的乐会。已故太阁秀吉的夫人高台院也应邀出席，高台院夫人作为秀吉的正妻，在大阪城仍然拥有巨大的影响力。就算是傲慢的淀君，也不能忽视她的存在，而且高台院夫人聪明睿智，通情达理，在当时是一位出类拔萃的女性。

二郎三郎之所以邀请高台院夫人，当然并不是为了请她听演奏，乐会只是一个借口，请来朝廷百官，也是为了躲避江户秀忠的耳目。这一天的行动只有一个目的——二郎三郎想坦诚地和高台院夫人谈一谈自己对秀赖的看法，并希望高台院夫人能够给予协助。

前面说过很多次了，二郎三郎并不打算杀掉秀赖。如果丰臣家能够作为德川家的一个大名，臣服于将军家康，那么不但可以让丰臣家继续保有六十五万石的领地，而且可以保证他们的生存。其实这样做对二郎三郎非常有利，但是为什么有利，其中的理由却不能对高台院夫人讲明。二郎三郎只好对她说，自己不愿意和故主兵戎相见。

高台院夫人是否发现了家康是由别人假扮的，这一点谁也不清楚。但高台院夫人曾经和家康见过很多次面，互相非常熟悉，家康好像也很信任这位睿智的女性。我们甚至可以遐想一下，家康可能曾经深爱着这位女性。两人之间有着如此深的渊源，高台院夫人怎么可能没有发现家康是由别人假扮的呢？

但是高台院夫人完全没有流露出任何异样的表情，她完全把二郎三郎当成了自己熟识的那位家康，这反倒让二郎三郎感到非常困惑，甚至考虑是否要对高台院夫人说明真相。可不管怎么说，面对丰臣家的正室夫人，到底还是必须有所保留。无论如何，二郎三郎现在也只能把自己的角色扮演下去。

二郎三郎的提议并不复杂。对旧主的遗孤，如果有可能，自己还是想尽量照顾的，只是表面上希望这孩子能够臣服于自己。这个条件如果没有淀君，大阪城里秀赖的其他家臣肯定会一致同意。高台院夫人从始至终只是微笑着听二郎三郎说完了他的希望，然后郑重地向二郎三郎深施一礼。

“您所说的一切，我认为都是为秀赖殿下着想，但是请给我一些时间。”高台院夫人的意思是，在短时间内说服淀君是很困难的。她接着说道，“希望家康殿下您也不要轻易改变自己的想法。我在这里拜托了。”

二郎三郎笑着说：“如果说比耐性，我肯定不会输给任何人。”如果是家康本人，他肯定会这样说，而且高台院夫人也肯定会笑着点点头。

但是高台院夫人根本没有笑，她非常严肃地紧盯着二郎三郎：“那我就相信您这句话了。”

二郎三郎的感觉，仿佛被当头泼了一桶冷水，这绝对不是能对家康本人说的话。高台院夫人到底还是发现了真相。虽然她也许并不知道家康是什么时候开始由别人假扮的，但她肯定知道眼前的这个人不是家康本人。发现了这一点，却一直保持着若无其事的样子，这正是高台院夫人的高明之处。

“这位夫人很了不起。”此时的二郎三郎已经被高台院夫人的风范所吸引。他想出了一个和大阪丰臣家修复关系的办法。

具体说来，就是举行一次盛大的丰国大明神祭典。

丰臣秀吉死于庆长三年（1598 年）八月十八日。第二年，在东山莲峰的阿弥陀佛峰为他建造了一座庙宇，并追谥他为丰国大明神。在背靠阿弥陀佛峰的东山区，有一座丰国神社，丰臣秀吉就被祭奠在那里，八月十八日是他的忌日。

这一年是庆长九年（1604 年），是丰臣秀吉的七周年祭，所以二郎三郎打算在这年的八月十八日举行一次盛大的祭奠，而且要由秀赖和自己共同举办。

毫无疑问，京都的家家户户都会参加这个祭奠。京都人本就非常喜欢这种祭奠节日，甚至可以说是非常狂热。祭奠和节日对他们来说，是越华丽越热闹越好。估计所有的市民都会参加祭奠，然后狂热地起舞，跳起所谓的风流舞。如果市民注意到这个祭奠是由家康和秀赖共同举办的，那么他们也会联想到，和平即将到来，并会为此献上热烈的掌声。

这次祭奠从八月十二日开始，到八月十八日结束，长达七天。在十四日、十五日两天，祭奠达到了高潮。十四日举行了盛大的马队游行，十五日举行了大规模的风流舞表演。今天现存的几对画着丰国祭的屏风，无一例外是一只画着十四日的情景，另一只画着十五日风流舞的情景。借助这些屏风，我们不难看出当时的盛况。十四日的马队游行，按照原计划应该在十三日举行，但因为十三日一整天都下着大雨，所以只能顺延。十四日一早雨停了，但天空中依然布满了黑漆漆的乌云。在这片天空下，从建仁寺的门前到方广寺的大佛，二百匹马排成了队列。队伍的最前面是贴着金箔的大扇，高约七尺五寸（约两米三）。

这次华丽的马队游行，从建仁寺的门前出发，目的地是丰国神社。马队排成两列，沿着从大鸟居到清闲寺的大路向西，一直热热闹闹地来到了照高院殿之前。市民围观的景象可以说是万人空巷，有记载说“从五条、三条桥一直到明神一带，已经没有空地了”。

第二天，即十五日，期待已久的风流舞在上京地区和下京地区开始了。在上京地区参加舞蹈的有三百人，在下京地区有二百人，总计五百人。

上京地区跳舞的人们先是聚集在皇宫前，之后又涌向了丰国神社；下京地区的人们则是先进入了丰国神社，然后又来到了皇宫。

在紫辰殿聚集了喜欢舞蹈的官吏们，后阳成天皇也带领后妃们在一旁观赏。

舞者每百人一组，手持纸花，头戴花笠，身着统一的盛装。

“丰国、丰国。神之威光，普照大地。流传万代，香火永盛。泽被万民。”

人们一边唱着歌，一边和着小鼓、大鼓、笛子的节奏翩翩起舞。

街道的两旁也搭建了很多供市民登高观赏的台子，据说有二千三百多处。

“风流舞蹈”简称“风流”，因为舞者们都身着华丽的盛装而得名。

从战国时期开始，一直到这个时代，民众好像特别喜欢跳舞。风流舞蹈并不是只在京都才有，在全国各地都有类似的舞蹈，有伊势舞蹈、兵库舞蹈、住吉舞蹈等，另外还有超度亡者的诵经舞。出云阿国以这种诵经舞为基础，于前一年的庆长八年，在京都四条河源首演了自己改编的舞蹈，取得了空前的成功。

民众为何如此喜爱舞蹈呢？众多的史家都把这种现象解释为：民众在长期的压抑之后的一种情绪宣泄和爆发，也就是对统治者的一种变相示威行动。这种舞蹈越狂热，民众对统治者的反感也越强烈。

可能是出于这个原因，死去的德川家康就不大喜欢这种狂热的舞蹈。他好像很担心，这种激昂的情绪会转变成反权力的斗争。至少，他一直相信风流舞蹈的流行，不是一个好的征兆。

家康的长男信康和家康正相反，他很喜欢风流舞。在天正四年（1576 年）左右，风流舞在三河地区的每个乡村都非常流行，甚至连一些德川家的家臣也被卷入其中。家康就此事劝告了信康，但信康因兴致正高，没怎么把家康的话当成一回事儿。两年以后，信康因被织田信长所嫉而被迫自杀。

这是后来的事情了。庆长十九年（1614 年）八月，天降山田（伊势市）将要有雷鸣、大风的神谕。各地村庄里的人们都穿上华丽的服装，络绎不绝地一边跳舞，一边来到神社参拜。他们跳的舞蹈是伊势舞。八月二十八日，果然电闪雷鸣，并刮起了狂风。之后伊势舞蹈受到了更热烈的欢迎。进入九月后又有神谕说，附近将发生战争。不久，海上掀起了巨大的波浪，声势惊人。风流舞迅速在京都、大和、近江、美浓等地区流行起来。紧接着，大阪冬季战役爆发了。元和二年（1616 年）春，伊势舞蹈再次流行，之后不久，家康（二郎三郎）就去世了。

我们把这些事例放在一起看一看，也就能够理解，家康为什么不喜欢风流舞蹈。因为它仿佛真是一种大凶之兆。

但二郎三郎不是家康，他本来就是一个跳舞者，而不是一个旁观者。此时他不但没有任何不吉的预感，反而无法抑制自己想要跳舞的冲动。但作为一个权倾天下的大人物，二郎三郎实在不适宜投身到跳舞的人群当中。但他被压抑已久的冲动，终于在八月二十四日爆发了。

庆长九年（1604 年）八月二十日，民众被数日前的丰国神社祭奠点燃的热情逐渐消退，他们把风流舞带到了伏见城，这就是送艺。从中世纪以来，艺人们可以没受主家邀请，就上门表演，这就是所谓的送艺。人们在习惯上认可这种做法，现在肯定也有很多人会记得，在正月里，舞狮艺人们送艺上门的情景。二郎三郎和阿梶夫人一起在高处观赏着民众跳舞，看着看着，二郎三郎逐渐压抑不了自己心中的冲动，在他身体里流淌着的庶民的血和漂泊之民的血在躁动。阿福正一身侍女的打扮跟随在阿梶夫人的身边。

“阿福，把六郎叫来。”二郎三郎有些急不可耐。

阿福抿着嘴笑了一下：“不用叫他了。”

话音未落，甲斐的六郎就悄无声息地在二郎三郎面前单膝跪地。原来他一直躲在房顶上。

“您有什么吩咐？”六郎问道。

“我想出去。”二郎三郎有些不好意思地说道。他现在已经迫不及待地想要投身到跳舞的人群中去了。

“去外面？”就连六郎也不知道二郎三郎想要干什么。他做梦也不会想到，征夷大将军会想要到民众当中去跳风流舞。

“那个，”二郎三郎把目光转向跳舞的人群，“我也想和他们一起去跳舞。”

接下来，他又对阿梶夫人说：“阿梶，你去不去？跳跳舞，肯定会感觉很不错哟。”

六郎和阿梶夫人都惊呆了，怎么会有这种征夷大将军！征夷大将军怎么能和庶民一起跳舞，无论如何也太危险了。在涌动的人群中，就算是有六郎跟着，也完全没法保护他的安全。

“当然了，我得改变一下装束。”二郎三郎已经急得就快要跺脚了，看上去完全就像一个淘气的孩子，“我和那些人打扮成一样不就行了吗？快点儿！要是再磨蹭，我可就这身打扮去了。”

没用三十分钟，二郎三郎已经和民众一样的打扮，插着纸花，狂热地在跳着风流舞了。阿梶夫人和六郎以及阿福也都是同样的打扮。阿梶夫人第一次跳风流舞，但她好像也非常喜欢这种舞蹈，可能是被二郎三郎的狂热所感染。最开始六郎和阿福有些担心，但看了看情形，也都放下了心来。二郎三郎和阿梶夫人融入了人群当中，完全不引人注意。

❖

在一个月以前的七月十七日，于江夫人在江户第一次生下了一个男孩。除去在两岁时就夭折了的长丸，这个孩子就是秀忠的第一个男孩，这个孩子幼名叫竹千代，就是后来的第三代将军家光。

秀忠的心情非常好，他总算有了自己的子嗣。以前，这一点是秀忠和于江夫人最大的心病。

如果没有子嗣，就会断绝家系。定下这个严厉的继承法则的不是别人，正是秀忠本人。小早川秀秋和秀忠的弟弟武田信吉都没能躲过这项法规，断送了自己的家系。

如果一个大名一直没有儿子，那么他就不得不去收一个养子，否则就会被周围的大名们认为，他没有延续自己家系的愿望，并很容易遭到别人的围攻。我们可能会想，早一点儿收一个养子不就可以了吗？可是一旦和养子确定了关系，并向朝廷上报让养子做自己的继承人之后，又有了自己亲生的孩子，那么家族中肯定会产生纠纷。而产生了家庭纠纷也很容易遭到周围大名们的攻击，所以不能轻易收养子。就在这样犹疑不决的时候，如果当事人死了，那么他的家系也就断绝了。

顺便提一句，在家康、秀忠、家光三代将军执政期间，因为没有子嗣，断绝了家系的大名共有五十七家，领地合计四百万石。因为家庭纠纷受到处分而断绝家系的大名，总共有六十二家，领地合计六百万石。

而且现在还有一个问题，就是刚刚引起过纠纷的鹤松。长福丸已经成为拥有二十万石领地的水户城主，但鹤松的身份还没有得到认可。如果秀忠一直像现在这样生不出男孩，那周围肯定会有人建议他把鹤松收为养子。秀忠已经获知，自己周围不知家康是由别人假扮的老臣中，已经有人在考虑这个问题了。而在这些人当中，如果真的有人提起了这件事，二郎三郎也不能轻易地拒绝。说不定，他正在等着有人来说这句话。如果事情发展到这个地步，就无法收拾了，一个不知道是从哪儿来的野孩子，将要成为第三代将军。

其实，从历史上看，德川家的血缘本身就有一些不明不白的地方。但秀忠本人并不这样认为，他认为自己的家族一直就是三河的名门，绝对不能把这样一个名门交给一个卑贱的影武者的儿子来继承。所以到目前为止，他一直都拼命地压制着让鹤松当世子的说法。

现在，所有的问题都烟消雾散了。自己已经有了正式的嫡子，不管二郎三郎怎么动脑筋，他也不会在这件事上有什么作为了。至少从今以后，秀忠没有必要再为子嗣的问题头痛了。

现在需要为竹千代选一位乳母了。仔细挑选之后，终于选定了明智光秀的家臣斋藤利三的女儿阿福。

这位阿福就是后来的春日局，她的父亲斋藤利三在天正十年（1582 年）申武之战战败后，被凌迟处死。之后阿福成为稻叶政通的养女，长大以后和稻叶正成结了婚，并生了三个孩子，分别是正胜、正定、正利。不知道为什么，她又和正成离了婚，离婚之后，她进入江户城的大内，做了一名侍女。

有一种说法，江户幕府想要从京都为竹千代找一个乳母，但是想尽一切办法还是没有合适的人选。于是就在栗田口立下一块牌子，从社会上招募。阿福在看到这个牌子之后，应征当了乳母。但是这种说法的真实性现在很受怀疑，因为事情太具有戏剧性了。阿福应该是先在江户的大内做侍女，在这时候才被挑选出来做了乳母，这样事情看起来就自然了。成为乳母之后，阿福为竹千代无私地奉献了自己的一切。我们现在有这样一个印象，第三代将军家光的成长，完全是这位阿福的功劳。

家光给后世人留下的印象，是一位非常有气魄、很有行动力的将军。但是据说他幼时总是沉默寡言，一天也说不了几句话，不管别人说什么，他总是翻着白眼。可以说，家光是个不招人疼爱的孩子。面对这样一个孩子，就算是父母，可能也不愿意和他多待在一起。即使在现代的家庭里，这种现象也很常见。对家光来说很不妙的是，在两年以后的庆长十一年（1606 年）六月一日出生的弟弟国松，容貌非常俊美，特别是鼻梁通天，很有王者之相。父母都非常疼爱国松，尤其是母亲于江夫人，对国松的宠爱更是无人不知。于江夫人可以决定大内的一切，似乎将来能够继任为第三代将军的肯定是国松。

流言是无法控制的，而且它会对少年的心灵造成非常大的伤害。在元和元年（1615 年），当时十二岁的竹千代，有一天突然试图自杀，幸亏阿福及时发现，夺下了他手里的刀。问他理由，这个沉默寡言的少年竟然什么都没有说，只是盯着阿福的脸，默默地流下大颗的眼泪。流言已经深深地伤害了这个少年，阿福觉察到了这一点之后，做出了一件惊人的事。在那个还不能自由旅行的时代，阿福以大内侍女的身份，竟然悄悄离开了江户城，翻越箱根山，来到了骏府，她向家康（二郎三郎）哭诉了竹千代的遭遇。

二郎三郎是一个经历了无数的磨难，看遍了世间冷暖的人。他对这种事情非常敏感，当他听到这个十二岁的少年竟然试图自杀，当即勃然大怒，立刻给秀忠写了一封信，说如果你不想要竹千代，那么就把他送到骏府来，我把他当成自己的孩子，并把他培养成第三代将军。秀忠接到信之后非常震惊，很快就改善了竹千代的待遇。

阿福对竹千代做出的贡献，远不止这些。

宽永六年（1629 年），已经改名为家光并继位为第三代将军的竹千代患了水痘。阿福在神前许下了重愿，自己从今以后不喝药、不受针灸，希望以此救家光一命。家光的水痘后来被治愈了，而阿福遵守了自己的诺言，此后一生再也没有服用过一次药，直至宽永二十年（1643年）九月十四日，她以六十五岁的年龄去世为止。有一封家光在阿福最后患病时写给她的信，家光在信中就像对自己最爱的母亲那样，请求阿福为了自己一定要吃药，拳拳之心跃然纸上。据说，阿福假装喝下了家光送来的药，其实，她把药都倒进了自己的衣襟里，到死一直遵守着自己的诺言。

阿福和稻叶正成所生的长子稻叶正胜，后来成为家光政权的老中，并被授予了小田原八万五千石的领地。阿福还有一个亲戚叫堀田正盛，先是做了家光的随从，后来成了宽永时期幕府的中心人物，并和松平信纲、阿部忠秋等人被称为六巨头。

历史有时总爱和人们开玩笑，在第三代将军家光的身上就有很多显著的例子。

家光非常憎恶自己的父亲秀忠，并超乎寻常地敬慕祖父家康。而家光所敬慕的家康，其实是秀忠无比憎恨着的二郎三郎。

在日光轮王寺中，保存着家光的七个许愿用的锦囊。这些锦囊中的纸片可以如实地告诉我们家光的心情乃至信仰。

例如：

“第二代权现 第二代将军”

“东照大权现 将军 身心共存”

东照大权现还有权现指的是死后被当作神灵祭奠的家康（二郎三郎）。家光实际上是第三代将军，但他却在这些纸片上称自己为“第二代将军”，其中的意思是很明白的。对家光来说第二代将军秀忠是不存在的，也就是说他没有父亲。父亲一直无视自己的存在，所以自己也无视父亲的存在，因此家光认为家康之后就是自己，而且自己和家康“身心共存”。我们在这里可以看到，一个人如果在少年时代受到伤害，那么这个伤害会留下多么大的后遗症。

据说家光三岁时曾患了重病，汤食难进，可是服了家康（二郎三郎）的独门秘方后，不久就痊愈了。后来每当家光生病时，只要一梦见家康出现在自己的枕边，总能很快地痊愈。从这段逸事当中，不难看出家光对家康是多么仰慕和倚赖。

二郎三郎仅仅做了两年不到的征夷大将军。在这个短暂的时期里，二郎三郎经手的政务，实际上都出于秀忠之手。这些事情也都被清晰地打上了秀忠的烙印。前面已经写过，在关原之战后开始实施的全国的驿站制度中，我们就可以看到秀忠残忍薄幸的性格。

从庆长八年（1603 年）开始建设的江户城下町，也被重重地打上了这种烙印。在这次工程中，秀忠削平神田山填海，把隅田川河口丰岛一带的众多小岛连成了一片，由此才出现了现在滨町以南新桥一带的城区。这些工程都是靠诸大名的“帮助”才完成的。大名们每享有一千石领地就要出一名民夫，实际上，他们在幕府的压迫之下，每千石出了两到三名的民夫。不用说，这是幕府阁僚为秀忠出的主意，目的就是削弱大名们的实力。

紧接下来的江户城新建工程中，也出现了同样的现象。二郎三郎在位期间，这项工程只做了一些前期准备工作。一些大石被从伊豆运往江户，为此特地建造了三千艘运石头的船只，每艘船可以装两块大石。还有，在这段时间内，在关东和近畿进行了土地丈量。在这次土地丈量中，使用的量竿长六尺一寸，丰臣太阁时期使用的六尺三寸的量竿就不用提了，即使和德川家早些时候在伊豆丈量时使用的六尺二寸的量竿相比，丈量竿也被进一步缩短了。随着丈量竿的短缩，一坪[1]土地的面积也被相应地缩小，整个地区的土地面积则会随之增加，政府收缴的年赋也当然会增加。这种做法给人一种精于算计、猥琐小气的感觉，其实这里就反映出了秀忠的性格。在著名的《东照宫上意》中，有这样一个说法：“向乡村百姓收税时，既不要把他们逼死，也不要让他们活得很轻松。”这句有名的话，我想也是出自秀忠之口。在本多正信著的《本佐录》一书中，对这句话做了具体的解释：丈量农民的耕地，计算出收成，从中扣除他们一年所需的花费和口粮，然后把剩余部分全部作为赋税收走。原文是“管理百姓之道，就是要让他们手中既没有余粮，也不能让他们陷于饥饿”。如此倒行逆施，一遇歉收或天灾，顷刻间就可能出现几十万的饿死者。只能用一句话评价这种做法——刻薄寡恩。这也是笔者怀疑此话原本出自秀忠之口的原因。

二郎三郎在将军任上，最关注的应该是和外国的邦交和贸易，所以家康也被人称为“贸易将军”。

家康对南洋诸国展开了积极的外交，并和除吕宋以外的太泽、安南、柬埔寨、暹罗、占城、交趾、澳门、田弹八个国家和地区交换了国书。其中，在给柬埔寨、暹罗、田弹三国的国书中，二郎三郎不厌其烦地多次索取一种叫奇南香的

1　约三点三平方米。

香料。奇南香是沉香的一种，并且是最上等的一种，别名叫作伽罗，这个名字可能有很多人听说过。其实，这种香料是阿梶夫人的最爱，二郎三郎对阿梶夫人的宠爱，以这种方式在国书中保存了下来。

另外，在众多的国书中都提到了一点，请各国拒绝没有朱印文书的日本船只靠港。朱印文书就是盖有家康大印的文书，是颁发给出海船只的一种许可证，在这种许可证制度之下，如果没有二郎三郎的同意，任何人也无法和外国进行贸易。反之，持有朱印文书的船只，在日本领海及公海上，可以不受任何国家船只的侵犯，也可以进入正在进行战争的国家的港口，或穿越他们的封锁线。持有这种朱印文书，就等于拥有了巨大的特权。

二郎三郎在去世前颁发的朱印文书，共有一百九十六份，每一份都被交给特定的航海人员，在指定的地区使用。持有朱印文书的贸易商共有一百零五人，其中日本人八十三人，船只有三百五十六艘。除了岛津家久、松浦镇信、锅岛直茂、加藤清正、细川忠兴等八位九州地区的大名，其他人基本上都是商人。

这些商人有一种叫作“投银”的特殊集资方法。如果由一名商人负担一艘商船的全部盈亏，风险未免太大，可能会因为遭遇恶劣天气或海盗而血本无归。“投银”在每次航海中，最低可以得到百分之三十五的利息，平均利率大约也有百分之五十。因为每艘船一年出海两次，所以“投银”每年可以得到本金的百分之一到二百的回报。每位投资者投入的钱数，一般在六贯以内，这样做可以使风险分散。贸易商即便支付了如此巨额的利息，剩余的利润依然是巨大的。

❖

威廉·阿达姆斯的建议，对二郎三郎的贸易政策产生很大的影响。这位英国人尽管从宗教上来说属于新教徒，但他并不仇视旧教徒。在这一点上，他远要比想尽一切方法来迫害他的那些旧教徒显得更公正。我们可以把阿达姆斯当成一位极端理智的数学家，比起自己的情绪和宗教来说，他更相信的是科学和理性。但是在他的心中，有一个狂热的梦想——开拓西北航线。阿达姆斯的性格非常接近现代人。

二郎三郎最仰仗的手下，可以说就是阿达姆斯，两人在语言上也没有障碍。当二郎三郎刚刚感觉到，在两人之间有必要使用日语时，阿达姆斯已经开始学习日语，并在很短的时间内，就达到了可以在一定程度上进行交流的水平。二郎三郎也学习了一些英语，由此还产生了一种便利。据说，二郎三郎在接见一些大名的时候，也经常让阿达姆斯陪同。在这种场合，如果阿达姆斯有什么事情想提醒二郎三郎，又不愿意让其他人知道时，他就会使用英语。大名们见到两人使用英语，往往会认为阿达姆斯不懂日语，于是就无视他的存在，放心地继续谈话。阿达姆斯反而可以利用这一点，充分地品味大名们的话语。

当时控制对日本贸易的是葡萄牙人，他们经营的主要商品是被称为唐丝或者白丝的中国产的生丝。葡萄牙人在产地通过一次大量购入的方式压低价格，然后选择货源短缺的时机运入日本，强硬地单方面决定价格，从中获取五到十倍的利润。阿达姆斯向二郎三郎建议，应该打破这种局面，由幕府决定价格，统一购入，然后在全国各地进行分配。

庆长八年（1603年）出现了一个好机会。葡萄牙人运来的生丝因为价格过高，而找不到买家，陷入了只能把货物原路运回的困境中。二郎三郎接受了阿达姆斯的建议，命令茶屋四郎次郎等与幕府有很深关系的巨商们压低价格后，一次性买下了全部货物。葡萄牙人当然也不肯就这样善罢甘休，他们在第二年故意运来了大量的生丝，并以极低的价格出手，使去年囤积了大量货物的商人们蒙受了巨大损失。

二郎三郎在庆长九年（1604年）五月实施了生丝专卖制度。由刚刚蒙受了巨大损失的富商们结成商会，并由幕府授权他们垄断生丝的买卖，只有“将军御用丝”可以不经商会之手。二郎三郎通过实施这个垄断性的商业规则，获取了巨大的财富。葡萄牙船装载着生丝进港后，首先由商会决定交易的价格。葡萄牙人因为在日本找不到其他的买家，所以顺理成章地处于了弱势。如果他们不肯在价格上妥协，就只能把货物原路运回。商会在决定价格之后，一次性购入葡萄牙人运来的全部生丝，并按照京都、长崎各百分之三十，堺百分之四十的比例进行分配，然后经由这些地区在全国进行贩卖。除了这三个城市之外，后来又增加了江户和大阪，其中江户占百分之十二点五，大阪占百分之八。当时把这五座城市里从事生丝买卖的人称作五城商人。对中国船和荷兰船也同样适用这个制度。

据说，幕府在销售自己手中的生丝时，都单方面决定价格。二郎三郎在国内生丝价格上涨期间，把自己掌控的货物脱手，以此获得了巨额的财富。这笔财富，在他把将军的职位让给秀忠，归隐骏府之后，被用作安全保卫和构筑“公界”（自由都市）的经费。

二郎三郎是如何通过垄断贸易而获取财富的，在庆长十四年（1609年）九月下发给西日本诸大名的一封文件中，可以略见端倪。二郎三郎指责西日本诸大名秘密建造了五百石以上的大船，责问他们是不是准备在发生万一的时候（很明显这里是指德川家和丰臣家发生战争的时候）向中东部地区派遣军队。这是一种非常强硬的姿态——你们建造大船是不是准备和丰臣家结成同盟，如果是这样，我们就不客气了。西日本诸大名在一片惊慌失措中，按照二郎三郎的命令，把这些大船悉数上交。二郎三郎把这些船只都送往淡陆岛，交给鸟羽城主九鬼守隆管理。

其实，二郎三郎很清楚，西日本大名们并不是为了运送兵员而建造的这些大船，这些大名只是想和外国进行贸易，从中获利。既然不允许他们和来港的外国船只进行交易，那么，这些大名进行贸易的方式只能是取得朱印文书，然后自己去外国买来货物。建造五百石以上的大船，就是为了运输这些货物，但二郎三郎粉碎了他们这个希望。因为通过垄断贸易获取的高额利益，对二郎三郎来说，是绝对不能失去的重要财源，是二郎三郎准备用来为无数人赎买自由的宝贵资金。

庆长九年（1604年）闰八月十二日，二郎三郎从伏见出发去了江户，并一直在江户住到了第二年的正月初九。在这四个半月期间，二郎三郎的生命安全遭到了前所未有的威胁。这是因为秀忠的忍耐已经达到了极限。

在关原之战之后的会议上，众人决定由二郎三郎假扮家康就任征夷大将军，并在两年后，把位子传给秀忠。这一年已经是二郎三郎就任的第二年了，按照约定，他应该在这一年把位子传给秀忠，但二郎三郎完全没有这种意思。不管秀忠如何穷凶极恶地对他怒目而视，二郎三郎也总是顾左右而言他。秀忠想找一个两人单独见面的场合责问此事，但迟迟得不到机会。每次秀忠想提起此事的时候，二郎三郎总是跑到郊外去打猎。秀忠十分焦躁，只好传来本多弥八郎问计。这一年，弥八郎基本上都待在江户，所以他也不明白二郎三郎的意图。这种做法有意义吗？当然，能拖延一刻，就要拖延一刻。但是，对朝廷进行的铺垫工作，并不是由二郎三郎掌控着。实际上，这项工作是由弥八郎指挥京都所司代板仓胜重在暗地里实施的。所以即使二郎三郎一个人反对，也无法改变事态的发展，而且如果表示反对，可能还会给他带来危险。

继任征夷大将军，是秀忠很久以前就定下的目标，是一个不管使用什么手段，都必须达到的目标。如果有人胆敢妨碍此事，那么不管是谁，都必须让他消失，即使是二郎三郎也不例外。为了搞清二郎三郎的意图，弥八郎紧急会见了二郎三郎，弥八郎此举也是为了拯救二郎三郎的性命。如果是在伏见城还另当别论，但是进入了江户城，二郎三郎就已经被秀忠牢牢地攥在了手里。另外，二郎三郎仍然和往常一样，只带着甲斐的六郎和阿福以及几名女忍者。很奇怪的是，侧室们没有一个人跟随在他身边，二郎三郎此举其实是要表明自己的一种态度，但即使是弥八郎，也没有看出这一点。

在弥八郎的眼中，二郎三郎的性命现在就如同风前残烛，是下毒也好，还是派刺客刺杀也好，只不过是秀忠的一句话而已。对朝廷的秘密交涉，已经进展到了眼前的这种阶段：即使没有二郎三郎，秀忠也可以巧妙地登上将军的大位。当然，如果二郎三郎现在死了，事态会对秀忠很不利。但秀忠可以把这件事暂时掩盖起来，先强行登上将军之位，然后再发丧。

“事情到了今天这个地步，你已经输了。认命吧。”弥八郎直截了当地说道。

二郎三郎闻言，轻轻一笑。

“不一定吧。”

“没有什么不一定的。”弥八郎又回到了当年朋友之间的语气，他完全放弃了这一年半以来对主君的恭敬口吻。这说明，弥八郎是真心地在担心二郎三郎的安全。

“这次那个东西可不灵了，你明白吗？”

那个东西，当然指的是在长福丸出生的时候，二郎三郎用来恐吓秀忠的那封信件。信中写明了一切事情的真相，当时二郎三郎威胁秀忠，要把这封信交给秀忠的兄长秀康、弟弟忠吉以及各国的大名们。当时秀忠屈服了。但如果秀忠坐上了征夷大将军的位子，这种威胁也就失灵了。就算是二郎三郎分发出信件，揭露了事情的真相，秀忠也可以解释为——父亲家康已经上了年纪，经常会产生一种奇怪的幻想，自己也正是由于这个原因，才紧急登上了将军的位子。所以弥八郎才会说，那个办法已经失灵了。

“你说的是那封信吧？”二郎三郎又装着糊涂问道。

弥八郎气得咬牙切齿，甚至有一瞬间，他在脑子里想到，这家伙是不是真的有点儿老糊涂了：“你……”

就在弥八郎要拍案而起的时候，二郎三郎说出了一件事，令弥八郎大惊失色：“那封信，我早就交给别人了。”

“什么！”弥八郎大惊之下眼前一黑，险些跌倒。德川家完了！那封信到了秀康、忠吉兄弟以及以秀赖为首的各地大名的手中，天下必然大乱。这次，秀忠真的要凭借自己的力量去夺取将军的宝座了。但二郎三郎付出的代价是自己和长福丸、鹤松兄弟的生命，他实际上是自掘了坟墓。可是德川家也为他做了陪葬。

“你这个混蛋！”弥八郎不由自主地直起身，把手按在了刀柄上，不用等秀忠下手了，自己现在就杀掉二郎三郎。对弥八郎来说，德川家就是一切。为了死去的家康的友情，弥八郎要保护的既不是秀忠，也不是二郎三郎，让德川家永久地统治日本，才是弥八郎唯一的心愿。可是这个心愿被眼前这个人毁灭了，绝对不能饶恕他。

二郎三郎急忙摆了摆双手道：“你等等，别着急啊。”二郎三郎并没有惊慌，因为他知道弥八郎不可能在格斗中打倒自己。弥八郎虽然也身经百战，但他从没有亲自动过手。还是在很年轻的时候，弥八郎亲身参加过一次战斗，结果腿上负了重伤，到现在也经常要拖着一条腿走路。从那以后，弥八郎总是待在后方，负责供给或参谋工作，只使用头脑，不使用身体。这一点和二郎三郎正相反，二郎三郎凭借着自己的血肉之躯，参加了无数次的战斗。一时血气上涌的弥八郎，是不可能杀死这样一位久经沙场的战士的。如果他真的出手，下场肯定是转眼间就被制伏。而且，有一点弥八郎还不知道，甲斐的六郎正在梁上待命。如果二郎三郎真的遇到了危险，六郎肯定会毫不犹豫地投出飞刀。二郎三郎当然清楚这一点。

“那封信，我只送出去了一封，到目前为止。”二郎三郎说道。

“一封？”弥八郎有些糊涂了，为什么只送出去了一封？只送出去一封肯定没用，只有同时送出若干份，才会产生爆炸性的连锁反应。

“给谁啦？你交给谁啦？”弥八郎追问道。

“天皇。”

“什么？”

“我说天——皇。”

天皇就是后阳成天皇。二郎三郎竟然把那封信交给了天皇。这是一个弥八郎无法想象的情况。或者应该说，是一个弥八郎不愿去想象的情况才对。

“你说什么？你竟然……”

“你以为我在开玩笑吗？”二郎三郎微微一笑，然后招了招手。几乎同时，甲斐的六郎从梁上跃身而下，准确无误地落在了弥八郎的身后，没有发出任何声音。弥八郎隔了好一会儿，才察觉了六郎的存在，顿时惊得浑身直冒冷汗。

弥八郎曾经和伊贺·甲贺忍者们在一起生活过一段时间。也正因为这一层关系，弥八郎才能在“伊贺之难”中拯救了家康，并以此为契机，成功地重返了德川家。因此，弥八郎比一般人更熟悉忍者。尽管自己不会使用忍术，但在评判忍者水平高低这一点上，弥八郎具有相当准确的眼光，因为他曾见识过很多技艺高超的忍者。但一名忍者让弥八郎产生如坠冰窟的感觉，今天还是第一次。在江户城中，第一个把甲斐的六郎看作是天下无双的忍者的人，可能就是本多弥八郎了。甲斐的六郎一直成功地伪装自己，直至今日。秀忠和柳生宗矩都一直把他当成了一个弱不禁风的跑腿儿的，对一名忍者来说，这就是最高的荣誉。

二郎三郎对六郎说道：“弥八郎不相信你把信送给天皇的事，给他讲一讲。”

二郎三郎敏感地察觉到六郎犹豫了一下，六郎应该是在犹豫，要不要舍弃自己成功地进行了这么长时间的伪装。

“抱歉，可现在已经到了生死关头。”

的确，如果过不了眼前这一天，二郎三郎就不会有明天了。到今天为止所做的一切努力，也将全部付诸东流。

六郎明白了二郎三郎的处境，略一颔首后，平静地讲述了自己偷入京都皇宫的经过。

六郎把二郎三郎亲手写就的信件绑在胸前，潜入了皇宫。这封信里记述了关原之战中家康横死的情况，以及之后事情的发展。那一天是二郎三郎即将出发去江户之前的八月十日，后阳成天皇派钦差到伏见为二郎三郎送行。六郎巧妙地混在钦差的队伍里回到了皇宫。对功夫高超的忍者来说，潜入皇宫不是一件难事。但是忍者们大都不愿做这种事，因为他们对天皇都抱有很深的爱戴之情。忍者从不把大名们当作主君，而仅仅是雇主，被雇用时当然会恪尽职守，任务一旦完成，就和雇主不再有任何关系，下次的雇主很可能就是敌对的大名。也正因为如此，战国大名们一般都不会信任忍者。而忍者不向固定的主君效忠的原因，是他们已经有了主人。有一种说法是，忍者的主人是他们的族长，也有一种说法是天皇。中世时期的“漂泊之民”们都拥有可以自由往返于诸国之间的特权，并把这种漂泊和自由当作自己的人生追求。这些人无一例外，都把自己称为天皇的奴仆，而且都能拿出某种文书或许可，来证明自己的身份和特权。忍者虽然表面上并不是“漂泊之民”，但他们谋生方式、性情等都可以说明，他们的本质其实就是“漂泊之民”，那么他们心中的主君应该就是天皇。

甲斐的六郎正是出于这个原因，才对潜入皇宫的行动产生了一些犹豫。最终，六郎还是混在钦差一行当中，进入了皇宫。进入皇宫之后，六郎立刻就隐身到房梁之上。这时，意想不到的事情突然发生了，六郎遭到了猛烈攻击。

不仅是六郎，当时所有的忍者都认为皇宫是不设防的。皇宫的庭院并不是完全封闭的，任何人都可以窥视到里面的情形，有谁会白费力气地来防卫这样一个地方呢？

皇宫是由武士们守卫着的，布防倒也还算严密，但并不是为了保护天皇，而是为了保护控制着天皇的当权者的利益。也就是说，守卫皇宫是为了防止其他人来挟持天皇，而不是为了保护天皇本人的安全。所以防范的重点在皇宫之外，皇宫内部几乎是不设防的。不管是多么疯狂的人，也肯定不会来刺杀天皇。不只是忍者，普通人也都这样认为。所以，六郎在某种程度上，是很放松地就进入了皇宫的。六郎潜入皇宫，并不是想要把信交给某位公卿或妃嫔，而是要交给天皇本人。但六郎突然受到了攻击。如果不是六郎，可能会躲不过这次攻击。在完全没有人的气息、积满灰尘的梁上，毫无征兆地从四面八方射来了几把飞刀。幸亏六郎天生就反应敏捷，才好不容易躲过了这些飞刀，并无声地跃向远处，屏住呼吸潜伏在黑暗中。这时，六郎发现梁上有一个朦朦胧胧的灰色身影，这个身影几乎完全融入了周围的环境之中。可是那人轻微地喘了一口气。另外，灰色头巾外还露出了些许白发。六郎由此判断，对手是个老人。

“好久啦。”灰色装束的忍者说道。六郎没有应声，做好了随时躲避的姿势，并观察着周围的动静。

“我是说，很久没有本领如此高强的忍者偷入皇宫啦。”

灰衣忍者的语调很缓慢。六郎不知道他是因为上了年纪，还是故意如此。

“看上去不像伊贺·甲贺的人，是武田忍者吧？”对方准确地判断出了六郎的来路，“你是想刺杀天皇陛下吗？为什么？这可不合忍者的规矩。”

“不是。”要是被人当作刺客，那以后就没法在忍者的世界里生存了，刺杀天皇的恶名会跟随自己一生，“我只是想把一件东西呈送给天皇陛下。”

六郎低声回答后，迅速转移了位置。凭感觉，六郎知道有两到三人正在向自己逼近。六郎确信，灰衣忍者不惜破坏忍者的习惯，先行出声和自己谈话，就是为了掩护正在靠近自己的同伙，为他们的行动争取时间。

“我可不是想要争取时间。”灰衣忍者准确地看出了六郎的想法，“我只是为你着想罢了。”灰衣忍者摘掉了头巾，果然露出了一头白发，比六郎猜想的岁数还要老一些。刚过来的三名忍者同样身穿灰衣，年龄也很大了。三人把六郎围在中间，六郎双手持刀严阵以待。

“等等。”那个看上去像是首领的忍者举起手，拦住了三人和六郎，“不要在皇宫里流血。”

太气人了，刚才不就是他先掷出的飞剑吗？但六郎仔细一琢磨，刚才的那些飞剑好像是故意掷偏了一些。总而言之，此人老奸巨猾，六郎丝毫没有大意，但也没有先出手。那三人也没有出手的意思。

“你想把什么东西交给天皇陛下？”沉默了片刻之后，看上去像首领的老人先开口问道。

“是和你没有任何关系的东西。”六郎冷冷地答道，“是一个关系到天下安危的大秘密，只能呈交天皇陛下一人御览，所以我才偷偷混进来的。”

“关系到天下的大秘密？”头领嘀咕了一句，然后说出了一句让六郎大吃一惊的话，“是德川殿下的事吧？”

六郎没有回答，其实是不知该如何回答。

首领微微笑道：“德川殿下已经死了。现在是由影武者假扮的吧？”

“说什么呢！”如果不说话，就等于默认了，六郎只得开了口，“你为什么这么想？”

“不是想出来的，是看到的。”首领略带嘲讽地说道，“所有来拜见天皇殿下的人，我们都看见了，想骗过我们眼睛是不可能的。”

“那，你们已经把此事报告给天皇陛下了吗？”对六郎来说，这件事非常重要。如果天皇已经知道家康是由他人假扮的，那么事情会有些麻烦。

“当然已经报告了。但天皇陛下说，是真是假，其实没有分别。”

六郎长舒了一口气。天皇既然知道家康是由别人假扮的，就可以以此威胁德川家。那时，秀忠会如何应对呢？按照秀忠的秉性，他很可能会派柳生宗矩来暗杀天皇。这是二郎三郎和六郎最不愿意看见的情况。但现在天皇说真假都一样，说明他并不打算借此要挟德川家。所以六郎才放下心来，长舒了一口气。

这一次，灰衣首领没能完全读懂六郎的想法，但他仍是一副一切都已尽在掌握的表情：“放心吧，天皇陛下不打算以此威胁德川家。”

六郎紧盯着首领说道：“那样最好。否则，天皇陛下是会被人刺杀的。”

首领闻言怒目而视：“你一个忍者，竟然胆敢想要行刺天皇陛下！”

“不是我，是权大纳言秀忠，他会派柳生宗矩来行刺。”

“兵法家（剑术家）行刺天皇，不可能！”以前，兵法家也是“漂泊之民”的一员，所以首领才会这么想，但他的想法落伍了。

六郎索性不再做保留："没什么不可能的！柳生一族为了能够出人头地，没什么不敢干的。"

首领哑口无言，看上去像是突然又老迈了许多。

"我说，你们是带我去见天皇陛下呢，还是在这里大家拼个你死我活？"

六郎确信自己立于不败之地。后来的三名忍者也已经上了年纪，想想死在增上寺的甲斐的飞助，就可以明白，忍者最大的敌人就是年纪。一旦上了年纪，不管经验如何丰富，身体就会跟不上了，以六郎的身手，杀死这四个人应该易如反掌。

灰衣首领当然也清楚这一点，但他仍然没有示弱："你要交给天皇陛下什么东西？"

"一封信而已。但弄不好，这封信也能使天下大乱。"

"这封信会为天皇陛下招来权大纳言的暗杀吧。你为什么要把这么危险的东西……"

"就和刀一样，拿着危险，但不拿会更加危险。"

首领再次沉默了片刻，然后说道："把刀和剑先交给我们保管。"

首领没有想到，六郎痛快地把刀剑和忍者袋放在了梁上。其实，六郎也不愿杀死这些老人，因为他想起了甲斐的飞助。首领微微一点头，后面的三人小心翼翼地接近六郎，然后取走了武器。六郎现在手无寸铁，剩下的只有一身胆量。

首领长舒一口气："你叫什么名字？我是皇宫忍者首领青地新左卫门。原是木曾谷的忍者。"

"甲斐的六郎。现今效命于家康公。"

"是影武者的家康公吧。"

"家康公——"六郎并没有说是影武者，"原来也是一位'漂泊之民'，他非常敬仰天皇陛下，没有任何恶意。"

这句话起了决定性的作用，青地新左卫门点点头："我带你去吧。"

六郎被带到了天皇寝宫的梁上——由一个忍者亲手向天皇呈交东西，是不可能的。青地新左卫门从六郎手中接过那封信，放到了天皇枕边的文件匣中，并对天皇低声禀告了一番。六郎一直在梁上，注视着这一切。在看到天皇终于抬起头，向着屋顶方向轻轻地颔首之后，六郎满意地离开了皇宫……

本多弥八郎像一块石头似的，一动不动地听完了六郎的描述。六郎的话里面充满了只有亲身经历过的人才能讲出的细节，而且六郎平静的语气，在听者耳中反而增加了很强的真实感。看来，记录着所有真相的信，现在肯定已经被交到了后阳成天皇的手中。

弥八郎在六郎离开之后的很长时间里，依然保持着沉默，六郎的话带来的冲击太强烈了。过了大约三十分钟，弥八郎才开口说话。

"为什么？"弥八郎像呻吟似的问道，"你为什么要干这么危险的事？"

弥八郎所说的"危险"，并不是对二郎三郎而言，而是针对德川家所说。弄不好，第二代将军秀忠将被当作一个欺世大盗，永远在朝廷中成为人们的话柄。这件事会成为德川家历史上最大的污点。

而秀忠如果在恼羞成怒之下刺杀了天皇，这个污点将无法洗清，永远地留在历史当中。

"人为了活命，什么事都干得出来。"

听了二郎三郎的回答，弥八郎不知为何突然火冒三丈，语气也转变得尖刻起来。

"你就那么怕死吗？"

"是呀，哪怕多活一天也是好的。"二郎三郎毫不犹豫地说道，一副理所当然的态度。

弥八郎又陷入了沉默。二郎三郎毫不犹豫的态度，说明他并不是为自己惜命。回想一下，二郎三郎过去曾无数次面对死亡，这样一个人到了这种岁数，在一般意义上来说，又怎么可能变得怕死呢。但他现在又明确地表达了这一点，只能说明他珍惜生命并不是为了自己。要么是为了两个孩子，要么是为了他曾经提到过的，为了庶民的自由而建立公界的梦想。

"为了活下去，你现在想要什么？"过了良久，弥八郎开口问道。

"掌握朝廷的院政，担任'太阁'。"

"太阁"是丰臣秀吉首创的制度。他在把关白的职位让给自己的侄子秀次的同时，就任了代表前关白的太阁一职，开创了一种二元政治。但这个二元政治制度彻底失败了。文禄四年（1595 年），秀次被怀疑背叛秀吉，被逼自杀，妻妾子女共计三十余人，在京都三条河源被斩首。现在距那时只过去了九年的时间，秀次的悲惨下场依然历历在目。可现在二郎三郎竟然又试图实施二元政治。

弥八郎摇了摇头："没用，结果是明摆着的。"

“放心吧，我不会失败，因为情况和丰臣家完全不一样。”二郎三郎立刻反驳道。这件事他已经考虑很久了，弥八郎想到了的事，二郎三郎也早已考虑到了。

“你想一想，就算我现在立刻把征夷大将军的位子传给秀忠，大名们能服他吗？”二郎三郎反问道，“你以为当上了将军就万事大吉吗？看看足利义辉将军的下场吧。”

第十三代足利将军义辉，在永禄八年（1565年）五月被松永弹正杀死。弥八郎无言以对，因为他在自己心里，也在怀疑大名们是否会臣服于秀忠。

“‘下克上’的乱世还没结束呢。如果家康殿下不在了，谁会臣服于秀忠这种鼠辈。”二郎三郎抓住这一点，步步进逼，“而且，如果换作家康殿下，你认为他会怎么做？会只做了两年将军，就把摊子全都丢给秀忠殿下，自己去享清福吗？”

弥八郎叹了一口气。他比任何人都了解家康，站在家康的立场上，设身处地考虑一下，的确，以家康的慎重，现在不可能把权力都交给秀忠。他肯定会如二郎三郎所说，自己也控制着一部分权力，继续扶持秀忠一段时间。从这个角度来看，二郎三郎的要求非常符合家康的性格。并且，对德川家来说，这样做会更安全。

“院政啊。”弥八郎叹了口气说道。

“对了。”

“你还打算继续待在伏见城？”

“不。”

弥八郎感到很意外，因为他知道伏见城改建的事，也知道现在的伏见城是一座忍者难以进入的城池。所以他原以为，二郎三郎不会轻易放弃伏见。

“伏见离京都和大阪太近了，很容易让秀忠殿下疑神疑鬼。”

二郎三郎很清楚秀忠的性格，如果二郎三郎的退隐之地离京都过近，他首先会怀疑二郎三郎是否会私通朝廷。而且，丰臣家占据的大阪城离伏见也很近。秀忠很清楚，二郎三郎不但不准备攻打大阪城，反而积极地促进着和丰臣家的和解。所以，他绝对不会听任二郎三郎住在与大阪近在咫尺的伏见。

“我打算去骏府一带。”二郎三郎若无其事地说道。

“骏府？为什么？”弥八郎警惕地问道。

“气候好，吃的东西也不错。另外，你忘了吗？那里是我的老家。”

弥八郎也想起来了，那里确实离二郎三郎的家乡很近。

“而且，我住在骏府，秀忠殿下也可以放下心来。想要对付我，他随时都可以动手，因为周围都是三河嫡系大名。”

这种安排是关原会战之后，德川家的“大名盆栽”政策的一个重点。尾张以东东海道沿线地区的外姓大名全部被迁出，换上了三河嫡系大名。现在如果从西日本开始进攻，想要打到江户城下会非常困难。骏府正好处在德川家嫡系势力的正中。

“你也上了岁数，开始怀念家乡啦。”弥八郎有些感慨地说道。回首往事，自己和二郎三郎已经认识了很多年，两个人都老了。

“是啊。所以说，我虽然还掌握着一小部分权力，但秀忠殿下没有什么好担心的。”二郎三郎说话时的表情看上去很恳切，但其实他并没有说实话。二郎三郎之所以选择骏府，是因为骏府东有箱根山，西有以安信川为首的几条交错的河流。一旦开战，骏府虽然孤悬在敌人的包围圈内，但凭借这两个天险，已经立于了不败之地，而且二郎三郎还打算建一些防御设施。即便战败，还可以乘坐骏府湾里由威廉·阿达姆斯建造的船只脱身。在速度上，西洋帆船不可能输给日本的安宅船。在利用风力的技术上，两者的差距实在太大。

弥八郎仍然在沉思。他开始觉得二郎三郎的方案也不错，因为弥八郎自己也认为，现在还不能放心地把所有的政务都交给秀忠处理。秀忠所仰仗的以大久保忠邻为首的政客们，也远不能让人信任。同以加藤清正为首的旧丰臣系的大名们相比，这些人的能力处于明显的劣势。加藤这些大名，肯定不会屈服于秀忠的淫威，这些人全都是软硬不吃，是一群凭着智慧和能力成功地生存于战国乱世，老奸巨猾但又铁骨铮铮的血性男儿。稍不留神，秀忠就可能反被这些人玩弄于股掌之中。

但是如果有家康在，情况就不一样了，而且骏府的地理位置也很理想，如果有敌人从西面攻来，骏府可以成为江户的屏障。如果敌人从北方攻来，从骏府出发一日就可以驰援江户。只要有二郎三郎坐镇骏府，估计那些心怀异志的大名也不敢轻举妄动。

“那怎么称呼你？”弥八郎突然问道。

“什么？”二郎三郎没有反应过来。

“我是说，你让出将军的位子后，你想让人怎么称呼你。”

“嗯——”二郎三郎陷入了沉思，他还没有考虑到这个细节，“‘前任将军’

怎么样？”

“太长了。”弥八郎一口就否定了。

“那，叫‘大御所’怎么样？”“大御所”原本是对亲王或者摄政大臣们隐退之后的称呼。

“‘大御所’——”弥八郎既没有说好，也没有说不好，只是在脑子里飞快地盘算着，他在分析着其中的利弊。

“你觉得怎么样？”二郎三郎问道，他觉得弥八郎已经得出了结论。

“不好说呀。”弥八郎的态度很暧昧。

“撒谎，你肯定已经想清楚了。”二郎三郎毫不留情地戳穿了弥八郎。

“很难预料中纳言大人的反应。”尽管秀忠已经晋升为权大纳言，但弥八郎还是时不时地把他称为中纳言，“不能以常理来推断他的想法，他的城府实在太深。”

秀忠常年在忍耐中压制着自己的本性，心中必定已经积累了无数的怨恨。弥八郎无法判断秀忠会在什么时候，以什么样的方式爆发。

“看来还得让他给我写份东西。”二郎三郎若无其事地说道，“如果他不写，我就不把将军的位子让给他。不管他使出什么样的手段，五年也好，十年也好，就这样保持现状，全天下的人也不会认为有什么不好。”

的确，这样做觉得不好的肯定只有一个人，那就是秀忠。关原之战过去四年了，人们好不容易才享受了几天太平日子。

“你会没命的。”

“保证书会被立刻交给秀康公、忠吉公还有其他大名，我已经安排好了。”

“秀忠肯定会秘密地杀死你，同时也会杀死那些使者。”

“不可能。在我刚才提到的那些人身边，都有一个我派去的人，而且手里都有那份保证书。每隔半个月，我会给他们发一次约定好的暗号。如果没有接到暗号，这些人立刻就会把保证书交给那些大名。”

事实的确如此。风魔一族的忍者们改头换面，已经投身于那些大名的身边，也只有风魔一族才能如此成功地完成这个任务。

“这是那个人想出来的计策吧？”弥八郎向梁上扫了一眼。

“是我的主意。”二郎三郎此言是为了保护六郎，同时掩饰风魔一族的存在，“武田忍者的老人们负责这个任务，他们就像混在大海中的一滴水，没有人能够把他们找出来，除非把全国的老人全都杀掉。”

弥八郎在心中赞叹不已，这个安排非常周密，简直就是滴水不漏。很明显，这次又是秀忠输了，但是，事情不会到此为止。秀忠实在是输得太多了。在这四年里，他不停地输给二郎三郎，心中肯定已经充满了怒火。而且他这四年里最大的梦想，就是继任第二代将军，但这个梦想迟迟不能实现，他现在已经处在爆发的边缘，如果再输一阵，他很可能会不计后果地冒险一次。弥八郎担心的正是这一点。

“很不好说啊。这件事能不能先放一下，你还是先把将军的位子让给他，怎么样？”弥八郎劝道。

二郎三郎无声地摇了摇头。秀忠一旦继任了将军，肯定会认为天下的大权已尽数掌握于自己的手中，那时不论提什么样的要求，他都不会答应，所以，要提要求就必须现在提。就算秀忠要爆发，也是让他现在爆发比较有利。因为现在二郎三郎仍然是将军，秀忠如果杀死二郎三郎，自己也就成了叛逆。

秀忠如果要杀二郎三郎，必须抢先下手。也就是说，秀忠必须要自己出面揭发，家康是假冒的，自己也为此才出兵讨伐。这样才会出师有名，不用背负弑父的骂名。当然，秀忠会假称，自己到今日为止，一直不知道二郎三郎假冒家康一事，并且，他会指责有人在背后指使。从关原之战的经过来看，这人不是本多忠胜，就是井伊直政。井伊直政两年前已经死了，剩下的只有本多忠胜，秀忠的计划必定是，先杀死二郎三郎，然后发兵桑名讨伐本多忠胜。

这个计划最大的缺陷是尽管秀忠避免了背负弑父的骂名，却无法避免杀死现任将军。如果和松永弹正一样，背上史上最大的犯上恶名，明显是秀忠不愿意看到的，也正因为顾忌这一点，他才让自己恨得咬牙切齿的二郎三郎活到了今天。反之，对二郎三郎来说，秀忠的这个顾忌是他唯一的护身符。所以他才会冒很大的风险，把真相告诉了天皇。

“暗杀之后再假称我因病去世，这招儿是行不通的，天皇立刻就会发现真相。到那时，他会不会授予你将军的位子，还很难说。”这是二郎三郎对秀忠的潜台词。事实上，杀死将军后自己能够取而代之的，在历史上还没有一个人。不仅如此，尽管不能对弥八郎明言，但二郎三郎实际上早已想好了脱身之策。凭借着六郎多年苦心网罗的江户地下豪杰，以及风魔一族的力量，二郎三郎早已做好了各种准备。

脱身时最大的问题就在于如何离开江户城。只要出了江户城，天地之大，可以任凭二郎三郎翱翔。说起对江户这个城市的熟悉，柳生忍者当然比不上六郎手下的江湖人士。至于江户的各种小道、捷径，柳生们就更不清楚了。因为和伊贺·甲贺忍者的暗斗，令他们无暇去熟悉城市。

自古以来，就有“江户八孔”的说法。“八孔”的意思是八条秘密通道，这些秘密通道是在战况不利时，供城主及其手下逃生的道路。就连伊贺·甲贺忍者也一直未能搞清楚这个秘密，更不用说新来的柳生一族了，他们甚至连这些密道的存在都不知道。

二郎三郎因为长年为德川家做影武者的关系，知晓了一部分的密道。二郎三郎假扮家康之后，从第一次来到江户时开始，就在寻找这些密道的地图，他曾亲自去翻阅文件，也曾命令六郎和阿福协助查找，最终发现地图的是阿福。谁都没有想到，这幅地图竟然一直被藏在一副盔甲之中，准确地说，应该是这幅地图被藏在了家康的一副盔甲当中。它被缝在了预先制好的，家康死后下殓时将要使用的那副盔甲的护手之中。

六郎在和岛左近及风魔商量之后，亲自去勘察了这八条密道，制订了缜密的脱身计划。密道的入口在本丸的榻榻米下面，在紧急时刻，只要揭起榻榻米就可以进入密道。如果只有二郎三郎、六郎和阿福三个人，转眼之间就可以消失得无影无踪。所以，二郎三郎这次没带一名侍妾，就是担心她们可能会成为累赘。而阿福手下的女忍者们则肯定会由屋顶逃走，以吸引敌人的注意。

只要出了城，就万事大吉了，可以直接出海，经海路抵达热海。热海和箱根山近在咫尺，二郎三郎可以在风魔小太郎的保护下，悠闲地泡泡温泉，等着欣赏各地大名们接到信后的反应就行了。

“绝不能输给秀忠这种鼠辈。”二郎三郎的胸中充满了斗志。

秀忠大发雷霆。

到了这种时候，他还想干什么！对朝廷的秘密交涉正在顺利地进行。接任第二代将军，甚至已经不需要他二郎三郎的同意了。可现在竟然还提什么大御所！一个退隐的人，而且还是个卑贱的影武者，竟然妄图参与政治，虽说只是在形式上，但那也是痴心妄想。难道不想要命了吗？长福丸、鹤松这两个孩子的命也不想要了吗？我要把阿梶夫人以及那些侧室统统杀死！这是多年积怨的一次总爆发。秀忠终于再也无法掩盖他那残忍刻薄的性情。

弥八郎一直沉默无语，心中一片失望。不加约束地让这种人当上将军，天知道会发生什么事，说不定德川家会两代而亡，在历史上留下无法洗清的污名。正如二郎三郎所说，绝不能对秀忠听之任之。

在和二郎三郎谈话时，弥八郎还有些犹豫，但见了秀忠发怒的样子，弥八郎终于拿定了主意。或者也可以反过来说，正是秀忠的爆发，把弥八郎推到了二郎三郎一方。

弥八郎一直在默默地听着，任凭秀忠把想说的都说了出来。秀忠的怒吼和叫骂，听上去就如同哀号。弥八郎可以清晰地感觉到秀忠内心的恐慌，与其说他是在害怕二郎三郎，不如说，他是因自己将要继承的第二代将军而恐惧。秀忠没有自信去面对因自己继任将军而出现的各种局面。明白了这一点之后，弥八郎再一次赞叹，二郎三郎的判断竟然如此准确。

秀忠停止了怒号，他累了，而且能说的话已经全都说完了，甚至连很久以前的事，也都被他翻了一个遍。

沉默。

弥八郎一直在等待这个时机，他用一种尽量不会刺激秀忠的平静的声音指出，既然二郎三郎已经把保证书交给了天皇，那么到目前为止和朝廷的交涉，是否还能有预期的效果已经很难说了。也许，天皇的意旨已经改变。现在已经是年底，来不及再和朝廷交涉了。不过完年，很难知道结果到底是凶还是吉……

秀忠再次爆怒："管他是凶还是吉！如果他们不听话，我连天皇也换了！"秀忠想也没想就喊叫道。

弥八郎又陷入了沉默，他冷冷地盯着秀忠。秀忠马上就发觉失言了，自己吐露了不该吐露的心声。

弥八郎的语气如同冰一样冷："如果您已经考虑到了这一步，那就没什么可说的了。按您想的办吧。"

说完，弥八郎就告退走了。

"这次他甚至连辞职都没有说。"秀忠感到有些茫然。

弥八郎之所以没有表示辞意，是因为他认为没有这个必要。换掉天皇的意思就是杀死天皇，这对人臣来说是最大的罪恶了。自己年轻的主君，竟然胆敢明确地说出这个想法，弥八郎又怎能再追随他呢？现在再说"请您允许我离开"这样的话，就实在太迂腐了。现在是我弥八郎自己要走，如果秀忠一怒之下发兵追杀，就算是被追兵杀死，也比被后世史家指责为谋害天皇的帮凶要强得多。

从这一天开始，弥八郎就从江户消失了。没通知任何人，他就回了相州玉绳的领地。在回领地之前，弥八郎只是给二郎三郎留下了一句话："秀忠大人打算更换天子。"

“秀忠大人”这个称呼，不是臣下对主君的称呼，是和德川家没有关系的人使用的称呼。也就是说，弥八郎这时已经不把秀忠当自己的主君看待了。再有，秀忠既然打算更换天子，就说明他已经完全拒绝了二郎三郎的提议，他准备杀死二郎三郎。事已至此，二郎三郎也不能坐以待毙，只能把自己扮演家康的经过告知全天下的大名。

“明白了。你就在相州等着看一场好戏吧。”二郎三郎的声音里透着悲壮。他愤怒了，并不是因为秀忠没有接受自己的提议，而是因为他要更换天子。已经说过很多次，二郎三郎原本是一个“漂泊之民”，是一个以四海为家的自由人，对“漂泊之民”来说，天皇的权威是绝对不容冒犯的。秀忠更换天皇的想法终于彻底激怒了二郎三郎。

“这家伙准备蛮干了。”弥八郎心中掠过一阵寒意，德川家的存亡现在已经到了千钧一发的时刻。既是挚友又是主君的家康，穷尽一生之力打下的德川家的天下，现在马上就要崩溃了。弥八郎的心里充满了无尽的悲伤。

“我只想求你一件事。”弥八郎说道，“看在这么多年交情的分儿上，只有一件事……”

二郎三郎轻轻地点了点头。

“你能不能回到伏见之后，再公布那封保证书？”弥八郎仍然对秀忠抱有最后的一丝幻想，“好歹，请你等到那时候吧。”

二郎三郎长时间没有回答，他正在努力压制自己的怒火。更换天皇这句话，让二郎三郎的感情受到了极大的伤害。

人类的活动有着漫长的历史，一些宝贵的真理已经被湮灭在历史当中。这些真理从形式上来看，可能已经过时，不为现在的人所理解，但是其中所蕴含的力量永远不会失效。从事物的各种古老的存在形态当中，探询这些真理所拥有的力量，是生活在后世的人们的义务。如果放弃了这种义务，人类也就不能被称为人类了。

秀忠现在放弃了这种义务。他为了自己的一点儿私欲，就企图谋害天子，这种做法让二郎三郎的心灵受到了很大的伤害，并招致了二郎三郎强烈的反抗。秀忠侮辱了人世间的尊严，教训这种人，没有任何犹豫的必要。二郎三郎现在想把秀忠扔进一个残酷的现实当中，让他好好品味一下人生在世应该遵循的道理。但二郎三郎同时很理解弥八郎的心情，因为二郎三郎清楚弥八郎和死去的家康之间的友情，也充分理解他不愿看见家康一生的努力就这样付诸东流。

弥八郎是二郎三郎长年的至交，他无法拒绝老友最后的请求。

“好吧。”二郎三郎在长时间的沉默之后，突然说道。

“多谢了。”弥八郎向二郎三郎深施一礼，这时他觉得自己的眼睛有些湿润。“正月六日很危险。那时正好是大名们向你拜完年的时候。”弥八郎又补充了一句。

接受大名们拜年的时候，如果二郎三郎不在，秀忠会很为难。因为任命他为第二代将军的圣旨还没有下达，秀忠无法代替二郎三郎接受大名们的贺礼。如果秀忠想要顺利地继任为将军，就必须顺利地完成贺礼的仪式，过后，他就可以杀死二郎三郎了。事后他可以对外宣称，家康重病缠身，无法接受探视，然后就继任第二代将军。这样做显得最自然，最容易被世人接受。

弥八郎清楚，秀忠已经和柳生宗矩一起制订了行动方案，所以才会提醒二郎三郎。

二郎三郎轻轻一笑：“放心吧。这回非让那小子大吃一惊不可。”

弥八郎这时才想起，二郎三郎是一个逃命的高手。

庆长十年（1605年）正月，二郎三郎在江户城接受了诸大名的新年贺礼。柳生忍者从元旦开始，就彻底地包围了二郎三郎的住处，秀忠终于准备动手了。为了消除二郎三郎手中那封信的影响，秀忠已经准备好了一封信，打算在事后交给朝廷，以及以秀康为首的兄弟们和自己手下的大名。作为秀忠，其实并不愿意使用这封信笺，因为它可能会带来很多意想不到的后果，最主要的问题就是，秀忠作为家康继承者的合法性。秀忠继承德川家到底合不合法，关于这一点，没有任何的书面文件可以用来做证，也就是说，家康并没有留下遗嘱。关原之战以前，秀忠的确是德川家的世子，但如果家康还在世，很可能会追究他在关原之战中贻误战机的责任，并从此剥夺他世子的地位。而如果作为继承人的合法性受到了质疑，那么秀忠继任第二代将军的合法性必然也会受到质疑。兄长秀康、弟弟忠吉肯定会拍案而起，抓住这一点穷追猛打。秀忠必须要为此做好必要的准备。

秀忠有些心虚。首先，惹恼弥八郎现在看来是个致命的错误。事后冷静下来一想，让二郎三郎作为大御所住在骏府，这个方案其实并不是一个坏主意，反正也不过就是一个傀儡罢了。到现在为止，二郎三郎从没有干涉过政务，除去金银矿山和海外贸易这两点，商讨其他政务时，他只是带着一副不耐烦的表情，坐在一旁听着而已。而以上两点都是和赚钱有关的，说到底，二郎三郎也不过就是一个对金钱充满贪欲的老人而已。他好像有很多钱，但却没有见他有效地使用过。看看他身边那令人难以置信的单薄的警卫力量，就已经很清楚了。让这样一个人活下去，又有什么大不了的呢？有他在，说不定可以让今后秀忠的施政变得轻松一些，因为可以把坏事全都推到二郎三郎身上。他就是一个很有用的傀儡，其实没有必要非得杀掉他。

但是事情到了这个地步，已经没有退路了，只能继续行动。然而秀忠没有想到，杀死这么一个影武者，竟然要费如此大的力气。杀人很简单，但善后很难，因为这件事见不得光，所以除了柳生宗矩以外，秀忠连个商量的人都没有。秀忠必须亲自和宗矩一起预想所有可能发生的事情，并做好相应的准备。这件工作太麻烦了，现在秀忠恨不得立刻就把它扔在一边。

刺杀二郎三郎的日子，被定在了正月六日，和弥八郎预想的一样。

正月六日终于到了。

这天早晨，柳生宗矩集合了柳生忍者，准备亲自去袭击仍在寝室中的二郎三郎。时间按现在的说法是凌晨四点，根据侦探得到的情报，在寝室的梁上，总有四名女忍者交替担任警戒，首先要杀掉这四个人。

宗矩带领四名柳生忍者，屏住呼吸，悄无声息地向寝室逼近，从寝室的另一侧，也同样有四名柳生忍者正在靠近。到达寝室上方时，宗矩察觉情况有异——看不到女忍者的身影。宗矩心中觉得不妙，他卸下了一块天花板。果然不出所料，寝室中虽然到处都点着灯，但一个人都没有，二郎三郎和他手下的忍者们都不见了踪影。

宗矩无声地落在地上，伸手摸了一下被褥，很凉，说明二郎三郎已经离开了很长时间。宗矩仰了一下头，柳生忍者们迅速地搜查了整个住处，依然找不到一个人。二郎三郎和八名女忍者以及那个负责跑腿的下人，总共十个人，现在都人间蒸发了。

怎么可能有这种事，柳生从凌晨时分起，就严密地封锁了这里，应该连苍蝇都飞不出去。梁上、地板下都有人监视，远处还有一层包围圈，也都没有发现有任何人出去。

谨慎起见，宗矩又命人搜查了梁上和地板下面，但仍然没有发现二郎三郎。宗矩狼狈万分，他脱下忍者装束，亲自跑到城门处查问二郎三郎一行人的行踪，结果让宗矩大吃一惊。门卫们称，家康公的七名侍女在五日下午较晚的时候出了城，至今未归。她们是大大方方地出示了门牌后，蹦蹦跳跳出的城。但不管在哪座城门，都没有人看见二郎三郎以及那个叫六郎的随从。也就是说，二郎三郎、六郎还有一名女忍者，没留下任何痕迹，就突然消失了。

其实，这三个人比女忍者们还要早一些，在正午时分就从地板下的密道脱身了。留下的七名女忍者，用土封闭了密道入口，并踏得结结实实，然后换上漂亮衣服出城去了。她们在品川和二郎三郎一行人会合，利用傍晚时分的昏暗做掩护，在品川海边上了渔船，直奔热海。从品川开始，就由风魔一族的高手负责保护。宗矩等人潜入府邸的时候，一艘小渔船正在横渡相模湾。

当然，宗矩是不可能知道真相的。他对整件事的印象是，二郎三郎和另两个人一起神秘地消失了。

宗矩急匆匆地赶到西之丸秀忠的住处，秀忠为听取宗矩的汇报，特地屏退了左右，正在寝室等候着宗矩。

宗矩只能如实地报告了情况。

秀忠很吃惊，以至于都忘记了生气。他做梦也没有想到，只带了九名手下的二郎三郎，能够逃脱柳生的围剿。

震惊之后是恐慌。

二郎三郎跑了。现在不管派出多少人手，也无法阻止二郎三郎把写着事情真相的信件交给秀康、忠吉兄弟和其他的各地大名了。不错，秀忠也准备好了为掩盖真相而写的书信，可是，这些书信只能在杀死二郎三郎之后才能使用。二郎三郎既然还活着，这些书信就派不上任何用场，因为信中写的都是些对秀忠有利的谎言。可是，二郎三郎本人还活着，如果他出面反驳，秀忠的处境反而会更加危险。死无对证这句话说得不错，但人还活着则另当别论，现在秀忠准备的那封信就成了一张废纸。

二郎三郎假冒家康，并非出自他本人的意愿，是秀忠、本多忠胜、榊原康政、井伊直政、本多弥八郎五人共同协商之后做出的决定。井伊直政故去，但其他三人还活着。在这三人当中，榊原康政原来就是秀忠的监护人，而本多弥八郎在关原之战时，也作为参谋跟随在秀忠身边。剩下的只有本多忠胜一人，他不但是当初向家康举荐二郎三郎的人，后来还对二郎三郎在关原之战中的表现给予了极高的评价。套用一句司法术语，本多忠胜这位证人是敌方证人。如果要杀二郎三郎，必须同时除掉本多忠胜，所以在开始对二郎三郎采取行动的同时，秀忠也向柳生宗矩下达了对本多忠胜的暗杀令。

忠胜一直称病在桑名闭门不出，宗矩只得向桑名派出了十名手下。本多忠胜在战场上是绝顶的猛将，但对付暗杀却没有什么经验，因为他和众多同时代的武将一样，瞧不起忍术，没拿忍者当一回事。越是自信的人，越容易暗杀，所以宗矩认为，去十名忍者就足够了。按计划，本多忠胜必须和二郎三郎同时丧命。所以，此时柳生忍者很可能已经潜入桑名，完成了暗杀的任务。

秀忠忍不住发出了一声呻吟。

又过了一天。

秀忠命令江户奉行实施戒严，捉拿二郎三郎。此时当然无法对外宣称将军在家里失踪了，所以只能向各处分发了阿福和七名女忍者以及六郎的画影图形，并且严令只要有人和他们同行，不管是谁，一律就地捉拿。二郎三郎不可能孤身一人行动，所以如果有可能捉住他的话，这些措施已经准备得很充分了。

柳生宗矩也动员了所有柳生忍者参加搜捕，问遍了江户所有的骡马行，但没有一家说曾经把马匹卖给过陌生人，而幕府的马厩也没有马匹外借。除了骑马以外，二郎三郎不可能有其他离开江户的方式，如果他徒步逃跑，肯定早就被捉住了。所有五百石以上的大船都调查过了，当天没有一艘进入江户湾。渔家的小船因为数量太多，无法一一调查，而且乘坐小船，也无法到达伏见。如果二郎三郎在中途上岸，肯定会被立刻发现，因为所有的关卡都持有六郎等人的画影图形。

但是二郎三郎一行依然杳无踪影，就像是蒸发了似的，甚至连那些女忍者也都没有任何消息。这是因为女忍者们离开江户之后，全部易容打扮，分散着来到了海边。

在秀忠焦躁不安的叫骂声中，又过去了一天。在正月七日的晚上，柳生宗矩收到了一条惊人的消息，被派去桑名的十名柳生忍者，除了一名被放回来报信以外，其余的全部被杀死了。桑名城不知道什么时候，加强了对忍者的防范，而毫无警觉的柳生忍者们进了城以后，碰到了无数坚固的障碍和警报设施，最终全军覆没。

这种情况简直跟伏见城一模一样。其实这也是必然的，因为本多忠胜在二郎三郎不厌其烦的劝说下，也改造了桑名城。在秀忠想到要刺杀本多忠胜之前，二郎三郎早就预料到了会有这么一天。

据唯一活着回来的柳生忍者报告，本多忠胜大发雷霆，把死去的柳生忍者的头颅全都用盐腌制后，准备命人送来江户，请大名们帮助辨认刺客的身份。

宗矩大惊失色，因为那十名柳生忍者的首领是一名知名的柳生新阴流的剑客。如果首级被送到江户，肯定立刻就会被人认出，从而被人联想到，派往桑名的刺客全都是柳生忍者，所以必须夺回这些首级。

秀忠得到暗杀本多忠胜失败的消息之后，也大为惊慌，不知道该如何处理此事。每件事都大出自己的预料，而且任何一件事都无法拿来和大臣们商量，必须由自己一个人拿主意。可面对眼前这些事，秀忠想不出任何办法，几乎快要绝望了。就单单是二郎三郎失踪这件事，秀忠就不知道如何向大臣们解释。最先发觉此事的是德川家请来的和尚们。秀忠命人对他们说："家康大人偷偷跑出去打猎了。"虽然暂时蒙混过关，但如果过了两天二郎三郎还不回来的话，就无法用这样的借口来搪塞了，再加上鹰匠和猎鹰还在府邸里，外界的不安必然会逐渐扩大。

秀忠一直把自己打扮成一个孝顺的儿子，为了保持这个形象，现在他无法保持沉默，或者说他应该表现得比任何人都着急。可是事态却不允许秀忠对外界表现出不安的情绪，如果这种不安被扩散，秀忠也无法预测将会出现什么样的情况。

首先，兄长秀康、弟弟忠吉肯定会十万火急地赶来。榊原康政和本多忠胜也不会坐视不理，到那时怎么向这些人解释呢？想要对付这些人，大久保忠邻的力量是不够的，而且忠邻并不清楚真相，他肯定也会和这些人一起惊慌失措。本多弥八郎知道一切真相，而且有能力对付这些武将，但他肯定不会来。实际上，在发现二郎三郎失踪的六日早晨，秀忠就派出使者急召弥八郎回江户，但弥八郎连一封回信都没写，只是对使者说了一句话："你回去告诉大人，我祝他武运昌盛。"

就这么一句话，意思是，你的事，我不管了。

在这次骚动中，如果二郎三郎已经把那份保证书分发给了众人，会出现什么样的情况呢？如果不把聚集到江户城的所有兄弟和大名全都杀死，秀忠必然会成为被众人怀疑和发泄怒火的对象，他们会怀疑秀忠已经杀害了二郎三郎。如果派柳生忍者把这些人全都杀掉，那么这些人带来的军队得知主君被害之后，肯定会联手攻打江户城。秀忠没有能力抵抗他们的攻击，因为德川家的嫡系部队肯定不会为不但杀死了家康，而且连秀康和忠吉都谋害了的秀忠卖命。只靠柳生一族的力量和这些人作战，秀忠可以说是毫无胜算。

正月八日的早晨，在连续度过了几个不眠之夜后，秀忠总算假寐了片刻。突然，他感觉到身边有人一晃，猛地睁开眼睛挺身坐起，看看周围，却未见人影，原来只是自己的幻觉。秀忠苦笑了一下，想要继续躺下休息一会儿，这时，他发现枕边放着一封白色的书信，肯定是刚刚有人把它放在这里的。

拿起书信的一瞬间，秀忠的手剧烈地颤抖了一下。信封上写着“秀忠殿”三个字，笔迹很熟悉，毫无疑问，是家康的笔迹。当然了，这肯定是出自二郎三郎之手。二郎三郎经过长年的训练，现在的笔迹和家康的一模一样。

拆开信封不是一件很容易的事，因为秀忠的手一直在剧烈地颤抖着。另外，他在心里其实有些不敢看信的内容。

信的内容很简单，而且很奇怪。内容是：“明天将军家康公将从江户城出发，沿东海道回伏见。途中不必着急，四十天之后到达伏见即可。随行人员中，不能有柳生和甲贺的忍者，让伊贺一族负责保驾。在行进的过程中，不要让任何人看到家康公。”也就是说，信中要求秀忠花四十天的时间，把家康的空辇送回伏见。这封信至少说明了两个问题。第一，十有八九二郎三郎现在已经回到了伏见城。如果乘快马，江户和伏见之间最多也就是两日的行程。超过六十岁的老人，还能经受得起快马的颠簸吗？别忘了，二郎三郎是野武士出身，对野武士来说，马就如同自己的双腿，而且频繁出猎也可以证明，他的身体依然很强健。二郎三郎的骑术和他的射击术一样，经常让德川家的武士们惊叹不已，就连壮年的武士也很难追上他。有如此惊人的骑术，估计二郎三郎在五日的白天离开江户之后，最迟也应该在昨天，也就是七日的中午，就轻松地抵达了伏见城。说不定他六日的晚上就已经到了。他留在江户的忍者计算着时间，现在才送来这封信。不清楚他们是从哪里搞来的马，大概是六郎在猎场附近买来的，然后寄存在了城内的骡马行。江户奉行手下的衙役，还有柳生忍者，只是在各个马行调查了有没有被人盗走或购买了马匹，但对事先寄存后来被取走的马匹并没有做调查。因为当时大多数的武士都以马代步，这种调查是不可能完成的。

第二点，从信中可以看出，伊贺忍者和二郎三郎有着特殊的关系。这一点，柳生忍者完全没有察觉。秀忠因此斥责了柳生宗矩，柳生忍者到底在干什么，为什么连这样的事情都没有发现。现在不得不怀疑柳生忍者的能力，在秀忠看来，柳生忍者要么是无能，要么是懈怠，二者必居其一。

宗矩无言以对，因为事情正如秀忠所说，但有一点很值得怀疑，宗矩并不认为自己部下的能力会比不上伊贺忍者，而且过去所做的调查，也并非走马观花。因为当时柳生和伊贺·甲贺忍者正在暗地里打得不可开交。双方都是为了在江户幕府中占有一席之地，或者说是为了自己家族的存亡而战，所以在调查时，绝对不会放过任何蛛丝马迹。经过如此缜密的侦察，也完全没有发现二郎三郎和伊贺忍者之间有任何关系。反而，在侦察中发现伊贺忍者们（甲贺忍者也一样）一直对自己被冷落，而像柳生这种没有什么名气，而且不知道是剑客还是忍者的一族却被重用，表示出强烈的不满和不解。伊贺忍者的那种态度怎么想也不像是装出来的。如果有人能够一边在暗地里和二郎三郎联手，一边在表面上却做出因为受冷落而愤愤不平的样子，那么此人也必定是演艺大家，而伊贺一族不可能所有人都是这种演艺大家。

宗矩考虑了良久之后，采取了一个冒险的行动。他在当天只带了几名随从，身着官服，假称是奉秀忠的命令来到伊贺忍者首领服部正就的府邸。

“这段时间，将军大人的行动非常奇怪，权大纳言大人非常担心……”宗矩假借秀忠的孝子名义，称自己是奉命调查家康公的怪行，顺便问一下家康公都对伊贺忍者下达过什么样的命令……

宗矩判断，伊贺忍者并不知道二郎三郎的真实身份。这是二郎三郎最得意的浑水摸鱼之计，伊贺忍者在紧要时刻，肯定直接接到过二郎三郎的命令。

宗矩的判断是正确的。

服部正就是家康十六将之一的服部正成的长子。正就在庆长元年（1596年）父亲去世后，继承了五千石的领地，并负责统率两百名的伊贺忍者。此人有勇无谋，远远比不上他的父亲。

服部正就没有掩饰自己的困惑，从一开始就被宗矩摸清了底细。即便对方是秀忠派来的使者，作为伊贺忍者的首领，也不应该表现出这样的态度。服部正就后来因为此事应对失措而受到了处罚，并死于大阪夏季战役，其弟正重也被没收了领地，堕落成浪人。服部正成的家系至此而亡。

实际上，正就在当天早上接到了一封家康的亲笔书信，这封书信也不是以正规的方式送达的。正就这天早上一睁眼，就发现自己门口的石阶上，不知道什么时候被放了一封书信。自从和柳生忍者发生争斗以来，正就的府内就配备了大量的护卫，但没有一个人发现是谁送来的书信。

书信的内容，也让正就非常吃惊。信中命令他九日早上从江户出发，护送着空车辇于二月十九日到达伏见。在这四十天期间，对外称家康生病，除医生以外，任何人不得接近车辇，包括负责护卫的武士们，车辇由伊贺忍者们轮流驾驭。可以告诉医生，其实家康公不在，但要严厉警告他不得对外透露此事，病名可以对外称是伤风，绝对不能说是重病。另外，还要派出十名女忍者假扮侍女，负责车辇周围的警戒。在信中还详细地规定了住宿的地点，住宿时的详细安排等，甚至连对进入伏见城之后的行动都做了具体的指示。所有的指示都非常详细。

如果这封信是通过正式方式送达的，那么不管内容如何奇怪，服部正就都会毫不犹豫地按指令行事。但是这封信是在避开了众人的耳目的情况下，被放在台阶上的，事情就显得有些不那么简单了。信封上的字，的确是家康公的笔迹，信笺本身出自他人之手，最后的画押也是出自家康公之手。为了确认笔迹，正就把信笺交给了几位老人过目。正就觉得此事非常可疑，最好的办法当然是把信笺上交给幕府，确认指令的内容。但令正就为难的是，在信的结尾处，明确地写明，此信的内容为绝密，不得透露给幕府中的任何人。无奈之下，正就只得按照信中的指示，做好了动身的准备，严格挑选了部下和女忍者，收拾好了行李，同时也做好了战斗准备，甚至带上了铁铳。正就还命令，自己不在期间，江户府邸也要做好临战准备，因为他担心这封信是个圈套，而下圈套的可能是柳生。

可是柳生忍者的首领宗矩，作为秀忠公的使者，现在就在自己眼前。而且还声称因为家康公最近行为古怪，所以秀忠公想要了解一下伊贺忍者和家康公之间的事情。既然说家康公行为古怪，那么柳生甚至秀忠公到目前为止，应该都不知道这件事。

正就陷入了极端的矛盾，在矛盾当中，正就说出了他一生当中最失败的一句话。

“我也完全搞不清楚是怎么一回事。我到底应该怎么办？”

柳生现在是伊贺最大的敌人，而正就现在竟然向敌人的首领真心地请教，太愚蠢了。这样做等于是告诉敌人，自己毫无主见。

宗矩一愣，看了一眼正就之后，马上摆出一副不容置疑的架势说道：“把信给我看看。”

正就此时又犯了一个错误。再怎么说，这封信上也有家康公的朱印和画押，而且，信中有明确的指示，不能把信的内容告知幕府的任何人。可是正就却轻易地把信交给了宗矩。

宗矩在心里越发瞧不起正就了。他接过信瞥了一眼，出其不意地揣进了怀里。

“必须把这封信呈给权大纳言大人。我暂时保管一下。”

说完，宗矩丢下惊慌失措的正就，扬长而去。

宗矩离开之后，正就才觉得事情有些不妙。那封信有可能真的出自于家康公，可自己却如此轻易地交给了别人。如果信是真的，家康公肯定会大发雷霆，弄不好，不但家族的地位不保，自己也会落个切腹自尽的下场。

正就慌忙赶进城去拜见秀忠，必须要取回那封信，这件事关系到伊贺一族的荣辱存亡。

正就如坐针毡地等了很长时间，才好不容易见到了秀忠。一见面，秀忠就交给他一份那封信的抄件。

“按照信中的命令去做。原件我留下了。”正就没能取回原件，就被强行送了出去。离城之后的正就，在任何人的眼里，都已经只是一具失魂落魄的行尸走肉了。

第二天，正月九日清晨，家康公一行悄悄离开了江户城。车舆的周围，布满了手持长枪铁铳的十名女侍卫和五十名伊贺忍者。前后方都是德川家的心腹武士，整个队伍戒备森严，但是，车舆中并没有人。

这些日子里，秀忠一直夜不能眠。因为他无法判断，二郎三郎下一步会怎么走。

至少，眼前的局面暂时还没有到崩溃的地步，二郎三郎肯定尚未把那封保证书交给秀康、忠吉两兄弟或者各地的大名。因为这些人既没有来兴师问罪的迹象，也没有送来责问的书信。

据说保证书已经被交给了后阳成天皇，但朝廷方面没有任何异常举动，始终保持着沉默。除了相关人等，在日本还有一个人知道家康是由人假扮的，这一点就足以令秀忠胆寒，更何况，这个人偏偏还是天皇。秀忠真的一筹莫展了，虽然在武力方面构不成任何威胁，但天皇在精神上，足以对秀忠形成莫大的震慑。

“我要把天皇换掉。”秀忠只不过说了这么一句话，弥八郎就立刻回了自己的领地，走前甚至连招呼都没打，由此不难想象天皇在精神上的权威有多大。对天子不敬，在这个国家里，大概会招致所有阶层的敌视，秀忠现在不得不哀叹，二郎三郎准确地找到了事情的关键。这已经不是一个卑贱的影武者所能拥有的智慧了。他背后的军师到底是谁呢？

再看看这次的失踪事件，只能用精彩来形容。秀忠所有的计策和准备都落了空，他此时就如一名剑客，发出自以为必胜的一击，却被对手轻松地避开，自已陷入了一种不知所措的窘境。这时只要对手愿意，立刻就可以让他身首异处。

最可恨的是，对手并没有下手，而只是站在一旁，用嘲讽的目光冷冷地看着自己。秀忠甚至搞不清，二郎三郎现在到底在哪里。如果不等那支正在东海道上慢慢行进的队伍，在四十天以后抵达伏见，谁也不会知道二郎三郎的行踪。不知道对手在哪里，自己真的不知道该如何走下一步。

但是，那封保证书现在还没有被交给任何人，说明二郎三郎还没有放弃要当大御所的想法，秀忠现在也认为这个办法可行。二郎三郎又赢了。

在二郎三郎失踪的这些日子里，秀忠终于认识到，自己的地位是如何不稳固。自己以前过于自信了，一直认为自己的位置稳如磐石，但实际这块石头上已经有了许多裂缝，随时都可能崩塌。

如果二郎三郎继续失踪一个月，秀忠恐怕会陷入斗争的旋涡，一不小心，就会丢掉性命。德川家也会四分五裂，日本将重回战国时代。在残酷的斗争中，秀忠这种人根本就无法存活。

“你一个人不可能撑住局面。要有自知之明。”

二郎三郎仿佛正在这样对秀忠说。通过这次失踪，他已经让秀忠充分地认识到了，作为“大御所”的家康，是何等重要。

空无一人的车舆行进在东海道上，这四十天对秀忠来说，将是一段难以忍受的折磨。二郎三郎当然也清楚这一点，才特意制定了这个行程。除此以外，应该不会有其他的理由了。秀忠好像看见二郎三郎正在嘲笑自己。

秀忠觉得自己就要崩溃了。可现在即便派人快马赶往伏见探察情况，也肯定会吃闭门羹，还有一个问题必须尽快处理，那就是如何应付本多忠胜。

险些被暗杀的本多忠胜，现在正暴跳如雷。忠胜很清楚，在这世上有可能来杀自己的，只有两个人，一个是二郎三郎，一个是秀忠。两人要杀自己的理由都一样，因为自己知道现在的家康是由二郎三郎假扮的。但二郎三郎曾不顾忠胜再三的拒绝，逼迫忠胜建造了防范忍者的设施。如果是二郎三郎派来的刺客，肯定不会因为不熟悉这些设施而落入陷阱。如此说来，刺客必定是秀忠派来的。但秀忠为什么一定要杀死自己呢？忠胜并不清楚二郎三郎和秀忠此前的暗斗，所以他猜不出理由。

秀忠认为，忠胜必定会气势汹汹地率兵直逼江户，说不定已经离开桑名了。如何对忠胜解释呢？试图蒙混过关是不可能的，忠胜此人不但勇猛无敌，而且素有智计。像秀忠这样的毛头小子，远不是他的对手。要么对他如实说出真相，要么就在城中将其杀死。但不论找什么样的借口，都不足以成为杀死忠胜这种功臣的理由。如果那样做，秀忠必然会成为众矢之的。二郎三郎也不会浪费这个机会，秀忠就任第二代将军的时间肯定会被无限期地推迟。

秀忠现在只能请回本多弥八郎，如果有可能，秀忠想亲自去相州玉绳见本多弥八郎。但身为负责镇守江户的世子，擅离职守是不可能的。派使者去吧，身边却挑不出一个合适的人选，因为没有人知道真相，知道真相的只有柳生宗矩一人，但弥八郎很讨厌宗矩，因为弥八郎知道他负责的都是见不得光的工作。秀忠尽管很清楚这一点，但眼下实在找不出别人了，只能让宗矩去一趟。秀忠给宗矩下了两条命令。

"去见弥八郎时，不得携带任何武器，短刀也不行。而且只能一个人前去，不得带部下。"

宗矩也明白秀忠的意图，自己不能被怀疑是刺客。宗矩单身匹马去了玉绳。如果弥八郎动了杀念，那么不管宗矩的剑法如何了得，恐怕也无法生还。

弥八郎好像已经料到宗矩会来，他很快就见了宗矩。听了情况之后，弥八郎说道："把给伊贺忍者的日程让我看一看。"

宗矩把二郎三郎给服部正就的信交给了弥八郎。弥八郎看了很长时间，冷不丁地问了一句。

"今天是三十日吧？"

"是。"

"快了。"

宗矩不知所云："您说快了是什么意思……"

"家康公快要现身了。"

宗矩有些难以置信，他以为二郎三郎早已安全地回到了伏见。

"你想错了。看看这份时间表——对外称病在骏府从十一日停留至二月四日，就算是为了拖延时间，也未免太长了。家康公应该是准备在这里和队伍会合。"

宗矩一片茫然。

"那，他一直待在什么地方？"

"应该是骏府吧。不过，肯定没有公开露面。"弥八郎不容置疑地说道，"这段时间，家康公肯定是在骏府附近考察地形。他大概是想建一座新城，所以正在琢磨，该如何改变城市现在的布局。"

弥八郎并没有告诉宗矩，骏府是二郎三郎的家乡。如果遇到紧急情况，在那里躲上个十天半个月，对二郎三郎来说易如反掌。之所以要在这里停留二十五天，除了弥八郎说的原因以外，很难再有其他的解释。

二郎三郎就是为了造成这种假象，才做了这份行程。实际上，这段时间他一直在箱根山，每日里泡着温泉，调养着身体，剩下的事就是和岛左近、小太郎和风斋商量今后的安排以及建设骏府的方案。但二郎三郎在箱根山这件事，绝对不能让弥八郎或秀忠知道，否则他们会联想起风魔，设法让他们以为自己待在了骏府，是比较合情合理的。没做任何怀疑，弥八郎就落进了二郎三郎的圈套，像他这么老谋深算的人，竟然也没有产生任何怀疑。

“家康公现身之后……”弥八郎用锐利的目光紧盯着宗矩，“你们不要蠢到试图要去刺杀他。现在的家康公已经做好了万全的准备，如果你们对他下手，德川家会就此分裂，日本也将回到战国时代，秀忠公也会丢掉性命，别忘了这一点。”

宗矩默不作声，他发现秀忠也有考虑欠周详的一面。秀忠从外表上来看，仿佛城府很深，算无遗策，但实际上他的心里充满了嗔怨和仇恨。而每当这些嗔怨和仇恨爆发出来的时候，他总是无法冷静地思考和判断，经常会做出在某种意义上来说，很幼稚又很过激的危险行为。暗杀本多忠胜就是一个很好的例子。既然二郎三郎还活着，那么就找不出比这更没有意义的暗杀了。宗矩现在甚至认为，这次暗杀失败了，反而不是一件坏事。但现在必须想办法平息本多忠胜的怒火，而能做到这一点的，只有这位既是忠胜的亲戚，又熟知其性格的弥八郎。宗矩把刺杀本多忠胜失败的事情告诉了弥八郎，弥八郎一副难以置信的表情。

“你们这些人长没长脑子，难道不会考虑一下后果吗？”弥八郎喊道。暗杀忠胜的消息，立刻就会传到二郎三郎的耳朵里，他肯定要比忠胜本人还要愤怒。因为是本多忠胜把二郎三郎推荐给家康做影武者的，而且也是因为忠胜，二郎三郎才能假扮家康。二郎三郎尽管不一定领情，但不管怎么说，忠胜也还是他的恩人。

“立刻去骏府。”弥八郎火急火燎地站起身来。

本多弥八郎快马驰向骏府。弥八郎不是武人，骑着快马急行，几乎已经超过了他老迈身躯所能忍受的极限，但无论如何也要尽早见到二郎三郎。弥八郎清楚本多忠胜是杀伐果断的武将，他的手下是德川家最强的一支精兵，他本人也熟知兵法，久经沙场。秀忠和柳生宗矩竟然无知地认为，可以很轻易地暗杀忠胜，真是不知天高地厚。况且，他们竟然没有做任何失败后的准备，所谓的战术就是要预想到最坏的情况，并预先做好各种准备。秀忠和宗矩就是忘记了这条基本准则。也就是说，这两个人根本就不是战士，最多也就是浅薄的阴谋家，而且完全不知道什么是真正的战争。

弥八郎凭直觉认为，能够平息本多忠胜怒火的只有二郎三郎，就连他自己也不行，不管对德川家如何忠诚，自己在忠胜眼里不过只是一个文官。自古以来，武将对文官的态度就是轻蔑和猜忌，两者生来就不是一种人，所以不管弥八郎怎样费尽口舌，肯定都无法劝阻本多忠胜。

况且秀忠完全不占理，这次暗杀行动简直就是无法无天、不可饶恕的暴行。在秀忠的内心充满了私欲，这种人完全不值得同情，能够平息忠胜心头怒火的，只能是一种哀其不争的宽大胸怀，是一种对又蠢又任性的无赖表现出的一种悲悯的态度。

“那小子就是一个不可救药的无赖，算了，别理他了。”想要劝解忠胜，只能这样说，而能够这样说的，也只有二郎三郎。

本多忠胜虽然没有对别人说过，但他对二郎三郎在关原之战时所表现出来的统帅才能还是很赞赏的。那时，二郎三郎无视忠胜的指令，按照自己的想法指挥了战斗，结果非常精彩地赢得了全面的胜利，更令人吃惊的是，他的指挥酷似家康，仿佛就是家康附体。而且，忠胜最清楚，二郎三郎其实并不愿意扮演家康。如果不是在忠胜的强制下被逼无奈，二郎三郎肯定不会接受这样一件苦差。所以，如果二郎三郎来劝解，忠胜想必也能够接受。因为二郎三郎曾数次遭到暗杀，忠胜自己也遭遇一次，就不值得大惊小怪了。

弥八郎必须在本多忠胜到达骏府之前，就把这件事告诉二郎三郎，并恳求他去劝慰忠胜。对德川家的忠诚，令弥八郎不顾老迈的身躯纵马疾驰。

一切正如弥八郎所料，二郎三郎在二月一日的早晨突然出现在骏府。二郎三郎一身行猎的装束，随行的有甲斐的六郎以及阿福等八名女忍者，他们也都一身行猎的装束。

骏府城主内藤信成去迎接了二郎三郎，现在他终于可以松一口气了。

信成也曾接到过二郎三郎的亲笔密信，密信的内容是，一月底，家康在回伏见的途中，会在骏府城休整。其间，家康将发布几份朱印文书，这几封文书都已附在密信当中。因为家康会对外称病，所以内藤信成须代替家康发出这些朱印文书。文书的内容都是对一些武士的封赏。

具体如下：

一月十三日　大草久长荣　三百石

同日　栗生荣先　三百石

同日　三上太郎　一千石

同日　山下正兼　三百石

一月十五日　安藤直次　两千零三十石

同日　永井直胜　四千零五十五石六斗

以上的这些武士都在骏府城中领到了朱印文书，因为家康公尚在病中，所以文书由内藤信成代为颁发。众人感激涕零之余，不免向信成询问起了殿下的病情，因为密信中并没有明示，所以信成不知该如何回答。

“那个，那个，就是那什么……”信成的本意是想含混过去，但众人却误以为家康得的是难以启齿的病症，也就是淋病。

大家会心地一笑：“哦，是那个呀。殿下真是老当益壮啊。”

信成大感尴尬，却已迟了，这件事被迅速地传播了出去。因此在德川家的正式史书《德川实纪》中的《东照宫御实纪》中，也记载道“殿下得了淋病……”

六十四岁的家康得了淋病，这个珍稀的记载，其实就是这样诞生的。据说，二郎三郎听信成满头大汗地解释并谢罪之后，拍着腿大笑不止。

本多弥八郎人困马乏地赶到骏府城的时候，正是这一天的下午。他马上觐见了二郎三郎，屏退左右之后，弥八郎向二郎三郎讲述了秀忠暗杀本多忠胜未遂一事。

“你还想让我把将军大位传给这个蠢货吗？”

当这样一个蠢货手中握有巨大权力的时候，谁知道他会做出什么事情来。

弥八郎为平二郎三郎的怒气，着实费了一番口舌，因为二郎三郎说的都是实情。但不管怎么说，两人还是在阻止本多忠胜去江户这件事上达成了一致。

甲斐的六郎奉二郎三郎之命，借助风魔之力查清了本多忠胜的动态，他率军就要抵达冈崎了。弥八郎主动要求由自己手持二郎三郎的亲笔书信，前去会见本多忠胜。弥八郎判断，如果自己不亲自走一趟，本多忠胜很可能会无视二郎三郎的书信，继续率军疾奔江户。

本多忠胜借探望家康公的病情为由，于二月三日率军进了骏府城。

二郎三郎花了整整一天的时间，向忠胜讲述了到今日为止的事情经过。当然，他略去了有关风魔和岛左近的事情，主要说的是秀忠的种种行为和自己的对策。

本多忠胜十分震惊，他完全没有想到，二郎三郎竟然遭遇了如此之多的艰险。只从表面上看，谁也想不到在江户幕府中，曾发生过如此激烈的内斗。“盆栽大名”计划已经完成，二郎三郎也顺利就任了征夷大将军。只要秀忠再继任为将军，当初在关原战后所做的计划也就全部完成了。

二郎三郎能活到今天实在不容易，忠胜感慨道。了解了一些细节之后他发现，如果换作自己，恐怕很难应付那些困局。眼前这个影武者竟然一一从容化解，就算是有弥八郎的大力支持，能做到这种程度，也实在是侥幸。忠胜并不知道岛左近和风魔的存在，所以他很自然地认为，二郎三郎背后的高人就是弥八郎，而二郎三郎也希望忠胜产生这样的误解。

不管怎么说，忠胜的怒火平息了。和发生在二郎三郎身上的事情相比，一起暗杀未遂实在不值得一提，而且，忠胜能够躲过暗杀，还是因为二郎三郎强迫他在城中增加了防范忍者的设施。

怒火平息之后，取而代之的是担忧。忠胜很怀疑，秀忠到底有没有统率德川家以及各路诸侯的能力。忠胜和二郎三郎还有弥八郎，就这个问题整整讨论了一天，但没有得出任何结论。当然了，如果能如此轻易地得出结论，二郎三郎或者弥八郎肯定早已付诸行动了。

很明显，不让秀忠继任第二代将军是理想的办法，但时至今日，已经不可能这样做了。因为这样做必然会引起内战。如果是一场单纯的父子相争，局面倒也还能收拾。但现在事情最初的起因是家康的死，一旦开战，德川全军肯定都会得知真相，即便二郎三郎不说，秀忠也肯定会说出来。到那时，德川家甚至整个天下会何去何从，谁也无法预测。对忠胜和弥八郎来说，没有什么事比德川家的未来更重要，无论如何，他们也不愿看到德川家陷入四分五裂的局面。

最终经过反复斟酌，二郎三郎提议的大御所政治，依然是最妥善、最能够有效地抑制秀忠的方案。通过这次的事件，秀忠已经受到了足够的惩罚。据柳生宗矩所言，这二十多天里，他已经瘦了一圈。现在的秀忠，不管在表面上做出什么样的姿态，在内心里也必定已经彻底认可了大御所制度。弥八郎相信，只要自己回到江户后再一次提出建议，秀忠肯定会接受大御所制度。

❖

忠胜和二郎三郎都接受了弥八郎的提议。因为二人对今后事态的发展，都和弥八郎持有同样的看法。三人又一起检查了九名刺客的首级，为了防止腐烂，首级已经用盐腌制过了。二郎三郎和弥八郎仔细地逐一辨认了一番，两人都认出其中的一个首级是柳生新阴流一位有名的高手，也是柳生道场的一名教头。如果在江户出示这个首级，大名、家臣、武士们当中，肯定会有很多人认识他。这个首级就可以证明柳生一族是一个刺客组织。因此柳生宗矩甚至秀忠，都会不择手段地希望夺回这个首级，为此，他们肯定会不惜在江户城中杀死本多忠胜。

忠胜有些后怕，因为他并没有考虑到这一层。不管忠胜多么勇猛，如果被困在江户城里，也必然无法幸免。他其实只差一步就要踏入死亡的陷阱了。

本多弥八郎带着九个首级回了江户。二郎三郎也于二月五日离开骏府城，回了伏见。本多忠胜一直陪伴他到了名古屋。忠胜的心里充满了感慨，要说关原之战之后德川家最大的功臣，应该就是二郎三郎了。

忠胜想起了关原之战刚刚结束时，为决定德川家的命运，在大津城开会时的情景。自己和弥八郎信不过稚嫩的秀忠，只有榊原康政力保秀忠，而井伊直政则推荐了忠吉。结果自己和弥八郎的意见被采纳，隐瞒了家康的死讯，并由二郎三郎假冒。现在看起来，当时的这个决定是正确的。但之所以这个决定现在看上去是正确的，是因为二郎三郎付出了呕心沥血的努力，即便他的动机是为了让自己能够活下去，但在结果上却维护了德川家的霸主地位。

相比之下，自己这些人又做了什么呢？井伊直政已经死了，可以放在一边不说。但自己和榊原康政这五年来，一直躲在封地里，没有参与中央政治。尽管这是缘于秀忠的诡计，但也反映出了自己这些人的消极态度。“自己已经老了，世道已经变了”，应该把这些念头统统甩在一边，坚决果断地进行反击。如果当初那样做了，秀忠在行事时也必然会收敛些，类似这次的连环暗杀之类的事件，无疑也可以减少或避免。反省之后才发现，自己这些人的确是太消沉了。

尽管弥八郎一直在努力地保护着二郎三郎，但如果没有二郎三郎的临机应变，现在也不可能有这种局面。就像这次逃出江户，弥八郎就没有提供任何帮助，如果二郎三郎的野武士流的妙计没有奏效，现在肯定已经天下大乱了。如果出现了那样的局面，自己和榊原康政所掌握的军队也起不了任何作用，因为那时的战争，必然是德川家兄弟间的内战。不想还好，忠胜越想越觉得后怕。

“此人的器量实在非同小可。”

忠胜一边骑着马和二郎三郎的座驾齐头并进，一边看了一眼座驾中的二郎三郎。在二郎三郎的脸上看不出任何的忧虑和不安，因为两人刚才一直在说话，所以座驾的门是开着的。这时，二郎三郎竟然流着口水睡着了。

“身经百战的野武士，真让人佩服。”

出自名门的忠胜一直看不起野武士，但他现在觉得应该改变一下这种态度了。

“为了德川家，你一定要好好地活下去。”

忠胜弯下腰，拉上了座驾的门。

❖

秀忠向弥八郎承诺，同意二郎三郎就任大御所，并驻驾骏府，但有一个交换条件——在秀忠就任征夷大将军后，才能对外公布此事。弥八郎听罢，摇了摇头。如果在平时，这个条件应该没有什么问题，但现在和平时不一样，秀忠刚刚暗杀二郎三郎失败，如果二郎三郎愿意，秀忠肯定已经被打入万劫不复的深渊了，这种时候，秀忠还有资格提交换条件吗？

但秀忠非常执着，不肯放弃这个交换条件。他说话时青筋暴跳，让因经过一个月的恐惧而变得消瘦的面容显得更加恐怖。这是一种偏执，弥八郎很清楚，人被逼入绝境之后，经常会表现出这种症状，其实就是一种神志失衡。这种人很危险，因为他们已经丧失了理智，无法对情况做出正确的判断。弥八郎从浑身颤抖的秀忠的身上，嗅出了危险的味道。凭直觉，弥八郎认为，现在不能再刺激他了。于是弥八郎对秀忠说了句：“试试看吧。”就又离开江户，追二郎三郎去了。

刚出大手门，弥八郎就听见有人在喊自己的名字，回头一看，追上来的是和自己同样担任关东总奉行的青山忠成。弥八郎停下脚步，脸色苍白的忠成气喘吁吁地说道：“本、本多大人，你听说了吗？”

“听说什么了？”弥八郎询问道。忠成说出了一个令人震惊的消息，秀忠已经在秘密地调动军队，也就是说，他为了准备开战，已经向江户集结了大量的军队，其中包括德川家的嫡系部队、三河地区的旧系大名，还有若干和秀忠过从甚密的外姓大名，据说总兵力达到了十万人。而且秀忠已经命令东海道各驿站组织十万人所需的补给，其攻击目标很有可能就是京都方向。

突然接到命令的嫡系部队和大名们措手不及，紧急开始了整兵备战。江户现在已经陷入了一片混乱之中，大家却不知道敌人是谁，只是推测既然是向京都方向出兵，那么敌人十有八九是大阪城的秀赖。

弥八郎惊呆了，只有他才知道敌人究竟是谁，肯定是二郎三郎。秀忠这次看来不像是开玩笑的，如果交换条件没有被接受，他会毫不犹豫地杀掉二郎三郎。

但是讨伐二郎三郎用不着出动十万大军。秀忠之所以要做好这样的准备，必然是为了应对之后将要发生的一系列变化。这十万大军应该是用来应对已经从二郎三郎分发的信笺中得知了真相，以秀康、忠吉兄弟为首的各地大名的攻击（如果杀死二郎三郎，肯定会发生这样的情况）。不仅如此，如果秀忠率军进入了京都，说不定他会软禁天皇，挟天子以令诸侯。以秀忠的为人，他很可能会做出这样的事来。在他心中，从没有伦理是非的概念。

"无赖。"弥八郎在心中咬牙切齿地骂道，自己竟然没有发现秀忠身上还有这样一面。在现在这个时间，率十万大军前往京都和伏见方面，秀忠肯定没有仔细考虑过最会受到威胁的是谁。他只是单纯地认为是二郎三郎，其实并非如此，最为惊恐的应该是大阪城里的秀赖，不，准确地说，应该是淀君。淀君不但是当世最好强的人，而且非常不理智，好猜疑，这一点和秀忠很像。如果她得知了十万大军在江户集结的消息，肯定会认为秀忠的目的是攻打大阪，并且必然会因恐惧和愤怒陷入半疯狂的状态。不出意外，她会向加藤清正、福岛正则、浅野幸长、池田辉正等旧丰臣系大臣发出檄文，进入战争状态，以共同抵御秀忠。因在关原之战中失败而失去原有地位的大名和他们的家臣们，也会为了向德川家报一箭之仇，而云集于大阪。

战争一触即发。在这时只要有点儿风吹草动，不管你愿意还是不愿意，战火都会被点燃，甚至只要是一发弹丸就足够了。不管它是射向德川家，还是射向丰臣家，战争都将会爆发。

可是秀忠对眼前的形势并没有一个清醒的认识，他甚至对外姓大名没有做任何工作。在关原之战前，就连家康也要提前四个月就开始做这些准备。在某种意义上来说，家康在秀吉去世的那一刻，就已经开始着手进行这项工作了。家康为关原之战所进行的对外姓大名外交工作的目的，就是说服他们加入本方阵营。如果不是对各地大名的情况了如指掌，家康是不会开战的。对一些危险的大名，还需要派出部队进行牵制。关原之战时，正因为结城秀康率军牵制了东北各大名和上杉景胜，家康才能放下心来在主战场大显身手。可是类似的工作，秀忠什么都没做。

还有，尽管集结了十万大军，后勤补给却不完备。要供给十万大军日常所消耗的粮食、药品、日用品，并非一件易事，但秀忠并未对此做出任何有效的安排，简直就像是要出门游山玩水似的。

再怎么说，大阪城也是天下的名城。太阁秀吉费尽心血建造的城池，是不可能在一两个月内被攻陷的。从这个角度来看，十万人马是不够的，就像前面提到的，如果对各地大名派出牵制部队，则需要眼前这十万人马的三至四倍，而且还需要事先做好周密的后勤补给安排。如果忽视这些因素就贸起战端，则必败无疑。

弥八郎曾长年负责后勤补给工作，所以只要问几个细节，他就可以搞清楚秀忠是否已做好了准备。在向青山忠成提了两三个问题之后，弥八郎发现秀忠完全没有做好相应的准备。

“这人什么都不懂啊。”意思是说，秀忠在打仗方面简直就是一个外行。

弥八郎转身又去见了秀忠，要求他收回对十万大军的动员令。但秀忠已经打定主意，他顽固地拒绝了弥八郎的建议。

“你完全不知道对手的虚实。而且，打仗本不是你所擅长的事。”弥八郎毫不留情地说道，并举了秀忠在关原之战时贻误战机的例子。既然开了口，弥八郎就索性指出，当初贻误战机的原因是秀忠执意要攻打上田城，结果是被上田城的守将——狡猾的真田昌幸死死地缠住。弥八郎从一开始就反对攻打上田城，并在军事会议上数次提出自己的意见。秀忠不但不采纳，反而和身边的武士们一起认为弥八郎胆小怯战，所提出的主张也全无道理。秀忠现在却忘记了自己的失误，反称之所以贻误战机，全是弥八郎的原因。

“争执这些事没有任何意义。”弥八郎做出了这个判断之后，一言不发地退下，骑马上了东海道，直奔伏见。

连续的强行军使弥八郎六十八岁的老迈身躯有些吃不消了，但要拯救德川家的强烈使命感，让弥八郎忘记了肉体的痛苦。必须尽早见到二郎三郎，一起考虑对策。

现在能救德川家的只有二郎三郎了。

弥八郎在刚过名古屋的地方，就追上了二郎三郎的队列。二月十九日，二郎三郎回到了伏见城。

听到秀忠集结十万大军准备进京的消息，二郎三郎也和弥八郎一样惊呆了。对于秀忠希望把公布二郎三郎就任大御所的时间，放在自己就任将军之后的要求，二郎三郎只说了一句话。

“本当如此。”

二郎三郎完全没有把这个要求看作一个重要的问题。也就是说，秀忠完全没有必要调集十万大军向二郎三郎施压。

“他简直就像一只对着自己的影子狂吠的狗。”二郎三郎评价道。

弥八郎也颔首同意。正如二郎三郎所说，因为曾试图暗杀二郎三郎，所以秀忠现在异常担心遭到报复，故而不惜冒天下之大不韪，集结十万大军恐吓二郎三郎。

秀忠的这种行为，在二郎三郎或弥八郎眼里，实在是可笑至极。

话虽如此，现在却也不能听之任之。也就是说，不能让世人认为战端将起，必须为这十万大军的集结找到一个合适的借口。二人为此绞尽了脑汁。同时，现在还需要向朝廷申请，让二郎三郎辞去征夷大将军的职务，并由秀忠继任。居中斡旋的是京都所司代板仓胜重，板仓胜重原本是一名叫香誉宗哲的僧人，博学且精于各种宗教及朝廷的礼法。

到达伏见之后，二郎三郎立刻召来板仓胜重。当然不能告诉他真相，但十万大军的事却不得不提。无奈之下，二郎三郎只得称事情的起因是，岛左近近来又有所图谋。由于有三年前的增上寺事件，所以二郎三郎找到了一个绝好的借口。

“有些乱七八糟的传闻。说什么，那个岛左近正准备对付我。权大纳言心里着急，竟然说要带十万大军来保护我。”

秀忠一贯以孝子面目示人，为了保护父亲，行为有些过火也可以理解。

弥八郎补充了一句：“考虑到大阪方面的感受，这种做法不太妥当。可是儿子的孝行，我也不便阻拦。有没有什么好的借口啊？”

板仓胜重低头陷入了沉思。家康（二郎三郎）和本多弥八郎的担心很有道理，因为对方是淀君。只是因为秀忠继任了将军之位，淀君就已经暴跳如雷了，更何况，现在还有那十万大军……

很快，胜重就抬起头轻笑一声：“有一个可以借鉴的先例。”

板仓胜重所说的先例，是在很久以前的建久三年（1192 年），源赖朝被任命为征夷大将军，开设幕府于镰仓的时候，他和现在的秀忠一样，率领大军进京，令朝野震惊。

但胜重可能记错了。源赖朝最初率军入京是在建久元年（1190年）十一月，他率领的人马也只有一千余骑。但有一点胜重没有说错，当时，源赖朝率军入京的目的，的确是要震慑以后白河法皇为首的朝廷。从这个角度来看，可以把秀忠从东日本率十万大军西来的目的，向大阪方面解释为震慑朝廷。

二郎三郎鼓掌夸赞了胜重的博学，并命他把这个消息在朝廷中广为散布。只要通过朝廷的官员把消息传到坊间，肯定很快就会传入淀君的耳中，这是一个很妥善的处置方式。

二郎三郎和本多弥八郎为了以防万一，又做了另一项安排，他们命令以秀康、忠吉兄弟为首的各地大名火速前来伏见。如果秀忠真的有谋害二郎三郎之意，在这种情景下想必也无法贸然动手，那十万大军也就成了摆设。

秀忠率领上杉、伊达、佐竹、最上等四十余名各地诸侯，于二月二十四日从江户出发，途中在三岛、清须、膳所等地长时间地停留之后，终于在三月二十一日到达了伏见城。板仓胜重的宣传效果十分理想，各地都聚满了围观的人群。此时恰逢朝鲜派使前来修好，连使节们也都加入了围观的行列。

二郎三郎和秀忠的谈判在和平中结束。

四月一日，二郎三郎向朝廷奏请辞去征夷大将军一职，并由秀忠继任。

四月七日，朝廷准奏。四月十六日，在二条城向秀忠正式颁旨，命其接任将军。秀忠终于登上了盼望已久的征夷大将军的宝座，品阶正二品，同时补为淳和院别当，并被授予牛车兵仗。

但令人意外的是，通常附属于将军职位的奖学院别当和“源氏长者”[1]的称号被保留给了家康，即二郎三郎。这是后阳成天皇对二郎三郎送来的秀忠的保证书做出的反应。

秀忠非常震惊，他从未想到朝廷会做出这样的反应。尽管自己登上了朝思暮想的将军之位，但通常征夷大将军都会得到“源氏长者”的称号。这里的“源氏”，泛指天下所有武士。这是“源氏长者”和“征夷大将军”这两个称号第一次被分开使用，“源氏长者”依然属于二郎三郎。这里面的含义很明确，具体负责统率管理诸侯的，是征夷大将军，也就是秀忠。但天下武士精神上的领袖，依

1　武家领袖。

然是二郎三郎。

换句话说，秀忠的身份最多也就是二郎三郎的命令的执行者。在朝廷中也有过很多类似的事例，年轻的天皇处理政务，年迈的太上皇或法皇掌控实权，这就是所谓的“院政”。朝廷现在很明确地希望能够出现这种局面，也就是说由二郎三郎实行“院政”。既然二郎三郎提出了大御所的称谓，那么这种体制应该被称为“大御所政治”。费尽千辛万苦当上了将军，可秀忠现在依然无法按照自己的意愿施政，在他的头上，还是压着二郎三郎这座大山。

秀忠虽然怒不可遏，却也一筹莫展。既然圣旨已下，现在一切都已无法改变。

二郎三郎和本多弥八郎大喜之余，总算放下心来。由六郎呈送天皇的密信终于发挥了作用，了解到所有真相的后阳成天皇，做出了最妥善的处理。

这一年的八月，二郎三郎命令板仓胜重扩建皇宫，并亲率官员勘察土地。这件事可以被看成二郎三郎对后阳成天皇的一份谢意。

秀忠强压着怒火，在四月二十六日面君谢恩，并分别在四月二十七日和五月一日接受了亲王、百官以及各地大名的贺礼。五月三日在伏见城举办乐会，并宴请了诸王公大臣和大名们。

然而还有一个问题。

就是如何把此事通告大阪城的秀赖，准确地说，是通告秀赖的母亲淀君。

二郎三郎认为此事是丰臣家的一次危机。在伏见城里聚集着人数众多的军队，只要秀忠愿意，他可以借机攻下大阪城。除了秀忠的十万人马，现在各地大名带来的部队也驻扎在附近。

但危机和机遇往往只是一线之隔。二郎三郎把这次危机当成了为丰臣家争取生存机会的一次良机。

现在的秀忠正春风得意，关原战后五年的坚忍终于得到了回报。说明白些，他现在心情大好，如果此时秀赖来到伏见，向秀忠表示祝贺会怎么样呢？全国的大名正云集于此，如果秀赖前来祝贺，就代表丰臣家已不再拘泥于以前的主从关系，反而向德川家表示了臣服。秀忠对此肯定不会抵触，因为当初家康通过关原大捷也未能实现的目标，在自己就任将军伊始就得以实现。即便是心胸狭隘的秀忠，也必然会因此转变对丰臣家的态度。而且他也不得不转变，因为此时他必须向众人展示新将军的雅量。如果事情照此发展，至少在十到二十年间，丰臣家能够得以保全。也就是说，现在对秀赖和秀忠来说，都是演一出好戏的时机。

二郎三郎秘密访问了在京都的高台院夫人。她就是丰臣秀吉的正妻，以前的北政所夫人。二郎三郎向高台院夫人进言，眼下对丰臣家来说，是一个大好的时机，希望高台院夫人能够说服淀君和秀赖。

高台院夫人在秀吉在世时，就以通情达理而闻名。她立刻就明白了二郎三郎的良苦用心，诚挚地表达了谢意之后，紧急赶往了大阪。傲慢的淀君尽管不得不对正室高台院夫人表示尊重，但在这件事上，她顽固地表示反对。

对淀君而言，家康就任征夷大将军尚能接受。因为秀赖年幼，而家康又是当世无敌的统帅。但这次不一样了，秀赖已年满十三，在当时已经勉强可以被视作成人了。淀君曾天真地幻想，家康应该把将军的位子让给秀赖，在淀君眼里，家康始终是丰臣家的家老。在主君年幼时虽然可以担任征夷大将军，但在主君成人之后，家康交还将军的位子是理所当然的。但现在家康把将军的位子传给了自己的儿子，这件事有着难以估量的深远影响。首先，德川家已经不再把丰臣家当作主君看待；其次，今后德川家会把将军的位子代代相传，换句话说，就是德川家已经发出了将军世袭制的宣言。我们由此不难想象出，淀君遭受的打击是多么强烈。

偏偏就在这个时候，高台院却来做说客，现在淀君对德川家是恨犹不及，又怎么肯向其表示臣服呢？

在高台院夫人心中，丰臣家也是非常重要的，而让丰臣家长期存续下去，眼前的这个方法是最有效的。高台院夫人是一位彻底的现实主义者，她不像淀君那样出身名门，而是来自下级武士的家庭。她曾作为普通百姓，目睹过人世间的艰辛。淀君的做法，在她的眼里显得非常任性而且幼稚，于是高台院夫人在言语之间也就不再客气。而淀君却变得更加情绪化，扬言与其向德川家臣服，自己宁愿带着秀赖一起自杀。

高台院夫人结束了谈话，想说的事情其实还有很多——难道你淀君把孩子看成了个人的私有财产吗？想自杀，自己去自杀好了，为什么连孩子也不放过？以怨妇的心态去处理问题，结果只能是招来丰臣家的灭亡。能不能现实一些，不再做那些美梦……但高台院夫人没有说出这些想法，而是起身一言不发地回了京都。因为她很清楚，淀君这个女人，一旦受了刺激就会做出一些丧失理智的事情。秀赖有这样一位母亲，实在是不幸。而自己的丈夫秀吉也实在不明智，竟然收了这样一名愚蠢的女人做侧室，还让她为自己生了孩子。

高台院夫人回京之后，立刻派使者告知二郎三郎劝说失败，非常遗憾，并请求看在可怜的秀赖的分儿上，请二郎三郎尽可能地妥善处理此事。

二郎三郎非常为难。而且，高台院夫人的劝说和淀君的回答，转眼间就传到了民间，京都和大阪的百姓立刻陷入了巨大的恐慌之中。消息大概是淀君故意泄露的，淀君的原意可能只是想把自己的决心昭告天下，但后果反而对她很不利，百姓、武士乃至于大名们都认为，淀君已经愚顽得不可救药了。

"有这么一个母亲，秀赖殿下已经没希望了。"大家普遍持有这种看法。在这种形势下，十万大军在伏见的集结，又有了一种全新的意义。

连百姓都在猜测，新将军秀忠会不会以攻陷大阪来做自己将军生涯的起点呢。大阪的百姓携带妻儿，背着行李，纷纷涌向了安全的地区，有些人甚至逃进了山里。

淀君得知世间的反应后，有些惊慌失措，自己方面完全没有做打仗的准备，唯一可以仰仗的，只有大阪这座坚城。淀君没想到自己的行为会带来这种后果，但现在后悔也已经来不及了。她感觉到，只要新将军秀忠下了攻击大阪的决心，就可能真要像自己所说的那样，母子二人只好一起自杀了。

力挽狂澜的是二郎三郎。二郎三郎比淀君还要尴尬，现在无论如何也不能和大阪开战，一旦开战，不但所有的准备都派不上用场，弄不好，自己也可能会为此送命。

二郎三郎对眼前的局面也是束手无策。现在到了考验秀忠的决断力和战略眼光的时候。如果他倾全力猛攻，大阪城不论如何坚固，也必然将被攻陷，因为城中没有充足的防御兵力。

二郎三郎想，如果自己是秀忠，肯定会立即发起进攻。现在只能不动声色地看秀忠如何抉择了。

秀忠现在正为自己登上了将军的宝座，而兴奋得有些忘乎所以，完全没有打仗的心情。接受王公大名们祝贺，的确要比打仗愉快。归根结底，秀忠还是缺乏决断力和战略眼光。二郎三郎感觉松了一口气，看来自己的命这次是保住了。

"年轻就是没经验啊。"二郎三郎感慨道。

但现在还不是可以放心的时候，必须迅速地想出有效的对策。二郎三郎想出的妙计，连本多弥八郎都赞叹不已。

五月十日，二郎三郎把家康的第六子松平忠辉作为秀忠的代表，派往了大阪。忠辉此时年仅十四岁，在上个月的十一日，刚刚被任命为从四品的下右近卫权少将。一位十四岁的少年作为新将军的代表，被派去见了十三岁的秀赖，没有比这更巧妙的安排了，就算是淀君，也无法为难一位十四岁的少年，否则她就会沦为天下人的笑柄。秀赖也必然会对这位和自己基本同龄的少年使者备感亲近，事实上，仅仅经过这一天，秀赖和忠辉就结为了莫逆之交。十年后的大阪夏季战役时，忠辉因迟于参战而受到处罚，领地被没收，他本人也被流放。那次受罚的起因，大概可以上溯到这次在大阪和秀赖的碰面。最终，新将军秀忠也因为只是派十四岁的幼弟去见了秀赖，而觉得捞足了面子。礼数尽到了，但使者只是一个孩子，完全不会伤及新将军的威仪。

关于这件事，二条晴良之子，深受丰臣秀吉喜爱的醍醐寺第八十代方丈义演，曾在日记中这样写道："今天将军的幼弟代表将军来到大阪，希望他此行一切顺利。"

义演的这句话，代表了当时京都和大阪百姓的普遍心声。

秀忠五月十五日离开伏见，于六月四日回到了江户。

第十章 大御所

秀忠离开伏见之后，二郎三郎一下子就觉得很疲惫。没办法，这半个月是关原之战以来最重要的一段时间。在这段日子里，二郎三郎每天都战战兢兢、如履薄冰，又怎能不疲惫呢？

不管怎么说，二郎三郎赢了，不但得到了大御所这个新的位置，而且还成功地保留了天下武家领袖的称号。这无异于是对秀忠的一种警告，让他不要动威胁二郎三郎的念头。下个阶段要做的事情也早已决定了，二郎三郎此前频繁地和风魔一族以及岛左近碰面，谋划的就是这件事。

首先，要建造一座坚固的骏府城，并整顿以安倍川为首的附近的河流。在治水的同时，还要把河岸构建成一处防御工事。接下来，就是要召集人才，要以骏府为中心，建立一处“公界”，也就是一个小自由国家。要在政治上与江户的秀忠相抗衡，就必须要广召天下贤才，这些人才还必须要有凝聚力。二郎三郎已经有了目标，正在进行招揽工作。

万事俱备，但把计划付诸行动，需要旺盛的精力。没有旺盛的精力，任何事都不会成功，可二郎三郎现在并不具备这种旺盛的精力。二郎三郎既不是家康那样的豪杰，也不是本多忠胜那样的铁汉，他原本只是一个庸庸碌碌的平民百姓，而且现在已经上了年纪。二郎三郎只比家康小一岁，今年也有六十三岁了。

甲斐的六郎和阿梶夫人最先察觉到二郎三郎有些奇怪。阿梶夫人能够迅速察觉这一点，是因为对二郎三郎倾注了全身心的关爱，而甲斐的六郎则是因为事先接到过岛左近的警告。

岛左近是这样对六郎说的："二郎三郎殿下有些操劳过度，近期肯定会有一次反弹，那时他会对一切都失去兴趣，心态消沉。"岛左近还说，"如果真出现了这样的情况，我们只能等待，随他去过一些萎靡的日子吧。不要提任何意见，如果他自己没有要求，也不要强迫他接近女色，他想怎么样就怎么样，大家不要做出任何违背他意愿的事情。而这个时期到来的信号，就是打哈欠。如果他开始不停地有气无力地打哈欠，大家就要注意了。"

六郎发现二郎三郎开始频繁地打哈欠的时候，是五月十八日，就是秀忠离开后的第三天。

庆长十年（1605年）是一个多雨的年份，到了五月仍然经常出现雷雨大风天气，气温也偏低。十五日离开伏见的秀忠一行，甚至一度被暴雨困在了缮所崎。这种异常的天气，可能使二郎三郎的身体越发疲惫。从十八日开始，他接连躺倒了数日。

甲斐的六郎把岛左近的话告诉了阿福，并让她提醒阿梶夫人。阿福原本是贴身护卫阿梶夫人的女忍者，曾经负责过卧室的警卫，所以她很清楚阿梶夫人对男欢女爱有着强烈的欲望。阿福直截了当地警告阿梶夫人，二郎三郎现在非常疲劳，最好要暂时控制房事。阿梶夫人闻言，脸上略带羞涩，但她迅速和阿茶局夫人商量了对策，其后做出了暂时禁止侧室们侍寝的决定。

二郎三郎一直在昏睡，就像很多年都没有正经睡过觉似的，整天都在床上，就连吃饭都没有下过地，也不泡澡，只是睡个不停，仿佛是一只冬眠中的熊。阿梶夫人想让他尽量吃一些比较有营养的食物，于是命六郎和阿福尽量呈上一些鱼肉和鸟肉，六郎还亲自上山采来了蜂巢。当然，二郎三郎生病的事，一直被当成一个秘密。

在此期间，秀忠回江户的队伍中，发生了一件事情。

本多弥八郎强烈要求秀忠亲自去桑名道歉，否则本多忠胜肯定难以平息心中的怒火。德川三虎将之中，井伊直政已经过世，向来负责照顾秀忠的榊原康政也在病中，只有本多忠胜一人还算精神健旺。现在忠胜就是德川家的中流砥柱，绝对不能让这位威震八方的大将和新将军之间产生龃龉，如果丰臣家得到德川家君臣不和的消息，他们肯定会积极地施展离间之策。而一旦传出了本多忠胜离弃了秀忠的传言，诸侯也必然会发生动摇。此时的本多忠胜已经是德川家的一块招牌，如果一不留神，这块招牌被丰臣家夺走，天下必将从此大乱。

秀忠是个阴险小气的人，从他嘴里很难轻易说出一句道歉的话，但此时他却不得不去桑名走一趟。

这是一段艰难的路途。连绵不断的长雨在各处都引发了洪水，仿佛预示着，新将军秀忠的前途也将困难重重。

秀忠的本意当然是不想去桑名，最好是回到东海道，尽早返回安全的江户城。但秀忠没有选择，既然已经成为将军，尤其是在地位还没有稳固的现在，绝不能做出这种任性的事，更不能选择逃避。

秀忠忽然觉得，自己和二郎三郎有着根本上的差别，二郎三郎做征夷大将军时，依然能够想逃就逃。那次精彩地从江户出走，就是一个很好的例子。即便到现在，秀忠也不知道当时二郎三郎是怎样逃离江户的。在柳生忍者严密的包围之中，二郎三郎仍然能够像烟雾一样消失，说明他手中掌握着只有他自己才知道的出逃密道。秀忠离开江户时，曾命令柳生宗矩无论如何也要找到这条密道，但迄今为止还没有任何消息。

在去桑名的路上秀忠终于发现，问题的关键不在于密道，而在于二郎三郎尽管身为将军，却能够毫不犹豫地舍弃权位。之所以能够做到这一点，是因为他时至今日仍然把自己当作一名野武士，对权位没有任何留恋。在秀忠看来，这是一种不负责任的做法，自己就绝对做不出这样的事情，但如果和当时的二郎三郎换位，自己却也必然难逃一死。正是这个想法驱使着秀忠，不情愿地赶往桑名去和本多忠胜会面。

本多忠胜是武将中的武将，是一名彻底的现实主义者。身为武将必须具备一种本领，那就是忘记。对，忘记的确是一种本领。不管是对昨日胜利的骄傲，还是对过去失败的懊恼，都不能引领人们走向未来。忘记是很重要的，我们常说的与日俱进，其实就是要善于忘记的意思。

忠胜已经忘记了秀忠曾派刺客来刺杀自己，也忘记了刺客是柳生忍者。现在对忠胜来说，最重要的事就是不要让秀忠走上歧途。如果秀忠误入了歧途，故去的家康希望德川家长治久安，为早已厌倦了战火的百姓打造百年和平的愿望将难以实现。因此，忠胜带着发自内心的微笑，迎接了秀忠的到来。

但具有讽刺意味的是，秀忠本人却从完全相反的角度解读了忠胜的笑容。他认为，忠胜正像看着一个傻瓜似的嘲笑着自己，因此，秀忠迟迟没有把本多弥八郎要求他说的“抱歉”这两个字说出口。

到达桑名之日，忠胜摆下酒宴为秀忠接风洗尘。席间秀忠始终是一副木讷的表情，并早早退席去休息了。那句最重要的话，终于没能说出口。是夜，忠胜和弥八郎对饮到很晚。

“到底还是不行啊。”忠胜突然说道，“照他现在这种样子。”

弥八郎沉重地附和道：“要是殿下还在……”

忠胜欲言又止，这里的“殿下”当然是指家康。忠胜沉默地喝着酒，过了一会儿说道：“现在更不能让二郎三郎退隐了。”

弥八郎抬起头看着忠胜：“什么意思？”

“如果是殿下会怎样处置？会把一切都交给这么一个不可靠的将军吗？”

弥八郎陷入沉默。

“不会，当然不会。他肯定会主动出击，像以前一样把权力都收回到自己手里。”忠胜自己回答了自己的问题，“二郎三郎也应该这样做，无视新将军的存在，重要的事情一定都要亲自过问。”

“那样肯定会激怒新将军，有可能会让他丢命的。”弥八郎反对道。

“保住他的命，不正是你的职责吗？”忠胜毫不留情地回应道，“你要紧跟着秀忠，一天也不要离开，不要像以前那样跑来跑去。让你们家的小子跟着二郎三郎，你们父子间要紧密联系，掌控住德川家的政权。”

小子指的是本多正纯。他在庆长六年（1601年）被任命为从五品的下上野介，今年四十一岁。正纯一向都在二郎三郎的身边，但到今天为止他还没有发挥出他真正的能力。二郎三郎充分认可正纯的能力和诚实，但也发现他有一个缺点，那就是过于死板，而且做官为公的意识过于强烈。总而言之，正纯是一个忠实于德川家的官员。正因为这一点，二郎三郎无法重用他。再有就是，虽然正纯多少也在心里有一些疑问，但他仍然把二郎三郎当成了家康。

“还是把真相告诉那小子吧。”忠胜对弥八郎说道，“为二郎三郎多召集些人才，让你儿子负责领导他们，不要顾忌江户那边，该管的事一定要管。”

忠胜的这些建议，听上去简直就是对新将军的谋反。弥八郎指出这点之后，忠胜又说道：“不是有你在江户吗？让你儿子随时通知你二郎三郎的决定，你在江户也做同样的事情，这里面就要看你的手段了。”

也就是说，对于重要的政务，要颁布双重政令。二郎三郎先发布命令，接下来秀忠再发布同样的命令，但如果这样做，秀忠的面子也就荡然无存了。

“没必要所有的事情都这么做，只限于重要的事。”

接到双重命令的各地大名，会把此事理解为家康对儿子的指导。同时他们也会察觉到，家康并没有完全不问政事，天下大事依然尽在他的掌握之中。“海内第一统帅”家康公依然健在，让诸大名明白这一点，可以弥补秀忠的脆弱，使德川家的新政权稳如磐石。

“十年，”忠胜不容置疑地说道，“至少要进行十年这种双重政治。十年之后，秀忠殿下已经三十七岁，想必也该成熟了吧。”

换言之，现在的秀忠还是一个青涩的莽夫。

“这么一来，我可就成了奸臣。”弥八郎有些无可奈何地叹道，“人家肯定会说，我们父子二人分处江户、骏府，独霸了德川家的朝纲。”

事实上，后世史家对本多弥八郎的评价非常严厉，基本上和此时弥八郎的预感一致。直到近年，才出现了应该重新评价弥八郎的看法。

“恐惧骂名还怎么成就男人的事业！”忠胜怒目圆睁、须发尽立。在这一瞬间，他好像又回到了箭矢交织的战场，正在向畏缩不前的部下怒吼。

弥八郎猛地挺直了身躯，用同样逼人的目光紧盯着忠胜：“放心吧。”

这是一句重如千钧的诺言。后来被称为玩弄权术、独霸朝纲，并被同僚嫌忌如蛇蝎的本多弥八郎就是在这一刻诞生的。弥八郎为了德川家三百年的基业，为了百姓三百年的和平，义无反顾地背负上了千古的骂名。

五月二十日，秀忠离开桑名前往清须。在桑名的这两天，他终于没能说出“对不起、请原谅”之类的话。可以说，秀忠是在忠胜轻蔑的目光中离开桑名的。一行人当天就到达了清须，因为大雨，一直在此停留到了二十四日。清须是秀忠弟弟忠吉的领地，据说秀忠在清须期间曾经看戏解闷儿。想必本多忠胜的事情如一块大石一般一直压在他的心头，而弥八郎的存在（尽管弥八郎没有说出任何责备之言）还是随时让他想起在桑名的事情。

这期间发生了一件事。

随着秀忠继任将军，他的家臣们也逐渐骄横起来。就算是亲弟弟忠吉，现在也已经是秀忠的臣子了。所以秀忠的家臣们认为，忠吉的地位和自己这些人是相同的，而忠吉的部下，就相当于秀忠部下的部下。换言之，他们认为，忠吉家臣的地位应该比自己低下。在后来的整个江户时期，被称为“御家人”的德川家嫡系武士们始终抱有的特权意识，想必就是在此时初见端倪的。

非常不可思议，这种骄横很容易传染，甚至连这些“御家人”的奴仆都开始变得骄横，经常会做出一些犯上不敬的行为。

忠吉的家臣中有一名叫甲贺左马助武士，因为看不惯六名“御家人”的奴仆的嚣张气焰，便痛打了他们一顿。这些奴仆当时没敢抵抗，因为他们知道抵抗很可能会使他们丧命，但事后，这些奴仆纷纷向自己的主子哭诉。

六名“御家人”闻讯暴跳如雷。其实没必要生气，他们应该仔细地调查事情的起因，然后向左马助抗议或者要求赔罪。但六名“御家人”没有采取这种正确的方法，而是在路上伏击左马助，并将其斩杀。左马助当时带着四名随从和一名奴仆，这五人也未能幸免。左马助也是一名久经沙场的勇士，他死前也让一名“御家人”负了重伤。因为有人负伤，所以“御家人”没能迅速逃离现场，而是躲进了一间民宅。忠吉闻讯后当然非常愤怒，但他非常理智地没有自己出面，而是请本多弥八郎妥善处理。弥八郎立刻带领一队负责警卫的武士包围了被六人占据的民宅，然后只身进入民宅，命令六名“御家人”切腹自尽。六人不从，弥八郎告诉他们，如果不切腹自尽，他们的家人也会受到惩罚，父母兄弟妻子儿女都会被杀掉。六名“御家人”无奈之下只得切腹。

本多弥八郎的处理是公正的，因为斗殴双方必须付出同样的代价，这是镰仓幕府以来武士阶层的规矩。弥八郎只是照章办事而已。尽管如此，依然传出了弥八郎的处置过于严厉的说法，这种说法转眼之间就扩散开来。伴随着这个传言，甚至还有人说，秀忠对弥八郎的处置表现出了很大的不快。

这个说法很快就传到了弥八郎的耳中，弥八郎立刻就看出这是秀忠耍的一个小手腕。自己一行人还在去江户的途中，传言的扩散速度未免太快了，肯定是有人故意为之，而这个人除秀忠之外也很难再作他想。

在这一行人当中，虽然对弥八郎心怀怨恨者比比皆是，但传出秀忠不快的消息，则显得有些异常。德川家的家臣中不可能有人会愚蠢到去编造这个流言，因为一旦被追根溯源，冒用将军之名是要被杀头的。只有这个流言源自于秀忠本人时，这种有悖常识的事情才有可能发生，这是一个非常简单的道理，而秀忠也不会蠢到认为弥八郎想不到这一点。所以，这个流言的出现，实际上是秀忠在对弥八郎表示自己的不满。

弥八郎经过一晚的深思熟虑，在浜松城向秀忠禀告了流言，要求秀忠严查流言的出处，并严惩散播者。弥八郎举了两个例子来证明这样做的必要性。第一件事发生在本月五日，当时秀忠仍在伏见城，家康（二郎三郎）和秀忠的一些侍从，有二三十人拔刀争斗，结果死伤多人。二郎三郎立刻把参与者全部斩首，那时秀忠已经感到非常不满，但在诸大名的面前，他也无法违抗自己父亲的命令，那样做会有损他孝子的名声。另一件事是刚从江户收到的消息，二十二日、二十三日左右，秀忠的侍卫和越前中纳言秀康的部下发生火并，共有二三十人丧命，活着的参与者都被拘禁，正等着秀忠来裁决。

形势很严峻，在仅仅半个月的时间内就发生了三次大规模的争斗，而且分别发生在秀忠和自己的父亲、兄长、弟弟的家臣之间。各地的大名会怎样看这件事？他们会认为秀忠成为将军之后变得骄横，甚至开始怠慢自己的父亲和兄弟。孩子总是模仿父母的所作所为，同样的道理，家臣的行动也可以反映出主君的想法。新将军连自己的父亲和兄弟都要欺压，和他毫无关系的大名们在他的心中肯定更是一钱不值。在这样的将军的治下，自己的安全能不能够得到保证？

也许会有一些大名，尽管怀有这样的疑虑，但仍会毫无保留地为秀忠卖命，这种人在紧要关头起不了任何作用。能够起作用的是那些有骨气的大名，这些人即使表面上做出恭顺状，但在心里肯定不会再信任秀忠，当战端再起时，这些人会投向哪一边是不言自明的。

弥八郎建议，为了防止出现这种情况，必须严厉地处理类似事件，并强调自己也正是本着这种原则，处理了在清须发生的事件。

“可是现在流言异常迅速地在扩散，说明将军的家臣们已经变得难以约束。如果不尽早处置，对肇事者加以严惩，恐怕很难让天下人信服。”

弥八郎的表情强硬，声音严厉，一步不让地逼迫秀忠表态。

秀忠很为难。虽然弥八郎说的是正理，但自己好不容易才当上将军，掌握了天下的大权，让身边的人也分享一些权力，不也是人之常情嘛。

“只不过是些传言罢了，没必要那么紧张。”秀忠轻描淡写地搪塞道。

弥八郎注视着秀忠，很长时间没有说话，接着深施一礼就告退了。秀忠用力攥紧了拳头，虽然明知这是弥八郎惯用的伎俩，但每次秀忠都无法压制自己心头的怒火。

“这家伙是不是打算又要回玉绳啊，上次也是这样。”秀忠又回想起自己为平息本多忠胜的怒火，而不得不向弥八郎俯首的屈辱。尽管秀忠也明白，如果当时不那么做，自己肯定无法登上将军的宝座，弄不好连命也会丢掉。但现在已经时过境迁，不管怎么说，自己现在已经是征夷大将军，怎么能再容忍一名家臣来威胁自己呢。

“这次我绝对不会再去请你回来了。想隐退，你就隐退好了。二郎三郎现在已经下台，你弥八郎已经没有任何作用了。”但事情的发展又一次大出秀忠的意料。弥八郎没有回玉绳，就像完全没有发生过这件事似的，继续跟随在秀忠的左右。

六月四日，秀忠回到了江户。也是在这个时候，二郎三郎的身体终于恢复了。其实他并没有什么病，只是因为过度劳累，加上压力长期得不到有效缓解，经过充分地补充营养，长时间的静养之后，身体的情况自然就好转了。在这期间，二郎三郎倒下的消息，一直是一个秘密，甚至没有传医师来侍诊。二郎三郎用的药只是甲斐的六郎采来的蜂蜜和阿梶夫人从中国人手中搞到的朝鲜人参。

尽管没有完全恢复，但二郎三郎已经开始着手招揽人才，他和自己心目中的大部分人选都已经进行过了沟通。现在的问题是由谁来领导这些人，二郎三郎原本属意于本多弥八郎，岛左近和风魔小太郎也对此持赞成态度。二郎三郎和弥八郎提及过此事。在六月中旬，为了得到明确答复，而去江户见了弥八郎的甲斐的六郎，带回了一个意外的消息，弥八郎说现在自己不准备离开秀忠的身边。在六郎带回的弥八郎的亲笔长信中，弥八郎详尽地写明了做出这个决定的原因和经过，本多忠胜的意见也被提及。最后，弥八郎希望二郎三郎起用自己的儿子本多正纯。眼前这个局面是二郎三郎没有预料到的。弥八郎的理由非常充分，本多忠胜的意见也很恰当，但二郎三郎完全没有做好起用正纯的准备。先不说别的，至少正纯就不知道，现在的家康是由二郎三郎假扮的。如果想把正纯当作自己真正的心腹，就必须把事情的真相，以及发展到今天的来龙去脉全都告诉他，以获得支持。从某种意义上来说，这是一件非常危险的事，所以二郎三郎才会有些犹豫不决。

对正纯的头脑和人品，二郎三郎很熟悉而且非常信任。正纯不愧是弥八郎的儿子，有着超群的事务才能，对德川家的忠诚更是不让弥八郎。如果非要为他找出一个缺点，那就是头脑过于敏捷，以至于有时显得有些性急。另外，他不善于和脑子慢的人打交道，缺乏一种把自己已经非常清楚的事情，教给别人的耐性。尽管正纯也在努力控制自己，但每当遇到脑子慢的人，他还是无法掩饰自己的想法，脸上的表情看上去好像正在嘲笑对方："你怎么这么笨。"

这种表情和实际开口嘲笑对方有着相同效果。脑子慢的人对这种轻蔑的表情异常敏感，总是能够立刻察觉并产生不愉快的心情。一旦对方有了这种心情，谈话就没有必要再进行下去了。不管你做出如何详尽的讲解，笨人依然不会明白。或者说，故意装作不明白。这种较量，最终都会以笨人的胜利告终。

二郎三郎无法做出决断，只得紧急派甲斐的六郎去山王村征求岛左近的意见，询问是否应该改变计划。六郎也没有忘记征求风魔小太郎的意见。

岛左近已经完全在天龙川流域二俣附近的山王村扎下了根。凭借着风魔在全国的情报网，岛左近找到了自己的老母亲、弟弟以及儿子权三，并把他们带到了这个山村。另外，风魔还寻到了七名岛左近过去麾下的勇士，并让他们分住在岛左近的住所周围。不知从何时开始，也不知道是由谁先提出的，大家开始把这个山村的一隅称为大阪。

岛左近在这里使用的名字是岛金八，附近的那棵大樱树，开出了和预想中一样美丽的花朵。在这一年的春天，岛左近终于在这棵樱花树下，举办了他盼望已久的酒宴，风魔小太郎和风斋出席。岛左近有病在身的母亲、弟弟、儿子权三、侍郎兵卫还有那七名部下，和岛左近一起沐浴在花雨中，畅快淋漓地痛饮了一夜。很遗憾，二郎三郎和六郎未能参加。

对于二郎三郎询问的，是否应该把全部秘密告诉本多正纯一事，岛左近表现得非常慎重，因为他并不认识正纯。岛左近希望和风魔小太郎商议之后再答复。六郎有些为难，尽管六郎也赞成和小太郎商议此事，但时间很紧迫。

岛左近微微一笑："放心吧。"

权三应命取了两只隼回来。隼是一种比鹰的体形略小，但飞行速度极快的猛禽。岛左近在两只隼的爪上绑了写满字的薄纸。

"派两只去，是为了以防万一。用不了多少时间，它们就能把信送到小太郎的手上。"

这两只隼实际上起到了信鸽的作用。不用说，它们原本是小太郎喂养的，只要一放出去，就会立刻飞往箱根，因为两只隼都接受了这方面的严格训练。

岛左近来到庭院中，向两只隼轻柔地说了几句，然后把它们抛向天空。两只隼转瞬间就飞上了高空，缓缓地盘旋一周，确定了方向之后，两只隼一起飞向东南方，那是箱根山的方向。

六郎坐在窗边，呆呆地目送着两只隼远去。

"大人总是能想出这种让人目瞪口呆的主意。"

毫无疑问，对隼的这种使用方法肯定是岛左近想出来的，而着手训练的应该是小太郎。经过训练之后，两只隼即使看到美味的小鸟也会毫不理会。

风魔小太郎在当天夜里就赶到了山王村，还随身带回了那两只隼。从放飞两只隼到小太郎现身，只花了半天的时间。即便是骑快马走小道，这种速度也令六郎咂舌不止。

"怎么样？长见识了吧？"岛左近笑嘻嘻地对六郎说道。

“太令人难以置信了。”六郎说，“能也给我一只吗？”

“现在正在训练新的。一旦完成，立刻就给您送去。”

小太郎一贯都是使用这种礼貌的语气，这不应该是岳父对女婿说话的口气。但小太郎永远公私分明，这也正是他的可怕之处。即使是自己的女婿，也说不定什么时候就会成为自己的敌人，这样的事情在战国乱世中很常见，所以不能让两人的关系变得过于亲密，从而使自己产生大意。和任何人接触时都要考虑到，对方随时都会变成敌人，这是风魔首领的处世之道。不只是对六郎，小太郎有时对自己的女儿阿福，也会像对外人一样语气冷漠。

关于本多正纯一事，风魔没有让大家失望，小太郎取出了一份调查报告交给了岛左近。岛左近和六郎都对这份报告内容之详尽赞叹不已。据小太郎说，不仅仅是正纯，对所有和幕府有关的武士，风魔都做了同样的调查。这种实力实在是恐怖。

本多正纯永禄八年（1565年），也就是三河一向宗起义的第二年出生在三河。正纯的父亲本多弥八郎在正纯出生的前一年，参加了三河一向宗起义，并于同年流亡京都。正纯小名千穗，在很长的时间里，他和自己的父亲一样，被称为弥八郎。正纯在庆长六年（1601年）五月，三十七岁的时候，担任了从五品的下上野介。从那以后，他被人们称为本多上野介。

关原之战后，正纯一直跟随在二郎三郎身边，负责二郎三郎和诸大名之间的日常协调工作。和自己的父亲一样，正纯不是一名领军统帅，而是一名典型的事务型官员。在和岛津家的交涉中，他曾发挥了很大的作用。由此也可以认为，正纯已经从一名政务官员转型为一名外交官员。由于正纯作为外交官表现出了卓越的才能，不久之后，在对外国的日常事务中，正纯也拥有了很大的发言权。去外国（主要是东南亚地区）开展贸易时所需的许可证，一种很像今天的签证的“渡海朱印状”，就由他负责签发。正纯在和各贸易国的交涉中，也有出色的表现。总而言之，正纯是一位知识型的官员，多才多艺，无论做什么事，都能表现出超人一等的才能。但能不能把假家康的秘密告诉他，却又另当别论。

岛左近难以做出判断，风魔小太郎也同样对此事一筹莫展。

“只能慢慢把他培养为心腹。”岛左近猛不丁地说了一句。意思是，无法判断正纯是不是一个可以共享秘密的人，但现在必须要让他知道这个秘密。

迫于形势，本多弥八郎只能跟随在秀忠身旁。能够为二郎三郎打理日常事务的人，现在只有正纯。既然别无选择，就只能让他知道这个秘密，并由二郎三郎逐渐把他培养成可以信任的心腹。

小太郎也点了点头："只好如此了，现在就要看二郎三郎的本事了。"

成败在此一举，现在只能靠二郎三郎自己了，考验二郎三郎的时候到了。

"这可是一场豪赌。"六郎琢磨着。如果失败了，情况会变成什么样呢？

"如果失败了，只能除掉他。那时二郎三郎和本多弥八郎的关系也必然破裂，大御所政治也就完了。"岛左近的声音听起来很沉重。二郎三郎能否实现梦想，建立一个"漂泊之民"的自由之国，现在全都取决于二郎三郎能否收服正纯。

"这场豪赌简直就是……"六郎又在心中念叨着。

六郎回到伏见，向二郎三郎汇报了会商的经过和结果。

二郎三郎长时间地陷入了沉默。没办法，他现在就像从岛左近和小太郎的手中接过了一把出了鞘的利刃，然后被推上了决斗场。六郎紧紧地盯着二郎三郎，大气都不敢出。突然，二郎三郎放声大笑，六郎紧张地注视着他。

二郎三郎笑个不停，笑得浑身直颤："开什么玩笑！让我去培养人！别忘了，我只是一个到处流浪的野武士。"

"那，您打算……"六郎紧张地咳了一下之后问道。

"全都告诉正纯，没别的办法。但我可不会去培养他，成败在此一举，赌他一把。失败了也没什么，大不了就逃嘛。那种日子我更习惯，谁让我是个野武士呢。"

说完这番话后，二郎三郎又痛快地大笑不止。他回到了自己的起点，一介野武士，机缘巧合之下连征夷大将军都做过，这一辈子已经值了。大御所什么的，滚到一边去吧。用不着为它绞尽脑汁。失败了又能怎么样？失败了就品尝一下失败的乐趣吧。二郎三郎灵魂里的那个野武士仿佛在放声长啸。

本多正纯一生都忘不了这一天，也不可能忘记。

庆长十年（1605年）七月二日，伏见下了一天的雨，雨水里夹杂着泥沙。天气有些异常，伏见城里的地板都变得潮乎乎的。尽管是白天，但天已经像夜晚一样漆黑，每个人都有些无精打采。

正纯被告知大御所身体欠安，今日不问事。没办法，在这种天气里，就连正值壮年的自己都什么也不想做，更何况上了年纪的老人。也好，今天看来可以轻松一天了。正纯无聊地翻着几份文书，打算到时间就直接回家，这时忽然有人来急召正纯去内宅见大御所。这种情况很少见，正纯一边急匆匆地走在潮湿的地板上，一边在脑子里梳理了一遍，看看是什么事情需要如此紧急。

在当时，还没有像后世那样将内宅和处理政务的区域严格地区分开来，但在两个区域之间设有门户，通常会站着几名侍女，没有她们的通传，外人是不得入内的。这样一来，外人就无法知道大御所正在内宅的什么地方。这明显是一种防备刺杀和内乱的措施。

这天为正纯通传的是阿福。阿福一面无言地在前面领路，一面若无其事地观察了一下正纯。虽然正纯的短刀已经交给别人暂时保管，但不能保证他的怀里没有藏着别的武器。一般来说，突然被召到内宅的人都会有些惊慌，尤其是在被引领觐见的途中。但据阿福观察，至少正纯没有表现出丝毫的慌乱。他好像正在琢磨心事，有些心不在焉，可是没有任何惴惴不安的迹象。从稳健的步履上来看，这是一个心地光明的人。阿福暗自放下心来。

大御所看上去精神健旺，完全不像身体欠安的样子。房间里还有阿梶和阿茶局两位夫人，大御所挥手命二人离开。正纯正准备规规矩矩地行礼，被大御所大手一挥，高声拦住了。

“不必了，免了一切常礼。但是你要做好准备，今天的话很长。随便些，脱掉外衣，盘腿坐吧。”

正纯有些不知该如何是好，平时他就怕别人和自己这样随便。即使面对父亲弥八郎，正纯都没有在脱掉外衣的情况下说过话，更不要提盘腿而坐了。无论说什么日常琐事，都要正坐而谈。从幼年时，正纯就被告知这个规矩。

二郎三郎见自己不管如何劝说，正纯都不为所动，只得在心里骂了句“死板”作罢。

二郎三郎打算今天把一切都告诉正纯。他盘算了很久该如何开口，最终觉得完全没必要为此伤神。说话的方式并不重要，重要的是让正纯了解事实真相。事实自有事实的分量，说话时也不必刻意整理思路，不必拘泥于时间顺序，就像聊些陈年往事似的，反而会产生一种震撼。厘清思路的事就交给正纯，自己还是想到哪里就说哪里吧。

另外，二郎三郎觉得赤膊相对，效果会更好。但这个死板的家伙始终都是恭恭敬敬地正襟危坐，反而使自己浑身都有些不自在。

“这家伙可真不招人喜欢。”二郎三郎带着这种情绪开始了谈话。当然，和对弥八郎一样，二郎三郎隐瞒了岛左近、风魔小太郎的存在，还有六郎和阿福的真实身份，以及他们日常所担负的任务。除此以外，二郎三郎对正纯讲述了事情的全部经过。虽然正纯没有说话，但二郎三郎一看就知道，他的脑子正在飞快地运转着。

正纯回想起在大津城见到家康时，自己产生的那种奇怪的感觉。正纯记得自己那时觉得有什么地方不对劲，还曾用力摇了摇头，当时石田三成见状说过一句话。

“最好不要想太多。”见自己有些尴尬，三成又补充了一句，“有些事不是家臣能怀疑的，怀疑了，德川家也就不存在了。”

“看来当时三成大人已经知道了真相。”到现在正纯才明白，当时三成所说的就是家康是由别人假扮的这件事。但他为什么在已经知道真相的情况下，仍然劝正纯不要怀疑呢？想到这一点，正纯突然产生了一个疑问，这个疑问令他非常震惊，以至于神色大变——石田三成之所以让自己不要怀疑，难道是为了保护二郎三郎不成！即便他们不是同伙，三成肯定也把二郎三郎当作了一个会保护秀赖的人。事实上，现在二郎三郎不愿杀掉秀赖。的确，杀掉秀赖，二郎三郎也就没有了存在的价值。秀赖如果不在了，二郎三郎也可能会被随之除掉。但二郎三郎的动机只限于此吗？他真的只是为了保命，才希望丰臣家存续下去吗？

正纯不由自主地偷偷观察了一下二郎三郎。二郎三郎察觉到了正纯的这个异常举动。

“这家伙，为什么用这种眼神……”

二郎三郎针锋相对地反盯着正纯，正纯急忙低下了头。在这一瞬间，二郎三郎准确地捕捉到了对方的心思。

“原来如此。”

对方产生这种疑问很正常，但二郎三郎感到有些恼火。

“我得说明白了。”二郎三郎没好气地说道，“这件事可不是我想干才干的，我随时都可以丢下一切跑掉。”

正纯马上就明白，这是对自己的回答。

“他能知道我在想什么！”正纯急忙拜伏于地。

分析一下就可以知道，二郎三郎没有说谎。因为没有人能够预料到会出现后来的情况，更不能事先做出这样的计划。即便可以成功地刺杀家康，也没有任何人可以如此缜密地推算出之后事情的发展。二郎三郎假扮家康，只是一个偶然事件，完全无法预料。所以，二郎三郎从一开始就已经和石田三成或丰臣家联手的猜测是不成立的。

接下来的问题是要不要为二郎三郎效力。从根本上来说，眼前的这个家康是个假货，对一个假货尽忠，是非常滑稽的。如果要尽忠，也要对德川家尽忠。正纯忽然体会到了父亲弥八郎的心情，那样热爱着家康的父亲，现在却为这个假货不惜粉身碎骨。唯一的理由就是，父亲认为，为了德川家，现在必须让这个人活下去。即便是秀忠已经登上了将军大位的今天，父亲也仍不遗余力地为此人的存亡在奔走。

其实，就在前一天，正纯刚刚收到了弥八郎的一封信。信中只写了两点：一是为了大御所，要不惜一切；二是随时保持紧密的联系。父亲的意思很明白，他不信任新将军秀忠，认为秀忠不是将军之器。因此，现在必须要让家康公活着，以他"海内第一统帅"的军事能力，和精于权谋的政治能力来震慑天下的大名们。这一切不是为了秀忠，而是为了德川家。

正纯自己其实也不怎么喜欢秀忠，但也说不上厌恶，因为他并不了解秀忠。正纯只是觉得此人有些阴暗，令人难以亲近。正纯自己也不是尚武的类型，所以他在某种意义上还是能够理解秀忠的。但也正是因为彼此有类似之处，正纯才会不喜欢秀忠阴暗的性格。正纯认为，作为一名事务型官员，必须有光明磊落的性格。在任何人的眼里，都应该是公正的，没有私心杂念的。和武官相比，文官的工作更复杂，总有些不便于拿上台面的东西。在旁人眼里便会显得阴险，深不可测。因此，文官的身上必须有能够一扫阴暗印象的磊落和公正。

从这个意义上来看，弥八郎就达不到正纯的标准，他太阴暗了。正纯非常清楚，自己父亲的身上有着令人难以置信的无私。即便是孩子身患濒死的重症，他也会毫不犹豫地出门去工作，而且不会对任何人提及此事。如此鞠躬尽瘁，却经常要背负阴险、权谋家的恶名，就是因为他的性格过于阴暗。而且他的为人处事狡黠多变，有时会戏耍对方，有时又喜欢以威胁的口气说话。

正纯经常想，父亲是从什么时候开始喜欢用那种威胁的口气说话的呢？正纯推测可能是从一向宗起义的时候开始的。一向宗义军的不团结是很出名的，义军之间经常会发生龃龉。在越前义军中甚至发生过内斗，他们也因此在织田大军的猛攻之下一触即溃。可能是为了让反复无常的义军们能够听从自己的指挥，父亲才不得不经常以那种方式来表达自己的看法。在和愚顽的义军民众进行无休止的协商和争吵的过程中，长年无法解消的焦躁，使父亲养成了这种性格。

但毫无疑问，这种习惯或者说性格，现在成了弥八郎最大的弱点。人们都非常怕他，决不会向他敞开心扉。极端地说，他很不受大家的欢迎。虽然父亲自己常说，当官的用不着受人们的爱戴，但正纯认为这种说法并不妥当。

秀忠身上的阴暗之处，还要在自己的父亲之上。直白些说，秀忠可以称得上阴险，他总给人一种残酷薄幸的印象，让人很容易产生“为此人卖命不会有任何好处”的想法。或者说，秀忠给人的印象是，他的身上除了私心贪欲，再别无他物。为了自己，他可以无情地抛弃任何人。听了二郎三郎的讲述，正纯的这种印象越发强烈了。但为了德川家，大家不得不把秀忠扶上了将军的宝座。

二郎三郎讲完了这段话之后，正纯很长时间没有说话。他是有意如此，而并不是难以抉择或尚未厘清事情的脉络。

“怎么样，以后就帮我吧。”

二郎三郎这样询问之后，正纯只能应允。既然二郎三郎已经说出了全部真相，如果自己表现出犹豫不决，那么下场只能是丢掉性命。二郎三郎肯定已经做好了准备。从刚才开始，正纯就有种如芒在背的感觉。虽然不知道是什么人在什么地方，但肯定有人正在暗中观察着自己的表情，大概是一名杀手。只要自己应对不当，二郎三郎肯定会当场就取了自己的首级。

暗中潜伏的是甲斐的六郎，他正伏在梁上的角落里，观察着正纯的表情，结果让他很放心。

“没想到，此人的胆量不错。”

据六郎观察，正纯在二郎三郎讲话的时候，一直不动声色，现在也是在故意保持着沉默。而正纯之所以保持着沉默，是为了表明自己认为事情很重要。面对如此重要而且足以令人震惊的事情，怎能轻易地开口表态呢，必须要等到二郎三郎催问才能开口作答。

果然。

“怎么样？”二郎三郎有些焦躁地扭动了一下身体后问道。

“我会按我父亲的意思办。”正纯立刻毫不迟疑地答道。

这个回答很有意思。正纯并没有说“我听大御所殿下的”，而是说要听从自己父亲的意志。意思是，我对你还不够了解，所以不能盲目地答应追随你，但如果我父亲的意志是要我追随你，那肯定不会有错。我相信自己的父亲。虽然结果都一样，但这个回答里含有正纯明确的意志，是正纯做出的一个判断，而不是根据眼前形势，不得不表示服从。

“有两下子。”甲斐的六郎在梁上忍不住笑了一下。

而二郎三郎看上去也是大有同感。“好。真不愧是弥八郎的儿子。”二郎三郎心情愉快地说，随后从文件匣中拿出一份名单，交给正纯。这是二郎三郎今后想要招揽的人员名单，是他和岛左近以及风魔小太郎共同拟定的。

“这些人都将成为你的同僚，好好调查一下。”

二郎三郎于庆长十年（1605年）九月十五日离开伏见，前往江户，本多正纯随行。四十四天之后，于十月二十八日到达了江户。之所以在路上花费了这么长时间，是因为连逢大雨，二郎三郎又用了很多时间去到处打猎。但这只是借口，真正的原因是要与岛左近和风魔小太郎进行联络，而甲斐的六郎一个人承担了这项工作，来回奔走。

六郎即便离开二郎三郎的身边，也不会引起别人的注意，因为他平时就一直把自己装扮成一个只负责跑跑腿的下人。就算有人发觉他不在，六郎也总是说自己去为二郎三郎调查猎场了。

到目前为止，二郎三郎身边还没有人怀疑过六郎的真实身份，但在这次的旅途中，正纯对六郎的行踪起了疑心。

自从知道了二郎三郎的真实身份，正纯就暗地里怀疑一件事。过去不为人知的那一系列惊心动魄的事件，怎么想都不是二郎三郎一个人可以应付的，背后肯定有人在支持着他。正纯怀疑，二郎三郎的背后有人在为他出谋划策，但在他的身边肯定没有这样的人物，那么这个出谋划策的人必定另有藏身之处。这样看来，应该有一个人在负责为他们传递消息，而这个人会是谁呢？随着这个疑问的加深，正纯逐渐注意到了甲斐的六郎。

正纯很久之前就在大阪养着一些异士，他们不是忍者而是飞贼，而且是一对夫妇。丈夫叫平吉，妻子叫作阿摇，两人的年纪都是不到四十岁，曾试图去盗大阪的金库，结果是被生擒活捉，捉人的正是正纯。那是五年前关原会战之后，德川家大军刚刚进入大阪城之后的事情。

正纯当时并不是地方官，能捉住二人纯属偶然。正纯之所以没有把二人交给官府，而是放了他们一马，是因为当时二人表现出了在当时很难一见的夫妇间的真爱，两人都为减轻对方的罪名，坚称自己才是主谋。另外，这夫妇二人还算得上是实在人。

正纯命平吉和阿摇跟踪甲斐的六郎，并告诉他们，一旦感到危险，就立即停止跟踪。万一被六郎擒住，可以说出自己的名字。

正纯从一开始就并没有指望两名飞贼可以发现二郎三郎背后的同伙，只是想验证一下，六郎在为二郎三郎传递消息的判断是否正确。如果这对夫妇被擒或被杀，等于六郎自己泄露了身份。一旦出现了这种情况，正纯打算单刀直入地向二郎三郎逼问，他背后的同伙到底是谁。如果有必要，甚至可以把六郎抓起来。正纯以前从未使用江湖人物去做过这类事情，在这方面还是个新手，完全不知道忍者们的神通。

甲斐的六郎离开大队之后，就发现了平吉和阿摇。六郎立即改变了去找岛左近的计划，改道直奔桑名，那里是本多忠胜的领地。在去桑名的途中，六郎时不时地爬上二人所住的房间的屋顶，弄清了两人的姓名以及他们被正纯收用的经过。之后，六郎大大方方地进入了桑名城，然后就从二人的视线中消失了。

平吉和阿摇有些不知所措，犹豫了一段时间，回到正纯身边的时候，六郎已经大摇大摆地跟随在二郎三郎的左右了。在这期间，六郎已经去见过了岛左近，真是惊人的脚力。

正纯并不是傻瓜，立即就知道平吉夫妇被六郎戏弄了。本多忠胜是二郎三郎背后的同伙，这个结论也太正常了，多半是一个障眼法。六郎肯定是穿过桑名城后，又抓紧时间去了真正的目的地。但从六郎很快就回来了这一点来看，正纯认为六郎去的地方离桑名不远。桑名靠近伊势，自古以来就是一个被称为“十乐之津”的自由港。到现在，那里的民风依然自由彪悍，所以才会派本多忠胜这样优秀的大将前去治理。综合这些因素，这片土地的确很适合二郎三郎的同伙藏身。

正纯在和二郎三郎谈话时，装作若无其事地试着提起了桑名、伊势，但二郎三郎没有任何反应。当然，二郎三郎是故意如此。在听了六郎的报告之后，二郎三郎已经推测出了正纯的想法，并打算让正纯就这样误认下去，所以才特意不做任何反应。正纯果然落入了圈套。要说到斗心眼，正纯还远不是二郎三郎的对手。

“必须要想个办法，尽早找出那个同伙。”正纯事后向父亲弥八郎建议。

庆长十年（1605 年）十一月十七日，二郎三郎来到江户已经二十天了。这一天，二郎三郎出川越打猎，弥八郎和正纯随行。

正纯来到江户后，变得极度神经质。父子二人尽管同住一个屋檐下，但除了一些简单的对话，两人基本上互不理睬，家人甚至以为他们是否已经反目成仇。两人在家中从不谈论和政务有关的话题，谈论这些话题的地点，要么在江户城内，要么在这样的郊外。

这样做是有理由的。正纯在回江户的途中曾被二郎三郎召见，被告诫要小心秀忠直属的忍者柳生一族。

“从现在开始，你要谨记，你的住宅随时都在柳生的监视之下。不光是你们父子间的对话，就连你和手下在暗地里的谈话也会传到柳生的耳中。要小心行事，在城里安全的只有我的房间。”

正纯闻言有些不以为然。二郎三郎嘿嘿一笑，说出了正纯和他新纳的小妾在伏见城时的枕边话。正纯先是羞得满面通红，转念间又吓得脸色苍白。有生以来第一次体会到了忍者的恐怖，同时强烈地感觉到，在二郎三郎身边办事，实在是一件艰辛无比的苦差。来到江户后，在进城的途中，正纯向父亲弥八郎说出了这个感想。弥八郎的回答令正纯意外地感到非常冷淡。

“那还用说吗。”弥八郎完全没当一回事，“你看见过我在家里谈论公务吗？”

正纯回想一下之后，发现的确如此。关于父亲是如何处理政务的，正纯从未直接从他的口中听到过一次，所了解的事情也是全部来自于他人之口。原来父亲不仅严格地遵守着他公私分明的原则，而且还有这种更实际的担心。

借今天这个打猎的机会，正纯想和父亲商量的是，如何应对秀忠的手下对二郎三郎越来越轻视的态度。秀忠手下的行为，在正纯的眼中，完全就是不知天高地厚的傲慢无礼。但不可思议的是，二郎三郎好像没有把这些事放在心上。

“我都知道。我也数次提醒他，可光是嘴上说也没用。”

弥八郎非常担心这件事，曾数次警告秀忠。但刚登上将军宝座，正春风得意的秀忠把这些话都当成了耳旁风。仅是停留在口头警告是没有用的，必须用一个实际行动来给他一次当头棒喝。

“大御所肯定比我们更在意这个问题。到时候，他肯定会发作的。”

自从上次逃离之后，弥八郎就对二郎三郎的能力重新做出评价：他在漫长的一向宗起义锻炼出来的、作为一名战士的能力，到现在仍未衰退。这么一位曾经经历了地狱般的伊势长岛大屠杀的汉子，怎么可能会输给一个几乎没上过战场的毛头小伙子呢？正信现在比以往任何时候都更相信二郎三郎的能力。

二郎三郎当然已经注意到了秀忠和他的手下们的得意忘形，但现在还要忍耐。在把骏府城按照自己的设想改造成一座难以攻克的坚城之前，自己还不得不继续往返于江户时，简直就如同赤身裸体地身处敌阵之中一般。而且，现在还无法立刻开始改建骏府城，因为必须要先建江户城。秀忠也必然考虑到了这些因素，才会表现出眼前的态度。

但正因为如此，二郎三郎现在必须狠狠地教训一下秀忠。否则，还可能会被秀忠认为自己软弱。二郎三郎正在静静地等待机会的到来。

据说这一年的天气异常。进入十二月后连降大雪，海上发生了地震，在八丈岛附近竟然形成了一个新的小岛。

转过年，到了庆长十一年（1606 年）。

据记载，元旦这一天依旧大雪纷飞，这场雪竟然从年末一直下到了正月十二日左右。过了月中，雪总算停了，二郎三郎也终于又可以出门去打猎了。

这时发生了一件事。

因为连日的大雪，打猎的地点选择在了江户的近郊。在幕府的猎场内，严禁私自捕猎，但二郎三郎到猎场时，发现到处都是捕捉鸟兽的机关。《德川实记》中记载："到处是陷阱和猎网……"这明显破坏了私猎禁令。二郎三郎大怒之下唤来附近的百姓询问。百姓极为惊恐，称此举得到了关东总奉行内藤成和青山忠成两位大人的许可。二郎三郎进而调查了原因，发现猎场内的野鸟繁殖过快，经常掠食附近田地里的麦芽，使百姓蒙受了巨大的损失。内藤、青山二人的处理并无不当之处，行猎只是一种娱乐，不能因此误了百姓的生计。

后世的很多史家指出，在二元政治的背景之下，内藤、青山的这个行为，无疑是冒犯了家康的权威。

《德川实纪》中就做了如下的描述："家康发怒，并不是因为二人同意百姓在猎场内张网捕鸟，而是因为他们的行为背后，暗含着冒犯自己的权威的动机。"

因为出发点不同，看问题可以有很多角度。内藤、青山两位奉行从农民的生计角度来看待这个问题，自然忽略了家康的想法。用今天的话来说，就是重视了发展经济，却忽略了保护环境。当然，家康（二郎三郎）并不是认为保护环境比发展经济重要，而是为这些听命于秀忠的官员以保护民生为名冒犯了自己的权威而恼怒。如果坐视不理，秀忠和他的手下们今后仍然会以各种各样的借口，一步一步地蚕食自己的权威，必须现在就对他们迎头痛击，遏制这种趋势。

二郎三郎当场就派人火速赶往江户去见阿梶夫人。这次来江户，二郎三郎几乎带来了全部的侧室。阿梶夫人见信立即找来阿茶局夫人商量，随后便命令全部侧室及侍女们做好战斗准备。

江户内城立刻一片大乱。没办法，除了秀忠的家室和侍女外，所有人都拿起武器，准备好粮食，做好了打仗的准备。

秀忠的夫人于江大为慌恐，立刻派人报告了秀忠。秀忠对此感到非常莫名其妙，于是派人前去询问原因。阿茶局夫人代表大内见了秀忠，并出示了二郎三郎的书信。秀忠这才明白，内藤、青山二人对猎场所做的这样的小事，二郎三郎何至于如此呢？但书信的内容却使他发现事态已经很严重了，二郎三郎写道，通过此事已经判明了新将军秀忠对自己的态度。自己会立刻去找秀康和忠吉，和秀忠决一死战，来重新决定天下的归属。如果有必要，侧室们可以通过战斗离开江户，返回伏见。

秀忠恼火到了极点，但幕府阁僚们闻信大为震惊。其中以内藤和青山两名责任人最为恐慌，两人自认难逃一死，均在家闭门不出，如果置之不理，估计很快就会切腹自尽。

对当时的阁僚们来说，家康就像一位高高在上的神。他们还都很年轻，没有过和家康并肩作战的经历。在这一点上，他们和榊原康政、本多忠胜、本多弥八郎等人有着根本性的区别。大家都对家康缺乏亲近感，反之，和秀忠则是自幼相识，多少犯些错，也大都可以得到原谅。从某种意义上来说，家康对大家来说是一个可怕的存在。

这没什么好奇怪的。家康曾失去领地，被送往别国做人质。其间，他的家臣甚至不得不像普通百姓一样，亲身耕作以糊口度日。从最底层出发，经过漫长的征战岁月，家康终于被世人称为“海内第一统帅”，并最终夺取天下，成为万众景仰的英雄人物。秀忠不管如何努力，也难望其项背。

如果有人以为触怒了家康这样的一位人物还能轻易过关，那他的脑子肯定是出了问题。

况且，这次家康是动了雷霆之怒，他甚至说出了让侧室们自己打出江户回伏见的话。也就是说，他已经决定牺牲这些长年和他形影不离的女人，自己则从猎场直奔秀康或忠吉的领地，立即召集大军。从中不难看出其作为名将的果断和雷厉风行。

原本从正月十五日开始，各地诸侯率领大批民夫开始修筑江户城。这些大名得到消息之后，全都在府邸里闭门不出，开始备战，以至于工地上连一个人影都看不到了。这些人基本上都会投向家康一方。有谁愿意和在关原会战这样的大战役时贻误战机的人并肩作战呢？没有人会不选择站在胜者一方。二郎三郎所采取的震撼人心的果敢行动，才是真正的战士的行为，不愧其“海内第一统帅”的称号。这些久经沙场的武将，无不在心中喝彩。

照目前的形势发展下去，秀忠必然灭亡。不论是旁观者还是秀忠自己，都很清楚这一点。由此可见，青山、内藤两位奉行准备切腹自尽，也在情理之中，正是因为他们的不经意的越轨行为，招致了这次危机。

秀忠的心底也同样充满了恐惧，因为没有人能够预料二郎三郎这个人到底会做出什么事来。说不定他现在当真想要除掉秀忠。不管秀忠愿不愿意，通过和二郎三郎长年的斗争，他现在终于体会到了无欲则刚的人有多么可怕。这就是自由人的力量。

事已至此，只剩下了一个办法，请本多弥八郎出面调停。弥八郎不但和青山、内藤同为关东奉行，而且是公认的家康第一心腹。让秀忠气愤的是，弥八郎肯定早就得到了消息，可他却迟迟不肯现身，完全是一副知道秀忠反正也会找自己，所以没必要着急的傲慢态度。

但事实并非如此。弥八郎此时尚未了解到二郎三郎的真实用意，所以迟迟不愿现身。弥八郎知道，就像自己对儿子正纯所说，二郎三郎的愤怒是装出来，用来反击秀忠和他手下所表现出来的日益骄横的态度。但这个反击的激烈程度，超出了弥八郎的预期。弥八郎在心里一面认为二郎三郎没必要采取如此过激的态度，一面怀疑他是否当了真。

因不知二郎三郎下一步会采取什么行动而产生了巨大的恐惧，在这一点上，弥八郎和秀忠没有什么区别。

弥八郎现在只能等待，等待正纯或二郎三郎来告知自己他们现在的所在。弥八郎对秀忠催促自己出面调停，感到十分为难。不知道二郎三郎他们在哪里，又怎么去调停呢？

弥八郎故意慢吞吞地做好出门的准备之后，来到了江户城。空无一人的工地，令人更加寒冷，弥八郎生出了一种不吉的预感。现在江户城的防卫非常薄弱，如果受到攻击，恐怕连一天都支持不了。二郎三郎肯定也想到了此节。难道秀忠竟然没有注意到吗？他的想法必定是非常浅薄无知的，认为既然已经当上了将军，就没有自己做不到的事。弥八郎想清楚这件事后，不禁有些毛骨悚然。必须让秀忠也和自己一样毛骨悚然，这也许正是二郎三郎的目的。

“他又来了。”秀忠一见弥八郎，便如此说道。他认为这次和往常一样还是二郎三郎的恐吓。

“那就没必要理他。”弥八郎立刻干脆地答道。秀忠认为二郎三郎只不过在恐吓，或者在表面上装作是这样想的。不管怎么说，秀忠就算有些害怕，也没有怕到毛骨悚然的程度。

“大御所也太过分了。只不过是一个猎场罢了，现在竟然闹到连总奉行都要切腹自尽了。别理他，不会出什么大事。”

弥八郎故意说了反话，因为这样会更有效果。果然秀忠有些心虚了。

“真的行吗？置之不理？”

“当然可以。但要赶快完成城池的施工。”

秀忠的眼中闪过一丝不安，他轻咳了一下之后问道：“这件事和修城又有什么关系？”

“现在的城池，一旦开战，连一天都坚持不了。”弥八郎若无其事地说。

“开战？你说和谁开战？”

“池田、福岛、加藤、浅野……”

弥八郎把参加筑城的大名历数了一遍。秀忠有些慌了。

“为什么这么说？”

“您还不明白吗？”弥八郎又犯了老毛病，脸上浮起愚弄的表情，“这次来帮忙修城的，全是西方的大名。”

秀忠一愣，有些茫然不知所措，他完全没有注意到弥八郎刚才的话里面所隐含着的重要的意义。

的确，这次参加施工的全是西方的大名，而且这些大名大多和家康属同辈，过去受过丰臣家恩惠的，久经沙场的武将。他们正是为了远离江户，才聚集在西方。而安排他们参加筑城，原本就是为了削弱他们的实力。

这些过去的强者，会怎样看家康和秀忠间的不和呢？答案是不问自明的。有人可能会利用这个父子相争的机会，渔翁得利，消灭德川家后进而夺取天下。有人可能会投向胜者，即家康一方。不管他们如何抉择，都不可避免地会来攻打江户城。而现在的江户城，基本上是不设防的。在这些猛将的眼中，破城简直就像抚摸自己的盔甲一样简单。

弥八郎依然推出迅速修城的建议，就是因为考虑到了这一点。现在这些西方大名正躲在府邸里疯狂备战，必须要阻止他们，不能让他们顺利备战！不能让他们秘密串联！把他们全部赶到工地，让他们不分昼夜地忙个不停。然后悄悄集结德川大军，把有反意者消灭在工地上。

“不，不可能！”秀忠几乎是在喊叫，“不可能开战！就为了一个猎场……这是恐吓！和每次都一样！”

“是啊。”弥八郎依旧冷冰冰地说道，“和每次都一样。但是那个人，每次都是当真的。单纯的恐吓，一次都没有。”

确实如此。二郎三郎每次都做好了可以付诸行动的计划，然后在把计划付诸行动之前，才来威胁秀忠。而正因为如此，秀忠才会不断地做出让步。

“但，但是……”秀忠口沫四溅地喊道，“为了这么一件小事……”

“去年，从伏见城回来的时候，我就提醒过您了，但您没有接受我的意见。上梁不正下梁歪，这次发生的事情，正像我过去预测的那样，的确不是什么大事，但其根源不得不让人警惕。”

秀忠的脸上浮过一丝疑云。他在一瞬间怀疑，这次的事件是弥八郎和二郎三郎合谋的。但现在考虑这些事，也不能改变任何形势。

“别再提过去的事了，还是赶快想想眼前该怎么办。”

弥八郎摇了摇头：“我没办法了。”

“你说什么？”秀忠勃然大怒。

“你不可能没办法。你儿子不是跟着他吗？为什么让你儿子跟着他！”

弥八郎摇了摇头：“不知道他们在哪里，所以我儿子也起不了任何作用。”

秀忠有些怀疑地看了看弥八郎。弥八郎立刻就察觉到了秀忠的心情，有些寂寞地笑了一下，说道：“如果你怀疑我，我就在这里切腹自尽吧。”弥八郎从腰带上拔出短刀放在身前，然后一边脱外衣一边又说，“能够不亲眼看见德川家崩溃，对我来说实在是一种望外之喜。”这是一种不加掩饰的嘲笑，你就是使尽浑身解数，也无法化解目前的困局。

弥八郎扯开内袍，露出了松松垮垮的肚皮，接下来拔出短刀，用草纸裹住了刀身，不急不慢地做好了切腹的准备。

秀忠有些失了魂似的看着弥八郎完成了这些动作。在这一系列行云流水的动作中，他根本就无法插嘴说话。当看到弥八郎反手握住刀身时，才惊醒过来。这时秀忠感到了一阵强烈的恐惧，想开口出声，却发现有些困难。

“他真的准备去死啊。”

这个关头要是让弥八郎自尽了，那可是万事休矣。消息肯定会迅速传遍全城，内藤和青山闻讯也肯定会追随其后。秀忠会在很短的时间里，连续失去三位关东总奉行。二郎三郎也会因此真的向秀康和忠吉吐露一切真相，然后起兵来讨伐秀忠。现在聚集在江户的大名们，要么回国，要么迅速召来自己的部队。到那时，不管秀忠愿不愿意，都会形成一场大混战。

秀忠说了一句很奇怪的话："你，就那么恨我吗？"

弥八郎闻言很意外，两手依然握着短刀，盯着秀忠问道："您说什么？"

"不是吗？"秀忠因为过于愤怒，浑身有些发抖。

"你现在死在这里，那谁去和那个人交涉？到那时，他肯定会把威胁付诸行动，接下来就是内乱。不管谁输谁赢，受伤的都是德川家，责任肯定也会被算到我的头上。你要不是非常恨我，又怎么会打算把我推向这种境地！"

对秀忠来说，这是一片难得的肺腑之言，让人可以清楚地体会到他的心情。

"你告诉我，我什么时候做过让你如此痛恨的事情？我想没有过，所以，你告诉我。"

秀忠始终认为这是他和弥八郎的个人恩怨，或者他是故意做出这副样子，把弥八郎的切腹自尽解释成这样一种个人恩怨。

弥八郎忽然觉得自己很可笑，面对这样一个人，自己恐怕真的自杀了也不会有任何效果。

弥八郎慢慢地抚平了裹在刀上的草纸，把短刀插回鞘中，然后整理好内袍，披上外衣，把短刀插回腰带上，最后把草纸叠好又收入怀中。

"谢谢！谢谢你打消了这个念头。"秀忠心中的石头总算落了地。

"想什么呢？"弥八郎心里对秀忠的厌恶有增无减，"在这个人心里，完全没有家国天下。"弥八郎不得不认为，秀忠的脑子里，除了他自己，再也没有别的事情了。

"现在……"弥八郎沉声说道，"我现在无法得知大御所的所在，但只要大御所不发狂，肯定会来通知咱们。所有的事都等得到了他的消息再说。您现在最好当作没有发生任何事，和平常一样，该做什么就做什么。"

秀忠点了点头，然后很不安地啃起了指甲。这原是家康在焦急不安时的习惯，弥八郎一边看着秀忠，一边怀念起了家康。

"您为什么要离开我们？"弥八郎在心里说道。如果家康还活着，根本就没必要为这些莫名其妙的事费尽心机。弥八郎不自觉地涌出了泪水，好在泪水转眼间就被满脸的皱纹吸收了。

"请您立刻亲笔写信给青山、内藤二人，告诉他们切腹没有任何意义，现在只能耐心等待。"

这天晚上，甲斐的六郎出现在了弥八郎的府邸。既没带书信，也没有带二郎三郎的口信。

“请跟我来。”六郎只说了这么一句话。他牵来了两匹马。

弥八郎面露难色，这个年龄骑马已经很困难了，再加上又是晚上。现代人很难想象那个年代夜晚的黑暗，骑在马上即便打着灯笼也起不了任何作用。

“放心吧。”六郎察觉到了弥八郎的想法。六郎有一双夜眼，在晚上行动基本上和白天没有什么区别。只要控制好了自己的马，弥八郎的马肯定也会准确无误地跟上来。

弥八郎明白了六郎的意思，翻身上了马。两匹马以惊人的速度在黑暗中飞奔而去。弥八郎放心地控制缰绳，因为他对六郎很放心。

弥八郎在很久之前就已经发现，眼前的这个人是一名绝世高手。不管是伊贺·甲贺忍者，还是柳生一族之中，恐怕很难找出可以和此人匹敌的高手。证据就是此人仍然活着。回想一下二郎三郎这几年做的事，为他办事的六郎能活到现在，简直就是一个奇迹。正常来说，他应该已经被杀死好几次了。而六郎并不从属于某个门派，只是一个独来独往的忍者这一点，更加深了这种印象。如果没有高超的韬晦之术和护身之术，根本就无法做到这一点，六郎也不会获得二郎三郎如此深厚的信任。

两匹马离开品川之后，直接上了东海道。经过川崎、平冢进入小田原的时候，天光开始放亮。两人用了三个小时飞驰了八十多公里。

从小田原穿过早川村，翻过石板村险峻的山口之后，两人上了小道，为的是避开根府川的关卡。之后的路，弥八郎就完全不认识了。在看上去都是些差不多的小路上疾行多时之后，到达了良浜。从良浜，二人又直奔热海乡。

在热海，二郎三郎带着打猎的队伍占据了当地最大的客栈。其实，这家客栈是由风魔经营的，当然，弥八郎并不清楚这一点。他也不知道，到了这里就进入了风魔的势力范围，二郎三郎的安全就得到了确保。跟来打猎的手下们也没有察觉任何异常，正为这里舒适的温泉和鲜美的鱼类感到满足。

弥八郎认为，二郎三郎之所以一向气色不错，很可能就是因为经常光顾这种地方。

“你终于动手了。”

“是啊。动手了，狠狠地给了他一下子。”

这是二郎三郎和弥八郎见面时说的话。说完，两人都心情愉快地放声大笑。

“你不是真的想让内藤和青山切腹自尽吧？”大笑过后，弥八郎问道。

“但也不能轻饶了他们。”二郎三郎一副得理不饶人的架势。

“人们可能会说，就为了猎场这么一件小事……”

“那正合我意。只为了猎场这么一件小事，还有本多弥八郎出面说情，也要受到这样的惩罚。那么如果被毁家，大家都必须要大加小心了。”

二郎三郎嘿嘿一笑。“不想被毁家”现在成了问题的关键。对战国的武士们来说，“家”没有任何意义，所以他们才能单枪匹马去奋战。但随着和平的到来，“家”开始有了重要的价值。因为没有家，就没有领地，就没有收入。在二郎三郎这样的自由人眼中，武士们的这种变化可笑到可以令人喷饭。

“你是打算把他们改易吗？”弥八郎吃惊地大声问道。所谓“改易”，就是收回所有领地并且毁家的重罚。

“对。”二郎三郎丝毫没有犹豫。

“但、但是，是否……”

“你可以对秀忠说，我大怒之下本已打定了这个主意。在你弥八郎的苦苦劝说下，总算是减轻到只让他们闭门一年。”

二郎三郎也不是个好人，弥八郎一边擦汗一边想。青山和内藤两人的闭门思过，后来实际上只执行了十一个月。

这是后来的事情了。元和元年（1615 年）七月颁布的《武家诸法度》第十三条第三款中，规定了这样的内容：可以法破理，不可以理破法。

这一条款的意思就是：即便不合理，也不允许批判或违反法律，表明了必须维护幕府法律的权威性的强硬态度。这次的内藤、青山事件，实际上就是关于对“为理可否破坏大御所权威”的争论。二郎三郎所采取的行动，就是为了维护自己作为大御所的权威的紧急措施。同时也防止了秀忠进一步变得骄横，并提高了弥八郎的存在价值，可以说是一次完美的战斗。

顺便提一句，在宽永十二年（1635 年）六月，第三代将军家光主持修订《武家诸法度》，将上面提到的元和令第三条删除了。这一点可以证明，那时幕府的权威已经得以确立，没有必要采取强硬措施来维护了。

事情以内藤、青山两奉行的闭门思过而结束。二郎三郎就像什么都没有发生过似的，从热海回到了江户。

侧室们含着热泪迎接了他。所有人都因为不休不眠地备战，眼圈底下都是黑的。

“让你们受委屈了。”二郎三郎温柔地表达了歉意。

二郎三郎只是派阿茶局夫人去见了秀忠，告诉他自己已经回城。无奈之下，秀忠只得亲自过来问安，并报告了对事件的最终处理情况。

“这次是奉行们做了错事，给您添麻烦了。”秀忠压着心头的怒火说道。

“热海的温泉很不错。你现在身为将军，连去泡温泉的时间都没有，难为你了。”二郎三郎悠闲地说道。的确，秀忠这段日子变得脸色漆黑，身形消瘦。而二郎三郎却面色红润，又胖了不少。

秀忠真想扑上去掐死二郎三郎。就因为这个老奸巨猾的家伙，自己好不容易当上了征夷大将军，却还要忍气吞声。

“总有一天，我会杀了你。”秀忠在心里暗自发誓，“但我要尽可能地利用你。当然，我也不会让你过舒服日子。”

经过这件事后，秀忠下定了决心。既然你二郎三郎想作威作福，那我就把你捧得高高的。但我也要十二分地利用你作为家康的权威，对我不利的事，名声不好的事，全都推到你身上。从表面来看，大家都会认为是我出于孝心，才不得不顺着你的意思做了些违心的事。恶名、骂名归你，孝子的美名则属于我。对所有的事，都可以根据我的需要做出这样的解释。

经过这次的内藤、青山事件，秀忠还了解到，世人对此事的反应令人有些意外。大家都说，以秀忠一贯的孝心，必然会不问缘由地命青山和内藤自尽。二人也只能认命，要怪就怪自己的运气实在太差吧。这是一个重大的发现。从今以后，秀忠不管做了什么恶事，都可以把责任推给二郎三郎。这样一来，在孝子的光环之下，任何恶名、苛政都不会对秀忠的名声造成伤害。至少世人能够理解秀忠的处境。我们不难想象，对政治家来说，这是一种多么有利的环境。

秀忠决定要彻底利用一下舆论。如果能得到这样的好处，二郎三郎那一贯居高临下的态度，也不是不可以忍耐。而且，二郎三郎迟早也会去骏府的。

这一年的一月到二月间，不但天气异常，而且发生了一些造成人心恐慌的事情。

首先，从江户开始，京都、奈良、上坂本、野州武佐、三河的吉田、赤坂还有馆林等地，接连不断地发生了火灾。二月一日出现了日食，之后在大膳大夫奥平家昌的庭院里发现了一颗刚被砍下的首级。好像所有的生灵，天与地，阴间与阳间都对新将军秀忠的暴政表示着愤怒，并发出诅咒。在秀忠的身边，只有江户城的施工进展得还算顺利。

进入三月后，二郎三郎带着侍妾们回了伏见。秀忠为此感到很矛盾。从便于施政的角度，秀忠希望二郎三郎留在江户，现在有很多棘手的问题。内藤、青山事件以来，幕府的大臣们对二郎三郎的畏惧达到了顶点。他们在处理任何问题时，都会考虑到二郎三郎的存在，唯恐一不小心就触犯了大御所殿下的利益。在这种气氛中，秀忠不可能有效地按照自己的意志处理政务。可是阁僚们即便顾忌着二郎三郎的想法，却也不能每件事都向他请示，那样做会使秀忠颜面扫地。如此一来，只有一个可行的办法了——凡事都事先和本多弥八郎商量，因为弥八郎和大御所情同手足，心气相连。于是，现在弥八郎的权威在江户无人能出其右，他终于成为幕府中最有实权的人物。这也可以说是二郎三郎取得的战略上的胜利。

这样一位令人畏惧的大御所离开江户城，对阁僚们来说是一件非常值得高兴的事。对秀忠就更不用说了，但秀忠在高兴之余，却也有一些不安。因为让二郎三郎留在伏见，也很让人不放心。伏见距京都很近，二郎三郎随时可以和天皇进行联络。而且，家康次子秀康和四子中吉的领地，也和伏见近在咫尺。另外，伏见城对忍者的防范非常严密，即使秀忠打算除掉二郎三郎，到时也是有心无力。而一旦秀忠起兵，在他还率军在东海道上行进的时候，二郎三郎就已经召来秀康和忠吉保护自己，并奏请天皇，把西方各大名全部置于自己的麾下了。

❖

秀忠在这种矛盾的心情之下，越来越迫切地觉得有必要尽早让二郎三郎迁至骏府。迁往骏府本是二郎三郎的意愿，现在竟然逼得秀忠对此表现得迫不及待，真是妙不可言。

二郎三郎原计划三月十三日从江户出发，因大雨行期被推迟到了三月十五日。五天之后，二郎三郎到达了骏府，并在此滞留了五天。明年就要迁到这里了，在此之前必须要完成维修工作。说是维修，其实基本上是建一座新城。这五天将进行最后的勘察，风魔小太郎扮成一名下人秘密进城，和甲斐的六郎一起陪同二郎三郎进行了这次最后的勘察。小太郎明目张胆地跟在二郎三郎的身边，二郎三郎身边的人，例如本多正纯等都以为他是骏府城领主内藤信成的部下，专门来侍伺候二郎三郎。这样一个简单的障眼法，由小太郎使来，竟然如此有效。六郎也忍不住向阿福表示了由衷的赞叹。

“岳父就像空气一样，每个人都在呼吸，但却没人会留意，就如同世上并不存在这么一个人。这才是忍术的最高境界。”

对于六郎的感叹，阿福是这样回答的：“父亲以前曾经说过，因为从一出生就开始接受训练，所以使用忍术时，他完全是发自自然，看上去才不会引人注目，并且不会因紧张而疲惫。”

六郎闻言又一次发出了赞叹。

二郎三郎二十五日离开骏府，第二天到达中泉，因下雨滞留了两天。不用说，在这两天中，他与小太郎和岛左近关于骏府城进行了最后的协商。二十九日尽管仍然阴雨连绵，二郎三郎却一路赶往冈崎。四月一日，二郎三郎到达名古屋，和四子忠吉商讨了一些修筑骏府城的细节之后，于四月六日返回了伏见城。

经过这一系列协商，首先，现在的骏府城主内藤信成的领地被换至江州长浜，作为重新建城的费用，二郎三郎给了他银五千枚。接下来，骏府城的开工日期被定在七月一日，美浓、尾张、飞驿、远江、三河等地一万石以上的大名，被下令协助修城。也在这个时期，伏见城的城墙崩塌，修复工作被交给了一万石以下的大名负责。一万石以上的大名很快将投入骏府城的施工，因此被免除了这项徭役。由此不难看出，二郎三郎非常在意骏府城的修建。

五月，拥有上州馆林十万石领地的榊原康政病倒。康政很早就被指定负责照顾秀忠，关原之战时，也曾和秀忠共同率军从东海道赶往关原。他还是德川三虎将之一，也知道二郎三郎假扮家康一事，一直以来都在上州冷眼旁观着二郎三郎的所作所为。他认为二郎三郎非常危险，曾在密信中建议秀忠尽早将其刺杀，但他并不知道秀忠和二郎三郎暗斗的详情。

“要是能那么简单地除掉他，我会等到现在吗？”

秀忠苦笑之后，便把康政的信扔在了一旁。可现在康政病倒了，让秀忠不能不惊慌，因为在久经沙场的老将之中，明确支持秀忠的，只有康政一人。

康政和本多忠胜同年，并同为御旗本先手侍大将。本多忠胜明显是二郎三郎派，而康政则是秀忠派。在井伊直政去世后，一旦开战，凭借着威望，德川家的嫡系部队会在这两位武将之下一分为二。如果康政去世，嫡系们必然会唯忠胜马首是瞻。放在平时，秀忠可以以高官厚禄拉拢部下，但战火一起，这一招儿就会失灵，每个人都会选择可以托付性命的侍大将。

在秀忠的身边，这种能够让人放心追随的大将，只有康政一人，余者都是资历浅、年纪轻、缺乏战斗经验的文官。

据《德川实纪》记载，秀忠派酒井忠世、土井利胜等重臣前去探病，并带去了几位大夫。

二郎三郎也派村越茂助前去探望，康政甚至没有请茂助小坐片刻，只是对他说："你回去告诉大御所殿下，康政胆小，不敢来往。"

康政对待秀忠的使者的态度，和对待村越茂助截然不同。据说康政换上正式的官服，隆重地接待了使者。记录这件事的人，对此做出了"奇怪至极"的评价。如果村越茂助是真家康的使者，那么的确是"奇怪至极"，因为康政不可能用这种态度对待家康。可是家康已经去世，面对二郎三郎的使者，康政才会采取这样的态度。

尽管秀忠想尽了一切办法，但康政已汤食难进，医生们束手无策。庆长十一年（1606年）五月十四日，榊原康政去世，享年五十九岁。

榊原康政去世前后的一段日子里，在伏见发生了很多怪事。康政死的前一日，即五月十三日，从一处古寺中飞出一个灯笼状的发光物，在空中一掠而过后，坠在丰后桥一带。从加藤清正的府中，也飞出了像手提灯笼似的物体，并伴以轰鸣声。在京都也出现了类似的物体，因声如行车，所以人们称其为破车。世人把这些都看作不吉的征兆。

五月十四日，康政去世的当日，西郡之局夫人在伏见城内猝死。西郡之局可以算是家康最早的侍妾了，早在永禄八年（1565年），也就是四十一年前，她就为家康生下了二女儿督姬。当时家康二十四岁，西郡之局的年龄不详。督姬长大后嫁于北条氏直为妻，北条家灭亡之后，又改嫁给池田辉政。那是一桩典型的政治婚姻。算起来，西郡之局应该快六十岁了。作为伏见城里最年长的家康家眷，她平日里深为人们所敬畏。西郡之局是一位狂热的日莲宗信徒，宗教就是她生命的全部意义。这位夫人现在突然去世了。

另外，在康政死后的第十一天，即五月二十五日，关东、关西都遭到了狂风暴雨的袭击。在京都还发生了二十年不遇的洪水。因为这场大风，为各地大名运输修复江户城墙的石材的船队，发生了本次工程中最大的沉船事故。锅岛胜茂一百二十艘、加藤嘉明四十六艘、黑田长政三十艘，以及其他共计有数百艘的船只沉没，并有多人溺死。

二郎三郎和秀忠以及他们的手下怎样看待这些接连不断的怪事呢？关于这一点，没有留下任何记载。江户城的修缮于五月底完工，全部工程也按原计划于六月十日完成。从这件事可以看出，秀忠和他的手下完全没有把这些怪事放在心上。

二郎三郎一方把原定于七月一日开工的修筑骏府城的工程，推迟至第二年正月动工，并于六月四日将这个决定通知了各地的大名。做出这个决定是否受了接二连三的凶兆的影响，现在无法查明。但从现存的记录中，也无法找出其他的原因。百战沙场的武士对各种征兆极其敏感。而凡事都追求合理的年轻人，总是会忍不住嘲笑他们的这种做法。

为什么身经百战的武士会如此重视各种征兆呢？理由只有一个，他们在看过了太多的死亡之后会开始思索，人死之后灵魂去了哪里？或者应该说，他们不得不开始思考这个问题。他们中的每个人都会发自内心地认为，能够活下来，并不是因为自己了不起，而完全是一种偶然。

江户城完工之后，参加施工的大名们大都来到伏见拜见二郎三郎，表面上是来做完工后的报告，实则另有目的。在青山、内藤事件后，家康和秀忠之间多少出现了一些嫌隙，大家想来探察一下，这些嫌隙是否仍未消除。另外，家康的健康状况也是大家关心的一件事。生逢战国乱世的武将，必须要随时保持谨慎。

半年前才传出了家康和秀忠发生冲突的消息，起因是秀忠的日渐骄横。的确，秀忠的骄横即使在诸人看来，也越来越有些刺眼。身为臣子的大名们都会产生这样的想法，身为父亲的家康想必早就忍无可忍了吧。

家康曾亲手杀死自己的长子信康，这件事非常有名。即便是迫于织田信长的压力，但亲手杀死自己的儿子这种异常的残忍，也足以令众人不寒而栗了。大名们都还清楚地记着这件事，家康平日里看上去很随和，但到了紧要关头，他会毫不犹豫地表现出惊人的狂暴和残忍。

如果惹得家康动怒，征夷大将军又算得了什么，秀忠的好日子就要到头了。大名们对这一点深信不疑。但现在有一个问题——家康已经上了岁数，健康状况不知如何。大名们必须来亲自观察一下，才能做出开战时自己应该投向哪一方的决定。

二郎三郎早就看透了众人的心思，他亲切地会见了各位大名，就好像从未对秀忠大动肝火似的，看上去心情非常愉快。二郎三郎这样作秀的目的，就是引起众人的猜疑。家康表现得越是心情愉快，大名们的心中越会觉得恐怖。明明在生气，却做出笑嘻嘻的模样，众人对此无不毛骨悚然，因为家康心中的怒火之盛已经让他不得不靠作秀来掩饰了。而且，愉快热情的表现，恰恰证明了家康的精力仍然十分健旺。

最终，来到伏见的大名们都对二郎三郎表示出了极大敬畏，并在有意无意间保证，一旦有事，自己一定会和二郎三郎并肩作战。

二郎三郎只是笑嘻嘻地做出一副心情愉快的样子，就收到了如此之大的效果。

❖

很快，这些事情就传到了江户秀忠的耳中，负责守卫伏见城的德川家嫡系武士中，有很多秀忠的耳目。

秀忠非常恐惧，他清晰地察觉到了大名们的意图。秀忠也很明白，大名们把自己和二郎三郎放在了一架天平上，而天平十有八九会向二郎三郎倾斜。秀忠有些焦躁，自己现在找不到任何对策。尽管在心中恨不得立刻就杀掉二郎三郎，但考虑到大名们的反应，这不是一个良策。虽然身份是征夷大将军，但自己却并不具备和身份相匹配的实力。

秀忠对待大名们的方针是，让他们在经济上无力参与战争，并用法度对他们进行束缚。人们渴望和平，所以这个方法是正确的。但要取得效果，则还需要一段时间。在这段时间里，想要防止大名们自暴自弃地放手一搏，家康的力量是必不可少的。必须让大名们知道，起兵造反不会有任何胜机。为此，秀忠不得不让二郎三郎活下去，还要借二郎三郎之手，消灭很可能会成为叛乱根源的大阪城里的秀赖。

但让二郎三郎留在伏见城是很危险的。在伏见很便于和西部诸大名进行联络，这里离朝廷和大阪城也近在咫尺，是一处无可争议的要冲之地。让二郎三郎待在这样的地方，秀忠又怎能放心。所以秀忠希望二郎三郎能按照当初的计划，尽早迁往骏府。如果二郎三郎住在骏府，在江户监视起来会很方便，也可以在一定程度上限制他和朝廷及西部大名们的联系。而且骏府的周边都是德川家的嫡系大名，不但便于秀忠搜集情报，万一事情有变，也可以迅速地从东西两侧夹攻。

秀忠命本多弥八郎前去催促二郎三郎，尽早着手修筑骏府城。二郎三郎依然我行我素，把原定七月开始的工期，推迟到了第二年的正月。二郎三郎为了修筑并迁往骏府城，长期以来和岛左近及风魔小太郎探讨了大量的细节。其实，二郎三郎在内心里非常渴望迁往骏府。只要迁到了那里，不但自身的安全可以得到保障，而且还可以广招贤才，施行大御所政治。之所以现在表现得很不情愿，就是想诱使秀忠出面催促自己。

不用说，这是二郎三郎的一种心理战术，是为了使骏府变得更安全。装作不情愿的样子，经秀忠频繁催促之后，再慢吞吞地迁往骏府。通过如此一番作秀，二郎三郎希望可以掩盖这片土地的安全性和特殊性（对秀忠来说则相反，是一种危险性）。

庆长十一年（1606年）七月，酷暑难当。

二郎三郎在酷暑中，以秀康为总监，以小崛政一为奉行，开始修缮天皇的居所。

八月十一日，二郎三郎携五郎太丸和长福丸觐见天皇。天皇赐予两个孩子官爵，二人同为从四品，五郎太丸被任命为右兵卫督，改名义直。长福丸被任命为右近卫少将，改名为赖将。

进入八月后，但马守山口重政成为禁军首领，来到伏见城赴任，重政共任此职三年。在《德川实纪》中关于此事只有短短一行的记载。但这次人事任命有着重大的意义。

山口重政最大的特点就是愚忠。他最早为织田信长的大臣佐久间正胜效命，正胜父子因触怒信长而被囚禁时，重政舍命相陪。重政后来被织田信忠招至麾下，信忠死后又辅佐其弟信雄。天正十八年（1590年），信雄被流放，重政又从那须到伊势朝熊千里相随。在信雄手下被闲置了一段时间后，重政又被家康请来，享俸五千石专职负责照顾秀忠，其后领地增至二万石。从天正十九年（1591年）七月以来，他就成为秀忠的得力臂助。从重政的性格来看，他肯定是秀忠最信任的部下之一。

重政担任伏见城守，不用说，是出自于秀忠的安排。重政总是忠于自己直属的主君，现在如果秀忠下令，他会毫不犹豫地去攻打家康。而且，和当时所有的愚忠武士一样，重政也同样勇猛善战，在战场上从不畏惧，从不退缩。让这样一个人在自己的睡榻之旁做城守，二郎三郎绝对无法容忍，谁知道他会在什么时候带领全城的兵将造反。转眼间，伏见城对二郎三郎来说，已经是一个极其危险的地方了。

秀忠试图以此举逼迫二郎三郎迅速迁往骏府，但根据形势的发展，也不排除命令重政起兵对付二郎三郎的可能性。至今为止，秀忠始终尝试从外部派人入城进行暗杀，而这一次，将由守城的兵将从内部发难，绝对是万无一失。

二郎三郎九月二十一日离开伏见前往江户。临行前，二郎三郎特意命秀康留守伏见，目的是不让山口重政趁自己外出时有异动。现在还没到放弃伏见城的时候。

❖

十月六日，二郎三郎到达骏府，并在此停留了二十一天，对筑城一事发表了自己的看法，并做出了大量的相关安排。在各种资料中都记载道，二郎三郎此时考虑在旧城以外另筑新城，地点在旧城之南的川边，即现在静冈市的川边町。

这样做有两个方面的考虑。其一，登上贱机山就可以将旧城一览无余。如果在城外就可以观测到城内的兵力配备，在发生紧急情况时，会给防守带来很多困难。其二，把安倍川当作补给线。如果把安倍川改成一段护城河，舟楫可直达城内，在防守上有百利而无一害。

但在这二十一天期间，这个方案被放弃了。二郎三郎决定在保留旧城的基础上，向南、东、北三个方向扩展新城。理由很简单，安倍川不是一条可以被轻易地改造成护城河的河流。川过此地，地如其名，安倍川在此处纵横交错。另外，旧城比川边地势高出了五米左右。如果建城于川边，一遇稍具规模的洪水，恐怕城中就会化为水乡泽国。如果被敌人水攻，必定会像备中的高松城和纪伊的太田城那样，片刻间就土崩瓦解。水带来的危险，要远远大于水能带来的便利。因此，改变方案是理所当然的。

但这个说法值得商榷。在短短的二十天里是否可以做出如此重大的决定？二郎三郎从去年年初，不，应该说从前年年底就已经开始计划修城，不但和岛左近及风魔小太郎进行了大量的磋商，还在庆长十年（1605年）二月二十六日写给本多弥八郎的信中，要求他巡视各地搜集建城所需的木材。另外还有一个最好的证据，在这一年的五月，二郎三郎就命萨摩藩的岛津氏开始建一条大堤，这条耗工巨大的堤坝，大幅改变了安倍川的流向。建造这条大堤的目的是将其分流为北川、横雄川、妹川、稻川，把骏府分隔成一座水上城市的安倍川束流迂回。没有这项工程，就无法在骏府城下建造一座巨大的城下町，骏府也就无法获得发展，因为人们不能不顾虑到频繁光顾的洪水。但这只是这项工程的一个目的，二郎三郎另有一个宏伟的计划，他希望安倍川迂回改流之后，萨摩大堤可以把骏府城和城下町都拱卫于其中。萨摩大堤的功能并非是单纯防洪，它还是骏府城防的一部分。由此不难想象出其规模之宏大。

“萨摩大堤，始于笼鼻妙见山，止于有渡郡中野新田。高三间，宽十二间，马道六间，长二千四百余间。”这是《修订骏河国新风土记》第十五卷中的记载。现在保存最完善的妙见下的萨摩大堤，马道四点五米，宽十四米，高三米。这种规模与其说是大堤，真不如说是防守用的壁垒。有敌从西侧来犯时，安倍川就是天然的壕沟，而萨摩大堤就是人工建造的壁垒。

有一个旁证。据地志记载，在骏府城下町的偏远之处，设有“川越町望楼”和“横田望楼”，以作守卫之用。这两处望楼都是由石块、土墙、壕沟构成的令人望而生畏的坚固堡垒。在城下町外围设立这样的望楼，是有外墙的城下町的共同特点，而萨摩大堤就是骏府城下町的外墙。

接下来还有一个问题。据说，萨摩大堤于庆长十一年（1606 年）五月开始动工。也就是说，二郎三郎从十月六日开始，在骏府滞留的二十一天期间，大堤要么已经完工，要么正在施工。外围的防护设施已经在施工，可是城池的位置却仍未确定，这种事很难想象，也不是二郎三郎做事的风格。城池的位置不变，这个想法肯定是早已有之。但为什么二郎三郎还要犹豫二十一天呢？想必是对秀忠和本多弥八郎使的一种障眼法。

二郎三郎以前曾对弥八郎说过，之所以把归隐的地点选择在骏府，是因为那里是自己的故乡。其实这是一个借口，目的是掩饰自己和风魔的关系，以及准备把骏府建成一座固若金汤的要塞的意图。显而易见，萨摩大堤是一处防御设施。二郎三郎特意没有在骏府东侧也建造同样的设施，也是为了掩饰自己的真正意图。在这二十一天中，二郎三郎数次改变城池的位置，其实就是在作秀，不但要让秀忠及其属下，还要让弥八郎也认为，骏府只是退隐之所，让二郎三郎住在这里，不会对秀忠产生任何威胁。

十一月四日，二郎三郎进入江户城。

从表面上看，庆长十一年（1606 年）总算将要平安地过去了。在这里特意说是从表面上看，因为在这个年末，又发生了一件将要引起二郎三郎和秀忠冲突的事情。

阿梶夫人怀孕了。

几位侧室当中，最热爱着二郎三郎，并为他奉献了一切的，不是别人，正是阿梶夫人。她对于男欢女爱的要求也最强烈。但命运好像喜欢捉弄人，最受二郎三郎宠爱的阿梶夫人至今膝下无子，而淡泊于男女之事的阿万夫人，却已生下了两个儿子。此事是阿梶夫人心中最大的伤痛，她甚至在恼怒之余，对二郎三郎大发嗔怨，但除此以外也别无良策。

和二郎三郎在一起已经六年，阿梶夫人渐渐地放弃了要一个孩子的想法。她开始有些怀疑，自己是不是没有怀孕的能力。可就在这个时候，阿梶夫人却怀孕了。不但阿梶夫人狂喜不已，二郎三郎也由衷地高兴。二郎三郎最爱的是阿梶夫人，最离不开的也是她。

正因为如此，二郎三郎和阿梶夫人对这次怀孕表现出了十二分的谨慎。尤其是阿梶夫人，决定不管遇到什么困难，都要生下这个孩子。阿梶夫人原本希望在伏见城生产，去江户不但旅途艰辛，还要担心秀忠闻讯后来加害。但这次二郎三郎却不能把她留在伏见，因为二郎三郎打算离开江户后就直接去骏府，再也不回伏见了。在这种情况下，又怎能让阿梶夫人一个人留在伏见呢。

二郎三郎尚未到达江户，秀忠就得到了阿梶夫人怀孕的消息。秀忠果然大怒，不，应该说是暴怒才对。秀忠对二郎三郎表现出的无穷无尽的旺盛生命力大为恐惧。这一年，二郎三郎的实际年龄是六十四岁，六十四岁还能让女人怀孕，这种能力……

这一年的六月，秀忠和正妻于江刚刚生下了一个男孩，幼名国松，即后来的骏河大纳言忠长。秀忠为了生这个孩子，使出了九牛二虎之力，于江无数次抱怨之后，总算怀上了孩子。这样想来，秀忠越发觉得二郎三郎简直是个妖怪，以这样的年龄，竟然还能轻轻松松地生出孩子。

❖

但是，阿梶夫人和二郎三郎的担心是多余的。秀忠现在已经没有心情去管二郎三郎生不生孩子了。而且，秀忠自己已经有了两个儿子，不必再为继承人的事担心了。

庆长十二年（1607 年）元旦，阿梶夫人生下一个女孩，后来起名市姬。

正月二日，入夜时分下起了雪。从这天开始，二郎三郎病倒了。在《当代记》《庆长见闻录》等史书中，很不可思议地把这次病记载为淋病。家康如果还活着，已经是六十六岁，在当时已是罕见的高龄。二郎三郎比家康小一岁，也有六十五岁了。官家的正式记载中，把一位六十六岁老人的病症写为淋病，让人真的很难理解史官的动机。好比在今天，首相病了，媒体会把他的病症写成淋病吗？时代虽然变了，但这种病的不光彩没有变。所以，这个病名不应是史家的推测，医生和二郎三郎的部下也不会使用这个病名，只有在二郎三郎本人的授意之下，才可能出现这种情况。

那么，二郎三郎为什么要使用这样一个不光彩的病名呢？

首先，二郎三郎应该是在装病。当然，也有可能情况正相反，二郎三郎真的患了重症。但从之后的情况来看，可以排除重病的可能性。很久以前，二郎三郎有一次装病时，外界也流传他患了淋病。很可能是想起了这件往事，二郎三郎以他特有的诙谐，授意手下向外界发布了这个消息。

其次，淋病虽然不光彩，但不是能致死的重症，给人的感觉也以滑稽的成分居多。尤其放在一个六十六岁的老人身上，反倒成了生命力旺盛的证据。即使在对外发表了淋病之说以后，全国各地仍在风传家康病重。为了消除这种传言的影响，二郎三郎分别在正月和二月里，两次招待各地大名、江户的居民以及附近的一些农民来看戏。他要把自己的健康形象尽可能多地展示给来自各个阶层的人。毫无疑问，家康的健康是此时天下的头等大事。

可是二郎三郎为什么不惜使用淋病这种病名，也要装病呢？现在真相无从得知。著者认为，二郎三郎是为了阿梶夫人和市姬。二郎三郎在此之前，几乎不明白什么叫家族亲情。在幼年被卖给人贩子之后，一直就是孤家寡人。庆长五年（1600年），做了家康的替身并认识了阿梶夫人之后，二郎三郎才首次品尝到了家庭的滋味。自己深爱着的阿梶夫人生下了第一个女儿，如果二郎三郎不惜称病，也要享受一段时间以市姬为中心的天伦之乐，想必没有人可以指责他。二郎三郎和阿梶夫人肯定是打算珍惜一下这段短暂的幸福时光。

开始修筑骏府城的日子，一般被认为是庆长十二年（1607年）一月二十五日，但实际上是十二月十七日。被征调来修城的大名有池田辉政、池田长吉、加藤嘉明、有马丰氏、蜂须贺至镇、松平忠利、伊东佑庆、分部光信、古田重治等十人，后来又增加了前田利长和毛利辉元。

各地大名以每五百石领地出三人的比例负担徭役，也就是说，五万石的大名出三百人，五十万石的大名要出三千人。大名们从自己的领地内派出这些民夫，必然会影响到领地内的耕作。《当代记》第四卷，关于庆长十二年（1607年）十一月二十一日的记载中，有这样一句话："西部十国因派民夫去骏河参加施工，无法筹齐岁贡。"

负责指挥这些民夫的是骏府的几位奉行，有三枝昌吉、山本正戌、龙川忠征、佐久间政实、山城忠久等人，另外还有川胜秀氏、安藤正次、牧助左卫门等几人协助。

工程进展得非常迅速。五月二十三日天守台奠基，七月三日内城宫殿完工后，二郎三郎迅速迁入。当然，此时骏府城的工程还没有全部完成，外城的工程只进展了一半儿，天守阁也尚未完工，但工程的速度已经很快了。

施工的环境非常残酷。《当代记》第四卷，对庆长十二年（1607 年）六月十四日做了如下记载："因为骏府和江户的工程进行得很紧张，很多民夫到晚上便不能视物。"民夫到夜晚便不能视物，明显是患了青光眼，病因是缺乏维生素和过度劳累。在施工中也有很多人因事故负伤或送命。这段日子，对民夫和监工的武士们来说，都是非常艰辛的。

二郎三郎为什么要如此急于建城呢？也许他是为了尽量缩短各地大名因领国缺乏人手而度日艰难的时间，也可能是为民夫们着想，早日完工，民夫就可以早日回家。

但事实并非如此。真正的原因是在二郎三郎身边发生了重大的变故。

家康的第四子忠吉病倒了。忠吉仅比秀忠小一岁，生母和秀忠一样都是阿爱夫人。十二岁时，忠吉娶井伊直政之女为妻。二十一岁时，作为东海道方面军的先锋，参与了关原之战。先是参加了攻打岐阜的战斗，然后又在关原会战当天率先点燃了战火，会战后忠吉和井伊直政一起追击岛津部，最后和直政同时负了铳伤。凭着这份功劳，忠吉被授予了五十七万一千七百二十石的领地。

从履历上不难看出，忠吉是一位不折不扣的猛将。而事实上，忠吉的部下中的确出了很多著名的勇士，被称为近代火炮之父的稻富一萝斋，就是忠吉的家臣。忠吉曾在清须城东西南北四个方向上的五町目和十町目处种植了树木，作为大炮射击的瞄准参照物，以备被围困时之需。由此可知他对军事技术有着很浓厚的兴趣。

❖

但现实中的忠吉，不但病弱，还有些神经质。体弱的男人往往喜爱军事，因为他们希望以此弥补自己的缺点，这一点可以在忠吉身上得到很好的证明。忠吉最感兴趣的是弓箭和火铳，也就是远距离杀伤武器，而不是刀、长枪等近战武器，这也说明他不具备参加肉搏战的体能。可能正是为了改变忠吉给人们的病弱印象，忠吉的岳父井伊直政才会在关原之战时，不顾家康的禁令，带领忠吉冲锋陷阵。而经过这次战斗之后，忠吉作为武将，果然声名鹊起。

《武德编年集成》等史料中，最早对忠吉之病的记载，出现于庆长九年（1604 年）五月。在这个月，忠吉为治疗去了但马温泉。据史料称，除但马温泉外，忠吉还曾去过摄津的有马温泉。据说温泉对治疗疮疾有帮助。疮疾是一种体表症状，有人怀疑忠吉患的可能是梅毒性的疮疾。庆长十年（1605 年）十月上旬，忠吉疮疾迸发，十二月十日曾一度陷入危笃状态。

“下野守大人（忠吉）病态危急。从八时昏迷至十二时，灌药之后苏醒。”（《庆长见闻录案纸》）

“（忠吉）日渐神志不清，今日八时陷入昏迷，饮药后于中午时分苏醒。”（《武德编年集成》）

为忠吉进药的是曾在下野足利学习医术的龙野为伯。二郎三郎为酬此功，赐银百枚，赏领地千石，并命为伯随身照料忠吉。

忠吉的疮症渐成痼疾。庆长十二年（1607年）正月二十日，忠吉离开清须，二月六日到达江户，暂住于大久保忠常在芝的府邸，随后疮疾复发，在大久保宅休养了二十天之后，病情有所好转。忠吉于二十六日进城觐见了秀忠，但因病情又一次恶化，未及见二郎三郎，就离开了江户城。过了一天，即二十八日，二郎三郎亲自来到大久保宅探望了忠吉。

二郎三郎见到忠吉之后大惊失色，忠吉已经明显面呈死相。据说，见死人多了，也就自然明白了什么是死相。历尽了生生死死的二郎三郎，不知何时也有了这种能力。忠吉只有二十八岁，可他已不得不迎接死亡。二郎三郎的心中充满了悲怆和无奈。最让人无法接受的是，病毒已经侵入了忠吉的脑部，他时而傻笑，时而痛哭，说出的话完全没有了条理，其状让人不忍目睹。

“他活不长了。不过，与其现在这样，还不如死了。”

二郎三郎一边这样想，一边无奈地注视着忠吉。突然，忠吉的一句低声梦语，骇得二郎三郎一跃而起。

“杀掉越前的二哥？不行！尽管不是一个母亲，但我们是兄弟啊！父亲大人也肯定不会坐视不管！你说什么？”

忠吉的眼神聚焦在某一点，声音颤抖，明显是回到了过去的某个时刻。

“暗杀？太卑鄙了——不行——我反对！为什么一定要杀死二哥！”

二郎三郎凝视着忠吉，自己也禁不住打了一个冷战。这不是忠吉的幻想，是现实的再现。说话的对象必然是秀忠，而且这次对话肯定发生在最近，大概就在前天，也就是二月二十六日忠吉进城见秀忠的时候。忠吉很有可能是受了这次谈话的刺激，以至于病情急剧恶化。

“兄长为何会有如此恐怖的想法！你说越前的秀康兄长有什么图谋——谋反？那，那你为什么不禀告父亲大人——什么，怕他老人家担心。但是，你也不能使用暗杀这样的手段啊——太过分了！兄长！”

忠吉号啕大哭。

二郎三郎止住了颤抖，心又变得坚如铁石。秀忠现在企图暗杀他的兄长结城秀康，准备秘密地除掉在众兄弟中最武勇、最有人望的秀康。忠吉已命不长久，秀康再被杀，等于折断了二郎三郎的双翼。

一旦发现了二郎三郎的真实身份，最有实力否认秀忠继任将军的正当性，并引起纷争的，就是结城秀康，其次是忠吉。忠吉是秀忠一母同胞的弟弟，在井伊直政去世之后，对秀忠而言，忠吉还是相对比较容易摆平的，而秀康则不会如此简单。

前面已经提到过，经历过战国乱世的各地大名，无一例外都很欣赏秀康。而且，秀康曾是太阁秀吉的养子，和大阪城的秀赖算是义兄弟。正因为如此，不但秀康处处照拂秀赖，秀赖也处处仰仗秀康。加藤清正、福岛正则等旧丰臣系大名，也都为了丰臣家的存续而向秀康示好，细川忠兴和毛利辉元也对其另眼相看。秀康可以称得上是天下最有实力的大名。

看一看三年前的庆长九年（1604 年）四月，秀康就封越前之后第一次来江户时秀忠的态度，就可以清楚秀忠是如何忌惮秀康。秀忠借行猎之名，特意赶到品川迎接，并在回江户时，把秀康的车舆排在自己之前。虽然秀忠那时尚未继任将军，但好歹也是德川家的世子。秀康当然固辞不受，最终，二人并驾返回了江户城，而且秀康直接乘轿进了江户城的内城。这可以说是一种破格的待遇。秀忠之所以要如此惺惺作态，正是因为他内心充满了对秀康的畏惧。

秀忠对秀康的畏惧，对二郎三郎来说，实在是一件幸事。因为每逢秀忠试图除掉二郎三郎时，秀康的存在都使他不得不心存顾忌。但现在秀忠的忍耐达到了极限，他准备不惜采取暗杀这种手段，也要除掉秀康。

二郎三郎告别忠吉，在回江户城的路上陷入了沉思。

失去秀康是一个无法承受的损失，但二郎三郎现在却无法警告秀康他正面临着被暗杀的危险。秀康绝不会轻易相信，自己的兄弟会毫无缘由地来暗杀自己。如果要提出警告，只能把事情的全部前因后果都告诉他，从二郎三郎是如何不得不开始扮演家康说起。这样一来，秀康就知道了秀忠是从替身处继承了将军之位，以他的性格，必然会立刻起兵和秀忠发生正面冲突。不管这场战争的胜利属于哪一方，二郎三郎十有八九会丢掉性命。

因此，现在不能正面警告秀康，只能通过第三者在暗地里提醒他注意。但这种形式的警告能否引起秀康足够的警觉，则很是一个疑问。秀康大概难逃此劫了。

秀康死了，忠吉也死了，这样二郎三郎就会变得孤立无援。以孤立无援之身留在江户，和自杀没有什么分别。既然如此，还是迅速脱身为妙。二郎三郎再次发挥了他天性中擅长逃命的优点，竟然在第二天，也就是二月二十九日早晨就离开了江户，准备返回骏府。不用说，二郎三郎没有直接回骏府，而是假称打猎去了相州中原，然后辗转奔向骏府。逐渐接近并进入了风魔的势力范围之后，二郎三郎长舒了一口气。现在安全了，不管秀忠派出什么样的刺客，在风魔的势力范围之内，是不可能杀死二郎三郎的，绝对不可能。这就是风魔的实力，也是风魔的名誉所系。

与此同时，忠吉紧急离开江户，准备返回清须，但他的生命在芝浦就走到了尽头。这一次，任何灵丹妙药都没能再让他苏醒。这一天是三月五日。忠吉年仅二十八岁，因为没有子嗣，尾张清须五十七万石的领地被收回，家系自此而绝。

秀忠接到忠吉的死讯后，大惊之下急忙赶往芝浦。有一件事令他非常担心，现在失去了二郎三郎的准确行踪。侧室们也只知道二郎三郎将边打猎边返回骏府。秀忠当然不会知道，忠吉在昏迷中吐露了和自己关于秀康的对话。此时他只是隐约感到了一丝不安。

首先，现在对幕府众臣和大名们如何解释呢？亲儿子死了，却搞不清父亲的行踪，这样的话怎么说得出口。无奈之下，秀忠只得唤来本多弥八郎，强压怒火，命令他迅速打探二郎三郎的行踪。弥八郎面无表情地点了点头。

二郎三郎此时正在三岛。前面写过，三岛完全处于风魔的控制之下。二郎三郎打算就留在三岛或附近的藤枝和田中城，直到骏府城完工。至于江户城，他是不打算再回去了。

六日，弥八郎把二郎三郎的所在告知了秀忠。土井利胜当天就离开江户去向二郎三郎禀告忠吉的死讯，但二郎三郎早已得知了这个消息。三月七日，二郎三郎接见了土井利胜。但他没有去江户，而是返回了骏府，到达骏府时是三月十一日。世人就家康对忠吉表现出的冷漠大惑不解，并因此生出了种种猜测。

在忠吉死前四天的三月一日，在伏见城发生了一起血案。奉命坐镇伏见城的结城秀康遇刺，刺客是由柳生宗矩亲率的八名剑手，向秀忠进言暗杀秀康的就是宗矩。因屡次行动失败，宗矩比秀忠本人更焦急，他私下里分析了暗杀二郎三郎失败的原因。结论是，过往的行动所伴随的风险过于巨大。一旦对二郎三郎的暗杀失败，只要他敢于采取曝光战术，很可能会使秀忠丢掉将军的宝座。

因此，宗矩在每次行动时，总是表现得犹豫不决。仔细想一想就可以知道，风险的根源就在于结城秀康和松平忠吉二人的存在。现如今有资格威胁秀忠将军地位的，只有此二人。如果这两个人不在了，即便二郎三郎祭出曝光战术，也没有人能够在短时间内直接威胁到秀忠的地位。就算全国各地的大名一片哗然，也不会有人出头，说出让秀忠立即交出将军宝座的话。关原之战过去了七年，“盆栽大名”政策已初见成效，德川家和西部及东北部大名之间的军事实力对比，已经发生了决定性的变化。

因此，只要除掉了秀康和忠吉二人，宗矩就不会再犹豫不决，可以从容地对付二郎三郎，为秀忠拔掉这根眼中钉。秀康和忠吉之中，忠吉和秀忠是一母同胞的兄弟，两人一向感情很好。忠吉只不过出于对刚毅果敢的武将的向往，对秀康抱有敬意而已。如果有可能，秀忠是不愿杀死忠吉的。因为秀忠凭本能知道，一旦到了生死关头，在诸兄弟之中，能够帮助自己的只有忠吉。所以秀忠才会在二月二十六日见面时，有意无意间向忠吉透露了暗杀秀康的计划，让忠吉有心理准备。忠吉闻言后大惊，恳求秀忠放弃暗杀计划，并险些当场流泪。

“只不过说说罢了，看把你急的。”

秀忠当时这样抚慰了一下忠吉，但秀忠绝不会为此放弃计划。尽管是以半开玩笑的方式，但也算是和忠吉打过招呼了，剩下的就是强行将计划付诸实施。就算事后忠吉提出抗议，秀忠也可以推脱，不是早就和你商量过了吗？而忠吉见识了兄长秀忠令人咂舌的强硬手段之后，今后说不定会乖乖地俯首称臣。这时秀忠做梦也未能想到，忠吉会因此命丧黄泉。

三月一日，从早晨开始，天就阴沉沉的，让人心情不畅。尽管樱花已经开了，可仍然有些春寒料峭，不知何时下起了绵绵细雨。结城秀康讨厌这种天气。这样的天气总让人感到有些消沉和郁闷，而这正是秀康最不喜欢的。在四季中，秀康最喜欢夏天，不喜欢秋天和冬天。而自己的封地越前，几乎一年四季都阴着天。因此，秀康一直留在伏见，很少回越前去。现在连伏见也是这种天气，真让人没办法了。在自己负责坐镇的伏见城中溜达了一圈，秀康的心情依旧十分郁闷。

伏见城守山口重政，看着秀康那像生闷气的孩子般的样子，笑嘻嘻地对他说道：“这种憋闷的天气，骑骑马最爽快。沿着淀川骑马去大阪玩玩吧。”

秀康曾做过一段时间太阁秀吉的养子，和丰臣秀赖算是义兄弟。秀赖一出生，身边就全是女人，因此他最喜欢的就是这位义兄，一见到秀康就会叫着“大哥”凑上前来。秀康对此也很受用，更何况，虚荣心极强的淀君身边的侍女全是些美人。

“大阪——”

马跑得再快，当天赶回来也有些困难。

“在大阪住一晚，顺便找那些女人玩玩。”重政说道。

秀康的眼前浮现出了几个自己看得上眼的侍女的面容。痛痛快快地跑一跑，然后从那几个侍女中找一两个来过夜，这个主意不坏，至少比在伏见郁闷地转圈儿强。

“好，我就去一趟。”秀康立刻就打定了主意，转身就向马圈跑去。

“你中计了。”山口重政露出一丝不易察觉的笑容。

重政立刻就去了柳生宗矩使者的房间。得赶快布置一下，否则，性急的秀康很可能会与宗矩他们擦肩而过。当然，就算今天赶不上，也可以在他从大阪返回时伏击。

重政的担心是多余的。柳生使者的速度要远快于奔马。秀康还没有出马圈，使者已经跑出了城门。

“带马！别磨磨蹭蹭的！”

秀康虽然已经急不可耐，但马夫还是慢吞吞地为他备着马。目的是不让他丢下侍卫们，自己一个人跑得不见踪影。

秀康在来势渐猛的风雨中，沿淀川纵马飞奔。

爽！痛快！在城里怎么看都别扭的阴暗天空，现在反而能带来一股力量，使秀康感到一种将要上战场般的昂扬激奋。冒死单枪匹马直闯敌阵时，比起万里无云的晴空，这种阴沉灰暗的天空反而更能烘托出悲壮的气氛。

和往常一样，十名侍卫被远远地甩在了后面。虽然和秀康几乎同时出了大手门，但侍卫们现在只能眼睁睁地看着秀康渐行渐远。

秀康骑马时的气势很猛，他从不考虑前方有没有障碍，只管以最快的速度打马疾奔。如果前面有障碍物，秀康会提马一跃而过，这是一种用来冲锋陷阵的骑术。在战场上冲散对方步兵的任务，有一半是由战马完成的。为完成这个任务，战马必须要拥有超常的速度和重量，秀康的战马就是这样一匹体形健硕、脾气暴躁的悍马，是他精选的宝马。侍卫们既非秀康这种骑术高手，所乘的坐骑也不是宝马，所以很快就远远地落在了后面。秀康原本也有借此戏耍侍卫们之心。

看不到侍卫们的身影，秀康终于勒了勒缰绳，放慢了马的速度。他驱马下了大堤，来到河滩，准备在这里等一等侍卫们，目的不是体恤马力，也不是因为身边无人担心安全，而是为了不让侍卫们自尽。去年，秀康和秀忠在江户城中见面之后回自己的住处。秀康的住处在西之丸，尽管知道侍卫们正在内城出口等候自己，但因为嫌麻烦，秀康没有走出口，而是穿过中庭径直回了西之丸。当时，侍卫的首领准备切腹以死相谏。秀康大窘，不得不做出了今后不会再甩下侍卫单独行动的承诺，才终于阻止了首领自尽。过了好一会儿，侍卫们才赶了上来。看到秀康之后，所有人都驱马踏着枯萎的芦苇来到河滩，侍卫们需要让坐骑和自己都喘一口气。

风越来越大，夹着冰的雨水猛烈地敲打着大地。尽管戴着斗笠，但所有人都是满脸雨水。

“太冷了。还得让马跑起来。”

就在秀康说出此话的一瞬间，事情发生了。

秀康引以为豪的坐骑突然倒在了地上。秀康机敏地纵身一跳，总算没有被掀翻在地。他想要把马扶起来时，才发现爱马的身体上深深地插着两支箭。这只是开始。基本上在同一时间，十名部下的马都倒在芦苇丛中。击毙部下坐骑的也是箭。秀康向大堤方向看去，九名骑士出现在堤上，全是一身武士装束，还都戴着很深的斗笠，遮住了相貌。其中有八人手持弓箭，排成一排仍在继续射箭。敌人先是射杀了所有马匹，接下来又有四名侍卫中箭倒地。剩下的六名侍卫为保护秀康，拼死向这边奔过来，途中又有二人背后中箭，最终能够护卫在秀康身前的，只剩下了四个人。

九名刺客很沉着。三名留在堤上，另外六名不慌不忙地驱马下到了河岸，来到秀康等人身前十米左右的地方。六名刺客慢慢地下了马，将秀康等五人围在中央。

秀康注意到，刺客们在斗笠之下，还蒙上了面巾，说明这次暗杀行动是有预谋有计划的。这些刺客知道秀康要经过此处，所以在这里设伏。而知道秀康会经过此处的，只有伏见城守山口重政。

秀康想起二郎三郎离开伏见城时，曾暗地里叮嘱过自己。

“小心重政，这个人什么事都做得出来。”

“你们明知我是结城秀康，还要使出如此卑鄙的手段。都给我报上名来！”秀康叫道，边叫边抽出了刀。四名侍卫也拔刀拉开了架势。

宗矩大声答道："我们是丰臣家的人。为了丰臣家，今天请你把命留下。"

这当然是谎话。但在如此空旷之处，而且是在这种天气里，说不定会有人在暗处听到这番对话，特别是如果有人乘舟在河上钓鱼，宗矩想灭口都不可能。为了以防万一，宗矩才先说出了这样的谎话。

"不，不可能！秀赖殿下怎么会来杀我！"秀康叫道。

的确如此。困守大阪城，孤立无援的秀赖最仰仗的人，不是加藤清正，也不是福岛正则，而正是结城秀康。

秀康集全国大名的信任于一身，对身为将军的弟弟秀忠也有巨大的影响力。甚至有传言，连家康都对自己的这个儿子十分忌惮。这样一位人物，又有谁会不想结交他呢？

所以，秀赖本人不会派人来暗杀秀康，绝对不会。但大阪城里还有淀君，她还有一位宠臣名叫大野治长。这二人十分仇视德川家，并对丰臣家的实力有些盲目的自信，完全没有把德川家放在眼里。淀君绝不会把丰臣家的存亡寄托在家康的儿子身上。对她而言，这种做法是最大的屈辱。但以秀赖为首，片桐且元、福岛正则、加藤清正等人，十分认可秀康的实力，并对其寄予厚望。淀君等人对这种情况必定会感到很无趣。这一派的人在备感屈辱之余，试图前来暗杀秀康的可能性也是存在的，而暗杀的理由也可以称为"为了丰臣家"。

这些念头在秀康的脑海中一闪而过，秀康苦笑一下，这些事情都无关紧要，最重要的是，眼下如何脱身。

只看了一眼刺客们从容不迫的态度，秀康就已经知道了结果。刺客们的动作从容整齐，不难看出每个人都是高手。相比之下，护着自己的四名侍卫则都是些毫无实战经验的年轻人。持刀的姿势都很僵硬，有人摆出中段[1]，有人摆出侧架，还有人则莽撞地摆出了上段，看上去乱七八糟，作为迎击态式完全不合格。秀康心里明白，自己难逃此劫了。

出人意料的是，这位公子哥儿面对死亡时，没有任何恐惧。从十一岁被送去当人质时开始，死亡就成了和秀康长年相伴的朋友，任何时候丧命都毫不奇怪。也正是这种生存环境，造就了秀康的杀伐果断，从而为他赢得了天下大名的敬畏。

"我竟然死在这样一个天气里。"这一点使秀康略微有些遗憾，如果可以选

1　日本剑道的一种起手式，后面的侧架和上段同。

择，秀康更愿意死在一个晴空万里的日子里。这个心愿现在看起来有些奢侈。

“上。”

宗矩简短地命令道后，拔出了自己的刀。其他五人也抽刀在手。宗矩的态度很明确，多说无益。

宗矩垂下刀，摆出了柳生新阴流的“无形之位”。准确地说，这种姿势算不上是一个起手式，只是拔出刀，然后任其自然地在体侧下垂，刀尖指向左侧而已。柳生新阴流不讲究起手式。起手式是一种固定的架势，容易束缚剑意的自由发挥。想要随时都能恰当地应对敌手的变化，就必须要有不受形式束缚的自由剑意。从这个角度来看，“无形之位”是柳生新阴流的精髓，也是柳生剑法最大的特色。

好武的秀康曾在江户城数次观摩过宗矩的剑法，并称赞“无形之位”可以在气势上压倒任何对手，因此一见之下，立刻就认出了敌人用的是柳生新阴流剑法。

“你们是柳生门的人吧。”

宗矩心里略微一慌，他没想到秀康有这么高的剑术素养。

“柳生门的人为什么要来杀我？”秀康重新想起了刚才的疑问，知道自己会通过此处的只有山口重政，而山口重政则是秀忠忠贞不贰的家臣。

“我知道了！是秀忠！是秀忠想要我的命！”

宗矩有了危机感，秀康的眼力令人佩服，更让人觉得可怕，不能再让他多说了。

宗矩一掠来到秀康的面前，秀康的四名侍卫试图阻拦，但都被宗矩的手下一刀就砍翻在地，连刀剑的撞击声都没有发出。实力太悬殊了，连打斗都称不上，简直就是屠杀。秀康把刀提到胸前直指对手，摆出了一副要同归于尽的架势。

宗矩依然保持原来的姿势，已经到了和秀康“一足一刀”的距离。也就是说，只要踏上一步，刀就可以砍到对方。

秀康大喝一声，挺刀直刺宗矩的胸膛。这是舍生忘死，务求和敌人同归于尽的一刀。

宗矩挥刀一拨，然后向秀康毫无防备的身体发出了致命的一击。秀康在武功上的天分在这时发挥了作用，他身体一缩，略微闪了一下，宗矩的必杀之剑，只是斩断了秀康的右腿。

如果这时不是响起一声铳声，秀康肯定会当场丧命。

宗矩一面在心里骂自己不该大意，一面打算给秀康补上一刀。铳声就响起在这千钧一发的时刻。

宗矩的身体应着铳声一跳，他中弹了。宗矩立刻想翻身跃起，但未能如愿。很有意思，他中弹的地方和秀康一样，也是右腿。

那个年代的弹丸很大，而且速度不快。一旦命中人体，都会留下可怕的伤痕，血肉横飞，弹孔很大，弹丸也大多会留在身体里。因弹丸为铅制，所以很容易造成感染，如果不迅速取出弹丸，并在伤口内部充分消毒，很容易引起破伤风或坏疽。正因为如此，当时铳伤的死亡率很高。宗矩中的弹丸，也在射碎了骨骼之后留在了体内。

宗矩的部下反应十分敏捷。五人中的二人跃向宗矩，一人包扎，一人以身体护住宗矩，防备敌人再次铳击。余下三人开始搜索铳击者，但河滩和大堤上都看不见敌人的踪影，留在堤上负责监视行人的三人指着河面在叫嚷着什么。

弹丸来自河面。三名柳生忍者发现河面正中有一只小船，上面有人正端着火铳。

铳声再次响起，护住宗矩身体的柳生忍者，胸口被弹丸击中。让人难以置信的是，小舟上的男子又点燃了第三支火铳的火绳。铳声第三次响起，正在为宗矩疗伤的柳生应声倒下。

没人能想到会发生这种情况。当时的火铳都是前充式，要从铳口填装弹丸，首先要装入火药，并用通条捣实，然后装入弹丸，弹丸也要用通条固定，最后加上填充物后才能发射。而且，当时的火药质量不纯，发射一次之后需要用通条清扫膛内，然后才可以按同样步骤进行第二次发射，每次操作都需要花费很长的时间。因此，用一支铳是不能进行连续射击的。而小舟上的男子，明显是准备了数支火铳，以便可以连续射击。

想攻击河面上的这只小舟是不可能的。现在搞不清对手预备了几支火铳，贸然用弓箭靠近攻击，形同送死，而且，一旦战斗陷入僵局，很可能被路过的行人看到。所以现在最明智的选择就是逃走，三名柳生抱起宗矩，以马体为掩护，艰难地爬上大堤，和另外三人会合后向大阪方向打马而去。现在当然不能再回伏见城了。

小舟上的狙击手见柳生的人逃了，便把船划到岸边。小心起见，他提了两支火铳才上岸。

秀康已经昏死了过去，右腿几乎被完全砍断。失血虽然很严重，但性命还在。狙击手很熟练地为秀康包扎止血后，脱下自己的油纸蓑衣盖在秀康身上。

大量失血带来的体温下降会给伤者带来生命危险。

狙击手接下来牵过柳生忍者留下的马，先把秀康放在鞍上，然后又用细绳将他固定住。最后自己骑上另一匹马，一手拽着另一匹马的缰绳上了大堤。走上大路后，他打马直奔伏见城。

此人是甲斐的六郎。

二月二十八日，二郎三郎从神志不清的忠吉口中得知，秀忠正试图暗杀结城秀康。他一面以惯有的神速，在第二天逃离江户城回到骏府；一面命六郎迅速赶至伏见，相机保护秀康。在无法正面示警的情况下，这是二郎三郎能为秀康做的唯一一件事了。

据说忍者一日之中可奔行二百公里，江户到伏见有五百多公里，即便是忍者，也要用三天时间才能到达。六郎在跑死了三匹马之后，竟然只用一天就赶到了。

六郎到达伏见城时，是三月一日的白天。他避开山口重政的耳目，找到了早被自己收买的马夫。这时秀康刚刚离开，飞马赶去也不是追不上。但追上了又能怎么样呢？六郎没有理由可以阻止秀康的远行。如果说自己是赶来护卫的，很可能反而会被秀康怀疑。而且，刺客是柳生，有六郎在也起不了什么作用，要想从远处保护秀康则更难了。

“只能用铁铳。”六郎凭感觉断定。但刚才也讲过了，当时的铁铳不能连射，想要连射，必须有多支铁铳。六郎跑来跑去，总算偷到了五支铁铳，用油纸包了，又裹上一件蓑衣。不能抱着这么重的东西骑马，而且在马上又很难完成装弹、点火、射击的一系列动作，于是六郎又偷了一只小船，沿淀川顺水而下。在船上携带重物，装填弹丸都是很容易完成的。凭借着帆和桨，六郎终于追上了秀康。这时宗矩正挥刀砍向秀康。

六郎在接近伏见城时，让驮着秀康的马进了大手门，自己则迅速脱身，变装后直接返回了骏府。

秀康的伤势尽管很严重，但性命终于保住了。秀康命文书给家康写了一封信，说自己患重病无法再担任守护伏见城的任务。然后也不管家康是否同意，就命部下全副武装地踏上了回越前的路。既然已经知道山口重政参与了对自己的暗杀行动，当然片刻也不能再在伏见停留。

秀康之所以隐瞒了负伤一事，而假称患病，是为了保护自己作为武士的荣誉。遭到暗杀说明侍卫们未能保护好主君，如对外公布，最终主君也将蒙羞。

回到越前之后，秀康的病情恶化。据说，连朝廷都对此事表示了担忧，并命内侍所临时奏了御神乐，向上天祈求秀康能够早日康复，又派盛法院、驴庵、道三这三位名医到越前。众名医为秀康开了药，但没有任何效果。

当然不会有效果，秀康对所有外人隐瞒了自己的腿伤，拒绝医生们为自己诊断。医生们只见到了侧卧于榻的秀康的面容，他的面容异常消瘦。据《当代记》记载，秀康是感染了一种从外国传来的梅毒。这应该是史家在无法获悉真相时，参照忠吉的病症做出的一种类推。否则，家康的两个儿子，在不到两个月的时间内，先后死于梅毒，未免过于巧合了吧。

有无数的人前来探望，但秀康没有向任何人吐露实情，并严禁知情的手下们泄露此事。秀康这样做有几个原因。尽管秀康已经察觉暗杀的指使者是秀忠，但手中没有任何证据。在淀川河滩被杀死的两名刺客的尸体虽然被找到了，但始终未能查明身份，山口重政也没有留下任何把柄。乱世刚刚过去，秀康对是否要再起战端感到非常犹豫。让秀康保持沉默的最重要的原因，是他十三岁的嫡子忠直。忠直此时正在江户，如果秀康指责秀忠，忠直很可能会丢掉性命。也不可能召回忠直，因为秀忠立刻就会明白秀康此举的真正原因，并出手阻止忠直回国。说不定会像对付秀康一样，索性把忠直也杀掉。

不久，秀康于庆长十二年（1607 年）闰四月八日，在北庄城中凄惨地死去，时年三十四岁。二郎三郎赖以生存的双翼都被斩断了。

秀康在越前福井的领地被其子忠直继承，这位忠直通过菊池宽氏的名著《忠直卿行状记》被人们所熟知。在十六年以后的元和九年（1623 年）二月，忠直被流放到丰后荻原幽禁。菊池宽氏把此事描述为“在封建时代，人民没有得到人民应有的地位，而君主（大名）也同样没有得到作为人应该得到的正常权利”的悲剧，并从主君无法和家臣真情交往的层面，描写了主君们内心的孤独。

我不认为这个说法是错误的。但忠直最终发狂，其父秀康死于非命一事，也应该是一个重要的因素。父亲秀康死时，忠直只有十三岁，而且还身在江户。秀康的死因，那时应该被隐瞒了，忠直大概是在懂事之后，从某位老臣处得知了真相。

父亲被亲弟暗杀，这件事肯定给年轻的忠直带来了无法承受的巨大的精神压力和愤怒。但事情并未结束，忠直还要继续面对兄弟间的骨肉相残。悲惨、没有道德、残酷无情，这就是政治，它表现出了人性中所有的丑恶。这种权力斗争已经让忠直无法忍受了。

作为坐拥越前七十五万石领地的大名，不管忠直愿意与否，他都已无法脱离政治。而且越前在德川家拥有超然的地位，因为这里是将军兄长的领地。没有了和将军的这层特殊关系，忠直不可能治理这么大的领地。但这位将军，正是忠直的杀父仇人。忠直继承了自己父亲的血性，让他装作若无其事地活下去是不可能的。倾全藩之兵，和将军决一死战，哪怕最后全部玉碎，也会让忠直心里觉得痛快些。

但此时连大阪城也被攻克，在这样一个太平世道里，起兵造反已经完全没有可能。这不是领主可以决定大量手下的生死的年代。父亲的死过去了十六年，现在再大喊报仇已经没有现实意义了。

秀康在越前的领地，因为有子嗣而得以保存，但忠吉因无后而被撤藩。庆长八年去世的家康第五子武田信吉的下场也和忠吉一样。

在这一年的闰四月二十六日，尾张清须的五十七万一千七百石的领地，被转封给年仅八岁的第九子义利（后改为义直），就是前面提到过的五郎太丸。他原本在甲斐有二十五万石的领地。负责辅佐五郎太丸的平岩亲吉的领地，也由原来在甲斐的六万三千石，增加到了在尾张的十二万三千石。家老竹腰正信也在尾张获得了一万石的领地。平岩进驻了清须，而竹腰则留守骏府，因为此时的五郎太丸仍然居住在骏府。这种安排在当时很常见。

在增上寺举行的忠吉的丧礼，还有秀康的丧礼，二郎三郎都未曾出席，他在极力避免接近江户。因为骏府城尚未完工，所以二郎三郎暂时居住在田中城。

在这一年三月到闰四月末的三个月时间里，二郎三郎把存在伏见的金银全部运到了骏府。据辻达也氏的研究，全部搬运工作被分为三次。三月一百五十驮，闰四月初五百五十驮，同月十九日八十驮，共计七百八十驮。一驮就是一匹马驮负的货物总量。如果货物是金子，一驮约合六百枚，相当于二十七贯。如果放在现在，相当于一千零九十二亿日元，在当时，这样一笔金银的影响力很可能是其本身价值的十倍乃至于百倍。

积聚这么一笔巨额的财产，花费了二郎三郎大约七年的时间。在这七年时间里，二郎三郎不但通过大久保长安控制了全国各地的金银矿山，还通过威廉·阿达姆斯积极开展了对海外的贸易。据说，伏见城守山口重政目睹了从城中被陆续运出的这笔天文数字的财富后，不禁惊恐万分。据辻达也氏推测，用这笔财富可以供养一百万到三百万人的军队。

二郎三郎在这个时期以前，还曾布下了一颗棋子，他把富士川和天龙川的水运全部交给京都的角仓了以打理。

角仓了以是京都的一位富商，他不但通过对海外的贸易获取了巨大的利益，还兼做一些大规模工程的施工，同时他还控制着各地的森林，掌握着全国的木材生意。他不但具有军事将领的刚毅和谋略，并且学富五车，是那个时代具有象征意义的商人代表。

这个时期，角仓了以负责的工程是富士川从甲州鳅泽到骏州岩渊，天龙川从信州到远州挂琢的河段疏浚。

进行这项工程的目的很明确，就是要把甲州和信州的贡米畅通无阻地运往骏府。这项工程有一个非常明显的意图。以富士川为例，粮食在甲州鳅泽上船，于骏州岩渊再上岸，之后经陆路被运至蒲原浜，并在此用小船运至清水凑。清水凑是位于巴川河口的港口，粮食沿巴川逆流而上，可直达骏府城。这个粮食运输体系不是以江户，而是以骏府为中心的，富士川漕运的终点也是清水凑而不是岩渊河岸。在清水凑聚集着许多获得了特许的批发商。远江、三河等地的贡米和甲州、信州来的贡米一样，最终被集中到了骏府。

这种现象只能说明一件事，家康以前统治过的五个地区的财富，都被集中于骏府，并以此为基础产生了一个独立于江户秀忠政权以外的自治政权。进一步明确地说，就是二郎三郎正在试图建立一个骏府独立共和国。这个共和国的运营枢纽是由以本多正纯为代表，成濑正成、安藤直次、青山成重、竹腰正信、大久保长安等德川家的后起之秀组成的。另有茶屋四郎次郎、后藤庄三郎等富商及林罗山、天海、金地院崇传等文化人在背后支持。这个政权实行的是一种贤才政治。

不知江户的秀忠是从何时开始察觉到的。但这一年七月，骏府城大体完工，二郎三郎准备入住时，秀忠应该已经有所警觉。

前面曾经写到过，最欢迎二郎三郎入住骏府的就是秀忠本人。比起让二郎三郎留在伏见或江户，让他住进骏府要更便于控制。但这时秀忠可能已经发现，自己上当了。

七月，骏府城的大部分建筑已经完工。二郎三郎带着侧室和孩子们很快就搬进了城里，家臣们也都分配到了自己的府邸。说是完工，其实并不是真正意义上的完工，例如天守阁，要到这一年的十二月才能彻底完成。但二郎三郎总算拥有了盼望已久的自己的城池，他感到心满意足。

这座城外表虽然平凡，但实际上是一座凝聚了大量心血的坚城。图纸由岛左近、小太郎和风斋三人绘成之后，细分给多名前来相助的大名进行施工。紧要处则由风魔一族化装成民夫后亲自完成。来自外部的密探或刺客，基本上不可能进入这座城池。这座城不但是二郎三郎的自豪，也是岛左近、小太郎和风斋的骄傲。因此，在迁入城内的第二日，二郎三郎邀来岛左近、小太郎和风斋，秘密地开了一次庆祝会。

小太郎和风斋也同样心满意足。对于从未拥有过自己的城池的风魔一族来说，骏府城也可以说是第一座风魔之城。尤其是风斋，激动得流下了热泪。

“自打很久以前……”风斋望着远方，“离开故土，来到这片土地，我们第一次有了自己的城池。所以我……我想哭一哭也……也没什么好奇怪的。”

这位老人，一边不停地为自己辩解着，一边不停地举杯，不停地淌着热泪。

甲斐的六郎发现岛左近的样子有些奇怪。自从进城之后，岛左近就一直绷着脸从未笑过，只是一个劲地喝着酒。二郎三郎也很快就注意到了岛左近的异常。

“岛左近大人，你对这座城有什么不满意的地方吗？”二郎三郎对岛左近说话时，总是用十分礼貌的口气。

“不。我很满意，这座城很完美。其实——这也正是我的不满意之处。”

这句话让人有些不知所云。

二郎三郎问道：“为什么这样说？”

岛左近把一大杯酒一饮而尽。

“战争说到底还要靠人来进行。如果有了一座坚城，就认为万事大吉，那离失败也不远了。大阪城里秀赖殿下就是一个很好的例子。”

众人一时无语。岛左近所言的是真理，对战士来说，也是一个常识，但这些话没有必要一定要在庆功宴上讲出来。岛左近这样的人，又怎么会不明白这个道理呢？他特意现在提到这件事，必定有不寻常的理由。

风斋代表众人发问：“确如岛左近大人所讲，但你特意现在提起这件事，是不是注意到了什么特别的事情？”

“是啊。”岛左近随口应了一句之后，又端起了酒杯，好像是在思索自己为什么特意提及此事。过了片刻之后，岛左近又喝了一口酒，终于露出了笑容，那个让观者见之心醉、孩子般的有些淘气的笑容。

“真奇怪。我也想不明白，自己为什么说出这句话。”

大家被岛左近的话逗笑了。但听了岛左近接下来的一句之后，所有人的笑容都僵在了脸上。

“其实，刚才我一踏进这个房间，突然觉得眼前一阵闪亮，仿佛看见这里陷入了一片火海。呵呵！真是白日做梦啊。”

没有人能够忽视这句话。在对超自然能力的研究很发达的今天，我们把这种能力称为“预知能力”。我并不是想说，岛左近拥有超自然的能力。任何一个人都拥有这种潜能，这应该是一种心灵感应。有人会突然看见亲人出现在眼前，实际上那位亲人已经去世了。很不可思议的是，这种现象多出现于战时，在身处险境的人群中发生的频率很高，也许是因为战争可以唤醒人类的潜能。在岛左近这种长年生活在战火中的人身上，发生这种事也很好理解。而在座的二郎三郎等人，也都曾有过数次这种经历，所以大家才会十分重视岛左近的话。

“火！”风魔小太郎嘀咕了一句。

“火！”二郎三郎跟着重复了一遍。

所有人都在重新思考，这座城池防范火灾的能力到底如何。

“危险！”二郎三郎的声音像是在呻吟。

“是啊！很难防范从内部的纵火。”小太郎附和道。

这座城应对外部的攻击时固若金汤，但如果攻击来自内部，特别是受到火攻时，防守则变得非常薄弱。出现这种情况的原因，正是城池对外的防守能力实在过于强大，到处壁垒林立，所以想从城里出去时，同样会困难重重。

“现在说什么都迟了。”沉默了片刻之后，二郎三郎叹了口气说道。

“说什么都迟了。”岛左近重复了一遍二郎三郎的话。可能是因为说出心中的忧虑，他的表情不再像刚才那样阴沉。

“但还是要想想办法啊。”这次说话的是小太郎，因为图纸是由他负责绘制的，所以小太郎感受到了巨大的压力。

“没办法的事情就是没办法。”风斋嘿嘿一笑，笑容中充满了老人的智慧，让人见了精神一振。

小太郎用询问的目光看看自己的父亲。说实话，他也不知道这位老人家在想什么。虽说还没有全部完工，但新筑的城也不能眼睁睁让别人放火烧了。

“木结构的建筑就让他们烧掉好了，最重要的部分是烧不掉的。”

的确如此，这座城最重要的部分都在地下，并有石墙做保护。秘密建造的仓库和密道都在那里，这些地方只要不被发现，就不可能被烧掉。

“把大部金银和重要武器都移过去。”二郎三郎说出了风斋的想法。

“金银被烧了，也不会损失价值。”风斋说道，他的意思是骏府城的秘密比金银和武器更重要。二郎三郎点头表示同意。

“敌人会不会从内部纵火之后，趁乱谋害大御所殿下呢？”

小太郎精神一振，这是对自己的一种挑战。“很久没人尝到过风魔的厉害了。”

“别留活口。”岛左近冷酷地说道，“不能让一个人活着回去报告，绝不可以让对手知道骏府城里有风魔在活动。”

“我明白。”小太郎冷冷地应了一声。

一直没有说话的甲斐的六郎终于开了口：“现在侍卫和下人比在伏见城时多了不少，这些人中大概混有柳生的奸细。”

“一起火，这些人就会原形毕露。现在不用担心。”二郎三郎平静地说道。

房间里的气氛变得活跃起来，一伙人又开始推杯换盏。

“这是一群什么人啊。”

侧室中唯一出席的阿梶夫人惊叹道。惊叹过后，随之而来的是一阵感动。

正视危险，迅速商讨了对策之后，这些人又开始悠然自得地畅饮，没有一个人表现出不安和焦虑。二郎三郎已经开始起身，跳起了粗犷的舞蹈。伴着小太郎的三弦琴，岛左近也用他沙哑的声音唱起了歌谣。

“没有任何事可以难倒这群男人。”阿梶夫人在心里感叹道。

这些人各个身经百战，并且都是彻底的现实主义者。现实主义者对危险都十分敏感，但他们从不畏惧危险。面对危险会积极地寻求对策，如果找不到对策，他们就会考虑如何合理地利用危险。对他们来说，将来是将来，现在是现在，不必因担心将来的危险而破坏眼前的欢乐。

这就是真正的现实主义者。而世上最值得人信任的，就是彻底的现实主义者。

阿梶夫人和二郎三郎看着起身跳舞的风斋，他那怪异的舞姿让二人笑翻在地。此时，阿梶夫人涌起一阵暖意。

“这就是幸福。”

江户城中，宗矩正在和秀忠促膝密谈。这里没有佳肴，也没有美酒，更不会有三弦琴和舞蹈。

“本丸将要完工了。”

“大御所好像已经搬进去了。”

“狐狸进洞了。”秀忠没有掩饰自己的不快，“又是一座忍者难入的城池吧。”

“比以前还厉害。别看这座城不大，却是一座铜墙铁壁，难以攻克的城池。”

“难以攻克？那可不行。我连二哥都杀了……”

“我明白。”宗矩充满自信地点了点头。

第一一章 骏府

庆长十二年（1607 年），七月的骏府变得热闹起来。全国各地的大名为了庆祝骏府城的完工，纷纷前来祝贺。朝廷和大阪城的秀赖也都派来了使者，不用说，江户的秀忠也不例外。他派来的使者是德川家直系家臣的首领酒井忠世。据《德川实纪》记载，时任左兵卫大夫的忠世在这个时候得到了“雅乐头”的称号。

这一年，全国各地多有异象。这些异象大都被看作是天下将要大乱的凶兆，百姓为此一片惶恐。其实，把这些所谓的异象分析一下就可以发现，其中以荒诞无稽者居多。比如，七月二十五日在西方有流星闪过；同样是在七月里，多武峰上的大织冠像破裂，血腥之气冲天；还有，在一处深山里每夜都可以听到攻城交战之声；进入九月，在五日的夜晚，京都的上空有发光物体出现，从比睿山向南飞去；同一时刻，以骏府为首的很多地方也都看到了不明发光物体。

不能嘲笑当时的百姓迷信。反之，他们能够察觉即将发生战乱，这种敏锐的嗅觉是否值得我们赞叹呢？全国各地都在建造城池，从而引起了百姓的不安。因为造坚城之后，往往都会发生大战。但仅仅因为造城，百姓不会表现得如此不安，久经乱世的人们已经能够凭直觉判断出，战争即将爆发。

而不为世人所知的是，秀忠和二郎三郎之间的紧张感与日俱增。骏府城的完工，在很大程度上增强了二郎三郎的实力。因失去越前的秀康和尾张的忠吉而损失的实力，不但得到弥补，比之从前反而有所加强。秀忠还没有注意到这一点，说不定他还在认为，让二郎三郎搬到骏府，比留在伏见更容易驾驭。他下一步准备烧掉骏府城，彻底毁掉二郎三郎的藏身之处。但他做梦也没想到，自己的意图已经被二郎三郎察觉到了。

二郎三郎看上去好像在故意放慢施工的速度。在十万火急地建成了内城之后，到八月中旬，外城的施工进度仍未过半，天守阁更是压根儿就没有开工。

二郎三郎正在等待这场大火。要发生的迟早要发生，早些发生，损失会更小。

柳生宗矩也在等待着骏府城的完工。既然要放火，在刚完工的时候行动，会产生最佳的效果，双方都不约而同地等待着最佳时机的到来。在不知不觉中，日子一天天地过去了。最先沉不住气的是二郎三郎一方，进入十月之后，二郎三郎决定要想个方法迫使对方尽早动手。

二郎三郎于十月四日离开骏府去了江户。在出发时，二郎三郎发布了一道命令。原来在伏见时，警卫工作由德川家直系武士担任，迁到骏府之后，有些人在伏见城还有些没处理完的私事。二郎三郎允许大家在自己去江户期间，回伏见城了结这些私事，只需在自己回到骏府之前返回即可。有了这样的命令，不去伏见的人肯定就是傻子了。其实大部分人根本没有什么正经事，只是想到伏见找个不良场所玩耍一番，反正只要交个申请，就不会再有人过问。于是武士们争先恐后地去了伏见，骏府成了一座空城，简直就是等着敌人来放火。当然，二郎三郎也没有忘记叮嘱阿梶夫人在发生紧急情况时的避难方法。安排好一切，二郎三郎慢悠悠地上了路。和往常一样，二郎三郎一行边走边打猎，到达江户已经是十天后的十月十四日了。二郎三郎直接住进了西之丸，和他的预期相反，到这一天为止，骏府城仍然没有发生火灾。

这是有原因的。

就在二郎三郎从骏府出发的十月四日这一天，秀忠的正室于江生下了一个女孩。有记录说，这个女孩出生的时候，江户的上空飘着不知名的香气。不用说，这种记录必然是由后人杜撰的，但这个女孩的确是一个特别的人物，她名叫和子，后来成为后水尾天皇的皇后，东福门院。将军的女儿成为天皇的后妃，这还是第一次。但当时的秀忠不可能预料到，将来会发生这样的事情。在他眼里，这个孩子有着旁人无法想象的美丽。刚才提到的那个传说，可能也是因此而来的。这孩子太漂亮了，秀忠对她有些爱不释手，所以当柳生宗矩来告诉他，现在正是烧毁骏府城的大好时机时，秀忠却完全没有了打打杀杀的心情。

“别着急，城还没建好呢。”秀忠随口应付了一下宗矩。

二郎三郎住进了江户城的西之丸。四天后的十月十八日，他在一处名叫“山里”的茶亭迎来了秀忠，并亲自为其斟茶，同席的还有上杉景胜、伊达政宗、佐竹义宣。

二郎三郎特意选了这三个人作陪。三人全是北方的大名，尽管都有足够的才能，但寒冷和冰雪以及偏远的地理位置，使他们最终都未能参加争夺天下的战争。这三人都对德川家怀有强烈的不满，只要有机会，肯定会反目为仇。

上杉景胜是关原之战的导火索，伊达政宗则至今仍梦想着要争夺天下，而佐竹义宣现在年仅三十八岁，曾因在关原之战中未表明自己的态度，被从常陆迁往了秋田，领地由原来的五十四万五千八百石被削减至二十万五千八百石。

二郎三郎的意图很明确。

“杀死了兄长秀康，忠吉也不在了。你以为当咱们发生冲突时，就没有人为我出力了。但我偏不让你如意，就算秀康和忠吉不在了，对德川家心怀不满的有实力的大名，仍然大有人在，眼前的这三个人就是很好的例子。如果你敢公开对我发起攻击，这三个人肯定会起兵勤王，率兵从北方杀到江户。你有本事打败他们吗？”

的确，这三个人都是勇猛善战的虎将。以秀忠和他手下的幕府官员们的本事，不管集结多少大军，恐怕也很难战胜这三人的联军。秀忠现在还远没有挑起战争的实力。如果没有父亲家康的存在，他能否保住将军的位子还是个问题，更何况他现在又失去了秀康和忠吉两位兄弟。秀忠有些操之过急，他的原意是要剪除二郎三郎的羽翼，但实际上却也削弱了自己的力量。现在秀忠可以仰仗的，其实只有家康，也就是二郎三郎。二郎三郎为了让秀忠认清眼前的形势，才特意邀请这三位大名同席。

秀忠立刻醒悟了，愤怒和屈辱使他的脸色有些苍白。二郎三郎此举并不是为了威胁秀忠，他还另有一个目的。茶会结束，三位东北大名告退之后，二郎三郎开了口。

谈话的内容非常现实，而且很具体，核心内容是岁供问题。二郎三郎希望从各国的年供中，把美浓、伊势以及近江上缴的部分共计十三万石交给骏府，还要求把骏河、远江、尾张三国上缴的部分拨给义直和赖宣。也就是说，二郎三郎希望秀忠分给自己退隐后所需的花费，还有义直、赖宣兄弟应得的收入。

其实这个要求并不过分，甚至可以说是理所当然的。但秀忠闻言之后，仍然脸色大变。

秀忠原本打算从江户的库粮中，拨出二郎三郎的岁供，并希望借此控制二郎三郎的粮道。按照这个计划，一旦秀忠不高兴，随时可以切断二郎三郎的供给。可是按照二郎三郎提出的办法，秀忠就无法达到这个目的了。如此一来，骏府就不再是一个隶属于江户的城市，而变成了一个拥有自己的直接收入和防卫力量的独立国家。

秀忠原本打算立刻表示反对，忍了又忍之后，终于没有说出口。二郎三郎特意召来三位东北的大名，意思是很明确的，这不是一种恐吓，而是清晰地表明二郎三郎已经做出了决定。在马上就要拥有属于自己的城池的时候，如果秀忠拒绝了这个要求，那么二郎三郎必将不惜一战。

“我无法立刻做出决定，请给我些时间，让我和阁僚们共同商议一下。”秀忠暂时避开了这个话题。

二郎三郎的眼中精光一闪，但他没有再说什么，只是默默地点了点头。

秀忠的“一段时间”，竟然是三年的时光。年寄[1]土井利胜为解决这个问题而来到骏府时，已经是庆长十五年（1610 年）九月了。而正式按照这个办法处理岁供问题，则是从第二年开始的。其间，秀忠对此事一拖再拖。但二郎三郎凭借着自己的财力，并没有把这件事情当成很严重的问题。因为他得自海外贸易和矿山的收入，要远远超过这份岁供。

十天后的十月二十八日，秀忠为了答谢那一天的茶会，邀请二郎三郎来到江户城本丸的茶亭，但对最重要的岁供问题，秀忠却闭口不谈。接下来，在三天后的十一月一日，二郎三郎借口打猎，出了江户城，实际上却去了蒲河、川越附近。之后，他不告而辞直接回了骏府。这又是一次精彩的脱身。二郎三郎回到骏府时，已经是十二月十二日了。在这期间，和往常一样，没有人知道他去了哪里。

这一年的冬天，天气特别寒冷。从《德川实纪》中可以看到这样的记载：

“十一月十九日大雪，彻夜未停。”

“十一月三十日天气特别寒冷，冰雪也超过往年。”

“十二月朔日，大雪，五日又是大雪。”

在这样的严寒中在外漂泊了一个月，对一位六十五岁的老人来说是很难承受的。二郎三郎在回程的时候，身心都已经被冻得冰冷。阿梶夫人等侧室当然

---

1 官名。

热烈地欢迎了二郎三郎回家。但是秀忠好像是为了显示自己的冷酷，立刻在江户发出了实施报复的命令。

骏府城此时竟然还没有完工，才刚刚开始修建天守阁。但秀忠已经急不可耐了，他命令柳生宗矩立刻放火。

大火是在十二月二十二日深夜两点被点燃的。

这一天，本因坊[1]从京都来访。二郎三郎白天一直在棋盘边观战，晚上早早地就上了床，经过一个月的漂泊，身体有些吃不消，实在无力于房事了。

火是从一间放置杂物的小屋烧起的。一个叫阿可的侍女，故意把蜡烛放在了一堆可燃物之中。阿可是一名柳生的女忍者。大火转眼间就吞噬了小屋，并迅速烧向本丸的建筑。

最早发现起火的是甲斐的六郎和阿福。

“我去保护殿下，你去查火源。”六郎简短地说完，就奔向二郎三郎的卧室。

事情不会只是一场大火这么简单，柳生的人必定会趁乱来谋害二郎三郎，现在首先要保护二郎三郎不受伤害。幸运的是，城里没人知道二郎三郎今夜是一个人就寝，大家都以为他今天睡在某位夫人的寝室。在二郎三郎卧室的隔壁，竹腰正信负责彻夜守卫。

六郎冲进房间，见到竹腰正信后立刻简短地说道：“着火了。”

在这种情形下的应急措施，是有规定的。正信一把就扛起二郎三郎冲进院子里。这时，村越茂助奔了过来，茂助在大臣们当中是第一个发现着火的人。

“去厨房。”六郎一说完，正信和茂助就架着二郎三郎的两肋跑向后门。竹腰正信和村越茂助发现，自己不知何时被十几个人围住了。尽管在黑暗中看不太清楚，但肯定不是常见的熟人，两人大惊之下自然而然地把手伸向了佩刀。

“他们是在暗中负责保护大御所殿下的，不用担心。”

正信和茂助听六郎急急忙忙地这么一说，才松了一口气。周围这些人看上去让人很有安全感，他们全都身高六尺（一米八〇）以上，强壮有力。被这么一群人围在中间，不用说二郎三郎了，就连自己周围也都竖起了一道由人体构成的屏障，就算有人想用弓箭、铁铳、吹箭等武器来狙击二郎三郎，在这种情况下也根本办不到。正信和茂助对二郎三郎周全的准备大感叹服。在六郎的带领下，一行人迅速地离开了内城。内城里到处都是仓库，储藏着米、火药、铁铳等物资，

1　在日本对围棋高手的最高荣誉称号。

另外就是一些近臣的府邸和西之丸。西之丸在后来秀忠来骏府时，被当作了他的行宫，同时也是义直和赖宣的居所。中宫的后门正对着西之丸的大门，所以正信和茂助理所当然地认为，大家会进入西之丸。但六郎毫不犹豫地从西之丸的门前穿过。

"这是要去什么地方？"正信和茂助在一瞬间都产生了这样的疑问。但他们立刻就明白了其中的缘由，任何人都会轻易地想到二郎三郎逃离中宫之后，会进入西之丸。如果这场大火是人为的，那么刺客必然已经在西之丸做好了埋伏。两人以为二郎三郎会去本多正纯的府邸，因为正纯的府邸也在内城之中。但六郎停下脚步的地方，不是别处，正是竹腰正信的府邸。六郎一言不发，就进入了府中。正信佩服得五体投地，刺客们无论如何也想不到，大御所会来到此处，因为连正信本人也是刚刚才知道，刺客们就更无法料到了。

"了不起。"正信和茂助又一次对大御所的安排表示叹服。甲斐的六郎把二郎三郎交给风魔之后，又返回了火场。

另一边，阿福直奔那间放置杂物的小屋。六郎让自己去起火点，意思是让自己抓住放火的人。火有一种魅惑人心的力量，就算是今天，纵火惯犯的动机无一例外，都是为了获得快感，他们都是一些无法抗拒火的魔力的人。不管是不是惯犯，纵火者往往会被大火所吸引，在离开之后，大多又会返回现场。

小屋已经被完全烧光，剩下的只是些余烬。阿福在近处的树丛中潜下身形，尽管天气非常寒冷，但阿福却兴奋地冒着热汗。虽然她也很担心阿梶夫人和市姬殿下，但风魔忍者肯定会保护她们周全的。阿福现在的任务，就是一心一意地埋伏在这里，抓住纵火的人。

没过多长时间，因大家都只顾逃命，这里已经看不见人迹了。突然，从黑暗中闪出了一个白色的身影，是个女人。这个身影给阿福的感觉有些飘忽，阿福立刻认出，此人是阿可。她的眼神不太正常，像是被某种魔力所慑，有些恍惚地看着火焰，这是纵火犯所特有的表情。此女毫无疑问也是柳生忍者。

阿福悄悄地站起身，无声地扑过去，一脚踢向阿可的腰骨，目的是使她失去行动能力。但阿可不愧是宗矩精选出来的忍者，在被击中之前的一瞬间，她察觉到危险，主动扑向地面，避开了阿福的攻击。连续两三个翻滚之后，阿可顺势起身，随手掷出了三个烟幕弹，然后准备转身逃走。这三个烟幕弹，是外形类似鸡蛋的烟花，火药中混入了辣椒末，只要吸入一口烟雾，就会咳嗽不止，双目流泪。

阿福屏住呼吸，躲过烟幕弹后直扑过去。从她的手中飞出一根乌蛇似的黑色长绳。这根长绳用绢丝和人的头发编成，在一端装有铅块。长绳缠住了阿可的一只脚，阿可挥剑斩去，阿福迅速放缓绳子，避开了阿可的短剑。在短剑劈空的一瞬间，阿福再次跃起扑向对手。阿福认为敌人的一只脚被缠住，不可能再躲过自己的攻击。可是，阿可仍然避过了这一击，她竟然用短剑砍断了自己的脚腕。当然，少了一只脚是不可能逃走的。阿可用剩下的一条腿跃起，纵身扑向了大火。

阿福在千钧一发的时刻看穿了对手的意图，猛地扑倒在地上。爆炸声响起，阿可的头颅消失了。她遵照忍者的规矩，在自杀时毁掉了自己的面貌。如果阿福追了上去，这时肯定也已命丧黄泉。

阿福未能完成任务，感到十分沮丧。原本希望拷问阿可，让她吐出同伙的情报。其实，忍者不管遭到什么样的拷问，都肯定不会开口。可今天晚上的情况有些不同，即便阿可不交代，她的同伙也不得不自动现身，因为他们如果想利用这场大火一鼓作气地杀死二郎三郎，就只能如此。但是这些柳生忍者，一直误以为二郎三郎还在宫中，这种想法导致了他们彻底失败。

据《德川实纪》记载，在严禁男子进入的后宫里，出现了二十二名或者二十四名武士，他们自称是为了救助二郎三郎的侧室们才进来的。二郎三郎直属的武士和负责保卫义直的武士，合计二十一名进入了后宫，救出了义直的母亲阿龟夫人等二郎三郎的侧室。但关于这二十一人的姓名，却没有留下任何记载。

另外，负责辅佐义直的平岩亲吉的家臣本多小五郎和米仓小传次，发现义直的乳母宫内卿之局找不到出路，正在惊慌痛哭，便将其救出。但地点是在后宫之中，还是在将要离开后宫的地方，从记述中无法做出判断。最后，把阿梶夫人拖入庭院的，是一位不知名的家臣。

没有写出这些人的姓名，是有理由的。大火之后，这二十一人全部被逐出德川家，那位家臣也被流放到偏僻的荒岛。救助了二郎三郎的女人孩子之后，却被赶出家门或流放，这点让人很难理解。在《德川实纪》中，却理所当然地做出了如下的解释：

“在起火的瞬间，大家一片慌乱，这时作为家臣应该首先想到的是家主，可是这些人却只顾跑向后宫去救家主的侧室，实在是神志不清……”

着火的时候不来家主的身边，却跑去后宫，这些人的脑子都有问题——还有比这更无稽的说法吗？这些人之所以去后宫，是因为他们大都以为家主正待在后宫，也就是说，这个罪名是莫须有的。没有被提及姓名的那二十二人，其实全都是柳生的刺客。负责保卫侧室安全的风魔一族，立刻就识破了他们的身份，只是为了不扩大骚乱，才没有把他们当场杀死。后来，二郎三郎就以这个莫须有的罪名，把他们全都放逐，然后又在暗地里一个一个全都杀掉了。最终，潜入骏府城的柳生忍者全军覆没。顺便多说一句，平岩亲吉的家臣因为不是柳生忍者才被记下了姓名。

现在已经无法找到这场大火造成的确切死伤人数。据《德川实纪》记载，烧死、受伤者有百人之多。但在《当代记》中，除了记录了阿可的死以外，还提到男女各有数名死者。现在已经无法调查哪个记录是正确的。但既然二郎三郎已经预测到将要发生火灾，肯定已经做了相应的准备，所以死伤人数应该不会太多。我个人觉得，《当代记》的记录比较准确。

二郎三郎一直待在竹腰正信的府邸，他从六郎的报告中得知了火灾的详细情况。碰巧正在骏府的大名们全都率领部下参加了救火。其中以崛直寄的表现最为令人惊叹，直寄曾经发明并制造了一种独特的消火器具，他这次来骏府时，竟然带来了一些安放在城中各处，并告诉了众人使用方法。另外在起火时，他直接奔向了金库，完全控制了火势。所以在金库中被烧毁的，只是在各个房间里作为装饰的一些摆设。有太阁秀吉赠送的薄雪茶壶、正宗时代的短刀、三原时代的短刀、狮子笛等等，仔细一想，其中没有什么了不起的东西。

损失最大的，竟然是各位侧室，也就是她们的私房钱，阿龟夫人金一千五百枚，阿万夫人五百枚，阿梶夫人三十枚，阿茶局夫人三百枚。二郎三郎把这些熔化了的金银全都搜集到一起，送往久能山交给榊原内记保管，称准备日后重新铸钱，但实际上他可能只是为了隐瞒被毁金银的数目。也就是说，他想让秀忠误认为自己从伏见运来的巨额金银都被烧毁了。

又过了两天，十二月二十四日，二郎三郎搬到了同在西之丸的本多正纯的府邸。因为柳生忍者们已经被秘密擒获，城内已经安全了，但二郎三郎也做了以防万一的准备。他把骏府发生火灾的消息通知了全国各地的大名，并告诉他们不用特意前来问安。不让来问安，是为了避免骏府再次陷入混乱。如果全国各地的大名都来问安，仅是他们的手下，骏府就无法容纳。而这种混乱的场面，会给刺客们提供最好的机会。二郎三郎的这一招，起到了防患于未然的作用。

而发出这个通知还有一个目的，就算告诉了大名们，不必前来问安，但大御所刚刚建好的城被烧了，大家当然不能置之不理。全国各地的大名都争先恐后地派来了使者。《德川实纪》中记载："来献上礼物的使者，每天都络绎不绝。"送不送礼并不重要，礼物的价值也不是问题。对二郎三郎来说，全国各地大名的使者成群结队地赶到骏府城的景象才是最重要的。这种景象，可以让江户的秀忠清楚地看到，大御所家康令人生畏的实力。

秀忠明白，这次自己又失败了。

这场火灾，或者说这次在骏府城里的烧杀，没有起到任何效果，结果只是失去了费尽苦心才混入骏府城的二十三名柳生忍者（包括阿可）。

同样是这一年的十二月，在京都发生了一起事件。后藤庄三郎和茶屋四郎次郎两家的家眷（都是些女眷），在祇园北野附近游玩时，被留守伏见城的十几名秀忠的家臣劫持到附近的酒肆，不但被强迫斟酒饮酒，还受尽了粗暴的侮辱。两家随行的男性下人全被捆到树上，并被对方持刀威胁，如果呼救就会被杀死。家臣们粗暴地玩弄两家的女眷，直至傍晚时分才逃走。碰巧酒肆的人知道这几名家臣的身份，并在后来说出了他们的名字，分别是甲斐守稻叶通重、津田守长门元胜、周防守天野雄光等人。后藤庄三郎和茶屋四郎次郎立刻向在骏府的二郎三郎控诉了此事。

其实从某种意义上来说，这也不是一件大不了的事情。当时武士们的风气原本就十分败坏，经常会惹出这种事情，一般在事后说句年轻人不懂事，也就过去了。但是这件事之所以不能轻易了结，是因为受害者是后藤和茶屋两家，而加害者是负责守卫伏见城的武士。

后藤和茶屋两家从家康时代以来，就是德川家的重要臂助。对二郎三郎来说，他们的存在就更为重要，因为今后这两个人会进入骏府共和国的中枢要害。

后藤庄三郎是雕金名家后藤德乘的弟子，因为德乘曾受命为太阁秀吉铸钱，所以庄三郎对货币铸造也很熟悉。庆长元年（1596 年）家康得到秀吉的许可，准备开始在江户铸钱时，庄三郎代替其师来到江户，被授予后藤的姓氏，并成为金座的首领。第二年又兼任银座的首领，并被许诺，这个职位可以由其子孙世袭。金银座的首领并不像现在的造币局长官那么简单，拥有着非常巨大的权力，而且庄三郎一直跟随在二郎三郎身边，被委托管理渡海朱印状的发行工作。据说，当时的海外贸易完全被本多正纯、庄三郎以及长崎奉行长谷川藤广三人所控制，外国人甚至把庄三郎称为家康的财务长官。在后来的大阪冬季战役时，负责和谈的就是庄三郎和本多正纯。由此不难看出，他手中的权力有多么巨大。

茶屋四郎次郎是京都的和服商人。同样，如果我们把他等同于今天的和服商，就会犯一个巨大的错误。据中岛次太郎的研究，茶屋原姓中岛，出身于三河，和德川家有着很深的关系。从家康祖父那一代开始，茶屋家就是松平家的御用商人。当时御用商人的地位和后世有着根本上的区别。那时的御用商人是为主家提供重要物资和武器，特别是铁铳和火药的盟友，又是为主家刺探情报的间谍。

茶屋四郎次郎第一次出现在历史当中，是天正十年（1582年）本能寺之变的时候。当时家康应信长之邀，正驻留在堺，四郎次郎随行。家康当时打算从堺回京都，便派四郎次郎先行准备。四郎次郎在京都的府邸位于新町附近，那里距本能寺仅百米之遥。本能寺事变发生之后，四郎次郎立刻就得到了信长自杀的消息，并火速返回了堺。在途中遇到了家康，向他报告了当时的情况。家康就从那时开始了充满危机的“穿越伊贺之行”。四郎次郎始终伴随着家康，并用随身携带的金银安抚了众多劫道的土匪。和率伊贺忍者救出家康的本多弥八郎一样，茶屋四郎次郎也是家康的救命恩人。

其实，这时的茶屋四郎次郎应该是茶屋又四郎，他是四郎次郎的次子，是茶屋家的第三代家主。因为长兄夭折，所以又四郎曾经被送给长崎奉行长谷川藤广做养子。他负责为二郎三郎处理私人海外贸易，自身也是一名活跃的朱印船贸易商。通过以上的简单介绍就可以知道，后藤、茶屋两家都是二郎三郎最为信任的心腹。而这些伏见城的守卫，通过以前对结城秀康的暗杀未遂事件，不难看出他们都是秀忠的心腹山口重政的手下。所以这次的事件，并不是一起单纯的年轻人的冲动。二郎三郎把它理解成和在骏府城放火一样，是来自秀忠的恐吓，是一种恶性的骚扰，所以他迅速地做出了反应。

二郎三郎立刻以大御所的身份发出命令，削去那十几名行暴者的士籍。从某种意义上来说，这是一种比改易或者切腹还要严厉的惩罚，因为这些人不但失去了在德川家的俸禄，还失去了武士的身份。

即便是浪人，武士到底还是武士，他们可以使用武士的装扮，并被允许携带两把刀。如果运气好，还可以投身于某处的大名，得到一份俸禄。但被剥夺士籍者，就失去了这种资格，永远不被允许腰带两刀、穿武士的装束，想要活下去，要么成为商人，要么成为匠人或者百姓。但对生来就被培养做武士的人来说，让他们突然改变生活方式是不可能的。一旦被剥夺了士籍，和原来的亲属的亲缘也都被切断，无法依靠他们生存，只能孤身一人，凭着自己的才能活下去。而只会打仗的武士，完全没有其他的谋生手段。守护伏见城的其他武士，被二郎三郎的这个严厉的处罚吓得不寒而栗。

二郎三郎在本多正纯的府邸里，度过了庆长十三年（1608年）的正月。

这个元旦出现了罕见的日食。据说，到本多正纯的府邸来拜年的大名们无不惊恐莫名。火灾现场已经大体修缮完毕，但空气里仍然充满了异味，让人联想起火灾后惨不忍睹的情形。二郎三郎不得不在家臣的府邸里，迎接迁至骏府后的第一个元旦，他的心情有多么恶劣，看一看他严峻的表情就知道了。而此时又偏偏发生了日食。

“要出大事了。”

如果有某个武士仍未感觉到这一点，那这个人肯定不正常。另外，从去年年底开始，在骏府就有一种传言，说这场火灾的原因是纵火，并且可能和新将军秀忠有关。这个传言是二郎三郎通过风魔故意传播出去的。

新将军忤逆，试图戕害大御所殿下，这个传言让居住或滞留在骏府的武士们感到无比震惊、愤怒和恐惧。

秀忠的日益骄横，在他刚就任将军的时候，就已经被人们经常谈论。而秀忠亲近家臣的所作所为，更是证明了这个传言并非空穴来风。大家都在猜测，大御所殿下必定正为此感到极度的忧虑和不安。可是事情发展到今天这个地步，就算是善于忍让的大御所殿下，恐怕也不能不有所反应了，弄不好就是父子相残、战端再起。而一旦开战，胜负在任何人看来都是一目了然的。秀忠只参加过关原之战，而在他参加过的这唯一的一次战斗中，秀忠还留下了不光彩的贻误战机的记录。他手下的幕府阁僚们，也都没有任何作战经验，这样一群人，根本不可能和老而弥坚、被天下人称为“海内第一统帅”的家康公决战沙场。如果真的开战，秀忠一方肯定会一触即溃，就像一个孩子和大人打斗一样。

“这次估计殿下该出手了吧。”

大名们一边献上恭贺之辞，一边看着有些反常、不大开口说话，而且面色有些苍白的家康，无一例外地在心里这样想着。其中一些性急的人，在返回领地之后，立刻开始整兵备战。大多数人认为，骏府重新完工之日，就是战火再起之时。好像是为了证实这种想法，二郎三郎开始以惊人的速度着手重建内城。二郎三郎从悬川、浜松、吉田、冈崎调集大量民夫，把在木曾、熊野、伊豆等地采伐的木材从水路运至骏府。速度之快，效率之高，令世人惊叹不已。

人们当然没有想到，二郎三郎在骏府城建成的时候，就已经算到会发生火灾，并已经在暗地里做好了相应的准备。所以，大家才把骏府城高效的重建工作理解为大御所殿下愤怒的表现。

工程以很令人吃惊的速度进行着。在二月十四日，竟然就已经准备举行内城的完工仪式了。

二郎三郎吸取了上次的教训，在筑城时做好了周密的防火准备。岛左近和风魔小太郎也为此做了大量调研，新骏府城建筑物的屋顶全部被改成瓦结构。二郎三郎寝宫的屋顶上额外又涂上了一层漆，以防起火时被火星点燃。

三月十一日内城全部完工，距离开工仅用了短短的两个月时间。二郎三郎也于当日就迁入了新城。

从去年年底开始，骏府城的流言也传到了江户，秀忠通过柳生宗矩得知了此事。焦躁和恐惧使秀忠的心情糟糕到了极点，骏府城被成功地烧掉了，虽然没有杀死二郎三郎，但作为一次恐吓，应该已经收到充分的效果。但此时偏偏又出现了这种传言，秀忠十分尴尬。尴尬之后，随之而来的是恐惧——这次恐吓是不是做得有些过分了，是不是会逼得二郎三郎就此和自己拼个鱼死网破呢？

还没有过新年，传言就已经扩散到了江户。那些争先恐后在火灾后去骏府请安的大名，肯定也会有所耳闻。如此说来，这个传言很可能已经被扩散到了全国各地，至少是在大名和领主之间。

西部和北部的大名原本就对秀忠政权心存不满。这些人都因为“盆栽大名”政策，而被迫离开了自己原有的领地，在苦心经营新领地之时，却又被频繁地课以各种徭役，原本就不富裕的国库因此变得更加捉襟见肘。很明显，幕府的目的是让各地的大名在这些频繁的徭役中耗尽元气，无力为战争囤积力量。换言之，幕府的政策是要让各地的大名在消耗中逐渐衰败并走向灭亡。这些大名无一不是经过了残酷的战争洗礼，才获得并保有了今天的地位。在他们眼中，这种软刀子杀人的政策，无比肮脏和卑劣，但大家对此却又无计可施。其实，大多数的大名都认为，与其坐以待毙，不如放手一搏。明知不敌，也要和德川家天下无敌的大军拼死一战，这种壮烈的死亡对武士们来说，也算得上是一种华丽的解脱了。可是大名们不得不为自己的家族和手下的家臣们着想，无法不顾一切地把自己心中的想法付诸行动。

大御所家康的确非常狡猾，可以说是个老狐狸，但他至少是一个武将，是一位凭借着自身的奋斗，在战国乱世中功成名就的武士。他不但具备一名武将的风骨，也恪守武士世界的规则。

有一个很好的例子，就是在“七将之变”时家康的应对。庆长四年（1599年）闰三月三日，前田利家去世，当夜就发生了那次事变。参加事变的七位武将，都是加藤清正、黑田长政等参加过朝鲜战争的悍将。

在朝鲜之役中，石田三成担任监军。他对战争的看法和立场与普通的武士们截然不同，对战场状况的把握也缺乏现实性，对武将们的评价也过于严厉。因为三成片面而且非现实的报告，太阁秀吉对很多武将都表示了不满。不仅如此，因为士兵大都来自百姓，所以在武将们征集了大量的百姓入朝之后，他们的领地因为缺少劳力，稻米和其他农作物的收成也不可避免地锐减，但向中央的年供却是分毫也不能少的。无奈之下，他们只好借贷，武将们恳请中央政权从中协调，由一些巨商临时垫支了一部分年供。三成非常热心地为武将们斡旋了此事。据说，他从中获得了巨大的利益。战争结束之后，武将们立刻被要求支付利息。自己在浴血奋战的时候，以三成为首的文官们却躲在安全的后方专心挣钱，武将们为此无不义愤填膺。

一直压制着武将和文官的对立，使矛盾不至于激化的是前田利家。现在利家死了，七位武将立刻发作，要求处死三成。在这紧要关头，三成得到了至交佐竹义宣送来的消息后，躲进女眷的轿子，逃到了家康在伏见的府邸。家康是武将的领袖，三成此举也是出于无奈。

此时家康的应对非常精彩，他面对着紧追而来的七将毫不退让，让三成在自己的府里躲藏了八天之后，又派秀康护送三成回了领地佐和山。

此前一年里，太阁秀吉去世以来，三成曾数次密谋暗杀家康，可是家康却在这次事件中毫无保留地庇护了三成。而原因仅仅是在三成的恳请之下，不愿落井下石。这才是真正的战国武将的作为。人们都用赞赏的眼光看待家康在此事中的表现，武士就应该把自己的生命交付给这样的主君。家康的确非常狡猾，但作为一名武将本应如此。可是一颗武士的心是不能缺少的，家康拥有这样一颗武士的心，而秀忠却没有。

如果现在开战，天下的大名们是追随家康（二郎三郎）还是追随秀忠，答案不言自明。大家理应追随拥有武士之心的家康，而且没有人不愿意追随胜者。

从兵力上来看，秀忠手中握有绝大多数的德川家嫡系部队，而二郎三郎手中只有很少的兵力。但如果对手是家康公，德川家嫡系部队中，有多少人会为秀忠卖命，还是一个问题。而在骏府周围拥有领地的旧三河系大名们，也面临着同样的问题，恐怕没有人面对大御所殿下，还能够放开手脚断杀。

另外，再看看骏府城有多么坚固吧。尽管规模很小，也不雄伟，但从防御的角度来看，它无疑是一座天下名城。西有安倍川，东有箱根山，这两处都是天然的屏障。如果二郎三郎抢先控制了这两个地方，就算对手拥有全天下的雄兵，恐怕也无法轻易攻克骏府。而且骏府南临大海，据说二郎三郎的宠臣威廉·阿达姆斯正在伊豆建造新的西洋船。一旦骏府危急，二郎三郎大概会乘船脱身，脱身后的去处不是北方就是西部。不论是去北方和伊达政宗联手，还是去西部和丰臣秀赖结盟，都会给时局带来惊天动地的变化。天下会一分为二，然后爆发一场大战。战争对现在的武将们来说，无疑是久旱之后的甘霖，不但可以发泄被频繁课以徭役的愤懑，而且还是可以从胜者手中争取新封赏的大好时机。全国的武将们早已迫不及待地盼望着这一天的到来了。

秀忠对此心知肚明，如果事情发展到了这个地步，那真是血本无归，当初又何必杀死秀康呢？在如此紧迫的情况下，就算是戳穿了二郎三郎的身份也没用，二郎三郎只需说这是秀忠的诡计，然后就可付之一笑。无论怎么考虑，秀忠都没有任何取胜的机会。

“先把骏府的事放一放吧，暂时不要刺激他们。”秀忠对柳生宗矩下达这个命令的时候，是三月十一日。这一天，二郎三郎迁入了刚刚完成再建的骏府内城。宗矩羞愧难当地跪在秀忠面前，连头都不敢抬。尽管成功地烧毁了骏府城，却没能杀死二郎三郎，而且参加了这次行动的人，在这三个月之中，全都被暗杀了。有的被闯入家中的强盗杀死，有人在途中遭遇伏击丧命，有人在妓院和妓女殉情，也有人死于食物中毒，死法千奇百怪，但毫无疑问，背后的主使就是二郎三郎。所有的这些行动都是由忍者完成的，在现今的世上，哪里还有如此了得的忍者呢？宗矩逐渐对这一点产生了疑问。

宗矩努力与伊贺·甲贺忍者进行了和解，现在没有其他选择。伊贺·甲贺忍者和柳生原本就是近邻，柳生一族中的很多人其实还是伊贺·甲贺忍者的后裔，双方原本是亲戚。伊贺·甲贺忍者不知道自己为何被家康抛弃，并且在秀忠处也被忽视，一族的生存也受到了威胁，因此他们愉快地接受了和解。宗矩巧舌如簧地保证，伊贺·甲贺忍者可以在秀忠政权中重新被起用，接下来他又对大御所殿下的一些所作所为表示疑问。分析一下在骏府城发生火灾时大御所殿下的行动，可以断定他的手下又有了新的忍者。而在武田忍者基本上已经灭亡的现在，这群新忍者是从何处召集的呢？

甲贺忍者的首领闻言微微一笑："你们在骏府的行动，前半段非常精彩，后半段好像失败了。"

这个老家伙看来也不是什么善良之辈，他早就知道在骏府城放火的是柳生忍者，而且也知道参加行动的柳生忍者已经被全部歼灭。

宗矩做出无所谓的样子，大笑一声，试图以此掩饰自己心中的窘迫。"我们这回输了个彻底，因为事先没有料到对方又重新召集了一批忍者，所以发现情况不妙时已经晚了。"

甲贺的首领点了点头，以此对宗矩表示同情。

"我还是想请教一下，大御所手下新来的忍者，你们认为……"宗矩问道。

"那次大火之后……"甲贺的首领和身旁的首领们交换了一下目光之后说道，"我们也做了调查，研究了这件事，可能性只有一个。"

宗矩紧张地问道："是谁？"

"风魔。"首领简洁地答道。

"风魔？"宗矩忍不住叫道，"我听说风魔一族，早就和北条家一起灭亡了呀……"

"怎么可能……"甲贺首领的目光好像是在嘲笑宗矩的无知。他轻轻笑了笑说道，"风魔不是那种会随着北条家一起灭亡的门派。"

甲贺的首领告诉宗矩，风魔一族应该是外国人的后裔，而且他们家族内部非常团结，人数也很庞大，在关东地区应该没有能和风魔一族匹敌的忍者门派。

"风魔一族聚集在箱根山。恐怕派去两三万大军，也不能占领箱根山并剿灭他们。"

宗矩突然想起以前，从甲州运来的巨额金块在箱根山中被强盗夺走的事件。当时，二郎三郎大怒之下，严令小田原藩不分昼夜地在箱根山中剿匪，但最后不但一个贼影都没有看到，也没有找回一块金子。那件事肯定就是风魔干的。虽然不知道具体经过，但毫无疑问，从那时开始风魔就和二郎三郎结成了同盟。

"说不定那批金子就是给风魔的报酬。"

现在想起来，那次抢夺金块的过程过于蹊跷，如果不是事先就详知运输计划，很难完成如此巧妙的行动。宗矩记得，当时也是因为怀疑到这一点，便对甲州金矿的关联者做了彻底调查，但到底也没有发现任何可疑的线索。

"当然发现不了，因为是下命令的人泄露的运输计划。"

二郎三郎肯定是用那批甲州金块雇用了风魔。

如此说来……宗矩不停地联想下去，伏见城为什么会变成一座忍者难以行动的城池，现在就很容易理解了，肯定是同为忍者的风魔一族做的设计。二郎三郎的一些神出鬼没的行动也都有了答案，所有的事情都是风魔所为。仔细回想一下，二郎三郎神出鬼没的地方，全都是在关东地区[1]。而二郎三郎这次退居骏府，如果考虑到风魔的存在，就非常好理解了。

宗矩原本就抱有疑问，为什么二郎三郎令人惊叹地改变了安倍川的流向，建造大堤，在骏府的西侧构建了完美的防御体系，而在骏府的东侧却未修建任何防卫设施。如果换作是家康，当然很容易理解，从西侧有敌来犯时，只要在骏府支撑到江户城做好防御准备即可，对东侧的防御设施是没有任何意义的。但二郎三郎则不同，东侧和西侧一样，或者说东侧比西侧更有做好防御准备的必要，但他为什么没有那样做呢？现在终于明白其中的原因了，原因就在于箱根山。骏府的东侧盘踞着箱根山这样一座天险，而风魔控制着这座天险，可以随时阻挡从江户方面攻来的大军。甲贺的首领曾经说过，即便派出两万或三万的部队，也无法歼灭风魔，再加上二郎三郎麾下的部队，箱根山就变成了骏府的一道坚固屏障。

宗矩不寒而栗。自从武田忍者被消灭以来，待在江户城时，二郎三郎的身边基本上是不设防的。保护他的人，通常只有四五名原来阿梶夫人手下的女忍者和甲斐的六郎。而他们的行动也每时每刻都被置于自己的严密监视之中。根据监视者的报告，女忍者们从不离开二郎三郎的身边，基本上不外出，经常外出的只有六郎一人。在外人眼中，女忍者负责护卫，而六郎则负责对外联络。

六郎出城时，柳生忍者当然也曾做过跟踪，从跟踪报告来看，六郎没有任何异常的举动。有时他好像在女忍者们的请求下，会为她们采购些东西；有时在脏兮兮的小摊上吃些乱七八糟的小吃；极个别的时候，他也会去找个便宜的女人。甚至有时负责跟踪的人都会觉得无聊——这个叫六郎的，实在是个窝囊的家伙，经常会做出些龌龊事。而最重要的是，他完全没有发现自己被跟踪，这种人也算是忍者吗？当时柳生忍者们都这样轻蔑地看待六郎。可是时至今日才发现，这一切都是伪装的。暂且不论风魔是如何潜入江户城和二郎三郎密会的，和城外的风魔之间的联系，无论怎么想，肯定都是由六郎负责的。

从名字上就可以得知，甲斐的六郎是武田忍者的后裔。而且死去的甲斐的

---

1 箱根山位于关东。

飞助也曾说过，六郎是他的侄子。一名武田忍者为什么会成为二郎三郎和风魔忍者之间的联系人？这一点令人捉摸不透。从忍者的本性上来看，这种事实在让人无法理解，唯一可以想象的是，二郎三郎和风魔联手在先，六郎只是在后来单纯地被安排做些联络工作。即便如此，六郎的工作也是异常成功的。在柳生忍者的长期监视和跟踪之中，他竟然一次也没有暴露过自己的真实意图。他始终在扮演着一个多少有些愚钝，而且弱不禁风的下人，甚至成功地引起了柳生忍者对自己的蔑视，还在他们的眼皮底下，大摇大摆地完成了和风魔的联络工作。柳生忍者应该是被戏弄了。

"绝世的忍者。"宗矩再一次感叹道。

长期以来，让柳生丧尽颜面的，没想到只是一名忍者。通过把自己装扮成一个毫无危险的小人物，他成功地完成了自己的任务。

甲贺忍者的首领看出了宗矩的心思，像是对宗矩的想法表示肯定似的，他重重地点了点头，又说出了一件更令人吃惊的事情。

"据我们的调查，那个叫甲斐的六郎的人，原本是岛左近的手下。"

"岛左近！"宗矩不由自主地提高了声调。他马上就想到了在增上寺全歼武田忍者那天的事情。

那一日，装扮成僧人挺枪逼近自己的岛左近，到今天为止，曾无数次出现在宗矩的梦中。当时的情景令宗矩终生难忘，五名在柳生门千锤百炼的忍者，转眼间就被刺死，而宗矩自己也被岛左近砍了一刀。如果不是在外衣里面披着锁子甲，宗矩那时也死定了。那是柳生新阴流的一次完败。

宗矩曾经怀疑过，岛左近是不是和二郎三郎暗通款曲。但秀忠对此付之一笑，并断定岛左近潜入增上寺，只是为了刺杀二郎三郎，有这种想法很自然。但是，二郎三郎最信任的甲斐的六郎，原是岛左近的属下。这一点让宗矩看到了另外一种可能性。

在接连不断地遭受失败之后，秀忠和宗矩就曾怀疑，二郎三郎的背后是否另有高人。这位高人有时被怀疑成本多弥八郎，有时被怀疑是本多忠胜，但不论是他们当中的哪一个，都不能完全令人释然。再怎么说，这两个人也都是德川家的老臣，尽管他们毫不掩饰对秀忠的厌恶，但从根本上来看，他们都对德川家忠心耿耿，绝不会做威胁到德川家存亡的事情。

可是二郎三郎的所作所为，经常突破了这个界限。他不但对秀忠本人进行过恐吓，还经常毫不顾忌地威胁要让德川家灭亡，如果弥八郎或忠胜是他背后的支持者，绝对不会发生这种事情。如此推算下来，二郎三郎的背后必定另有他人。这个谜团一直未能解开，但是今天有了答案——岛左近。

如果是此人，一切就都很好理解了。岛左近作为石田三成的谋将，曾经天下闻名。在关原之战中，他勇冠三军的表现，在八年之后的今天，仍然在被人们传诵着。

如果岛左近还活着，并且在背后支持着二郎三郎，他的目的只会有一个——继承故主石田三成的遗志，为丰臣家谋求生存空间。具体地说，就是要使秀赖能活下去。

宗矩思虑再三之后，不禁感到非常恐惧。这件事十分棘手，如果自己的推测是正确的——石田三成的旧臣岛左近是二郎三郎背后的支持者，那么秀忠最需要担心的就不是二郎三郎，而是岛左近。

二郎三郎的确一直在执着而且顽强地和秀忠作对，但他的目的只是为了确保自己和孩子们的安全。如果秀忠的度量大一些，完全可以宽大地放他一马，只要做出这样的保证，实现德川家的长治久安，就不会再有任何障碍。

但如果对手换作岛左近，事情则没有这么简单。岛左近现在的确在为二郎三郎出力，但那是因为大阪城的秀赖尚且年幼，在秀赖长大成人之前，他必须尽力维持现状。秀忠正在和二郎三郎死缠烂打，现在不会立刻就想要消灭丰臣家，而且他现在也没有这样的实力。但若干年后，当秀赖能够独当一面之时，岛左近会舍弃二郎三郎，让秀忠杀掉他。如果二郎三郎被杀，按照他生前的安排，假扮家康一事的真相就会被公诸天下，秀忠将声名扫地，三河系内也会人心浮动，各地的大名也不会坐视不理。等到那时，秀赖就可以趁势发难。各地的大名会投向哪一方，是不言自明的。只要是有血性的人，肯定会站在大阪一方，没有哪位大名会愿意把自己的身家性命托付给欺世盗名的秀忠。就算有个别的大名会投靠秀忠，其目的也必然是想投机获利。胜负显而易见，德川家将走向灭亡，天下会再一次落入丰臣家的手中。

事情太可怕了。二郎三郎竟然只是一个被人利用的傀儡。看着秀忠被二郎三郎折磨得焦头烂额，岛左近恐怕正在暗地里偷笑吧。秀忠不应该过于在意二郎三郎，他现在更应该即使掘地三尺，也要找出岛左近，然后把他除掉。而联系着二郎三郎和岛左近的纽带，只可能是甲斐的六郎。宗矩现在的任务就是彻底调查六郎，找出风魔一族和岛左近的藏身之处，进而消灭他们。

宗矩逐渐厘清了二郎三郎身边的情况。当然这只是推测，没有任何证据，现在必须找到证据，让秀忠相信自己的推断。

甲斐的六郎正面临着自己一生当中最大的危机。

此时，六郎的身边也发生了一件事——阿福怀孕了。女忍者不能生孩子，这是一个不成文的规矩，因为生了孩子的女人，就无法再做忍者了。所以一旦发现怀孕，女忍者就会立即堕胎，而忍者也有自己独特的堕胎术。也有极个别的人在暗地里生了孩子，但如果不是万分侥幸，事情最终还是会被首领得知，那时孩子通常都会被处死。没有人能够放心地把任务交给被孩子拖累着的女忍者。

但阿福的情况很特殊，她是风魔一族的首领风魔小太郎的独生女。小太郎的妻子没能留下阿福以外的孩子，年纪轻轻就去世了，可能是长达数代近亲通婚造成了这个后果。为了要一个儿子，小太郎不久又娶了填房，但这个女人一直未能生育。小太郎在心里已经认命了，准备从族内选一名优秀的忍者，做自己的继承人。

阿福嫁给甲斐的六郎时，原本已经认命的小太郎，心中又萌生出了一丝希望。当然，让六郎做首领是不可能的，因为他来自不同的族群。但六郎和阿福生的孩子，可以成为小太郎的继承人。实际上，小太郎还有风斋，一直翘首以盼二人能够生个孩子，而且最好是男孩。

所以，阿福的怀孕在忍者的世界里是一次无法想象的幸运。阿福在确认了自己怀孕之后，先于六郎就告诉了自己的父亲。小太郎当夜就来到了骏府城内六郎的住处。

“我想立刻把阿福带回箱根……”小太郎的语气和平时一样平静，但听上去不容拒绝。六郎没有表示异议，因为他很清楚，小太郎对阿福的怀孕会有多么欣慰，以及阿福的怀孕对小太郎来说有多么重大的意义。

“也好。”六郎只说了这么一句。

很意外，阿福没有同意。她强烈地对父亲表示了不满。

“不行，我就待在这儿。”

小太郎险些就要开口责骂，好不容易才忍住了——不能刺激孕妇。小太郎扭头看了看六郎，意思是希望他想办法说服阿福。六郎很为难，阿福虽然是一位温顺的妻子，但她决定了的事，从来不会更改。阿福有时简直就像岩石一样顽固。

“你为什么不愿意回箱根，是担心我趁你不在的时候去找别的女人吗？”六郎半开玩笑地问道。

凭经验六郎知道，强迫阿福不会有任何效果。但她是一个宁愿去死，也不愿被人说成是一个喜欢吃醋的女人。

“我怎么会那样想……”果然，阿福的语气开始少了些底气。

“阿福，你应该知道，肚子里的孩子对风魔有多么重要。”

“我知道，可是……”

“所以，保护好这个孩子，现在比任何事都重要。”

“我知道，所以……”

“所以，你应该离开危险的骏府城，回箱根去。而且以后，阿福你不能再做忍者了。”

“不行！”阿福的声调猛地又变得尖锐起来。

“原来如此。”

六郎找到了问题的关键，阿福不愿意放弃忍者的工作。能够和自己的丈夫一起，为了共同的目标，从事同样的职业，对阿福来说，这是其他女人永远无法得到的一种幸福，同时也是自己的骄傲。这个道理不仅适用于世上普通的妻子，对忍者的妻子来说，更是一件难能可贵的事情。阿福拥有让丈夫放心的本领，所以才能拥有这份珍贵的自豪感。既是恋人又是夫妇又是同志，这样的关系在尊重女权的现代社会尚且少见，更不用说在不尊重妇女的那个时代了。所以阿福很珍惜和六郎之间的这种关系，也是可以理解的。

果然，阿福接下来说道：“我不做忍者了，谁来保护六郎的身后呢。”

人的背后都没有长眼睛，不管是什么样的出色的剑手或者忍者，背后都是他们的弱点。所以习剑术者，都要接受凭感觉去判断背后情况的训练，忍者也同样要接受不过分依赖五官的训练，以弥补这个弱点。可是不管如何勤修苦练，背后对他们来说，永远是一个弱点。尤其是当他们准备有所行动时，总会把注意力集中在将要开始的行动上，从而降低了对背后的防范，而一直以来，负责为六郎守护背后的就是阿福。

六郎陷入了沉思。

阿福的话没错。而且六郎也认为，和阿福一起行动既愉快又令人放心。通常来说，六郎应该让阿福打掉这个孩子，但现在绝对不能这样做，那又如何是好呢……六郎看了一眼小太郎。

“你想说什么，女婿？”六郎对阿福说话的语气让小太郎很感慨。自己无论如何也无法如此温柔地去劝说一个女人，小太郎也从中感受到了阿福的幸福。但六郎的柔情中同时也蕴藏着危险——忍者无情，这世上不可能有充满温情的忍者，因为这种忍者很快就会丢掉性命。小太郎不禁为六郎有些担心。

“阿福以后继续工作的事，您是怎么考虑的？”

“不可能。孩子需要母亲，而且阿福自己也会因为牵挂孩子，而不能完美地完成任务，最后会害死你的。”

“不会……”阿福尖声叫道，她的自尊受到了伤害。六郎举起手制止阿福继续争辩下去，然后替阿福向小太郎说出了她想说的话。

“你想让这孩子做忍者吗？”

“是这么打算的。”

“不管是男孩还是女孩……”

“对。”小太郎面带不解，六郎到底想说什么呢。

“那么……”六郎说出了一句很令人震惊的话，“孩子不需要母亲。甚至可以说，母亲可能会影响孩子。”

小太郎长时间地陷入了沉默，他回想起自己幼年时的事情。

小太郎的母亲是位温柔善良的妇人。风魔对忍者的训练是从一出生就开始的，在婴儿时期主要是训练反射神经，首先是手脚，接下来是全身。面对攻击要迎击如疾风，还击如闪电，必须把这个习惯训练成孩子的第二天性。为此，训练完手脚之后，接下来就是要敲击腰肩等处。在刚记事那会儿，小太郎印象中的母亲，是一位总是不停地哭泣着的妇人，她不忍心看到小太郎受这么残酷的训练。小太郎至今依然还记得，父亲风斋经常斥责母亲。在小太郎四岁的时候，母亲不见了，至少是从小太郎的眼前消失了。小太郎长大成人后，猜测母亲消失的原因可能有两个：一是她不忍目睹自己接受那么残酷的训练，所以走了；再者就是，可能被父亲风斋杀了。

小太郎的妻子也因类似的原因而早早去世。在日复一日对阿福接受残酷训练的抱怨中，她日渐消瘦，最后因无法进食而死。这种死法实际上接近于自杀。小太郎非常爱自己的妻子，这在忍者中很罕见，但只有在训练阿福这件事上，他没有理睬妻子任何的抱怨，这是家族的规矩。而正是因为接受了这种残酷的训练，忍者才有可能长久地活下去，马马虎虎地训练，结果只能是让忍者丢掉性命。风魔考虑问题的方法是，与其在执行任务时丢命，还不如在训练中死去，至少在训练中死的只是忍者本人。

在忍者的世界中，不管是伊贺·甲贺、武田还是木曾谷，对待训练的态度应该都是一样的。在残酷的训练中，没有容纳母爱的空间，也许说母爱对训练是一种妨碍更贴切。

小太郎也承认，六郎说得有道理。的确，生完孩子之后，阿福的任务就完成了。而且她本人也是忍者，对训练孩子更加不利。因为她不论自以为多么严厉，可是母亲眼中的孩子总是优秀的，这一点点的疼爱，可能就会使忍者在将来受到致命伤害。所以忍者通常都把孩子交给别人训练，自己从不插手。这么做是为了孩子着想。可是阿福能遵守这个规矩吗？小太郎认为，阿福很可能会在这件事上惹出很多麻烦。

“你说得也有道理。”小太郎终于开口了，“那你准备怎么办？”

小太郎紧紧盯着六郎，因为他知道六郎接下来说出的话将十分重要。

“让阿福回箱根去生孩子，等孩子出生后再回到我身边。”六郎说道。意思是夫妇二人准备舍弃这个孩子。

“那你们是打算不再管这个孩子啦？”小太郎觉得有必要再核实一下二人的态度。

“我不愿意！”阿福又一次叫了起来，声音几近于哀号。

“阿福！”六郎的声音始终很温柔，但温柔的背后也透出不容忽视的严峻，“是要孩子还是要我？二者选其一。你只有一个身体呀。”

阿福哭了起来。女人在遇到不可逾越的绝壁时会哭泣，好像是想用自己的哭泣使眼前的绝壁崩塌，但绝壁绝不会崩塌。哭泣这种行为，其实就是在劝说自己接受现实，放弃幻想。

阿福哭得天昏地暗，因为她实在无法放弃自己的孩子。六郎和小太郎始终沉默着，任凭阿福流淌着泪水。

阿福把身体缩成一团，一直哭了三十分钟，她可能在一边哭，一边和将要出生的孩子告别，哭的时间有多长，这个告别就有多么艰辛。

在三十分钟的时间里，六郎和小太郎一言不发地忍耐着，他们很理解阿福心中的悲伤，但为了让她能够继续做忍者，除此之外别无他法。三十分钟之后，阿福猛地止住了哭泣，表现出了让人惊叹的果断。忍者必须果断，打个比方，当忍者碰到了一个无法战胜的对手，十有八九会被对方杀死的时候该怎么办？忍者受训练时就被告知，要送上前去让对手砍中自己。这种策略可以体现忍者的智慧和果断。送上前去让对方砍，不是让对手想砍哪里就砍哪里，而是挑选不致命的部位，比如说左腕，左腕即使被砍断了，也不会当场毙命，但因为通常不会有任何人会故意让对方砍断自己的一只手，所以才故意把左腕送上去，使对手大出意料，而自己就可以利用这一瞬间逃走。这种事情在脑子里想一想，谁都可以办到，但要在电光火石之间付诸行动，则需要莫大的决断力。阿福是一名忍者，平时就经常不得不做出各种决断，所以她现在才能在很短的时间里，就决定要放弃孩子。

“我什么时候回箱根？”阿福问小太郎。

“立刻。”小太郎毫不含糊地说道。

“请等一天。我要禀告殿下。”

六郎之所以这样说，也许是因为他作为忍者还不够老辣，也许是出于对阿福的眷恋。阿福的眼睛湿润了，六郎能这样说，让她觉得很幸福。小太郎虽然觉得有些不妥，但还是默默地点头表示同意。

二郎三郎听到阿福怀孕的消息，就像自己的喜事一样高兴。这个人只要一听到有关孩子的事，就会乐得合不拢嘴。

“要是个男孩就好了。”二郎三郎甚至连这一点也想到了，因为他很清楚风魔的情况，知道这个将要出生的孩子将会多么重要。

“你去送一下，这样阿福也会觉得放心些。不用担心我，秀忠看起来不会有什么动作。”

的确，这段时间骏府城的日子很太平。

二郎三郎的话让风魔小太郎和阿福十分感激。小太郎不能和阿福同行回箱根，他是个隐形人，除了风魔一族以外，认识小太郎的人在日本全国也只有有数的几名，而且这些人也大都只知道小太郎在其他行业中的身份。知道小太郎是风魔首领的，只有二郎三郎、岛左近、六郎这三个人，就连经常跟在岛左近身边的原田市郎兵卫，也不知道小太郎就是风魔的首领。

而认识阿福的人则非常多，其中大部分人都以为她是阿梶夫人的侍女，更深一层了解情况的人，则知道她是负责护卫二郎三郎的女忍者，这些人应该不知道阿福是风魔。但阿梶夫人是在江户招揽来的阿福，说不定会有人把她和风魔联系到一起。

骏府到箱根虽然距离很近，但如果小太郎和阿福一起上路，很有可能会因此暴露身份，至少很多人会记住他是阿福的一个熟人。对谨慎的小太郎来说，这种情况是要绝对避免的。风魔的首领在任何时候都必须是一个隐形人。

尽管如此，也不能让阿福一个人赶路，因为她的身上现在寄托着风魔一族的未来。小太郎并不像二郎三郎那样乐观，他不认为秀忠已经放弃了对付二郎三郎，而且据风魔在三岛的情报网报告，有大量不明身份的武士经过那里。风魔在浜松也同样拥有情报网，但从那里没有送回这群武士通过的报告。也就是说，这群不明身份的武士在三岛和浜松之间消失了，应该可以认定，他们是潜伏进了骏府。据报告说，这些人都是武艺高强的剑手，十有八九就是柳生忍者。根据到目前为止的情报来看，在大火之后，潜入骏府的柳生忍者的人数已经达到了五十名。

小太郎由此推断，柳生忍者正在对骏府城虎视眈眈，他们肯定会关注进出骏府城的陌生人。所以小太郎谨慎起见，由四足门的水路潜水入城。这些柳生忍者不可能不认识阿福，如果他们看见阿福单身上路，肯定会进行跟踪，说不定还会在途中袭击她。如果能够成功地抓住阿福并让她开口，那么肯定可以获得大量关于二郎三郎的情报。阿福现在的确很危险，当然会派人去保护她，但风魔忍者也不能和她同行，只能暗中护卫。但这样一来，在紧急关头说不定会来不及出手相救。

所以，由六郎护送是目前最妥善的方法。而对阿福而言，能和六郎一起多待一点儿时间，都是一件很幸福的事。

但这次去箱根的旅途，并不像阿福想象的那么简单。六郎在和小太郎仔细商量之后，把出发的日子定在了第二天，两人决定，索性利用这次夫妇二人的外出，诱出潜伏在骏府的柳生忍者。

在这天夜里，小太郎离开了骏府城。和来时一样，他还是经四足门的水路潜水返回。六郎在目送岳父离开之后，立刻关闭了水门，以防柳生忍者用同样的方法潜入。

小太郎当夜就召来了风魔忍者，以大手门为中心把手下分为三组，监视柳生的行动，第一组负责跟踪，第二组负责联络，第三组则是战斗人员。小太郎在三岛安排好了围歼柳生的工作之后，立刻返回了箱根。不论什么时候，风魔的首领都不能暴露自己的身份。

有一个情况就连风魔小太郎和甲斐的六郎都不知道，柳生宗矩派遣到骏府的忍者共有六十名，这个数字和小太郎掌握的人数相去并不远，但这六十人的目标已经锁定在了甲斐的六郎和他妻子阿福的身上。在秀忠严令禁止伤害二郎三郎之后，柳生宗矩做出了歼灭风魔的作战计划。现在的行动就是第一步，宗矩想通过对付六郎和阿福，查明风魔的所在地。

第二天早晨，当六郎和阿福身着便装，若无其事地离开大手门之后，化装成百姓、工匠、游脚僧、货郎等各种身份的柳生忍者们一起行动了起来。负责跟踪六郎夫妇的有七人。原本是十人，但其中有三人离开，去联络其他的同伙。在上东海道的关卡处，六郎夫妇进了关卡中的一间小屋，转眼间就换上了长期出门在外时的装束，打扮成普通行人，经东海道直奔江户方向。此时，二人的前后竟然已经聚集了二十名柳生忍者。当然这二十人并没有靠近六郎夫妇，而是保持了充分的距离，两到三人一组，与六郎夫妇向着同一方向赶路。

在到达江尻驿站之前，另有已经提前到达，并乔装成行者的一群人，以很快的速度超越了六郎夫妇。这些人也都是柳生，有二十多名，他们手中的行者杖中都暗藏着武士刀。

六郎和阿福发现了周围到处都是柳生忍者，小太郎留在骏府的风魔的小头目，是一个叫作"变化的弥助"的易容高手，从老人到女人，弥助都可以装扮得惟妙惟肖，虽然谁也不知道其中的奥妙，但据说他连身高都可以改变。

弥助被眼前的情况搞得有些不知所措。他做梦也没有想到，柳生会投入如此多的人手来跟踪六郎。弥助手下的三组人也只有十八人，监视五人、联络三人、作战十人。而对手仅弥助已知的，就已经有四十五人了，在这种情况下投入战斗，没有任何取胜的机会。自己这十八人，就算全都牺牲也无所谓，但绝不能让对手杀死六郎和阿福。尤其是阿福现在怀着身孕，更要避免让她参战。

弥助使用了紧急联络方法，就是前面提到的那只隼。弥助在隼的脚上绑上了写明情况的纸条，然后把它抛向天空。隼笔直地飞向了箱根山方向。

同时，弥助派出两个人紧急去和六郎接触。弥助凭感觉断定，过萨垂崖时很危险，那段道路即便在没有任何情况的时候，也是东海道上的一段险路。悬崖的下面就是很长的一段海岸，道路左侧靠山，右侧临海，仅能容一人通过，时不时还有大浪冲上路面。行人只能在浪头过后的短暂时间内迅速通过，稍一迟疑就会被浪头卷走。因此，此处得下了"无父无子"的险名。意思是，即便是父子之间，也无暇顾及对方。后来在明历元年（1655 年）和天和二年（1682 年），相对比较安全的中道和上道开通，行人们大多经由那两条路通过。可在当时只有这条被称为下道的险路，时不时还有山贼出没。如果在此处袭击六郎夫妇，可以装作是山贼所为。柳生忍者考虑到这个因素，所以把伏击地点选择在了此处。

弥助派出负责联络的两个人，试图穿过柳生忍者接近六郎，柳生忍者使出各种手段阻拦二人。有时用身体撞，有时伸腿绊，最后还试着用刀鞘去推。柳生忍者之所以对试图接近六郎的人使出这些手段，是希望通过观察反应，来判断他们的真实身份。这条路上行人络绎不绝，在众目睽睽之下，柳生也无法做出太出格的事情。负责联络的两个人，故意做出躲闪不开，频繁摔倒的样子，总算是追上了六郎夫妇。二人的任务是要告诉六郎，停在兴津不要前进。以目前的实力，不能上萨垂崖，在援兵到达之前，只能在山脚下兴津的茶馆里等候。而弥助自己则准备上萨垂崖决一死战。

六郎苦笑了一下。尽管弥助视死如归，但六郎绝对不能允许这样的事情发生，因为这样做会正中柳生的下怀。

六郎在出大手门时，就已经发现柳生在跟踪自己。在到达江尻之前，柳生的人数剧增。六郎看穿了他们的意图，并故意放慢了脚步。柳生忍者希望进行一次决战，但目标并不是六郎和阿福。如果仅仅为了杀死六郎夫妇，最多有十个人就够了。可为什么他们现在集结的人数达到四十五人之多呢？柳生忍者是想通过武力威胁，使六郎夫妇惊慌失措，方寸大乱的六郎必然会想办法求救。掌握六郎和风魔的联络方法，是柳生的目的之一。收到求救信息的风魔忍者，大概会派出大量的人手来歼灭柳生。而柳生忍者则可趁机迎头痛击并全歼来援的风魔，最好能生擒其中的几名，通过拷问查出风魔一族的根据地。这是目的之二。

柳生宗矩终于发现了二郎三郎身后的风魔，六郎想到。若非如此，他们不可能做出这样的举动。风魔小太郎、岛左近还有二郎三郎也都明白，对手迟早都会发现风魔的存在。这是一个简单的排除法，在忍者这个特殊世界里，几个强有力的门派是尽人皆知的。从其中剔除早已衰落的门派，剩下的就只有风魔了。现在的问题是，即便对手已经注意到了风魔，也不能让他们掌握风魔的详细情况，今后必须把这一点继续保密。

小太郎已经迁走了妇女老幼的一半，这些人的新家都被安在天龙川、安倍川上游的一些隐秘地点。既然现在柳生已经发现了风魔的存在，就必须加紧进行搬迁工作。不完成这件事，风魔一族就无法专心致志地投入战斗。

而现在有一件事，六郎无论如何都要避免——把柳生忍者引向风魔的根据地。六郎已经把身边的情况告诉了阿福，阿福愉快地接受了六郎的决定，对阿福来说，和六郎在一起就是幸福。

现在要尽可能地不让风魔和柳生忍者发生正面冲突。这四十五名柳生忍者必定都是剑术高手，风魔即便能够获胜，也要付出巨大的代价。对风魔来说，这是一场毫无意义的战斗，而且只要开战，就中了敌人的圈套。从战略上考虑，这是一个下下之策。对忍者来说，能够打乱敌人的部署就是胜利。

六郎让两位联络人带口信给变化的弥助，现在立刻停止护卫，马上回骏府。不能去金轮际、箱根或者三岛，必须回到骏府，和留在城内的风魔忍者会合。和柳生忍者之间，也要绝对避免发生冲突，不管对手如何挑衅，绝不可以应战。为此即便被对手杀死，也在所不惜，而且还必须是在无抵抗的情况下被杀死，活着的同伴则应立刻报官。即便报了官，官府也不可能捉到柳生忍者并加以惩处，没有关系，只要把事情定性为柳生忍者目无法纪乱杀平民就可以了。六郎和阿福也放弃去箱根，在兴津找了一艘小船，享受一下钓鱼的乐趣之后，直接乘船回骏府。六郎要求两名联络人把以上三点通知变化的弥助，现在六郎就相当于小太郎的代理，弥助等人都成了六郎的直属部下，所以这个口信也是绝对命令。

“看见那间竹棚了吗？到那里化装之后立刻赶回去。”六郎目指着不远处的一间竹棚说道。

两名联络人隐秘地做出行礼的姿态之后，慢悠悠地继续走在大路上，然后突然闪身进了竹棚。

六郎和阿福站在原地目送着二人。柳生忍者也暂时停止了对两名联络人的追踪，等他们冲进竹棚时，那二人已经沿原路返回了，而且二人都化装成了女人，真不愧是变化的弥助的手下。

六郎突然离开大路，走小路去了海边。到海边后，六郎找到一个渔夫，出示了盖有大御所朱印的文书，征用了他的小船。这名渔夫只是碰巧经过，所以不管事后柳生忍者如何调查，都没有发现渔夫和风魔有任何关系。

六郎和阿福乘着小船，让渔夫掌帆驶向了大海。紧追而来的柳生忍者措手不及，这招完全出乎他们的意料。柳生们急忙去找船，可在仓促间怎么可能找到能够装下四十五人的船只呢？柳生忍者只能无可奈何地站在海边，目送着六郎的小船渐行渐远，最终消失在大海中。

柳生忍者虽然失去了两名联络人的行踪，但既然有联络员，肯定也会有大队人马。柳生忍者们急匆匆地返回大路，但未能发现任何形迹可疑的人。变化的弥助已经迅速地撤离了。

在这次小小的交锋中，胜利应该属于六郎。柳生忍者派出了四十五名高手，但未能明确地发现任何能够证明六郎和风魔有关系的证据。但六郎也对眼前的形势大感头痛，除了自己的行动变得不自由，还有就是阿福现在无法返回箱根，但也不能就这样让阿福继续留在骏府城。负责保护大御所殿下的女忍者，如果肚子一天天大了起来，不但无法完成护卫任务，而且还会给其他的女忍者带来不好的影响。

六郎考虑再三之后，去见了二郎三郎，请求搬出内城到城下町去居住。二郎三郎因为担心六郎和阿福的安全，没有同意六郎的请求。一旦搬到城下町去居住，两人的身边会聚集五十名以上的柳生忍者。到那时，六郎和阿福恐怕很难保住性命。

“再等一等。”二郎三郎不停地这样对六郎说道。

二郎三郎下了决心，在让六郎一家搬到城下町之前，必须消灭在骏府的全部柳生忍者。二郎三郎命令奉行彦坂光正，重新严格审查了一遍骏府的外来人口，但未能取得任何效果。因为全国各地的人，都看好今后骏府将会进入繁荣时期，所以纷纷聚集到这里。而对二郎三郎来说，这应该是一件值得欢迎的事情。

这一年（庆长十三年）的八月十日，秀忠离开江户前往骏府，并于十八日到达，此行的目的是参加天守阁的上梁仪式。高达七层的天守阁的上梁仪式在二十日举行，工匠中井大和被授予了爵位，后来，他被人们称为“大和首”。

之后，二十二日在二之丸，二十五日在本丸，二郎三郎为迎接秀忠举行了宴会。在二十五日的宴会结束之后，二郎三郎和本多弥八郎、本多正纯父子以及秀忠进行了密谈。秀忠的心情有些忐忑，他唯恐二郎三郎又给自己出什么难题。本多弥八郎因为事先并不了解这次密谈的内容，所以有些不安。他向正纯抱怨，事先为什么不通知自己。正纯解释自己对此事也是一无所知。正纯在内心里也抱有疑问，是不是秀忠事先做了二郎三郎的工作，二郎三郎才会如此安排。总而言之，三人都对将要举行的密谈有些不得要领。

二郎三郎扫视了三人片刻，缓缓地开了口：

“我要把柳生宗矩逐出德川家。”

秀忠保持了沉默，担心此时说些火上浇油的话，会使事态进一步恶化。宗矩这家伙肯定又惹麻烦了，秀忠只想到了这一层。但这次秀忠也不知道到底发生了什么事，而这一点也最让他感到不爽，不管怎么样，先听听二郎三郎说什么吧。本多弥八郎此时同样也是一头雾水，他只是默默地注视着二郎三郎，一言不发。正纯和他的父亲比起来，就显得简单直率得多。

“柳生大人做了什么冒犯您的事情了吗？我没有收到任何相关的报告……”正纯的地位相当于骏府政府的官房长官[1]，不论是什么事，只要是和大御所政府有关的，他都必须知道。

“宗矩派来超过五十人的手下，不光威胁到我，他还试图杀害我的手下。”二郎三郎直截了当地说道。

但他故意没有提放火的事情，因为他现在还不想和秀忠摊牌。

秀忠摇了摇头：“不可能有这种事。宗矩只不过是一位剑法名家，他不可能做出这种耸人听闻的事情来。”

“只是一位剑法家呀，”二郎三郎用嘲讽的口气说道，“这么说来，柳生所有的行动都是奉了你的命令？”

秀忠一惊，他嗅到了危险的味道：“我没有下达过这样的命令。这一点，请您无论如何要相信。”

这是实话，而且秀忠还曾下令，不许骚扰二郎三郎。因此，秀忠的语气也不知不觉地变得强硬起来。

“那就更有必要处罚他了。一个剑法家，竟然敢擅自做出这种耸人听闻的事情！”

秀忠又一次陷入了沉默。在不知道宗矩到底做了什么事之前，秀忠无法做出回答。而二郎三郎也令人厌恶地没有说出具体细节。

“您有证据可以证明宗矩的确干了什么不可饶恕的事情吗？”弥八郎冷不丁地插了一句话。

“四十五名柳生忍者，包围了为我跑腿办事的六郎和他怀孕的老婆，这就是证据。后来六郎好不容易才经海路逃了出来。”

“就这点儿事啊。”因为刚才过于紧张，所以现在秀忠在心情上产生了巨大的落差，甚至有些失望。他也认识甲斐的六郎，说是二郎三郎的手下，其实只不过是一个下人，每日里为喜欢打猎的二郎三郎到处寻找猎场。说实话，秀忠从来没有把六郎放在眼里。仅仅为了一个下人，就要把宗矩驱逐出德川家，看来二郎三郎的情绪有些过于激动。秀忠推测肯定是年初的那场大火，让二郎三郎仍然怀恨在心。但话说回来，宗矩也太孟浪了，为了这么一个下人，竟然派出了

---

1 办公厅主任。

四十五名柳生忍者，就算派去一半的人手，二十名柳生忍者对付一个下人，也实在是太小题大做了。宗矩的目的到底是什么呢？据二郎三郎说，柳生忍者只是包围了六郎夫妇，却没有出手进行攻击。这仅仅是一次威胁。难道说，宗矩的目的是不停地威胁二郎三郎的手下，让他们产生一种不安的心情？部下的不安也会引起主君的不安。二郎三郎现在表现出来的焦躁，正好可以证明这一点。如果是出于这个目的，那么宗矩的计划可以说是成功了。可是一旦把握不好分寸，这样的行动也是危险的。秀忠决定要再一次向宗矩强调自己的命令。

一边这样想着，秀忠一边对二郎三郎说道："我觉得肯定还是有什么地方搞错了。只不过为了一个下人，值得宗矩派出四十五名手下吗？肯定是下人惊恐之余口不择言罢了。为这样的事，我无法惩罚宗矩。"

二郎三郎审视着秀忠的表情，不像在伪装。看来秀忠还没有发现六郎的真实身份，现在只是宗矩一个人起了疑心。宗矩的敏锐，让二郎三郎也不得不佩服。可是宗矩现在到底知道了多少事情？他肯定已经知道，在背后支持二郎三郎的是风魔，否则他也不会派出四十五名柳生忍者跟踪六郎。宗矩肯定是做好了遭遇风魔的准备，所以才会派出如此之多的人手。

"宗矩应该已经察觉到，六郎是我和风魔之间的联系人。"二郎三郎在心里暗自盘算着。

宗矩肯定是想通过向六郎施压，引出风魔主力。如果现在坐视不理，他肯定还会继续使用这种手段，这是不能容忍的，绝对不能容忍。

二郎三郎当然也知道，就凭这么一件事是不可能把宗矩逐出德川家的。他故意提出这样的要求，是想逼秀忠做出现在骏府里没有柳生忍者的保证。只要秀忠做了这样的保证，现在潜藏在骏府的这些人，身份就不再是柳生忍者，而是些来路不明的浪人。不管二郎三郎如何对付这些浪人，秀忠都无法再出言干涉。

"那你的意思是说，现在的骏府城里没有柳生忍者喽？"

二郎三郎丝毫不给秀忠喘息的机会，而秀忠也彻底落入了圈套。

"当然。宗矩没有理由派手下来骏府。如果在骏府有柳生忍者，也必定是别人冒充的，说不定有什么人想设计陷害我和柳生。"

秀忠连可以不说的话也都说了。他原本的用意是，在万一有柳生忍者被擒时，撇清自己的责任。但秀忠没想到，六十名柳生忍者的性命全都被他的这句话断送掉了。

本多弥八郎不愧是一个老狐狸，尽管不知内情，但他已经从眼前的对话中，察觉到了柳生忍者面前的危险。但弥八郎非常厌恶柳生，他并不是在个人感情上讨厌宗矩，而是不喜欢作为秀忠的走狗，在暗地里为他清除异己的柳生。弥八郎认为，这不应该是剑士的作为。就算柳生是为了自己门派的生存，不得已而为之，但这些人已经偏离了正统的剑士应走的道路。庆长十一年（1606年）四月，七十八岁的柳生新阴流开山祖师石舟斋，没有把新阴流的道统传给自己的儿子宗矩，而是托付给了宗矩的侄子柳生兵库助。弥八郎对此也有所耳闻。

弥八郎没有警告秀忠，二郎三郎暗中的意图是非常危险的。他只是感慨地看着秀忠，并为柳生感到了一丝的悲哀。

“在此君的手下，不知有多少臣子，没有得到任何酬劳就已经丢掉了性命。”

本多正纯通过此事越发清晰地察觉到，六郎是个非常重要的角色。以前正纯曾想试探六郎的真实身份，但彻底失败了。听到六郎在四十五名忍者的包围之中，仍然能够利用大海脱身，正纯觉得自己那时的失败实在是理所当然。六郎很可能是一位绝世高手，所以大御所殿下才会如此保护他。如果能够查明六郎和各地的联系方法，那么自己在完成工作时也会事半功倍。但此举万万不可，大御所殿下为了保护六郎，甚至不惜要全歼柳生，如果自己做了什么出格的举动，很可能会为此丢掉性命。

正纯晃了晃脑袋，把这个诱人的想法从脑子里驱赶了出去，这种当机立断证明正纯也具有真正的大智慧。

秀忠于九月三日离开骏府返回江户。也是从这天开始，围歼柳生的行动在骏府开始了。歼灭柳生，二郎三郎完全不打算依靠骏府的奉行。柳生忍者不可能被奉行手下的捕快们发现，即便碰巧发现了，捕快们也很难捉住他们。二郎三郎和六郎都认为，潜入骏府的柳生忍者超过了五十名。这么多人是不可能住在一起的，他们肯定分散在城市的各个角落里。即便是委托给风魔，也很难把柳生忍者一个一个地全部挖出来。

而柳生忍者的目标是六郎，所以只要让六郎住进城下町，柳生忍者会像蚂蚁发现砂糖那样猛扑过来。到那时，就可以把聚集到一起的这伙人一网打尽。

二郎三郎没有考虑生擒柳生忍者，只考虑了如何杀死他们。

骏府城里不能留哪怕一个柳生忍者，这是二郎三郎的决定。

让六郎家的周围住满风魔，把那条街道变成风魔的街道。房屋的格局、围墙的修建、道路的规划，全都按建城时防范忍者的标准进行改造。道路必须很狭窄，这样就可以从两侧的房屋中用长枪或吹箭杀死敌人。墙顶要插上倒刺，使人不能轻易翻越。房顶要改成难以行走的陡坡，不留死角，保证可以用弓箭射杀房顶任何位置上的敌人。而且这条街道应该离内城很近，以便在需要时，可以迅速派出援军。

二郎三郎和六郎商量之后，迅速开始选择地点，画图并着手施工。

可最后还有一个难题，由谁来最终出手杀死这些柳生忍者呢？这伙人虽然也是忍者，但无一不是柳生新阴流的高手，一般的武士在战场上练就的粗犷的招式，很难和柳生精巧的剑法匹敌。即便是风魔，虽然可以利用弓箭、铁铳、毒吹箭消灭一部分柳生忍者，但如果用剑格斗，不付出巨大的代价，不可能消灭超过五十名的柳生高手。

甲斐的六郎最担心的也是这一点。听六郎说出了这个担心之后，二郎三郎嘿嘿一乐：

"不用担心，我已经安排好了。"

六郎又执着地追问，到底做了什么安排。

"他马上就要来了，到时我再让你们见面。"二郎三郎不知为何不肯吐露详情，但他还是忍不住又补充了一句，"是岛左近的安排。他可真是一位足智多谋的军师。"

六郎听了，越发觉得如堕云雾之中。

同一时刻，在天龙川二俣俗称"大阪村"的家中，岛左近正陪着一位客人。这位客人带着一位妇女和一名随从，在数日前从京都来到这里之后，便暂住了下来。客人的名字叫柳生兵库助，实际上此时他还没有改名叫兵库助，还在使用伊予守的名字。因为兵库助这个名字更为大家所熟悉，所以笔者故意使用了这个称呼。兵库助乳名兵介，是柳生石舟斋的长男严胜之子。

石舟斋在庆长十年（1605年）六月把新阴流掌门的位子传给了兵库助，兵库助的父亲严胜曾两次在战斗中负了铳伤，已形同废人，不可能再做新阴流的掌门。所以按照一般人的想法，掌门的大印应该交给在江户的宗矩，况且柳生家三千石的领地，实际上是凭借宗矩的力量夺回的。但石舟斋却舍弃宗矩，把大印传给了孙子兵库助。由此我们不难推断出，石舟斋对宗矩抱有强烈的不满。从宗矩走的道路来看，石舟斋已经无法再把他当作一名剑士，并认为宗矩已经走上了邪路。尽管宗矩是自己的儿子，但石舟斋认为如果让这种人继承了自己的衣钵，必定会让新阴流蒙羞，被后人指责新阴流曾经做了政治家的打手。石舟斋绝对不能容忍，自己从上泉信纲手中继承的新阴流，被宗矩的所作所为玷污。因此石舟斋才在选择掌门人的事情上，做出了大违常规的决定。

宗矩得知后暴跳如雷。以石舟斋为首的柳生一门，是凭借着自己的力量，才在家乡过上富裕的生活。石舟斋在关原之战时，拒绝先行起兵响应东军，在事后他又是靠着宗矩才免受惩罚。但不管宗矩如何恼怒，都于事无补。石舟斋在第二年就去世了，而兵库助可能是受了石舟斋的告诫，宗矩几次邀请他来江户幕府供职，都被拒绝了。

兵库助曾在庆长八年（1603年），为加藤清正效过力。据说当时他的俸禄表面上是五百石，而实际上有三千石之多，但已无法考证此事的真伪。在跟随加藤清正后不久，兵库助就被派去镇压发生在肥厚高原的农民起义。不知道什么原因，他杀死了自己的同僚伊藤光兼，又杀光了全部义军，事后兵库助离开了加藤家。在那以后，他一直流浪于各地，可能也正是因为在加藤家的这段短暂的出仕经历，促使兵库助拒绝了宗矩的邀请。但宗矩一直没有放弃，他不能让自己这个做了新阴流掌门的侄子出仕于其他的大名。

岛左近与石舟斋和兵库助都是旧识，而现在一段奇妙的姻缘又进一步拉近了二人的关系。

兵库助在到处漂泊时，去拜访了京都的和服商人武藏屋伊兵卫。此人就是在关原之战后，曾收留岛左近和六郎在自己家中养伤的那个伊兵卫。不用说，兵库助认识伊兵卫也是缘自岛左近的介绍。

在武藏屋，兵库助遇见了一个不可思议的女人。这个女人的名字叫阿珠，这一年十四岁。十四岁的年纪在当时已经不是孩子，而是一个成年女子了。那是一个十三岁嫁人也很正常的时代。

这个说法可能很奇怪。阿珠好像并不生活在现实世界中，她总是认为，自己其实生活在另一个世界里的另一个地方。那个地方靠近大海，汹涌的波浪撞击着岩石，发出粉身碎骨前的轰鸣，海边刮着凄厉的风，吹得雪花漫天飞舞，一片寒冬海滨的肃杀。白雪伴着狂风乱舞，那里应该很冷吧，可阿珠的身体却从来也感觉不到。

波浪、狂风、白茫茫的雪地，这就是阿珠心中的清净世界。而阿珠经常躲进这个世界中，然后非常恐惧地探出头，小心翼翼地看着现实世界。之所以养成这个习惯，是因为阿珠以前一直过着惊恐不安的漂泊生活。阿珠自从记事起，就不停被人追杀，无数次险些丢掉性命或被恶人侮辱。

阿珠是岛左近最小的女儿，而且是庶出。阿珠的母亲是若狭小浜一位渔民的女儿，在一次偶然的机会中，嫁给了路过小浜的岛左近，并生下了阿珠。阿珠四岁前一直生活在若狭小浜，后来因为母亲去世，被带回了岛左近的府邸。她心中经常出现的那个清净世界，其实就是她母亲去世那天的若狭小浜。

两年之后，关原之战爆发。随着西军的溃败，伏见城也陷入一片混乱。作为石田三成的侍大将岛左近的女儿，阿珠不可能平安无事。所以乳母牵着六岁的阿珠的手，开始了逃亡生涯。两人最初回到了乳母的老家近江，但两年后，周围的人知晓了阿珠是岛左近的女儿，立刻就把她轰了出来。接下来，阿珠和乳母又去了阿珠母亲的老家小浜，母亲的兄弟们害怕受到牵连，又把阿珠残忍地赶了出去。这时乳母也不见了。八岁的阿珠紧紧地攥着一个装着几枚铜钱的袋子，从小浜出发，沿周山街道去了京都。阿珠认识的人当中，只有一个人不是武士，他就是武藏屋伊兵卫。阿珠想进京去投靠他。

阿珠既不知道京都在哪里，也没去过伊兵卫的店里，她只认识曾经来过岛左近府的伊兵卫本人。刚一进入京都，阿珠的钱袋就被流氓抢走了，一位开茶店的老人收留了在路边哭泣的阿珠。阿珠在这家茶店里帮了三年工。

阿珠长到了十一岁。很不幸，她生得亭亭玉立，一些好色之徒很快就打起了她的主意。其中一人在想诱拐阿珠时，和茶店的老人发生了争斗，老人受伤身亡，阿珠情急之下用菜刀将那个男人杀死了。

阿珠被带到官府后，坚持说自己是老人的孙女，最终被赦免。但她再也无法回茶店了，因为那个男人的亲属肯定会来报仇。阿珠开始一个人寻找伊兵卫的店铺。功夫不负有心人，阿珠终于在庆长十一年（1606年）寻到了武藏屋。这时，阿珠十二岁。伊兵卫立刻收留了阿珠，并把她严密地保护了起来。

伊兵卫是外界唯一知道岛左近住所的人。他立刻派人去报告了阿珠的事，不用说，派去的人不会直接去二俣。伊兵卫的信被送到了在三岛的一家由风魔经营的茶店，然后又由风魔的人转送到了岛左近的手中。

岛左近收到消息之后，马上就想把阿珠接到自己的身边，但被伊兵卫劝阻住了。因为阿珠为给自己的祖父报仇，用菜刀杀死了一个流氓，在京都很出名，有不少人都认识她。另外，被阿珠杀死的那个流氓的亲朋们仍然在执着地搜寻着阿珠的踪迹。在武藏屋的附近，就经常有些不三不四的人出没，不知道是什么来路。伊兵卫有一位旧交叫佐野九郎，是一位用剑的高手，伊兵卫特意请他来保护阿珠，但现在出远门仍然太过危险。

另外，伊兵卫还很为阿珠的精神状态担忧。阿珠的行为举止和普通人并没有两样，她对事物的理解能力，却远远地超过了同龄的女孩。虽然日常的言谈举止十分正常，但她总让人觉得有些不对劲，眼神总是在看着一个很遥远的地方，心好像也并不在这里。经历过长期流浪和重重的危难之后，阿珠已经把自己封闭在一个她内心深处的世界之中。这是伊兵卫所无法理解的，他只是感觉到阿珠和正常人有些不一样。而这正是伊兵卫一直不能下决心把阿珠送到岛左近身边的原因。

就这样，阿珠在武藏屋住了整整两年。在她十四岁的这一年，发生了一件事，第一次把阿珠带出了她内心深处的那一片雪的世界——那就是和柳生兵库助的相逢。

正在浪迹天涯的兵库助来到京都，是为了拜会妙心寺的海山珠和尚，这位和尚曾是兵库助的精神导师。在归途中，兵库助突然想去拜访伊兵卫，这大概就是命运吧。

兵库助知道武藏屋伊兵卫是岛左近的远亲，而兵库助也一直很仰慕岛左近。到现在他也很难相信，这样一位好汉会就此死去。兵库助想，说不定从伊兵卫处能得到岛左近的消息，便带着一丝期待来到了武藏屋。

十九世纪法国的小说家司汤达曾经在《恋爱论》中说过，世上有一种一见钟情的恋爱，在看到对方的第一眼时，就如同身受雷击，没有任何理由，和对方的人品、相貌、身份等也没有任何关系，只是在一瞬间就坠入了爱河。司汤达说，也许这才是真正的爱情。有清晰理由的恋爱，只是一种计算，并不是真正的爱情。

兵库助和阿珠一见钟情，在自己还没有搞清楚理由之前，他们就已经深深地爱上了对方。兵库助此时已经年过三十，并且在家里已经有了妻子。阿珠虽然看上去有十五六岁，但从常识上来说，兵库助已经没有资格和一位如此年幼的少女恋爱。但常识又算得了什么呢？一旦陷入爱情，任何人都无法自拔，能够受常识和意志约束的，肯定不是真正的爱情。

阿珠的情形和兵库助完全一样。在流行早婚的当时，兵库助的年龄已经可以做阿珠的父亲了。但这一点对二人没能产生任何的妨碍，在见面的第二天，两人就结合在了一起。

嫁给兵库助的阿珠，第一次走出了那片寒冷的雪原。就像沐浴在五月里原野上的春风中，阿珠觉得一切都显得那么温暖和清爽，原来世上的气息是如此芬芳，景色是如此动人。这里也有一阵阵的风掠过，但和海边的狂风完全不同，是拂过树梢吹响了树叶的清风，这阵风在阿珠心灵中引起了一阵悸动。

阿珠的变化令人瞠目结舌。就像一朵常年被掩盖在冰雪之下的花朵，突然绽放了一般，她整个人就像北国之春，脸上洋溢着幸福的气息，皮肤也水灵灵的，举手投足间流露出成熟女性的风韵。

得知了这件事之后，伊兵卫大吃一惊。要是放在平时，伊兵卫肯定会对阿珠的这个变化举手相庆。因为阿珠的眼神中，第一次充满了活力，不再是停留在某个虚幻的远方，言谈举止也变得热情洋溢起来。这些变化可以证明，她现在实实在在地生活在眼前这个世界中。伊兵卫长期以来的担忧和不安终于可以云消雾散了。男方也没有什么可挑剔的，兵库助继承了石舟斋新阴流的道统，人格也非常高尚，不管从哪个方面来看，他都是一个优秀的男人。

但有一个问题，兵库助已经有了妻子，而且他的妻子在兵库助常年外出巡游期间，一直默默地照顾着兵库助的父亲严胜，毫无怨言。兵库助无法抛弃这样一位妻子，而娶阿珠为正室。作为一个男人，不，或者说作为一个人，这种事是绝对不能做的。然而兵库助也无法斩断情丝，舍阿珠而去。也就是说，摆在兵库助眼前唯一的办法，就是纳阿珠为侧室。这个问题让伊兵卫和兵库助都大感头痛。

当初岛左近曾命伊兵卫立刻把阿珠送到二俣，伊兵卫出于对阿珠的关心提出了反对意见，现在这种关心却惹出了更大的麻烦。但问题是，现在无法拆散二人。如果伊兵卫这样做了，阿珠肯定又会把自己封闭在寒冷的风雪世界中，永远也不会再出来了。对阿珠来说，做正室还是做侧室，都无关紧要。只要能够不失去兵库助，永远依偎在他的身边，就是最大的幸福。

万般无奈之下，伊兵卫只得告诉兵库助岛左近还活着，并教给他和岛左近的联系方法。自己又另行给三岛的茶屋写了一封信，告诉风魔，兵库助有紧急要事，必须见到岛左近。岛左近很快就回了信，让兵库助先到三岛来。岛左近也非常想念兵库助，并认为可以放心地向此人透露自己的行藏。

因为兵库助也来自柳生一族，所以风魔并不情愿将他带到二俣，但岛左近坚持了自己的意见。

兵库助到达三岛之后，很快就有人按照岛左近的指示，引领兵库助乘小船，逆天龙川而上到达了二俣。兵库助已经做好了脑袋搬家的准备——以岛左近的火暴脾气，说不定自己会被当场斩杀。兵库助暗自拿定了主意，到那时，自己不做任何抵抗。

大约有一小时，岛左近和兵库助相对无言。外面传来了阿珠欢快的声音，她正在和八年没有见面的哥哥聊天。如果换到半年前，即便是和父兄久别重逢，阿珠也不会如此兴高采烈，是兵库助把阿珠变成了一个普通的女人。岛左近从伊兵卫的信中得知了详情之后，在心里对兵库助充满了感激之情。

关于自己和阿珠的事，兵库助有些杞人忧天了。岛左近在男女感情上非常开明，通过自己的经验，岛左近非常理解，男女之间会发生一些外人所无法理解的奇妙感应。不管是什么样的不被世间所认可的身份和关系，如果二人两情相悦，那么外人说什么并不重要。人心有时是不可思议的，我们不得不承认这一点。关于男女关系，人类最初只是禁止直系亲属间的结合，而且还是出于保护种族存续的目的。而兵库助和阿珠之间的问题，其实只是在某些方面有些不大完美罢了，而这种不完美并不是一种原罪。

“无罪的人们拿起石头打这个女人吧。”耶稣之所以有这样的圣谕，其实是因为他在深邃地洞察了人性之恶之后，为了庇护犯了通奸之罪的女人，而想出的现实主义的办法。

而岛左近也是一个彻底的现实主义者。他非常痛快地认可了兵库助和阿珠的关系，并体谅了兵库助不能娶阿珠为正妻的苦衷。与此事相比，他反而对兵库助从厚厚的心茧之中拯救了阿珠一事，表达了诚挚的谢意。

因此，现在房间中令人窒息的沉默并非为了阿珠，而是因为岛左近提出了一个请求。岛左近把秀忠和柳生忍者的关系，以及他们对家康策划的种种肮脏的阴谋详尽地告诉了兵库助，并请求兵库助出手消灭柳生忍者。岛左近说，这样做是为了不再增加柳生忍者的罪孽和避免出现更多的牺牲者。不管怎么说，柳生忍者都难逃此劫，由同样来自柳生门的人出手，可以减少牺牲者的人数，还可以避免柳生一族在后世背上骂名。

岛左近并没有告诉兵库助，现在的家康实际上是影武者世良田二郎三郎。他把家康和秀忠的冲突，也解释为单纯的父子相争。对自己是二郎三郎的军师一事也做了隐瞒，只是说家康身边曾经保护过自己的人（暗指本多正纯），提出了这个请求。

兵库助的心情非常复杂。他早就知道，叔父宗矩在江户并不只是一位单纯的剑术指导，也清楚在关原之战以来，宗矩为秀忠执行了很多秘密任务。兵库助通过父亲严胜得知，近来柳生门的年轻人，比起磨炼本门的剑术，更热心于学习传自伊贺的忍术。而且，宗矩非常执着地一直在邀请兵库助也来为秀忠效命。

“做剑术指导，有叔父你还不够吗？”兵库助总是以此为借口推托。其实兵库助觉得宗矩执着的背后，隐藏着某种阴谋，所以才会找借口推辞，这是一种剑手的直觉。父亲严胜单纯地认为，因为石舟斋把新阴流的掌门之位传给了兵库助，而不是宗矩，所以宗矩在试图夺回应该属于自己的位子。但兵库助觉得事情没有这么简单，他之所以不回柳生门，长期地浪迹天涯，也是为了躲开自己的这位叔父。

通过岛左近的说明，兵库助心中几个长期以来的疑问，终于找到了答案。

“威震天下的新阴流，竟然堕落成被刺客用来杀人的剑法。”兵库助的心里一面发出这样的感叹，一面涌起不可遏抑的怒火。仔细想来，祖父石舟斋的确目光如炬。这位老人很了解自己的儿子们，他早就看出，对权力的欲望是宗矩的弱点。说不定他已经获悉，宗矩都为秀忠干了什么样的肮脏差事，所以他才会把新阴流的掌门之位传给自己。

宗矩不但使柳生一族蒙羞，还使上泉信纲传承下来的新阴流受到玷污。从这两层意义上来看，宗矩可以说是柳生门的叛徒和异端。所以，如果岛左近提出除掉宗矩，兵库助可能会比较轻易地应承下来，而一旦他真的出手，柳生门也必然会随之灭亡。因为即便成功地杀死了宗矩，秀忠肯定不会放过兵库助，以兵库助为首的柳生一族，大概会在德川大军的追杀之下悉数送掉性命。但岛左近的请求并非如此，他想要除掉的不是宗矩，而是潜伏在骏府城，超过五十名的柳生忍者。这些被统称为柳生忍者的人，其实原本都是柳生庄附近的居民，有人是武士，有的人身份则是百姓，曾经长年生活在柳生庄的兵库助，肯定认识其中的每一个人。兵库助天性开朗，为人豁达，和人交往时从不计较尊卑贵贱。因此在民风粗犷的柳生庄，他深受所有人的爱戴。潜入骏府的那五十名柳生忍者，如果见到了兵库助，肯定都会喜出望外地上来打招呼，兵库助又怎忍心下手杀死他们呢？但是这群人手中的剑，是刺客之剑，是邪恶之剑，如果让他们代表了柳生新阴流，那么新阴流的传统必将荡然无存。忍术过于黑暗，很难长久地流传下去。能够流传后世的，必定是光明磊落的剑术。兵库助有义务守护传自祖父的新阴流道统。出于这个原因，正如岛左近所请，兵库助必须除掉那些试图谋害大御所殿下的邪恶剑客。

在内心的激烈斗争中，兵库助沉默了很长时间，现在斗争终于结束了，他全身上下立刻充满了不可阻挡的气势。

岛左近没有强求，他不会强迫别人去杀人。他只是陈述了事实，提出了请求，剩下的事都应该由兵库助自己来决定。

岛左近清晰地捕捉到了兵库助的表情变化，他现在脸色苍白，但平静中流露出一股强烈的气势。岛左近知道，兵库助终于下了决心。

果然，兵库助说道："就按你说的做吧。"

只有一句话。通过这么短短的一句话，兵库助舍弃了温情，把自己变成了一个冷酷的魔鬼。

"你不是为了阿珠才这么决定的吧。这两件事没有关系。不管你怎么决定，阿珠都是你的人了。"岛左近又补充了一句。

兵库助好像是在否认这句话，猛地摆了摆手。他的注意力已经集中到下一个阶段该做的事情上了。

"什么时候去骏府？"

"明天。从山里面会来人带你去骏府。他们会助你一臂之力。"

"不用别人帮忙。有我带来的那个人就足够了。"

兵库助带来的是佐野九郎兵卫，他是武藏屋雇来保护阿珠的。用现在的话来说，他以前是一间倒闭了的织布作坊的老板。说是老板，但他其实还很年轻，刚过二十五岁。佐野九郎兵卫原是出生在骏河的一名武士，后来不知道什么原因，他做了浪人并来到京都，其中的缘由他本人从不对人说起。九郎兵卫在京都开了一间织布作坊，武藏屋是经营和服的店铺，而九郎兵卫和伊兵卫最初也是以织布作坊和和服店老板的身份交往的。伊兵卫的新阴流剑法造诣很高。曾经有一段时间，他以为自己的武士之魂已经死了。但不知道从什么时候开始，武士的热血又开始在他的身体里骚动起来。技痒之余，伊兵卫时不时在庭院中练习剑法，每次都用竹剑打得院中的树木枝叶横飞。在得知九郎兵卫也是武士出身之后，伊兵卫就经常拉着他和自己在庭院中以竹剑过招。

九郎兵卫从来没有正经学过剑法，而且平时惯用的是长枪。当时大多数的武士都和他一样，因为在战场上，长枪会占有压倒性的优势。使剑的人也都是凭力气抡着一把长刀，九郎兵卫甚至以前从来没有见过竹剑。

"这东西可真方便。"九郎兵卫一面感叹着，一面欢天喜地地和伊兵卫对打起来。武士的热血，大概也经常在这位年轻人的身体中骚动。一旦交手过招，除了最初的几次以外，伊兵卫大都落在下风。在曾经学过正统新阴流剑术的伊兵卫眼中，九郎兵卫拉的架势都破绽百出。但不可思议的是，他总是能打乱伊兵卫的节奏，后发先至地取胜，这只能说是一种天分。也正因为如此，在九郎兵卫的作坊倒闭之后，伊兵卫才把他请到自己的店中，负责保护阿珠。

兵库助来到京都之后，伊兵卫讲了这件事，并请他点评一下九郎兵卫的剑法。兵库助一见之下大为惊讶，这真是一种天授的剑法。尾张柳生的第四代、新阴流的第八代掌门柳生严延，在享保三年（1718 年）写就的《后悔记》中详细记述了佐野九郎兵卫的生平，并在书中称赞其“本领与生俱来”。九郎兵卫从此以后就成了兵库助的弟子，并在四年后获得了剑法家的资格。兵库助这次把他也带到了二俣。

“就让我和九郎兵卫两个人来完成这项任务吧。”

兵库助打算，正好可以借此机会，测试一下九郎兵卫的运气如何。和超过五十名的柳生忍者为敌，是一项非常艰巨的任务，换作常人必死无疑。要完成任务，就必须有相当高强的本领和本领以上的好运气。兵库助并不担心九郎兵卫的本领，在京都以及来此间的途中，两人每天都要以竹剑过招，从不间断。就像干燥的海绵吸收水分一样，九郎兵卫如饥似渴地学习着兵库助的剑法。剩下的就是运气了，对当时的武士而言，拥有好运气也是一种本领。

柳生兵库助和佐野九郎兵卫没有去见二郎三郎。不到紧要时刻，两人甚至都不准备进入骏府城。对兵库助来说，有岛左近的话就足够了，完全没有必要特意进城，去接受大御所殿下的正式请求，而且他也不愿意让监视骏府城的柳生忍者发现自己。一旦被发现，宗矩立刻就会接到报告，而接下去如果发生柳生忍者被杀的事，猜疑心很重的宗矩必然会怀疑兵库助。

柳生门自相残杀，这种悲惨的事，绝对不能让外界知道，一旦泄露出去，就会使新阴流的名誉受到伤害。杀死柳生忍者的是两位无名剑客，九郎兵卫必须在外界和宗矩起疑心之前迅速地把事情处理完。

兵库助自称佐野兵助，和九郎兵卫是兄弟。二人扮作谋求出仕的浪人，住进了戏子、渔夫等“漂泊之民”在萨魔大堤之外，散布在安倍川河滩上的临时住所中的一处。前面已经写过，这些人都是些信奉“不崇上”，并被允许可以任意往来于各国之间的自由民。当时，以家康为首的各地大名，正在强硬地推行自由民在城下町的定居。即便如此，这些人当中还是有很多人向往着自由的魅力。当需要在一段时期之内，停留在一个固定的地方时，他们大都居住在河原、边境以及无缘寺这样的地方。普通百姓是不会住在这种地方的，或者应该说，百姓无法居住这样的地方。即便到了今天，又有谁会把自己的家安在随时会遭到洪水侵袭的地方呢？

“漂泊之民”有一个优点，他们不会追问邻人的来历。所以兵库助和九郎兵卫才能在这间安倍川河滩上的小屋里放心地等风魔前来联络。

兵库助和甲斐的六郎进行了几次商议。兵库助只知道六郎是岛左近的部下，负责家康和岛左近之间的联络，为此他现在被柳生忍者当成了目标。六郎的危机会带来岛左近的危机。两人商讨的重点是如何把在骏府的柳生忍者全部聚集在一起，并一个不留地全都歼灭。六郎最初打算把柳生忍者分批引到自己的住处，然后再设法杀死。兵库助对此表示反对，这种方式很难取得完美的效果。因为柳生忍者肯定会在某个时间，发现己方的这个意图，并将计就计地反过来对付自己——这也是一种剑法。

甲斐的六郎装作寻找新居的样子，每天都出没于骏府的大街小巷之中。在此期间，他和阿福将要迁入的新居顺利完工了。新建的并不是一处单独的住宅，而是一整条街道，因为改变了安倍川的流向，骏府现在已经变为一个崭新的城下町。据记载，在第二年，即庆长十四年（1609 年），彦坂九兵卫和畔柳寿学被任命为奉行，开始着手制订城市的规划。

骏府的正式城市规划是从第二年开始的，因此这时六郎的新居大概是在骏府城周边武士聚集区的外围，那里住的都是些平民。

六郎寻找了很长时间之后，最终住进了这片刚建成的住宅中的一间。至少跟踪六郎的柳生忍者们是这么认为的。

在骏府的六十名柳生忍者的头领叫松田三左卫门，今年刚刚三十岁，还是血气方刚的年龄。他不论是光明正大的剑术，还是见不得人的忍术都出类拔萃。正因为如此，三左卫门才当上了这么多柳生忍者的首领。三左卫门有一个坏毛病，他总是瞧不起那些地位低下的人。三左卫门的任务前面已经提过了，是对六郎展开严密跟踪，以便找出风魔的据点。忍者也有上下之分，在三左卫门的眼中，六郎只是一个低级忍者，而且这个低级忍者还娶了老婆。只凭这一点，三左卫门就给六郎下了结论，娶了老婆的忍者，就是不合格的忍者，更不用说六郎的老婆现在还怀了孕。其实，根本没有必要如此辛苦地跟踪这个低级忍者，只要把他的老婆抓来，威胁要剖开她的肚子，估计这个低级忍者就会把自己知道的事，一口气全都说出来。要不是宗矩严令不能碰这两个人，三左卫门恐怕早就这么做了。虽然发生过在兴津海边被甩脱的事，但三左卫门不认为那是六郎的计策，只不过是一次偶然罢了。所以三左卫门也没有把六郎寻找新家一事，看成是一个对付自己的圈套，因为阿福的确已经怀孕，不适合再住在城内的宿舍中了。

三左卫门认为六郎之所以把新家选在连尺町一带，是因为这一片都是新房子，离城也比较近。当然，三左卫门还是非常谨慎地调查了附近的居民，这一带的居民都是外来的商人，根本无法核实他们的身份，而且这些人都是在六郎之前，也就是新居刚刚建成的时候同时搬进来的。这也没有什么好奇怪的，因为六郎租借的是这一带最后一间没有租出的房屋。

这一带的居民全都是男性，在当时这很正常。到新兴的城下町来赌一把运气的，无一例外都是孤身在外的男性。即便有家眷，也都被留在了遥远的家乡。商人们只有在获得成功之后，才会把妻子儿女接来，这也是为什么新兴都市里多有烟花柳巷的原因。

投入此次行动的风魔忍者有七十人之多，在人数上超过了柳生忍者。其中三十人住在和六郎同一街道的十间住宅之中，另外还有三十人散住在附近。当和六郎住在同一条街道上的风魔们白天外出时，散住在附近的三十人会接替他们负责警戒。而外出者则来到接替者的住处休息，直到傍晚返回，负责晚上的警戒工作。最后还有十个人负责对柳生进行反监视，这十个人的住处都在安倍川河滩。

甲斐的六郎悄悄地搬了家。夫妇二人至今为止都住在城里的宿舍，所以不但没有任何的家具，就连简单的厨具都没有。搬到连尺町的住宅之后，二人才第一次去采购了这些日常必备品。这是阿福有生以来，第一次为自己进行采购，和丈夫一起流连于各个店铺之中，买柜子、买被褥、买锅碗，还要买茶杯、小盘子之类的东西。阿福好像又变回了一个十几岁的小姑娘，欢天喜地地沉浸于购物的快乐之中。原来居家过日子也如此有趣，阿福幸福得几乎流下了眼泪。哪怕是买一双筷子，她也要花很长的时间精挑细选。忍耐力超人的六郎，还有变化的弥助等风魔忍者，对此已经忍无可忍了，但比他们更加觉得忍无可忍的，是正在跟踪的柳生忍者。

柳生忍者的怨气在阿福无聊的购物中终于达到了顶点。即便没有购物这件事，进行了这么长时间的跟踪，却没有任何成果。六郎夫妇二人始终没有和风魔进行联系，这次很可能是宗矩的判断失误。

柳生忍者士气消沉。三左卫门作为首领，必须想办法提高士气。现在能够想到的办法只有强攻，强行绑来那对夫妇，然后严刑拷打，让他们把知道的事情都吐出来。如果在强攻中，至今没有露面的风魔出现了，也是一个不错的结果。歼灭他们其中的一大半，然后把剩下的人抓来拷打，总能得到一些情报，再怎么说，也比现在的进退两难之局要强。

三左卫门选择了十名柳生忍者负责强攻，并另派五人负责传递消息，一旦风魔出现，这五个人就会马上通知大家，余下的四十五名柳生忍者全副武装，严阵以待。

强攻选在了一个雨夜，时间是寅时一刻，就是现在的凌晨四点，在这个时间段，所有的人还应身处梦乡。后半夜下起了暴风雨，狂风呼啸而过，吹得树梢呜呜作响，很多房屋的屋顶几乎都要被掀掉。雨量很大，如果换作过去，就不得不担心安倍川是否会暴发洪水。但现在安倍川的流向被改变了，河道中的水流量虽然有所增加，但还不至于泛洪。

对攻击者来说，这是一个理想的夜晚。所有的声音都被狂风暴雨所掩盖，身着黑衣的忍者们融入了天地之间的一片黑暗之中，十名攻击手和五名联络员默默地走在泥泞的道路上。很可笑的是，柳生忍者们完全没有发现自己正在被人监视和跟踪。因为他们正在执行监视和跟踪的任务，所以没有想到自己竟也遭到了同样的命运。

松田三左卫门住在一间庙里，负责监视这里的四名风魔，目击了十五名柳生忍者在后半夜换上了忍者的装束。对手的意图很明显，四名风魔中的二人继续进行监视，一人奔向连尺町，另外还有一人跑向安倍川河滩，去通知柳生兵库助。兵库助和佐野九郎兵卫佩上了长刀，内着软甲，手脚上都戴着铁制护腕，系在额头上的发带里也都裹着铁片。二人穿上蓑衣，戴上斗笠。暴风雨不仅对柳生忍者有利，对兵库助和九郎兵卫，以及接到了通知并在连尺町做好了准备的风魔忍者来说，同样也是一场及时雨。

兵库助和九郎兵卫到达连尺町的时候，正好从寺里来了第二次报告。十五名柳生忍者分成两组，人数分别为十名和五名，先出发的十个人此时应该已经到了附近。

甲斐的六郎向兵库助询问后面的那五名柳生忍者的任务是什么。

“是联络员。应该先干掉这五个人。”

“我也这么想。”六郎笑道。

“我们去对付那五个人期间，你们能应付进入街道的那十个人吗？”

“应该可以吧。”六郎答道。

阿福已经被移到了另一所住宅中。三十名风魔忍者中的十名，负责贴身护卫她，剩下的二十人负责迎击。其实这二十人也都分散在各处，有三名可以黑夜视物的风魔，手持弓箭爬上了望楼，专门负责射击爬上房顶的柳生。余下的一大半风魔手持长枪，躲在仅能容一人通过的小巷两侧的住家之中，准备从两肋刺杀来敌。

以六郎为首的三十名风魔全都换上了和柳生忍者同样的黑色装束，目的是在战斗时引起柳生忍者的混乱。风魔忍者之间即便不看长相，也都可以互相识别，因为这些人从一出生就待在一起。

兵库助把九郎兵卫安排在六郎家的门前，自己找了一处可以把小巷纵览无余的地点，蹲身潜伏下来。他闭上眼睛，进入了伏击状态。这样做的道理是，人们总是最先看到和自己的眼睛同样高度的物体，并且眼睛可以在黑暗中发光。

六郎在自己的家中观察着兵库助的动作。虽然没有见识过兵库助的剑法，但既然是岛左近推荐的，应该没有问题。可是忍者的信条是，只相信自己亲眼所见的事情，更何况现在还要生死与共地并肩战斗。看着兵库助进入伏击状态，六郎才明白了兵库助的实力。

“这是一位高手。”看着兵库助的行动，特别是他闭上了眼睛，六郎不禁赞道。

这是一件看上去容易，其实很难做到的事情。闭上了眼睛，当然也就看不到正在接近自己的敌人，即便可以感觉到，但如果无法用眼睛去看，人总是会觉得非常不安。兵库助很自然地就做出了这个动作，如果对自己没有自信，或不相信自己的运气，是无法做到这一点的，因为敌人很可能会碰巧撞到自己身上。兵库助毫不怀疑自己会有好运气，而好运气也总是光顾那些相信自己的人。

“把任务交给此人应该没有问题。”六郎放下心来，开始注意黑暗中的动静。

其实这一片的房屋都是些临时建筑，墙壁可以很轻易地拆卸，拆掉墙壁之后，这片房屋就连成了一体。虽然没有点灯，但六郎和风魔忍者都可以在黑暗中视物，只要一个动作就可以完成交流。

风的声音，树叶的声音，哪家店铺的招牌被吹落在地的声音，雨滴敲打着屋顶和地面的声音。在这些声音中，有人蹚过泥水逐渐接近的脚步声依稀可辨，肯定是柳生忍者。因为狂风暴雨，所以他们并没有试图掩盖自己的足音。

六郎透过开在墙上的小孔，清楚地看到了一群黑衣人正在迫近。六郎举起了一只手，风魔们在接到这个信号之后，立刻发出了各种各样的睡眠声，有人打呼噜，还有人在磨牙。这样做是因为柳生忍者肯定会把耳朵贴在每家的墙上，检查房间里的动静。

兵库助也感觉到了柳生忍者的到来。他凭感觉知道，十名柳生忍者排成了一排，其中一人进入了小巷。紧接着，另外五名柳生忍者也到了，他们和前一组保持了一定的距离，也同样横向一字排开。这些人距兵库助潜伏的地方仅有五尺之遥。

负责侦察情况的柳生忍者回来了，向首领报告道："小巷中的所有人家都在沉睡之中。最里面的六郎家，尽管没有听到人在睡眠中呼吸的声音（忍者都受过在睡眠中不发出任何声音的训练），但确实能够感觉到屋里有人。"

在这时，柳生忍者应该感觉到不妥。在这样房屋都被吹得有些晃动的暴风雨之中，为什么没有一家人醒着，特别是夫妇都是忍者的六郎家？但松田三左卫门对六郎的轻视也传染给了部下，在这种情况下没有异常，其实就是一种异常，但所有人都没有对此产生警觉。首领用动作命令开始攻击。还好，柳生忍者没有蠢到排成一列纵队进入小巷的地步。有四人分成两组分别上了两侧的屋顶，另外六人由地面前进，十个人排出了三列齐头并进的队形。路面在进入小巷之后，立刻拐向左侧，之后又立刻拐向右侧。过了最初的拐弯处之后，从巷口就看不到前面人的身影了。

兵库助静静地蹲在地上等待着这一刻的来临。他的忍耐力实在惊人，在蹲着身体闭着眼睛的情况下，不可能看见六人进入小巷，但兵库助凭着感觉，比用肉眼更清晰地察觉到，六人的身影已经消失在拐弯处。在最后一名柳生忍者拐过弯的一瞬间，兵库助出手了。

到刚才为止还站成一横排的五名负责监视的柳生，现在已经变成了前二后三的队形。一旦遭到来自小巷内的攻击，前排的两个人负责掩护，后排的三人则会立刻跑回大队报告。这就是监视者的职责。

兵库助保持着深蹲的姿势，直接像青蛙一般悄无声息地跃起。一跃之下，就到了后排三名柳生忍者的背后。兵库助不动声色地挥刀砍断了两人的腿，并顺势起身，一刀砍在另一名柳生的胸肋之间，这名柳生忍者当场毙命。前排的二人听到被砍断腿的同伴发出的惨叫声，一边回头，一边分别向左右两侧跃开，以防被敌人一刀同时杀死，反应十分迅速。但他们的速度仍然无法和兵库助相比，一人在落地时就倒了下去，首级已经飞在了半空，最后一人的胸口已被兵库助的短刀洞穿。兵库助看也不看这两人一眼，就来到被砍断腿的两名柳生忍者的身边，用长刀为他们各补了一刀，然后又从前排的柳生的胸口拔出短刀，插回鞘内。所有的动作都如行云流水一般，没有任何停滞。六郎看了也不禁大为赞叹。

六郎举起手，发出了开始攻击的信号。在负责监视的柳生忍者被解决之前，是不能开始攻击的。因为死伤者的惨叫声即便是在暴风雨中，也可以传到负责监视的柳生忍者的耳中。他们闻声肯定会毫不犹豫地跑回大队去报告。为了避免出现这种情况，六郎一直在等待。六郎在挥手发出信号的同时，拽动了一根从屋顶通向对面屋内的绳子，绳子的另一端连着一个铃铛，铃声一响，对面的风魔也会开始攻击。

刹那间，从两边的墙壁中刺出了数支长枪，路面过于狭窄，使被袭者很难逃走或躲闪。六名柳生忍者中有四名被长枪刺穿身体，发出了惨叫声。剩下的两名因为正在六郎家的门前，所以幸运地又多活了片刻。他们大惊之下，试图要冲到六郎的家里，门就在此时开了，伴随着数支刺出的长枪，一人拔刀迎了上来，此人正是佐野九郎兵卫。这位年轻的天才高手把刀扛在肩上，急冲而至，一个照面就把一名柳生砍作两段，接着又反手一刀，劈翻了另一人，只用了一眨眼的工夫，两名柳生忍者就已命丧当场。

行进在屋顶上的四名柳生忍者，被地面上的惨状惊呆了，不自觉地停下了脚步。这时，从望楼中飞来的箭钉在了一侧屋顶上的两名柳生的前胸，这二人立刻滚落到了路面。活着的两个人拼命地向巷口逃去，在巷口附近的屋顶上，兵库助已经在等着他们了，两人转眼间就被砍翻在地。

四名被枪刺中的柳生被补了一刀之后，在连尺町的街道上，又只能听到暴风雨的声音了。风魔忍者的黑色身影出现在各家各户的门前，每个人都扛着一具尸体，在暴风雨的黑暗中迅速离开了。他们的目的地是附近的一片坟地，白天已经在那里挖好了一个大坑，现在坑中已经积满了水，风魔把各自扛来的尸体投入水中，又用土填满了坑穴，处理尸体的工作，很快就完成了。与此同时，留在小巷中的风魔忍者打扫了墙壁、路面还有屋顶，清除了所有血迹。其实雨水会冲刷掉一切痕迹，但风魔们还是谨慎地做了处理，就连开在墙壁上的孔都被修复了。所有善后工作都完成得尽善尽美。

兵库助和佐野九郎兵卫一边在六郎的家中擦干身体换上干衣，一边对风魔表现出的惊人效率大加赞赏。房屋之间的墙壁又被安装上，每栋房屋都恢复了原来的样子。有些风魔甚至已经躺下身去，迅速进入了梦乡。兵库助和九郎兵卫担心大队的柳生忍者来偷袭，便留在了六郎家中，直至天明。

松田三左卫门在这个暴风雨的夜晚，片刻都没有合眼。暴风雨在第二天早上六点突然停了，出现了令人惊讶的美丽晴空。可十五名柳生忍者却没有一人返回，三左卫门对此百思不得其解。就算在战斗中被敌人杀死，也不应该全军覆没，更何况还有五名负责监视的联络员。这五个人绝对不会参加战斗，而且应该在战斗开始的时候，就立刻回来报信。可现在连这五个人也不见踪影，眼前的局面实在令人难以置信。三左卫门按捺住心中的焦躁，一直等到了早上八点，才又派出三个人去打探情况。

这三个人化装成商人、工匠的模样去了连尺町。三名探子看到的情景和往常没有任何不同，有人正在修理被狂风吹坏的屋顶，有人正在晾晒因漏雨而受潮的家具。女眷们正在抓紧时间洗衣服，在连尺町的那个角落里，阿福也正大腹便便地在井边洗着衣服。居民们大多已经出门去做买卖。为了通风，房间的门窗大都开着，一看就知道里面没有人。看不到一点儿打斗的痕迹，不要说尸体，就连一点儿血迹都没有。六郎好像很早就去了城里，到处都看不到他的踪影。其实，六郎和三十名风魔忍者此时正躲在梁上保护着阿福。但他们都完全屏住了呼吸，所以柳生忍者没有察觉到他们的存在。

只用了一个小时的时间，三名探子就返回了驻地。三左卫门带着一副难以置信的表情听完了三人的报告，随后立刻派出十名手下，到城下町各处去探察，尤其是对安倍川河滩进行了彻底的调查。因为三左卫门担心，对手会把十五名柳生忍者的尸体装成溺死者处理掉。

三左卫门也不是傻瓜，此刻他确信那十五名手下肯定已经全都死了。但现在没有任何证据，最重要的是死不见尸，最起码也要找出尸体，看一看这些人都是被如何杀死的。可是无论如何也找不到尸体，十五名柳生忍者突然就从这个世上消失了。

三左卫门惊恐万分，这些人如果是被对手杀死的，想办法给他们报仇就是了，但现在只是莫名其妙地就不见了踪影，这不能不让人感到恐惧。柳生忍者的士气也因此低落到了极点。

在一筹莫展中，几天的时间很快就过去了，十五名柳生忍者依然没有任何消息。三左卫门和手下的四十五名柳生忍者，都确信十五名同伴已经死了。尽管不知道对手用了什么样的手段，但这十五个人肯定都已经被杀害了。至于死不见尸，恰好可以证明，下手的人手段非常高明。

三左卫门还没有愚蠢到会派人前去再次发起攻击，他命令所有人不得外出，并部署了严密的防御措施。他自己则带了两名部下前往连尺町，进行了一次彻底侦察。一看之下，三左卫门立刻就发现，连尺町的这一片街道，其实就是一个令人生畏的陷阱，如同地狱一般，只要进去了，就再也不可能出来。三左卫门甚至从未见过如此易守难攻的堡垒。

小巷的路面仅能容一人通过，两侧都是房屋，路面先是弯向左侧，紧接着又拐向右侧。如果被人从两侧的房屋内用长枪攻击，根本无法躲避，因为道路曲折，所以前面的人很难发现后面的人已被杀死，而六郎的家就在巷子的最深处。现在在三左卫门眼中看来，六郎简直就是一只伏在暗处的恶兽。

而六郎现在每天都若无其事地进城去值勤。三左卫门感到羞愧难当，正因为自己轻视了对手，才带来了这样的后果。三左卫门心如刀绞，名扬天下的风魔，怎么会为保护一个小人物而大开杀戒。现在看来，在兴津的跟踪失败也不是一次偶然，而是被这个狡猾的敌人戏弄了。

三左卫门一面仔细地考虑攻打连尺町的方案，一面写了详细的报告给江户的宗矩，并请他给出进一步的指示。

宗矩无法接受十五名柳生忍者的失踪，这是柳生忍者在攻击伏见城、暗杀本多忠胜以来最大的伤亡。而且这些人竟然是失踪了，如果他们都是被杀死了，那么或许可以借机寻事，可如果只是失踪，宗矩也就无法发作。

宗矩迅速进城报告了秀忠，得到的却是一顿痛骂。

秀忠说：“我不是早就告诉你，不要在骏府城有任何行动吗？”

宗矩至此才第一次听说，二郎三郎曾提出过驱逐柳生门，而秀忠也向他做出了正式承诺，绝不向骏府派出一名柳生。看来想借机寻事是不可能了。

而二郎三郎又在此时下出了一步精彩的好棋。

宗矩知道事已不可为，便派人去通知松田三左卫门立刻撤回江户。但传令者在箱根山中被风魔杀死，三左卫门未能收到宗矩的命令。

此时的三左卫门和他手下的柳生忍者已经是危在旦夕了。

柳生兵库助对眼前的局势感到十分焦躁。松田三左卫门畏惧不前，摆出一副防守的架势，使双方陷入胶着状态，六郎和风魔忍者当然不会主动去进攻，必须想个办法挑逗三左卫门，让他一怒之下倾全力来攻击连尺町。

每到夜晚，兵库助都带着佐野九郎兵卫出门，徘徊在柳生忍者的住处附近，目的是要在街道中狙杀落单的柳生。此时战国的遗风仍然非常浓厚，在街头巷尾的暗杀络绎不绝，每个大城市里都频繁发生着这种事情，官府对此也是束手无策。柳生忍者们已经无法忍受长期禁止外出的生活，他们还都年轻，连超过三十岁的人都很少。白天倒也还算老实，到了晚上，就总有人忍不住偷偷地溜出驻地，目的当然是找女人。

来到新兴城市碰运气的男人们，大多都是单身，当然会生出对女性的渴望，所以往往是刚刚有了城市，亡八们就带着女人出现了。亡八指的就是妓院的老板。因为一旦做了妓院的老板，就必须把“孝悌忠信礼义廉耻”通通忘掉，所以被称为亡八。实际上“亡八”应该是“王八”，在汉语中原指甲鱼，有时被用作骂人，意思是对妻子不忠的丈夫。

兵库助下手杀了几名出门找女人的柳生忍者。当时的夜晚和现在不一样，道路上完全是漆黑一片，而且骏府的城下町是刚刚兴起的城市，还没有安装长明的路灯。普通人天黑之后便足不出户，但柳生忍者仗着一身本领，当然不会在意街道上的一点儿黑暗。神不知鬼不觉地杀死这些落单的柳生忍者，对兵库助来说简直是易如反掌。当然，这么做让兵库助很痛心，因为每个被他杀死的柳生忍者都是他的熟人，而且这些人还都年轻。尽管心如刀割，但为了柳生门的荣誉，兵库助不得不痛下杀手。

兵库助在一夜之间，竟然杀死了三组共计七名柳生忍者，此举当然在当地引起了恐慌。《德川实纪》中记载道，在庆长十三年（1608年）九月，“骏府的一些无赖之徒，在黑夜中到处徘徊，频繁地杀死路人，官府悬赏捉拿”。

没有人知道此事是兵库助所为，看看悬赏捉拿凶手的告示就可以知道，官府因此事受到了很大的打击。告示虽然是出自官府，但实际上是源自二郎三郎的指示，就连二郎三郎也没有想到，此事是兵库助所为。他反而怀疑，是柳生忍者在骏府制造着混乱。但二郎三郎同时认为，正好可以抓到犯人斩首示众，以此打击并震慑柳生，所以才有了这份鼓励告发的告示。

柳生忍者遭受了更强烈的打击。一夜之间，竟然有七名柳生忍者被人杀死，而且这七个人不论是剑术还是忍术，都可以被称为高手。另外这些人并非单独外出，都是两至三人一组，在外出行动时被人杀死的。

还有一个更严重的问题，仔细检验了七人的尸体后发现，这七人都是被同一名对手杀死的。他们虽然拔出了刀，但刀上既没有撞击的痕迹，也没有血迹。也就是说，七人在一个照面之下，甚至没有和对手发生兵刃的撞击，更没能让对手负上哪怕一点儿轻伤，就被轻易地撂倒了。七人身上都只有一处刀伤，可以排除在混战中被对方乱刀砍死的可能。

七名柳生竟然是被同一名对手杀死的，此事实在难以想象。七名自幼学剑的柳生新阴流高手，竟然在一夜之间被一名剑手杀死，天下竟然会有这样的高手！

情况很明显，甲斐的六郎脱去了伪装，暴露出了狰狞的本来面目，他正在准备全歼柳生忍者。这样继续留在骏府，等待柳生忍者的只能是全军覆灭的命运。办法只有两个，要么立刻全员撤出骏府，要么倾全力和对手拼个你死我活。

当然前一个办法是安全的。但撤出骏府需要有宗矩的命令，擅自放弃阵地的后果也是被处死。可现在依然没有任何宗矩的音信，三左卫门当然想不到，传令者已经在途中被杀了。没有命令，说明宗矩发怒了，正在无声地谴责着自己的失职。到了这个时候，三左卫门知道自己已经没有活下去的机会了。

既然不能撤退，就只能进攻。所有人拼了性命，最起码也要和甲斐的六郎同归于尽。如此被对方玩弄于股掌之上，不但有损柳生门的荣誉，更对不起死去的同伴。

三左卫门下了必死的决心。其余的三十四名柳生忍者，也十分理解三左卫门的心情，大家群情激昂，准备誓死一战。看来他们已经完全落入了兵库助设下的圈套。

三左卫门做了一名剑士的决定，而不是一名忍者的决定。他认为，与其被首领赐死，不如在战斗中和敌人拼命而死。换作普通的忍者，即便知道回去会被赐死，也会设法先逃出眼前的绝境。这就是剑士和忍者的区别。剑士重名，忍者重实。

我们也无法指责三左卫门不智。柳生一门原本就是剑士，做忍者只是他们的副业。其实，所有的柳生都对过多地操持副业，表示出了强烈的担忧和不满。

不管怎么说，松田三左卫门准备率领手下的三十四名柳生，倾全力攻打连尺町。除连尺町以外，也很难找到更合适的决战地点。如果目标只是甲斐的六郎一人，那么可以在他进城或出城时择机下手，但因此很可能不得不与大批的德川家嫡系武士发生冲突，结果会置宗矩于很尴尬的境地。三左卫门等人想要除掉的不仅是六郎一人，设计杀死十五名柳生忍者的连尺町的住民们，很可能都是风魔忍者。如果有可能，柳生忍者们也想把这些人都通通干掉。

松田三左卫门制订了一个疯狂的计划。他打算选一个刮大风的日子，在连尺町一带纵火，火势很可能会波及整个骏府。但三左卫门并不在意，告慰惨死的同伴，这种方式很合适，而且在真相被发现时，虽然柳生会受到责罚，但未能防止火势蔓延的风魔，也肯定难辞其咎。反正自己这些人都要送命，同样是死，为什么不拉上六郎和风魔做伴呢？

三左卫门知道，己方正置身于风魔的监视之下，不能明目张胆地做纵火的准备。如果事先泄露了计划，这次的行动就毫无意义了。三左卫门用钱收买了寺中的仆役和小和尚，让他们分次购买了大量的引火炭和油，至于木头，则准备在行动当日拆毁庙中的房屋收集，寺院所蒙受的损失只能多给些钱做补偿了。

三左卫门同时加紧寻找负责监视自己的风魔，必须搞清楚他们的位置和相貌，并在出发前把他们全部都杀死。有了上回的教训，不能再犯同样的错误。不管监视者如何轮换改装，找出他们是一件很简单的事情，柳生忍者立刻就记住了十名负责监视此处的风魔忍者的相貌。三左卫门强压着想立刻杀人的冲动，把这些人杀了，对手会再派一批人来监视，那样反而会给行动带来不便。

三左卫门盼望已久的大风天终于来了。

这天，从早上开始就一直风雨交加，到了傍晚时分终于风停雨歇。以今天的眼光看，这肯定是台风的影响。台风在美浓地区登陆，将要穿越中部山区。这次台风带来的不是强降雨，而是大风。现在只是进入了短暂的间歇期，到了晚上，风势肯定会变得更加猛烈。

这天六郎一直待在城里，但不知为何心中总有些不安，这种预感对忍者是非常重要的。六郎找个借口，提早出了城。来到连尺町之后，六郎没有直接回家，而是打算环绕连尺町巡视一周。正走到一半，迎面撞上了兵库助和九郎兵卫。兵库助二人也正在巡视这一带。

“有什么情况吗？”

六郎一问之下，兵库助有些不好意思地笑了笑：“那倒没有。我只是心里有些不安。”

六郎会心地一笑：“我也是一样。但到底是什么原因呢？”

六郎和兵库助都暂时陷入了沉默，眺望着连尺町一片接一片的房屋。从这里望去，这些房屋简直就是一堆堆积在一起的木板，从墙壁到屋顶，所有的材料都是木头。自从骏府城遭遇大火以来，官府就要求民众建造砖瓦结构的房屋，但此次事出紧急，没能来得及以砖瓦建房。

一阵微风吹过。虽然到刚才为止没有一丝风，但现在完全是一幅大风将至的景象。

“风！”六郎说道。

完全就在同一时刻，兵库助也说道：“是风。”

这一刻在二人的眼中，房屋在强风和烈火中燃烧的情景清晰可见。这样一把火可能会烧掉整个骏府。

“他们会这么干吗？”六郎有些怀疑。

“肯定会，如果是我叔叔。”兵库助的声音有些低沉。如果是宗矩，他肯定会这么做。既然宗矩会这样做，他的手下也肯定会这样做，部下总是会效仿首领。

“是吗？那……”六郎的目光又投向了眼前一片片的房屋。

“只好打一场野战了。”

野战就是遭遇战，指双方都不据险而守，进行面对面较量，以每个士兵的力量和坚韧，来博取胜利的消耗战。六郎不喜欢这种残酷的方式，但不喜欢不代表可以逃避。为了避免使骏府化为一片焦土，现在别无选择。

“有合适的地点吗？”兵库助问道。

他在心里回想着从三左卫门的驻地到连尺町之间的每条道路。实际上，在这些道路中，没有适合野战的地点，到处都建满了住宅。柳生忍者既然做好了放火的准备，就肯定不会浪费自己的心血。他们不一定非得烧连尺町，什么地方都可以，只要在一处放起火来，火势应该很快就会蔓延至整个骏府。为了避免这种情况，野战的地点必须选择在一片开阔地，但现在的问题是没有这样的开阔地。

“有。”六郎点了点头，接着说了一句让人大出意料的话，“就在这儿。”

兵库助有些怀疑自己的耳朵，不正是因为在这里开战很危险，才考虑打一场野战的吗？

六郎微笑着回答了兵库助的疑问：“把这些房屋都拆掉。”

原来如此。的确，如果把这些房屋都拆掉，就有了一大片开阔地，而且肯定会大出三左卫门的意料。在原本应该建满房屋的地方，突然出现了一大片开阔地，如果他不吃惊，反而不正常了。如此一来，己方可以在初战时赢得先机，风魔可以乘柳生忍者吃惊时痛下杀手。这时能够杀死多少柳生，将决定之后的战局。醒悟过来的柳生一旦开始还击，其势必然锐不可当。他们每个人都是一等一的剑术高手，并且因为上次行动的失败，全员都抱着必死的决心，一对一打斗时，风魔无论如何也不是柳生的对手。

现在柳生的兵力是三十五人。而风魔除去负责监视的十人，还有六十人，其中要有十个人去保护阿福，剩下的就只有五十人了。兵力的差距为十五人，想取得压倒性的胜利根本不可能。必须在初战时就杀死最少十名敌人，这样一来，风魔有五十人，柳生有二十五人，可以达到以二敌一的比例。即便如此，兵库助认为胜算仍然不高。加上自己和九郎兵卫之后，双方大概可以斗个旗鼓相当。无论如何，这将成为一场非常惨烈的战斗。兵库助想到此处，忍不住打了一个冷战。

“甲斐的六郎这个人实在了得。”兵库助由衷地发出赞叹，“他不但机智，还有出色的执行力。”

六郎首先把阿福送进了城，这样一来就节省了护卫的人手。之后，他带着六十名风魔忍者一起动手，片刻之间就把这一带的房屋全都拆了，连一片木板和柱子都没有留下，只剩下一座高大的望楼。如果连这座望楼都拆了，从远处就可以察觉情况有异。六郎告诉兵库助，留着望楼还可以躲在上面放箭。另外，在拆除了周围的房屋之后，即便望楼被点燃，也不会带来什么严重的后果。

六十名风魔，每三人一组，共分成了二十组。其中的一组爬上了望楼，三人中有一人带着弓箭和吹箭筒，并在所有的箭头上都涂好了毒药，另外两人手持长枪，背上斜插着忍者刀。更令人吃惊的是，每一组都准备了盾牌。盾牌由薄铁打造，相对还算轻便，表面涂着黑漆。十九块黑盾围在连尺町的这片空地周围，五十七名风魔隐身其后。

松田三左卫门已经下了决心，他命令三十四名柳生忍者在天黑前做好出发的准备。柳生们在外衣下面穿上铁锁甲，配上插有铁片的护手，脚下都穿着皮制的袜子和武者草鞋，腰里除了佩着长短刀以外，还都插着数根短铁棒。铁棒分量很重，一头已被打磨得锋利无比，投掷出的铁棒即便没有刺中对方，因为分量沉重也足以将对方打昏。

放火工具也已准备齐全，由大家分别携带，剩下的事就是解决负责监视的风魔忍者。

负责监视的风魔忍者昼夜各有五名，交接时间大约在傍晚六点。三左卫门准备就在这个时间动手，因为此时肯定是对手警惕性最薄弱的时候。

下午较晚的时候，风停了。三左卫门派出两名柳生去了飞脚问屋[1]，给江户的宗矩发出了最后的书信。在信中，三左卫门记述了苦等宗矩的命令而不得，风魔伪装强盗进行伏击，自己准备今夜在连尺町放火烧掉整个骏府，所有人都准备在这场战斗中舍身成仁，等等。这封信可以看成是所有被派到骏府的柳生忍者的遗书。

去送信的两名柳生很快就回来了，之后整个庙里变得一片寂静。风魔认为他们肯定是在焦急地盼望着江户方面的命令。在这种情况下，柳生忍者不会有什么太大的作为。负责在白天监视柳生的风魔忍者生出了这样的念头，同时也放松了警惕。

但来接班的风魔则不然，他们已经得知，六郎把连尺町一带的住宅全都拆掉了，尽管不明就里，但这几个人在心里依然充满了不安和紧张。然而为时已晚，夜班的人到达警戒地点和白班的人进行交接的时候，柳生忍者的一半偷偷出了寺庙，把他们重重包围了起来。就在交接完毕，白班的人马准备撤退的时候，数支短铁棒从四面八方飞来，五名风魔中有三人被当场击倒。夜班的人大惊，想要逃走时，剩余的柳生忍者从寺中冲出，对他们展开了疯狂攻击。

这些风魔比起战斗来，更善于侦察，他们都是“变化的弥助”的直属部下，人人善于伪装，奔跑迅速。但在柳生忍者的攻势面前，不管如何乔装改变也不会再有任何效果。他们的腿脚虽快，但也快不过飞来的短棒。这些人没有柳生那样的剑法，而且是以十对三十五。胜负不言自明，十名风魔全部战死。而柳生一方不要说死者，就连一个负伤者都没有。

对十名风魔的屠杀，并不是在无人的旷野中展开的。傍晚时分路上仍有很多过往行人，当然会有人目击了这一幕，但目击者都被这场疯狂的屠杀惊呆了，只知道像石头一样在旁边观看。

“我们是官府的人。”三左卫门向大家喊道，“奉大御所殿下之命，缉拿拦路抢劫的强盗，任何人都不许碰这些尸体。”说完就风一般地跑了。

又起风了，看样子很快就会有暴风雨，但眼前还只是在刮着狂风。树木随风摆动，木制的房屋也发出了呻吟声。在狂风中，三十五名柳生忍者，如同一群野兽一般穿过旷野。必须抓紧时间，赶在暴雨来临之前，乘着眼前的风势在连尺町点火，进而烧掉整个骏府。很快，连尺町的望楼就进入了他们的视野。

1　由私人经营，负责为客人向远方传递信笺、包裹的商铺。

三左卫门突然举起了手，三十四名手下齐齐停下脚步。三左卫门两臂一挥，柳生忍者立刻将队形改为三纵队，每队十人，多出来的四个人作为尖兵，位于中间一队的前方，一看就知道平日里训练有素。

三左卫门加入了四名尖兵当中，再次开始向前疾奔。三队柳生忍者紧随其后，井然有序。

三左卫门和四名尖兵进入了连尺町的开阔地，他们突然停下了脚步。

三左卫门张大嘴，怪叫一声："这、这、到底……"

三左卫门简直无法相信自己的眼睛。

整片街道都不见了。称这里为街道有些言过其实，最多也只能算是一小片住家。但那片由简陋的房屋和小巷构成的街道，现在消失得无影无踪，能够证明这里原是一片街道的，只剩下一座孤零零的望楼。

"怎么会有这种事！"

三左卫门进入空地试图寻找街道的痕迹，四名尖兵紧随其后，余下的三队人马也沿边缘进入了空地。

没有，什么都没有。没有任何痕迹可以显示，这里曾经有过一片街道。三十五名柳生忍者全都茫然不知所措，他们费了很大力气搬来的放火工具，现在派不上任何用场了。在这片空地上，除了那座望楼，现在已经没有任何可以点燃的东西，就算放了火，也不可能扩散出去。

"为什么会走漏风声？"三左卫门醒过神来之后，首先想到的就是这个问题，"是谁出卖我们的？"

三左卫门当然不可能想到，六郎和柳生兵库助是凭直觉预感到将要出事，才事先做好了准备。在他看来眼前的事只有一种解释，那就是出了内奸，三左卫门用怀疑的目光扫视着部下。这些人都不可能被金钱所收买，女色就更不用提了，能够打动他们的只有高官厚禄。但是这些人中，会有人为了自己能够飞黄腾达，而置留在柳生庄里的亲人的性命于不顾吗？

就在三左卫门疑神疑鬼的时候，三十五名柳生忍者的命运已经被决定了。

羽箭破空之声被狂风所掩盖。只见五名柳生突然倒地，身体里都深深地插着不知从何处飞来的羽箭。剩下的柳生忍者四下里散开，但在这片空地上，没有任何可以藏身之处。

从望楼和黑暗中飞来的羽箭又射倒了三人。三左卫门一面将两支向自己射来的箭拨落在地，一面发现箭是从周围的一些黑色盾牌的后面射来的。

“靠拢！”三左卫门用压倒狂风的声音大喊道。柳生忍者表现得训练有素，四下散开的他们在片刻之间就收拢了队形，向着一个方向猛冲过去。让人吃惊的是，跑在队尾的柳生能够向着各个方向倒走如飞，他们的任务是格挡飞来的羽箭。现在弓箭已经不能够伤到柳生忍者，所有的箭都被拨落在地。

形势即将发生逆转。柳生的正面只有三面风魔的盾牌，那后面仅有九名风魔，而残存的二十七名柳生忍者正势不可当地向他们冲去。很明显这九个人将在劫难逃。

甲斐的六郎有些不知所措，分散兵力包围空地的策略，现在反被敌人利用。柳生忍者集中全部力量，如同一柄巨大的铁锤似的，将要把风魔忍者薄弱的一环砸个粉碎。

就在此时，从黑暗中冲出两名武士，提刀向柳生的队列奔去。

来者是柳生兵库助和佐野九郎兵卫。兵库助大胆地露出了本来面目。这个时间说是夜晚，其实只是黄昏时分，天边还有一丝余晖。柳生忍者们都是夜眼，他们立刻就看清了兵库助的相貌。瞬时间，队列中发出了几声惊呼。

二十七名柳生忍者中没有一人不认识兵库助，和很早就出门在外的宗矩不同，兵库助在二十六岁效力于加藤清正前，没有离开过柳生庄，一直在跟随石舟斋学习柳生新阴流剑法。柳生门的人无一例外，都十分喜爱兵库助质朴豪爽的性格，并对他的神奇剑法怀有由衷的敬畏。石舟斋抛开宗矩，把新阴流的道统传给了兵库助。不但无人对此表示异议，甚至大家都认为此事理所当然。也正因为如此，宗矩才未敢对石舟斋的安排提出抗议。事实上，若论剑法，宗矩根本就不是兵库助的对手。可现在就是这位兵库助，提刀向自己这一干人冲了过来。柳生们无法相信眼前发生的事情。

就连已抱了必死信念的三左卫门也产生了动摇。所有人都和三左卫门一样，不知不觉地停下了脚步。兵库助只是露出了自己的本来面目，就已取得了如此的效果。兵库助没有停下脚步，他一面在柳生忍者的队列周围游走，一面砍杀处于边缘位置的柳生。这是以寡敌众时的战斗方式。不管多么优秀的剑手，也无法从正面和大量的敌人抗衡。在队列的周围游走，砍杀突出在外的敌人，是因为这些敌人相对而言处于孤立无援的位置。

三左卫门从短暂的惊愕中觉醒过来。他终于知道，敌人为什么能在一夜间杀死七名同伴，因为下手的就是兵库助。以兵库助的剑法，可以轻而易举地完成这件工作。但兵库助为什么会站在敌人一边杀自己的同门呢？三左卫门猜测，其中必然有难以告人的隐情。三左卫门感到十分悲哀，无边无际的悲哀。三左卫门和兵库助年龄相仿，少年时就是玩伴，他们一起像猴子一样漫山遍野乱窜，一起挖野竹笋吃，一起打野兔，一起爬树偷果子，又一起被人用竹竿追打。在道场里，两人曾用竹刀拼杀过无数个回合，也曾为一点儿小事动手打过架。现在为什么两人要性命相搏？

“少掌门！”三左卫门忍不住大叫一声，声音里透出了无限的悲伤。

兵库助没有应声。因为他知道只要自己一应声，就无法再下手杀人。兵库助只是不停地奔走，不停地挥刀。

甲斐的六郎和变化的弥助看着眼前的情景，都非常真切地感觉到了兵库助心中的伤痛。六郎和弥助都不是冷酷薄情之辈，他们再也无法袖手旁观。

“我们也出手吧。”弥助说道。

把剩下的柳生忍者都交给兵库助和九郎兵卫，肯定一个都走不脱。因为柳生忍者在发现对手是兵库助时，已经战意全消。原来的二十七人中，有六人被砍死，还有三人被风魔射杀，停止冲锋后的紧密队形成了风魔弓箭手的好靶子。全歼剩下的十八名柳生忍者，只是个时间问题。

对风魔来说，收紧包围圈，持续用弓箭进行攻击，围追堵截试图逃走的柳生忍者，以最小的伤亡结束眼前的战斗，是一个非常理想的结果。但这样一来，大部分柳生忍者都将会被兵库助和九郎兵卫斩杀。这并不困难，兵库助就不用说了，九郎兵卫的剑法也要远高于这班柳生忍者。

可是兵库助的心，肯定会遭受无法愈合的创伤。尽管已经有了心理准备，但他现在杀死的都是幼时的伙伴。在杀死每一个人的时候，兵库助的心肯定都在流血。六郎和变化的弥助，都是有一腔热血的性情中人，他们无法把剩下的事都交给兵库助和九郎兵卫，只有通过战斗、流血甚至牺牲才能弥补他们对兵库助的愧疚。

六郎重重地点了点头，挥手打了一个尖厉的响指，这是除防守出口者，全体出击的信号。留下六组共十八人和望楼上的三人负责监视战场，余下的三十九名风魔忍者全部从黑色盾牌之后现身，向残余的十八名柳生忍者发起了总攻。因兵库助的出现而有些失魂落魄的柳生忍者们终于从梦中惊醒，展开了顽强反击。

战斗十分激烈。作战双方的主要力量是风魔和柳生，兵力二比一。论剑法柳生占优，论人数和发暗器的技巧，则是风魔一方占优。兵库助在战局中左右穿梭，救援风魔，斩杀柳生。终于，在混战中兵库助和三左卫门狭路相逢了。这是兵库助最想避免的决战，但同时也是一次无法避免的决战。

“少掌门！”三左卫门又一次撕心裂肺地喊了一声。兵库助摇了摇头，拒绝答话，同时将刀自然垂下。这个架势初看之下破绽百出，就如同已经放弃了抵抗似的，但其实这才是新阴流中至高无上的“无形之位”，这是一种必杀的剑法。不用说，三左卫门很清楚这种剑法的厉害。在柳生道场，他不知道有多少次曾经挑战过这个招式，也不知道有多少次，被这一招打得落花流水。三左卫门明白，既然兵库助使出了这个招式，那么他绝对不会放过自己。兵库助既然毫无顾忌地以本来面目参战，就必然不会放走一名柳生。只要有一人逃生，必将会把此事告知宗矩，那时就算兵库助躲到天涯海角，等待他的也必将是阴魂不散的追杀。就算兵库助个人无所谓，但正统的柳生新阴流也将因此而绝。所以为了新阴流，兵库助在这里也不能放走一名柳生忍者。

“死就死吧。我没什么可怕的！”三左卫门知道毫无意义，但仍然喊道，“但到底为了什么？”

兵库助的脸上没有任何表情，他和三左卫门之间已经跨越了一足一刀的距离，也就是说兵库助踏上一步，刀锋就能锁定三左卫门。

终于，从兵库助的口中轻轻地形同叹息般吐出了一句话：“为了新阴流，原谅我，三左。”

随着话声，兵库助的剑闪电般地从三左卫门的头顶直劈至下颚。三左卫门还没来得及说出最后一句话：“为什么？”

战斗不知何时结束了。天色渐渐暗了下来，总计三十五名柳生忍者的尸体，横七竖八地躺在广场上，狂风吹起他们的衣襟，发出窸窸窣窣的响声。风魔忍者们静静地站在战场上，在这次战斗中，也有八名风魔丧命，加上已经被杀的十名负责监视的人，死者共计十八名。

“柳生一门有六十人命丧此处。”兵库助黯然神伤。柳生门还从来没有遭受过如此重大的打击。“叔父大人再也不会派柳生的人到骏府来送死了。”兵库助很熟悉宗矩的性格，他从不会犯同样的错误。

兵库助的心中充满了悲伤，就算是为了保护新阴流的纯洁，六十名柳生门的年轻人在此丧命，自己认识他们中所有的人，甚至连他们的家人也都很熟悉。可是现在，这些人中的绝大部分都死在了自己的手里，这让人怎能不神伤。

现在立刻就走，从此漂泊一生，再也不回柳生庄了。兵库助在心中打定了主意。创派始祖上泉信纲，不也是在漂泊中度过了大半生吗？其实信纲的目的是为了传播新阴流剑法，和现在兵库助的处境有着根本上的差别。但兵库助已经顾不上这许多了，要寻找新阴流的传人，也不一定非要留在柳生庄。佐野九郎兵卫就是一个很好的例子，如果兵库助一直留在柳生庄，可能穷其一生也不会遇到这样的剑术天才。但这些都是借口，真实的原因是，兵库助无法面对故乡，无法面对死去的六十名年轻人留在故乡的亲人们。

兵库助现在很怕见到宗矩，并不是因为自己杀死了他六十名手下，也不是害怕被宗矩查出真相。恰恰相反，让兵库助害怕的是，一旦自己遇到了宗矩，必然会忍不住将其斩于刀下。正因为宗矩的所作所为，兵库助才不得不亲自杀死了六十名柳生门的年轻人。为了自己的飞黄腾达，宗矩已经使新阴流堕落成了用来暗杀的肮脏剑法。这一点让兵库助无法原谅。

宗矩每年都会定期回柳生门几次。兵库助也很清楚，宗矩的目的是补充新的刺客。在和宗矩碰面时，自己能够保持克制吗？兵库助对此毫无信心。兵库助很可能会激动地责问宗矩，并最终拔刀将其杀死。这个可能性的存在，让兵库助感到十分恐惧。为了避免柳生门进一步自相残杀，他只能选择消失。

在呼啸的狂风中，兵库助和六郎简短地道了别。

六郎很吃惊："这可不行，明天还得一起去见大御所殿下，汇报今天的战况呢。"

兵库助打断了六郎的话："大御所殿下那里，还有岛左近大人那里，都请你帮我打声招呼吧。"

"岛左近大人那里也……"六郎感到很意外——他原本以为，兵库助离开以后，会到天龙二俣去找岛左近，"那你准备去什么地方？"

"我自己也不知道。"兵库助简单地回答了一句，就转身离开了。六郎这才知道，兵库助心中的悲痛有多么强烈。

兵库助原打算直接就上东海道，但佐野九郎兵卫对此表示反对。他说，首先需要回一趟河岸上的小屋，因为小屋中还存放着两人的一些衣物和金子，漫无目的的旅行离不开这些东西。

虽然兵库助和九郎兵卫都习惯了在外漂泊的生活，但要说到艰苦的旅行，还是九郎兵卫经历多一些。兵库助不管走到哪里，都有柳生门做后盾，缺钱了，捎个信就会有人送来。但九郎兵卫则不同，如果他身上没有钱，就只能等着饿死，所以哪怕是去做强盗，九郎兵卫也要保证自己身上有足够的金子。因此，九郎兵卫比兵库助更清楚金子的重要性。兵库助现在只想尽快离开骏府，但九郎兵卫的话的确有道理，所以兵库助只得和九郎兵卫一起回到了河滩小屋。

有个意想不到的人正在那里等着他——阿珠。

“你为什么会在这里？”兵库助一脸茫然地问道。

“父亲大人突然命我紧急赶来，并让风魔用船把我带到了这里。”

兵库助现在更加心悦诚服地对岛左近敏锐的直觉表示叹服。他已经准确地预见到了战斗结束时兵库助的心情，并断定因为过度悲伤，兵库助很可能不会来见自己，而是直接踏上漫无目的的旅途。

不去岛左近的家，就无法带走阿珠。兵库助虽然会对此感到十分痛苦，但他仍然会立刻出发。总有一天，兵库助会写信叫阿珠前来相会，但这需要很长的时间。在这种情况下，阿珠的精神状态很令人担心，她是否能够忍耐这么长时间的离别，是一个很大的疑问。岛左近仔细分析后，判断在这个大风的日子里将发生最后的决战，所以才将阿珠送至此处。

优秀的将领无一例外都是优秀的心理学家。岛左近这次做出的判断，就是一个很好的例子。他还没有忘记让阿珠随身带来了三百枚庆长小判。对这份细心，九郎兵卫也不得不表示佩服。

对兵库助来说，庆长小判并不重要，重要的是阿珠来了，能够和自己并肩踏上旅途。兵库助刚才在连尺町时就已经知道，能够治愈自己心灵创伤的，只有阿珠。

六郎在暗处目送兵库助和阿珠并肩离开，他也对岛左近做出的精确判断大感折服。有句话叫作“士为知己者死”，岛左近就是这样一个可以让别人为他牺牲性命的人。六郎感到很欣慰，因为自己选择了这样一位出类拔萃的主人。同时他对自己的无能也感到十分愧疚，尽管自己也很清楚兵库助心中的悲伤，但却没能为他做任何事情。岛左近虽然远在异地，却能准确地做出妥善的处置。大概在兵库助离开二俣来骏府时，岛左近就已预料到了一切，并做好了准备。

六郎满怀感慨地目送兵库助离开之后，直接回了城里。尽管已经是深夜，但必须立刻向二郎三郎报告战果。充分地利用现在的有利态势，就是对兵库助的最好的报答。二郎三郎听到兵库助已经离开的消息大为惊讶。他原本打算以和宗矩同样的俸禄，请兵库助在完成任务之后留在骏府做剑术指导，负责训练义直等几个孩子。

“你怎么能让他就这么走啦？”二郎三郎很少见地斥责了六郎，“立刻把他给我追回来。你想让别人都知道，我是这样报答恩人的吗？”

六郎摇了摇头说道：“不报答就是最好的报答。”

“什么？”

六郎说出了兵库助心中的悲痛，并指出，请兵库助做骏府城的剑术指导，会招来宗矩的疑心。

二郎三郎也是一位性情中人，经六郎解说之后，立刻就体谅了兵库助的心情。

“为他做不了什么事，我心里实在不好受。”二郎三郎叹了口气说道。

但二郎三郎没有放弃，他把柳生兵库助这个名字深深地刻在了脑海里。别人可以施恩不图报，但自己不能忘恩，这才是做人的正理。二郎三郎为追寻兵库助竟然花了七年的时间。兵库助和二郎三郎见面，并应允做义直的剑术指导时，已经是元和元年（1615 年）了。

这位德川义直，就是二郎三郎曾期许为“天下的安危尽系于此子”的那位五郎太丸。

❖

秀忠正在吃晚饭。征夷大将军是个劳心费力的差使，忙忙碌碌，未处理完的公文总是堆积如山。其实这些事完全可以交给部下去处理，但小肚鸡肠、猜疑心又很重的秀忠，怎么也做不到这一点，事无巨细，他都要亲自过问，否则心里就会很不踏实。

这样一天下来，到了傍晚，人已经累得疲惫不堪了。所以一段时间以来，吃晚饭成了秀忠一天当中最快乐的事情。喝一点儿小酒，品几味小菜，就是将军一天中最大的享受。听上去让人很难相信，但事实的确如此。说句题外话，据说在当时，不仅将军的膳食非常简单，被征调到江户城参加各种工程的大名们，午餐时都会吃随身携带的便当。有一次，毛利秀元的便当里有一点儿大马哈鱼的刺，同席者都觉得很惊奇，阿部重次等人随即将其分而食之。

秀忠的晚餐中虽没有什么美味佳肴，但这是秀忠一天当中唯一可以放松心情的时间。可今天却有人很不识趣地打搅了秀忠的好心情。一名侍卫进来说，本多弥八郎有要事禀告将军。秀忠很不愉快，出任关东总奉行的弥八郎，最近成了幕府中最有实权的人，他的权势甚至超过了在秀忠年幼时就为其担任家老的大久保忠邻。然而毕竟两人做官的本事有着天壤之别，秀忠对此也是无可奈何。但即便如此，弥八郎也没有必要非得在晚饭时打扰别人啊。

"把他叫到这儿来。"秀忠愤愤地说道。虽然没法把弥八郎的苦脸当成下酒菜，但饭终归还是要吃完的。

弥八郎立刻就进来了。他和平时一样，穿戴得整整齐齐，光是这身打扮，就让秀忠不得不想起堆积如山的公文。看着弥八郎，秀忠食欲全无，心中暗自后悔，看来还是应该在其他房间和他见面。

"什么急事，不能等我吃完饭！"在弥八郎的要求下，秀忠屏退众人后，一脸不高兴地说道。看来，这顿晚餐算是泡汤了。

"我也不知道是不是急事。"

这个回答让秀忠很意外，他好不容易才压制住涌起的怒火。秀忠现在也了解了弥八郎常用的一些套路，先是说出些令人吃惊的事，造成自己的混乱，然后趁机打探自己的真实想法。

"哦，"秀忠故意没有做出特殊的表示，"你都不清楚啊。"

"是真的。您不知道大御所殿下前天就到了江户附近吗？"

秀忠险些跳起来："没听说，你是怎么知道的？"

"是那小子通知我的。"不用说，"那小子"指的是家康身边的本多正纯，"大御所殿下这个月十三日去了清须，途中转道来了江户。"

二郎三郎之所以去清须，是因为去年四子松平忠吉暴亡之后，由于没有留下子嗣，所以五十三万九千五百石的领地被全部没收。二郎三郎把这些领地转封给了五郎太丸。这一年，即庆长十二年（1607年），五郎太丸年仅八岁。从很早以前就开始照顾五郎太丸的平岩亲吉，被任命为尾张的新城主，领地十二万三千石，并进驻清须城北之丸料理地方政务。二郎三郎另外还委派了成濑正成和竹腰正信二人辅佐五郎太丸。一直持续到幕府末期的尾州三大家族，就是这时形成的。

进入今年之后，一代名吏伊奈忠次奉二郎三郎之命，在尾张丈量土地，目的是巩固尾州的财政收入。这次丈量土地引发了一些骚乱。另外，当地的新旧官僚，因俸禄上的差距，产生了矛盾。新官僚中有很多人因不满而辞官离去。再有，忠吉的旧部和平岩亲吉之间也发生了摩擦。二郎三郎对此十分关注，他此行的目的就是要亲自去平息事态。

这件事本身没有什么值得大惊小怪的，但在去清须的途中，二郎三郎又折向了江户，这就让人很难理解了。在江户发生了什么事情，可以让他中止去清须的行程呢？至少就秀忠所知，江户现在一切都很平静。

“他大概又是来打猎的吧。”秀忠故意很轻松地说道，目的是让弥八郎说出自己的看法。

“是吗？”弥八郎翻着眼睛，瞥了秀忠一眼，他知道自己将要说的话有多么重大的分量，“他带来了骏府的部队，携带着长枪、弓箭和铁铳。如果打猎有必要这样武装到牙齿的话，那就算他是来打猎的吧。”

“你说什么？”秀忠忍不住叫了起来，“长枪、弓箭、铁铳？”

“是啊。”

“这、这简直就是要打仗嘛！”秀忠过于激动之下，变得有些口吃。

弥八郎依然和平时一样冷静：“我儿子也这么认为，据说骏府的部队已经倾城而出了。”

说实话，秀忠这时认为二郎三郎又要来装模作样地威胁自己了，这是他一贯的手法。

但是，他是为了什么？自从骏府城遭遇大火以来，秀忠没有对二郎三郎采取任何有敌意的行动。进入今年之后，到现在为止大约有八个月的时间，秀忠也没有任何对付二郎三郎的计划。可以说，秀忠现在总算知道了二郎三郎的厉害。而且，秀忠曾严令柳生宗矩不得对骏府采取任何行动。

“柳生！”秀忠突然打了一个激灵，他想起了那天宗矩曾来向自己报告，有十五名柳生忍者在骏府失踪。那时宗矩曾说，二郎三郎好像和关东最大的忍者门派风魔有关系，而负责为他们传递消息的，就是那个叫甲斐的六郎的下人。失踪的十五名柳生原本是要去抓捕六郎，以拷问出二郎三郎和风魔的联络方法。秀忠当时对宗矩重申了自己的命令，不许对骏府采取任何敌对行动……

“现在他的部队在什么地方？”秀忠轻咳了一声，向弥八郎问道。

“好像是在目黑的御鹰场附近。”弥八郎答道。在现在的目黑区中曾有一片非常广阔的幕府猎场。

秀忠一惊，柳生道场就在目黑的御鹰场附近，就是现在的目黑雅叙园一带。“难道他的目的是想要消灭柳生？”

二郎三郎曾因柳生对付六郎一事，公开宣称要灭掉柳生。如果在那之后，宗矩依然没有在骏府停止行动，那么二郎三郎动怒也是事出有因。既然秀忠不动手惩罚柳生，那么二郎三郎只好亲自动手了。就算柳生门高手如云，但毕竟无法和用长枪、弓箭、铁铳武装起来的军队相抗衡。火箭将狂风暴雨般地倾泻在柳生道场，逃出的柳生剑手将被铺天盖地的弹丸击毙，个人的剑法在这种集团作战中发挥不了任何作用。

“各地大名有什么动静？”秀忠为了谨慎其见，还是向弥八郎询问了一下。

如果二郎三郎的目标是秀忠，那他不会单独行动，肯定会提前向停留在江户的大名们发出檄文，要他们和自己一起发难。新建成的江户城虽然比不上大阪城，但也非常坚固，不是小部队能够攻克的。

“这一点很不可思议，到目前为止，没有任何动静。”弥八郎说道。

果不其然，二郎三郎的目标是柳生。外面响起了脚步声，一名侍卫隔窗问道：“柳生宗矩大人有急事，虽然已经很晚了，他还是希望立刻向您禀告。”

肯定是道场的人向宗矩报告了眼下的紧急情况。

“让他滚进来。”秀忠先是一声大喝，然后又对满面疑云的弥八郎解释道，“大御所打算灭掉柳生门。”

“你怎么知道的？”弥八郎面带不快，因为他觉得眼下事态的背后，有自己不了解的事情。作为关东总奉行，本应知晓在德川家领地内发生的一切事情。

“别生气，我知道的也不详细，宗矩应该能告诉咱们。”秀忠现在不能激怒弥八郎，因为在幕阁中能说服二郎三郎的，只有这位老人了。

柳生宗矩报名之后进了房间，因为过于紧张，他看上去面色如土。发现弥八郎也在场后，宗矩愣了一下。

“我刚刚已经听弥八郎说了，战斗是不是已经开始啦？”秀忠的语气十分严厉。

“没、还没有。但估计明天拂晓……”宗矩说不下去了。用今天的话来说，就是黎明攻击。在夜间展开攻击，会有大量的漏网之鱼，但如果随着日出开始攻击，弓箭和铁铳就能够充分发挥威力，绝大多数的柳生恐怕在劫难逃了。

“到底为了什么事？”秀忠的语气越发严厉，“说！你到底干了些什么事，惹得他发这么大的火！你到底瞒着我干了什么？”

“我并不是想瞒着您。”宗矩讲了事情的经过，派出的使者死了，在骏府剩余的四十五名柳生忍者也被全歼。

秀忠和弥八郎同时大惊失色。

“总共六十名……”秀忠失魂落魄地喃喃自语。

“加上送信的，总共六十一名。”宗矩更正了一下。

“这些人最后的任务是什么？”弥八郎问道，“我是说在他们失踪以前。”

“他们肯定是准备到甲斐的六郎和风魔居住的地方去放火。”宗矩想起了松田三左卫门最后的书信，现在看来，那完全就是一封遗书，“他们在最后的信里说，如果运气好的话，这把火能烧掉整个骏府。”

但现在没有任何骏府失火的消息传来，说明三左卫门的纵火计划失败了，而随着失败，剩余的柳生忍者也全部失踪了。

“大御所殿下生气，看来是事出有因呢。”弥八郎用责备的口气说道。

宗矩一言不发，如果自己事先知道这个计划，肯定会阻止他们，太鲁莽了。但三左卫门之所以做出如此鲁莽的举动，肯定是已经被对方逼入了绝境，才不得已而为之。但柳生门的过错，就是宗矩的错误。现在再辩解，只会自取其辱。

即便如此，宗矩还是忍不住说了一句：“如果送信的人能够平安到达，就不会发生这样的事了，我已经下了命令让他们离开骏府返回江户。”

宗矩知道现在再说这种话，没有任何意义。但至少要告诉秀忠，自己并没有违反他的命令，这只是一次意外。而在这次意外中，蒙受了巨大损失的，是柳生一方。

“有没有什么办法呀。”秀忠对弥八郎说道，“到早晨还有一段时间，但除了你，没人能说服他。”

弥八郎点了点头。宗矩用恳求的目光看着弥八郎。眼下对宗矩来说是生死攸关的时刻，现在在柳生道场里，连上负责日常训练的木村助九郎，共有五十人左右。如果失去了这些人，柳生门也就完了。而且如果是大御所殿下率军亲自动手，宗矩也无法再活下去，只能切腹自尽。看来今天就是柳生一门灭亡的日子。

“我去试试。但是……”弥八郎面对面地盯着秀忠，“这件事的严重程度，不是我去劝说一下就可以解决的，我估计最后还得由殿下您出面和大御所协商。”

秀忠满脸不情愿，看来又得为宗矩去向二郎三郎低头了。简直让人无法忍受，最近为了柳生总是遇到这种事情，真是让人觉得窝囊。宗矩敏感地察觉到了秀忠心中的烦躁，他只能低下了头，没想到所有的事情都向着不利的方向发展了。

“就不能再想想办法吗？”秀忠说道。意思是希望自己不出面，事情就能够得到解决。

“难哪。您要是想救柳生大人的话……”

意思是，你如果不想救柳生，当然可以置之不理。宗矩闻言不禁倒吸了一口凉气。紧接着，秀忠也发出了一声长叹。

弥八郎原本是二郎三郎的人，从关原之战那年起开始跟随秀忠，算下来也有八个年头了。但到现在，他也不信任甚至有些讨厌秀忠。秀忠本人也很清楚这一点，可现在弥八郎对秀忠来说，成了一个必不可少的人物。想一想就让人有些哭笑不得。

“知道了，我去。不管怎么说，你先阻止他在早晨就发起攻击。”

宗矩打算为弥八郎带路，便一起起身告退。

秀忠拦住了他：“你留下，我还有话说。”

秀忠要和宗矩商量一下要给柳生家什么样的处罚。去见二郎三郎时，要准备好这个方案。宗矩现在的俸禄是三千石，两千石被授予了石舟斋，另外一千石由宗矩本人自领。庆长十一年（1606年）四月十九日，石舟斋以七十八岁的高龄辞世。长子严胜因在战场上曾经负过伤，已形同废人。因此，两千石的领地仍然被宗矩继承。

秀忠打算收回这两千石的领地。不做出这种程度的处罚，二郎三郎必然不会同意让柳生门继续存在下去。这个条件让宗矩很难接受，不但柳生家的生活会受到影响，而且宗矩的飞黄腾达之梦也会因此蒙上阴影。

“别担心，我在暗地里还会为你保留这部分俸禄，你就放心地继续为我执行那些特殊任务吧。”

秀忠的意思是，让宗矩继续担负刺探和暗杀的任务。

本多弥八郎在黑夜中骑马来到目黑的御鹰场见二郎三郎。刚一踏入御鹰场，弥八郎就发现周围的情况十分异常，到处都是身着甲胄的武士，铁铳队已经准备好了火绳，处于高度戒备状态，再往里走，就是手持长枪的步兵。弥八郎在到达二郎三郎的中军之前，前后共被盘问了三次，也就是说，二郎三郎的布阵至少有三层。二郎三郎的中军被同样身着铠甲的武士们严密地护卫着。传令兵已经做好了开战的准备，背插黑底金字的五字旗，正骑在马上待命。

“真能吓唬人啊。这阵势不管在谁眼里，都是要去打仗而不是打猎。”

因为周围遍布着侍卫们，所以弥八郎不得不用尊敬的口气和二郎三郎说话。

其实在心里，弥八郎真想向二郎三郎大喊一声：“别装腔作势了，到底要怎样你才会满意！”

二郎三郎答道："别看我们人少，这场仗一定要打。"

"请您屏退左右。"弥八郎低声说道。这样下去什么事都没法谈，一来二去的就到早上了。

"没这个必要。"二郎三郎断然拒绝了，"你既然来了，就好好看看我是怎么布置的，然后回去告诉那个笨蛋。"

所谓的笨蛋，毫无疑问指的就是秀忠。

"你是当真的？"弥八郎仔细观察着二郎三郎的表情。

"再过几个小时，你就知道我有多当真了。"

"即便如此，面对一个食俸三千石的对手，你也不必……"弥八郎不得不自己把谈话引向正题。三千石指的就是柳生。

"狮子就算面对兔子，也要倾尽全力。"二郎三郎答道。

"你是觉得我的分量不够吧。"沉默了片刻之后，弥八郎有些抱怨地说道。

"等把柳生杀个片甲不留之后，咱们再谈。在那之前……"二郎三郎摇了摇头，意思是不管谁来交涉都没用，自己一定要全歼柳生门。

"已经死了六十，啊不，是六十一个人了。你还不满足吗？"

"我说过，要灭掉柳生门，你当时也听到了，他向我保证骏府没有一名柳生。既然没有柳生在骏府，又怎么会死在那里呢？"二郎三郎略带嘲讽地翘起了嘴唇。

"你误会了。他没有说谎，当时殿下的确不知道。这件事完全是柳生自作主张。"一看便知弥八郎说的是真话。

二郎三郎没有答话。

"柳生的气焰如此嚣张，的确是将军殿下的责任，但希望你能够明白，至少他这次没有骗你。"

接下来，弥八郎提议进行一次重大交易。其实在来这里的路上，弥八郎一直在考虑这件事，只是解释清楚这次的误会，也许可以救秀忠，但肯定救不了柳生。在骏府发生的放火、杀人的事件，明显都是柳生所为，那六十一具尸体就是不容抵赖的铁证。这件事是不可能用几句话就能够调停的，秀忠要付出一个巨大的代价，才能抵消柳生的过错。

弥八郎根本就不在意柳生家的兴亡，也很厌恶宗矩的为人。对秀忠将柳生收为心腹，并不时派他们去刺杀政敌的卑鄙行径，也很不以为然，甚至曾经考虑过要袖手旁观，借二郎三郎之手消灭柳生。但问题是秀忠身边缺少一个可以推心置腹地商量大事的人。就拿二郎三郎这件事来说，在榊原康政去世之后，秀忠的身边没有一个人知道现在的家康是由二郎三郎假扮的，就连他最得力的手下大久保忠邻也不知道。这样一来，就没有一个人可以为秀忠出谋划策。所以说，秀忠真正意义上的心腹，只有柳生宗矩一人。秀忠不可能眼睁睁地看着自己唯一的心腹遭受灭顶之灾，他肯定会想尽一切办法维护宗矩。

而事情一旦发展到这个地步，将要出现的局面让弥八郎觉得胸口一阵冰凉。为宗矩这样一个人，德川家不得不陷入父子相争。而如果发生战争，秀忠必将处于绝对的劣势地位。在结成秀康、松平忠吉、武田信吉已经去世的情况下，秀忠的后继者只剩下了十七岁的松平忠辉。一个十七岁的少年不可能担任征夷大将军，估计二郎三郎将再次担任将军，以待忠辉长大成人。万一二郎三郎在此期间去世，德川家将失去天下。这个结果是弥八郎最不愿意看见的，所以他绞尽脑汁地想要找出一个可以拯救柳生的交换条件。

“据宗矩说，大御所殿下现在将风魔一族招至麾下。我可以保证没有任何人会对风魔一族进行攻击。以此为条件，您能否宽恕柳生呢？”

二郎三郎没有说话，他用严峻的目光紧盯着弥八郎。

但其实他在心里正在赞叹：“真不愧是弥八郎。”

二郎三郎此次攻击柳生的目的，就是要防患于未然，让秀忠无法集中全部精力和实力扫荡风魔一族。其实风魔已经有了防备，做好了据箱根山之天险，和幕府打一场持久战的准备。最近数年，族中的老人和妇女儿童已经基本上都被迁往了远江、三河、骏河等地的藏身之处。现在留在箱根山的全都是战士，就连剩下的女人也无一不是高手。

一旦开战，幕府大概会以小田原为中心，组成联军，从多个方向攻打箱根山。不付出尸体堆积如山、血流成河的代价，联军很难登上箱根山之顶。但即便可以登顶，也不能说联军已经取得了最终的胜利。如果出现这种局面，风魔甚至会在心中窃喜，因为接下来就可以开展他们最擅长的游击战了。幕府军将面对风魔的游击战只有两种选择，要么放火烧掉整座箱根山，要么全面撤退。二者必居其一，别无选择。

即便幕府军烧掉了整座箱根山，风魔一族也会分散到全国各地，阴魂不散地对幕府发起攻击。但只要二郎三郎活着，还掌握着骏府城，他就绝对不会允许出现这样的局面。二郎三郎有这种自信。但如果事情真的发展到这个地步，天下将一片大乱，重回战国时代。

二郎三郎极力想避免发生这样的事情。关原之战过去了八年，人们终于习惯了太平盛世。因为自己的一生始终伴随着战火，所以二郎三郎非常清楚，百姓只有生活在太平的世道，才会真正地得到幸福。因此，他不愿意破坏眼下的和平。

所以，有必要逼迫秀忠立誓不出手对付风魔。弥八郎的话可以说是正中要害。

“那我就见见秀忠吧。”二郎三郎在长时间的沉默之后说道。这句话的意思是，必须让秀忠也亲口做出同样的保证。“但在那之前，我不会撤去这里的围困。”

二郎三郎想在手握五十名柳生忍者的生杀大权的前提下，和秀忠签订城下之盟。弥八郎立即返回江户城，带秀忠去见了二郎三郎。秀忠虽然满心不情愿，但想要救柳生一门，已经想不出别的办法了。而且，自己的父亲来到目黑，做儿子的却不前去相见，如果传出这样的流言，将来会产生很多麻烦。各地的大名也都很讨厌秀忠，这就是秀忠无休止地强迫大名们在各地帮助修城所带来的后果。如果此时传出家康父子不和的消息，大名们会做出怎样的反应呢？这些人原本就是因为慑于家康之威，才不得不忍气吞声。而如果秀忠失去了家康这座靠山，大概没有人会把他放在眼里。

秀忠对弥八郎自作主张定下的条件也无话可说。说实话，就算知道风魔在背后支持二郎三郎，秀忠现在也不可能对其展开围剿。只要二郎三郎还活着，不冒着让天下全面陷入战争的危险，就根本不要想去对付风魔。只能表面上装作不知道，背地里痛下杀手。但如果没有了柳生，对秀忠来说，消灭风魔就成了一件无法完成的任务。

“正合我意。”秀忠在心中很愉快地接受了这个条件。

秀忠到达目黑猎场时，是第二天的清晨。

天地间飘散着浓雾。身着铠甲、背插令旗的武士们在浓雾间往来穿梭，到处都弥漫着大战将临的气息。

秀忠的贴身护卫们脸色苍白，眼前的情景怎么看都像是要打仗，他们当中大部分人都没有参加过战斗。有战斗经验的人反而更加紧张，身着便装，处于铁甲武士的层层包围之中，简直就是身陷虎口。

秀忠也同样面色苍白，战争的气息使他不禁浑身发抖。到达中军之后，战场的气息越来越浓烈了，二郎三郎也身着铠甲，肥胖的身躯在铠甲的包裹之下，竟然看上去很顺眼。只有常年习惯于身披甲胄的人，才能表现得这样自然，这一点让秀忠更为恐惧。

“此人天生就是一个战士。”秀忠不由自主地在心里叹道，“如果开战，我肯定不是他的对手。自己身披铠甲时，根本不可能如此行动自如。”

而二郎三郎是在故意展现自己的威势，借此打压秀忠的气焰。

秀忠面对二郎三郎，再一次表明自己并不知情，并强调柳生宗矩也没有下过行动命令，这次的事件，完全是一部分柳生忍者的擅自行动。二郎三郎始终无言，只是不动声色地盯着秀忠的眼睛，既像是要让对方把想说的话全都说出来，也像是已经看穿了对方的谎言，表情十分严峻。

尽管这个充满了雾气的清晨十分寒冷，但秀忠已经大汗淋漓，说话也开始语无伦次，把原本的一场交涉变得更像是在为自己辩解。本多弥八郎注意到，二郎三郎和他的部下们身披铠甲的雄姿，已经逼得秀忠阵脚大乱。

“看来秀忠殿下真是害怕打仗。”弥八郎也察觉到了秀忠的这个弱点，并对二郎三郎的妙计发出了由衷的赞叹。

秀忠已经完全乱了方寸，开始说出一些原本可以不说的话。他不但保证，绝不做任何对风魔不利的事情，还表示要处罚柳生，把他们原本三千石的俸禄削减到一千石。当初和弥八郎商量对策时，提出既然已经保证不对付风魔了，就没有必要再处罚柳生家的人，正是秀忠自己。

“完败啊。”弥八郎对秀忠的表现简直无法容忍，同时也已经预想到，秀忠迟早要找回这次的颜面。到今天为止，每次事件发生之后，秀忠都不得不做出让步。而在做出让步之后，他又总是想要挽回颜面，于是便采取一次更大规模的行动。秀忠一直在重复着这种恶性循环，这一次也不会例外。而且，弥八郎断定，下一次行动的主角将依然是柳生。

“这次，他又想干什么呢？”弥八郎忧郁地看着秀忠消瘦的脸庞，“这个人的执着，倒是很像他的父亲。”

要论执着，没有人能比得上家康。也许正因为如此，他才能取得天下的霸权。现在秀忠也继承了家康的这个性格，所做的事情对错善恶暂且不论，单就执着心来看，秀忠绝不输于家康。

弥八郎的心里忽然一片冰冷：“总有一天，二郎三郎和我都要输给他的这份执着。”

这种预感，像一片乌云似的笼罩在弥八郎的心头。最要命的问题是年龄，虽然有老当益壮这样的说法，但二郎三郎这一年六十六岁，弥八郎已经七十一岁了。而相比之下，秀忠只有三十岁。随着时间的推移，二郎三郎和弥八郎的体力将越来越衰弱，秀忠的经验也在不断增加……

这时，二郎三郎终于开口说话了。

“柳生的减俸就不必了，但今后不许他们在幕府中做官。”

二郎三郎之所以这样说，是出于对柳生兵库助的义气。事实上，柳生宗矩的晋升之路，在此时开始停滞不前。很长一段时间里，他的身份就是秀忠的剑术指导，俸禄也一直是三千石。从宗矩所担负的特殊使命的重要性来看，他没有得到应有的回报。原因就是，二郎三郎绝不允许宗矩在自己的眼前升官发财。

宗矩被任命为从五品的但马守，已经是二十一年后的宽永六年（1629 年）三月的事情了（二郎三郎去世后十三年）。而被任命为幕府的总目付并增加了三千石的俸禄时，更已是宽永九年（1632 年）十二月了。宗矩在宽永十三年（1636 年）又被增加了四千石的俸禄，终于享俸一万石，跻身大名之列。那已经是二十八年后宗矩六十六岁时的事情了。在很长的时间里，宗矩的职位和俸禄一直原地不动，由此不难想象，二郎三郎的话给秀忠造成了多么巨大的心理阴影。

二郎三郎保持着临战的戒备状态，进入了江户城。

“大治不忘乱世”，这句人所尽知的名言，对大多数的武士来说只不过是一句话而已。关原之战已经过去了八年的时间，武士们逐渐习惯了太平盛世，特别是那些没有参加过战争的年轻人，大都变得柔弱不堪，成了一批只知享乐的纨绔子弟。现在由二郎三郎亲自率领的铁甲骏府军，让江户城的人们感到耳目一新。

纨绔子弟们原本每天都要在江户城中搞出些乱子，但随着二郎三郎率军进城，他们也都随之销声匿迹了。这些年轻小子，都被二郎三郎大军的气势所震慑，都灰溜溜地躲了起来。这些人在军容整齐、手持大刀、身披铠甲的先锋部队以及长枪队、弓箭队、铁铳队的面前，就如同跳梁小丑。任何人都明白，一旦开战，这些人在片刻间就会被杀得片甲不留。

怀有这种恐惧的，不仅仅是秀忠手下的年轻武士。住在江户的大名们，也都为二郎三郎的气势所慑，他们再一次清晰地看到了大御所殿下的实力和恐怖。相比之下，新将军秀忠就实在太让人无法信任了。不管现在是什么样的政治形态，大名们都铭记住了一件事情，现在握有天下大权的，依然是大御所殿下。

从目黑猎场到江户城的这段路上，行进着延绵不断的大军。在前来旁观的江户市民心中，大御所殿下的威信进一步得到了提升。二郎三郎特意披着铠甲，骑上战马，和无奈之下身着便装骑在马上的秀忠，形成了鲜明的对比。“海内第一统帅”威风依旧，相比之下，秀忠就如同一个孱弱的病夫。

骑在马上的秀忠，当然也很清楚这一点。沿途百姓的目光，清楚地说明了一切，让秀忠想视而不见都不行。

“必须杀掉他。”秀忠的心里涌起了这个强烈的念头，“越早越好。”

想要以征夷大将军的身份威震天下，就必须尽早除掉二郎三郎，但仅仅杀掉二郎三郎是达不到这个目的的，政治没有这么简单。秀忠现在终于也明白了这个道理。

问题是百姓心中的印象，“海内第一统帅”是百姓长期以来形成的对家康的印象。现在二郎三郎不但成功地加以利用，并不断地使之得以增强，这次的临战准备，也是为了增强印象的一种手段。从这个角度来看，二郎三郎简直就是一位宣传造势的大师，而秀忠和部下在这方面完全一无是处。

看看眼前的这次行军，秀忠在去猎场之前，就应该想到会出现这个局面。弥八郎已经向他报告了二郎三郎的一举一动，如果当时能够考虑到留给百姓的印象，秀忠就应该在出发前下一番功夫。比如说，秀忠也穿上铠甲前去。那样一来，在这次行军中，父子二人就同样是铁甲英姿，在百姓眼中，秀忠就成了紧随其父的幼狮或者小鹰，又或依然是便服，但可以选择一身非常醒目的华服。在天正九年（1581 年）二月二十八日的一次游行中，所有人都身披铠甲，只有织田信长一人身穿艳丽的赤色华服，身后插着一只白色的梅花。随着马匹的动作，白色的花瓣纷纷落在赤红的衣襟上，别有一番华丽的风采。秀忠原本也可以换上醒目的华服，在一片黑沉沉的铠甲之中，反而可以表现出自己才是主君，而身披铠甲的二郎三郎只是自己的扈从或支持者。

“我才是将军，必须让天下人认识到这一点。”秀忠暗自咬牙。而他为了达到这个目的，使用的方法是非常极端的，秀忠用恐怖来展示自己作为将军的力量。恐怖的具体含义就是，对各地大名进行撤藩和暗杀。

从庆长十三年（1608 年）到二郎三郎去世的元和二年（1616 年）为止，以各种各样的理由被撤藩的大名多达三十家。撤藩不仅仅是大名本人和他家族的灾难，对他们的家臣和家臣的家族，以及为他们的家臣效力的部下们来说，同样都是灭顶之灾。而暗杀在历史的表面并没有被体现。在德川幕府三百年的历史中，第二代将军秀忠的种种恶行都已被抹去。因此很多大名从表面上来看，都是死于疾病、事故、自杀、发疯等。但我们有必要对这些记载保持怀疑的态度，考虑一下这些大名去世前后的状况，就可以发现，有很多对秀忠不利或被秀忠所憎恶的人，都非常巧合地在一个特殊的时间死去。我们至少可以认为，这些人中的一部分，是在秀忠的命令下，被柳生宗矩及其手下的暗杀团队刺杀的。

暗杀的黑手主要伸向了旧丰臣系的大名。秀忠想尽快杀掉秀赖，消灭丰臣家。为达到这个目的，就需要寻找或者编造理由，然后发动战争，攻陷大阪城。但秀忠没有自信能够取得这场战争的胜利，这件事无论如何都要借助二郎三郎的力量来完成。

在这场战争结束之后，自己就失去了利用价值，二郎三郎对这一点肯定心知肚明。秀忠对旧丰臣系大名进行暗杀的目的，一是想挑起事端，二是想削弱发生战争时秀赖一方的助力。而这段时间的二郎三郎的行动方向和秀忠恰恰相反，他尽最大努力对丰臣家加以维护，而这样做的目的，并不是为了延长他个人的生命。

二郎三郎真正的目的，是希望两大势力保持一种紧张中的平衡，并以此维持天下的和平。由一位强势的将军进行统治，必定会形成一种专制政治。对原本属于“漂泊之民”，向往自由生活的二郎三郎来说，这不是他希望看到的情景。特别是如果听凭秀忠实行专制，毫无疑问会形成一种恐怖政治。二郎三郎无论如何都希望能够避免出现这种情况。

于是，二郎三郎和秀忠在庆长十三年（1608 年）以后，尽管表面上相安无事，但在背地里为了达成完全相反的目标，尽了各自最大的努力。

对于这次围剿柳生的行动，甲斐的六郎完全是从另一个角度理解的。他把这次行动看作是二郎三郎对自己和柳生兵库助的一种感谢。二郎三郎没有直接参与在骏府全歼柳生的行动，这一点让他觉得很愧疚。他想用行动而不是言语和赏赐，来报答六郎和兵库助，于是才有了这次在江户的围剿行动。通过这次行动，风魔和柳生的长期安全都得到了一定保证。二郎三郎的义气，使六郎十分感动。

第一二章 偃武

庆长十四年（1609 年）二月。

箱根山被笼罩在一片皑皑白雪之中，尽管依然天寒地冻，但已隐约有了一丝柔和的气息——春天就要来了。话虽如此，这两天却一直下着大雪。今天雪势终于减弱了些，可是空中仍旧飘着大片的雪花。

从漫天飞舞的雪花中，远远地传来了一声惊呼。

“生了！生了！是个男孩！”

这个消息立刻就被传遍了全山。甲斐的六郎在箱根山深处的一棵树上，终于等来了这一声呼喊。此时，风斋正陪在他的身边，在阿福开始阵痛的时候，六郎就觉得自己无法再留在现场了，期待和不安让他站也不是坐也不是。像六郎这种人，妻子正在面对困难，可自己却无能为力，这种场面让他无法忍受。生孩子正属于这种情况，虽然心中很不安，但除了转来转去以外，什么事也帮不上忙。六郎没有告诉任何人，打算一个人偷偷溜出去，没想到被风斋抓了个正着。

原以为肯定会被教训一番，但这位老人好像能够看到六郎心里似的，点了点头，说了一句让人想不到的话：“我知道有一条野猪走的小路，那里还有一棵最适合埋伏的大树。”

这棵老树已经不知道有几百年了，连树枝都已经非常粗壮，树杈完全可以承受住铁铳的反作用力。此时二人正抱着装填完毕的铁铳，骑在树杈上等待野猪经过。打野猪本来需要有帮手轰野猪，这次没有别人帮忙，因此就需要二人有非常强的忍耐力，但比起等待婴儿降生的煎熬，还是等野猪要轻松些。由于不知道野猪会在什么时候出现，因此要随时保持警惕，对阿福的担心也被冲淡了许多。六郎从心底里感谢风斋对自己的体谅。

跑来给二人送信的是风魔小太郎的一名部下，他首先报告是个男孩，然后又说道："生产顺利，母子平安。请赶快回去吧。"

闻言最先做出反应的竟然是风斋，他比六郎还抢先一步从树枝上一跃而下，六郎也紧随其后。就在这时，二人突然愣住了——一头硕大的野猪正飞奔而来。六郎从来没见过这么大的野猪，因为猪背上沾满了白雪，所以二人刚才没发现。现在野猪猛冲过来，背上的积雪扬起，如同一片雪雾，它的目标竟然是风斋。

六郎迅速端起了铁铳，没时间向风斋打招呼了，如果打招呼肯定会错过射击的最好时机。扣动扳机时不能用力，动作必须轻缓，否则就算是用准心锁定了目标，猛扣扳机的反作用力也会使铳身向上翘起，弹丸也会偏离目标。为了减轻这种反作用力，扣扳机时必须自然柔和地发力。

"要像在黑夜中冰霜飘落在大地一样。"这是旧日本陆军教授射击时所打的比喻。

六郎在移动铳身的同时就完成了射击，这就是所谓的"动态射击"。目标是野猪的头部。如果瞄准身体，一发弹丸不可能将其击毙，而当时的铁铳又不能连射。轻轻扣动扳机之后，铁铳发出了一声轰鸣。风斋和小太郎的部下在间不容发的一瞬间，分别跳向小路的两侧。透过硝烟，六郎紧张地盯着野猪，感觉上应该是打中了。但野猪依然在向前急冲，转眼间就跑过了风斋他们刚才站立的位置。六郎很奇怪风斋为什么没有射击，他的铁铳应该也已做好了射击的准备，但风斋只是注视着向前跑去的野猪，却完全没有射击的意思。

野猪突然停住，挺立片刻之后，轰然倒地。

风斋大摇大摆地凑上前去看了看。"已经死了。"他又看了看六郎，夸奖道，"一发就打中了脑部，好手段。"

六郎这才长舒了一口气，跳下树来。野猪静静地躺在地上，背上又开始积起了白雪。

风斋对小太郎的部下说："立刻找人来，把这头猪搬到产房前面。这是当爹的送给儿子最好的礼物。将来这孩子肯定也是一条好汉。"

六郎的心中有生以来第一次充满了自豪，眼中也饱含着热泪。

小太郎正一脸无奈地站在阿福的产房前，见六郎和风斋过来，他绷着脸说了句："阿福这家伙，死活不肯放下孩子。"

六郎紧张地注视着小太郎的表情，他正在为阿福和孩子的安危担心。听到这句话后，六郎心里的石头终于落了地。

小太郎的表情依然十分严肃："越抱她就越不想放手，得赶快想个办法把孩子抱过来。"

这是一个冷酷的话题。孩子是风魔的继承人，将来会成为下一代风魔小太郎。既然是一族之长，除了要学习忍术等功夫，还要学会超然凌驾于众人之上。不但要学习知识，还要掌握帝王心术。在他长大成人之前，就得把这些知识和本领都灌输给他。因此，孩子不需要母亲，或者应该说，母亲的存在对他有害无益。孩子一出生，就应该从阿福的手里拿走，交给德高望重的长老们抚养。

阿福对此事原本是认可的，但孩子实际出生之后，她的母爱陡然增加。在产婆给孩子洗澡期间，阿福的视线也始终没有离开过。当产婆想把孩子抱出产室时，阿福突然从枕头底下抽出一把刀，威胁产婆把孩子交给了自己，然后就抱着孩子再也不肯松手。不管小太郎如何劝说，她一概是充耳不闻。

六郎十分理解阿福的心情，他自己的心中也充满了悲哀。认为孩子属于父母，这是一种错误的想法，孩子拥有自己独立的人格，不属于任何人。但刚出生的婴儿有些特殊，他们在刚出生时，可以说是属于母亲，至少母亲在感情上是这样认为的。残忍地从母亲怀里夺走孩子，六郎办不到。

"让阿福自己处理吧。"

小太郎和风斋脸色一变，他们都对六郎的这句话大感意外。

"这孩子可是风魔的继承人。"风斋说道。

六郎摇了摇头说："首先，他是阿福的孩子。阿福是选择孩子，还是选择我。我们不能强迫她做出决定，还是交给她自己选择吧。"

如果阿福舍不得孩子，就只能留在箱根山。那样一来，六郎就失去了为自己护卫身后的人。但六郎已经想好了，如果真的出现这种情况，自己也不会反对。不能为了自己而强迫阿福放弃孩子，这是六郎对阿福表达爱的方式。

六郎进了产房，产婆和两个帮忙的女人正缩着身子坐在房间的一角。肯定是阿福禁止她们出去，三个人都已经吓得面色如土。阿福半靠在床上，左手紧紧抱着用产衣包裹着的婴儿，右手空着，但一把出鞘的忍者刀就放在手边。阿福脸色苍白，嘴唇紧闭，怒目圆睁。

"火气还不小。"六郎在心里说道。同时六郎也知道，对产妇而言，这是一个危险的征兆，所以当务之急是让阿福平静下来。

“真不容易啊，阿福，累坏了吧。”六郎一面温柔地问候，一面走上前去。

“我不累。”阿福摇了摇头，伸手握住了忍者刀。就算是丈夫，如果想抢走自己的孩子，阿福也会毫不客气地砍上一刀。

六郎没有在意，想砍就让她砍好了。六郎若无其事地看着孩子的脸蛋：“你再把他往这边拿点儿，我看不到他的脸蛋。”

阿福依然保持着紧张的戒备状态，但到底还是把孩子的脸蛋转了过来。

“哎呀，简直就是个小猴子。当然了，我的儿子再怎么着，也好看不了。”六郎故意叹了口气。

“谁说的，挺可爱的。再过一段时间，肯定会更可爱，将来一定是一个英俊的小伙子。”阿福对六郎的话有些不高兴。

“真的吗？”六郎一面不太相信地说着，一面抚摩着孩子的小脸蛋。六郎注意到孩子正紧攥着小拳头，“这么使劲，攥着什么东西呢？”六郎有些不解。

“什么也没攥着。他在肚子里的时候就是这个样子，你没见过刚出生的小孩吗？”

“有是有，就是没注意过。”六郎一边说，一边把自己的指头插到了孩子的小拳头里。孩子的力气大得让六郎有些意外，“真有劲。”

六郎的心中一动——孩子知道我是他爸爸，正和我打招呼呢。

“他知道我是他爸爸。”六郎的眼睛湿润了。

阿福总算不那么紧张了：“怎么可能，他现在还什么都不知道呢。”

“那他现在也不知道你是他妈妈。”

“才不是呢，他现在就知道。”阿福看上去很得意。

“为什么呀？”六郎有些不服气，这也太不公平了。

“没办法，谁让我们在十个月以前，就已经在一起了呢。”

阿福的脸上带着愉快的笑容，她的心情终于平静下来，圆睁的眼睛也恢复了正常。阿福原本眼角有些下垂，尤其是在笑的时候特别明显，看上去让人觉得很温柔。她现在就是这样，脸上充满了幸福。

六郎尽管脸上带着微笑，但心中疼痛万分。如果可以一直像现在这样，父母二人唠唠叨叨地谈论着孩子，该有多好。为了阿福，为了孩子，干脆就这样下去好了。六郎在一瞬间也动了这样的念头，一家三口就这样和风魔一起，在箱根山中住一辈子。但是，六郎做不到。原因不在二郎三郎和岛左近的身上，也不在风魔小太郎的身上，恰恰存在于六郎和阿福自身。六郎知道以自己的性情，根本没法过这种平稳的生活。如果选择过平稳的生活，要不了几年，自己肯定会后悔得要死。如果父亲无法满足于自己的生活，那么孩子也将是不幸的。事情对阿福来说，也是同样的道理。现在她出于对刚出生的孩子的钟爱，而忘记了一切。但过几年之后，她肯定会后悔。阿福不是一个会满足于普通生活的女子，如果孩子的母亲对自己的生活不满意，那么孩子的命运将是非常悲惨的。

可是，现在必须做出决定，阿福是风魔族长的独生女，这个孩子就是风魔小太郎的继承人，他一出生就注定将和幸福无缘。

“你打算怎么办？”

六郎用尽量平稳的语气提到了正题。

“什么怎么办？”阿福的表情再次变得生硬起来。六郎像是在安慰她似的，摆了摆手。

“我先声明，我都听你的。希望你能选择让你觉得幸福的生活方式，这点你必须清楚。”

阿福沉默了，她清楚下面将要谈的是一个什么样的话题。但六郎的诚意是不容怀疑的。

“我明天就要回骏府了，不能丢下大御所殿下不管。在我走之前，我只想知道一件事，阿福你还会不会像以前那样，在背后保护我。”六郎的意思是，如果阿福舍不得孩子，那么他就必须去寻找在背后保护自己的人。

“你是打算让别的女人在背后保护你吧。她是谁？阿千、阿凌，还是阿政？”阿福大声说道。提起的这些名字，全都是她自己的部下。

从背后保护一个忍者，这个任务当然男人也可以完成。但如果不是父子兄弟这样的至亲，就很难做到了。这是一个彻底的默默无闻的工作。忍者本身执行的就是秘密任务，而这个工作是秘密任务中的秘密任务。担任这个任务，很多时候会无所事事，但担负这个职责的人，不管付出了多大的牺牲和努力，都永远不能在人前现身。稍有一点儿功利心的人，就不可能完成。爱是担负这个职责的条件，只有从心里爱着自己身前的人，才能不顾安危地忠实于自己的职责。因此，这种职责多由女性来承担，而且女性往往不会引人注意。而只有背后安全了，前面的忍者才能专注于自己的任务。

六郎悲伤地摇了摇头，他已经料到了阿福的反应。

“我不打算找新的人了，如果阿福你不回来，我就一个人干。遇到你之前，我一直是这样过来的，放心吧。”

阿福立刻就明白了六郎将要面对的危险。常年有人为自己保护身后的忍者，需要很长时间才能习惯一个人执行任务。在这期间，一旦遇到了敌人，往往很难保住性命。

“你会没命的！”

六郎微笑了一下，用不容置疑的口气说道：“我是甲斐的六郎。”意思是，我绝对会完成自己的任务，生死自有天命，忍者唯一的目的和愿望，就是完成自己的任务。甲斐的六郎永远都不会让人失望。

阿福哑口无言，在她的脑子里不停地闪过六郎被人杀死的各种情景。她首先看到六郎的背上插着一支长枪，六郎把枪杆砍断，吐着血，带着残留在背上的枪尖落荒而逃。阿福又看见柳生的剑手们把六郎围在中间，眼看就要被乱刃分尸，六郎故意让敌人砍断自己的双臂，然后趁着敌人来不及变招的一瞬间，冲出了包围。

不管是哪种情景，六郎也许能够完成自己的任务，但很难保住性命。阿福的身体一颤，她现在终于明白，自己将要做出一生中最重要的选择——是要孩子，还是要丈夫，二者只能选其一。

“六郎！”阿福开始号啕大哭。

仔细回想一下，其实这个选择早就已经完成了。当日在骏府城里，阿福已经决定要跟随六郎，但那时阿福的怀里没有抱着自己刚出生的孩子。现在因为对孩子的眷恋，阿福已经丧失了当日的决断力，所以她只能选择哭泣。

六郎的目光中饱含着柔情：“不用担心，不会有什么事的。柳生现在不敢再对大御所殿下下手了。这段时间应该不会发生冲突，双方都进入了偃武的阶段，所以我也不会有什么任务，更不会碰到危险。”

“偃武”指的就是休兵。大战过后往往会有这么一段和平时期，历史上有“元和偃武”的说法，指的是元和元年（1615 年），大阪夏季战役爆发，丰臣家灭亡之后的那一段和平时期。岛左近和风魔小太郎原本打算，设法使德川家和丰臣家共存，让天下在庆长十四年（1609 年）就进入和平时期。六郎说的就是这件事。

但六郎的后半句话——“现在没有什么任务，自己也很安全”却并非事实。在和平表象的背后，往往隐藏着比战争时期还要残酷的斗争。和平并不是轻而易举就可以维护的，而在这些不为世人所知的战斗中，六郎是主角。在他的面前危机四伏，六郎随时都有可能丧命。但是六郎作为一名忍者的强烈自豪感，和作为一个男人的似水柔情，令他不能对阿福说出真相。六郎甚至向阿福露出了一个微笑。

“真的？”阿福探问道。女人往往只相信自己愿意相信的事情，而当她们发现事实并非如此时，又会哭着说“如果我早知道是这样……”此时的阿福也未能摆脱这个俗套。

“当然是真的。”六郎用力点了点头。六郎这样做已经违背了风魔小太郎的意志，小太郎一直计划在没有阿福的前提下，培养这个孩子。

“得想办法说服父亲大人。”六郎在心里琢磨着。

既然阿福已经有了这个想法，恐怕就很难让孩子和她分开。现在唯一可以利用的一点，就是阿福自己也是一名出色的忍者，她具备担任教育者的资格。出现这种局面，六郎也没有什么不满意的。至少，阿福可以活下去。六郎对今后的道路其实并不乐观。

阿福没有料到自己现在做出的这个决定，将会带来多么严重的后果。她这样决定，可以说是出自于女性的任性，也可以说是被六郎的柔情蒙蔽了。

阿福的眼神立刻变得柔和起来，忍者刀也被放在一旁。“那，我现在可以抱着孩子了吧。”

“当然可以，但你别太使劲了，孩子该喘不上气来了。”

这是六郎想到的最好的告别方式，阿福一生也没能忘记这句话。

六郎把刚才对阿福说的那番话对小太郎和风斋又说了一遍，并提出让阿福也能参加对孩子的培养。但小太郎和风斋不是阿福，他们立刻就明白六郎的话意味着什么。

“你想死啊！”风斋喊道。

小太郎又接着问道：“为什么要选一条这么危险的路？”

“大御所殿下打算想尽一切办法，也要使大阪的秀赖大人成为德川家的家臣。”六郎只说了这么一句话。

“原来如此。那不是同时要和秀忠殿下以及淀君为敌了吗？”小太郎到底还是小太郎，他立刻就发现，今后将要两面受敌。

“我希望阿福能够活下去。”六郎深施一礼后说道。

“父亲大人说得对，六郎你会没命的。”小太郎严肃地说道。

做一道简单的算术题吧，敌人增加了一倍，而六郎又失去了背后的保护。也就是说，危险程度增加了两倍，想在这种情况下活命，希望渺茫。

"谁知道呢。但对孩子来说，总比父母双亡好吧。"六郎面带微笑，话里面透着一股豪气——谁死谁活还不一定呢。

而且如果真的遇到了危险，即便是有阿福在，恐怕也只能增加一名牺牲者。与其如此，还不如给孩子留下一位亲人。

小太郎和风斋默默地看着六郎。过了很长时间，小太郎突然冒出了一句："阿福这个笨蛋，以后她会后悔死的。"

"以后"指的是六郎死了的时候。

"还有孩子在。"六郎的意思是，到那时，孩子会成为阿福的寄托，"而且我也不会那么轻易就死的。让孩子从小就感受到那么大的压力，那也太可怜了。"

母亲无法发泄的感情，往往会成为孩子的负担，弄不好这种负担会影响孩子的成长。六郎不想看到这种情况。

六郎随后告别了风斋和小太郎，趁着太阳还没有落山，离开了箱根山。之所以要这么快离去，是因为六郎怕自己如果再停留一个晚上，将更难割舍对阿福和孩子的眷恋。

"咱们该怎么办？"目送着六郎的身影消失在山间，小太郎低声向风斋问道。他同时也把这个问题提给了自己，所以看上去像是在喃喃自语。

"为了风魔的信用和义气，我们不能置之不理。"风斋没有任何犹豫，"是他给了咱们生存的目标。"

原本随着战国时代的终结，风魔也将走向没落。不，应该说在那之前，随着北条家的灭亡，风魔的使命也已经结束了，将来他们只能沦落为占山为王的草寇。可是就在这个时候，六郎来了，他恳请风魔帮助二郎三郎。风魔又一次站到了争夺天下的舞台上，因为有了这个目标，全体风魔又获得了新生。男人只有做着有意义的事情，才能找到生活的目标，为此即便尸骨无存，也是死得其所。这和沦为强盗，整天忙于应付官府追剿的生存方式，有着天壤之别。风斋最先发现，每一名风魔的精神面貌都和以前大不相同。小太郎也注意到，风魔一族再也没有发生过内斗。在和整个幕府这么庞大的一个敌人作战时，所有人都表现得同仇敌忾。风魔一族原本就有着强烈的连带意识，自从找到了生活的目标之后，更是表现出了钢铁一般的团结。而这一切正是拜六郎所赐，现在风魔又怎么能眼睁睁地看着六郎因为一个女人的任性就身陷险境呢。

"就算我们风魔全体去保护他，六郎也会拒绝，因为他从来都是单独行动。"

"一匹狼要比一群狗强大。"风斋微笑了一下说道。

风斋自己也喜欢单独行动。人们总认为，一个人的力量比不上集体的力量。这是一个误解，有些作战方式只适宜于一个人，本领高强的个人，往往可以打败一个集体。个人最大的优势就是，可以把自己的体力和智慧都发挥到极限。

“你不能这样做，父亲大人。”

小太郎察觉到，风斋已经做好了牺牲自己的准备，他打算代替阿福守护六郎的身后。如果有必要，就和六郎一起战斗至死。

“晚了，我已经决定了。”风斋笑嘻嘻地说完就转身走了，不带一点儿犹豫。

小太郎想不出能够留下他的办法，只好追出两三步喊道：“给孩子起个名字吧。”

“七郎。”风斋头都没回，就脱口而出。

雪越下越大。

在漫天飞雪中，六郎一个人默默地奔跑着。由于风雪的缘故，已经很难看清十米开外的景物了。但六郎依然没有放慢脚步，这是一条早已走惯了的路，在这里奔跑根本不需要眼睛，只凭借着身体的感觉就足够了。

眼看着就要到达三岛的驿站。六郎忽然皱了一下眉头，他感觉到背后有什么动静，似有似无，可能是只野兽，和人的感觉不太一样。但是……六郎又凝神感觉了一下，不对，不是野兽，有点儿老奸巨猾的味道，但肯定不是野兽。

六郎猛地停住脚步，转过身来：“爷爷，别跟我开玩笑了。”

“哈哈，被发现了。”风斋从风雪中走了出来。“我到底还是老了。”风斋笑嘻嘻地说道。被六郎发现了行踪，风斋反而看上去很高兴，“有两下子，要是一般的忍者，肯定会当成野兽。”

六郎也笑了笑。人们常说老人就像孩子，风斋也一样。但他的表现方法有些特别，他总是喜欢用功夫去考较别人。

“怎么样，还算合格吗？”

“您别夸我。”

“我是问你，我是不是合格。”

“爷爷？你合格什么？”六郎有些摸不到头脑。

“我是问你，我替代阿福合不合格。”

六郎闻言心头一热：“别开玩笑了，这怎么能行。”

“我是当真的，我能保护你的身后。”

“饶了我吧，我怎么能让您……”

“你不能剥夺一个老人的乐趣。”风斋忽然绷起了脸，“我这是替我那愚蠢的孙女还债呀。别拒绝我，拜托了。”说完，风斋向六郎双手合十。

事已至此，六郎已经无法拒绝。

❖

风斋和六郎联手，最高兴的是二郎三郎。

二郎三郎二月十一日刚刚回到骏府。他从一月七日开始，就一直待在清须城。清须城原本是松平忠吉的领地，忠吉死后，被转封给五郎太丸义直。此时的五郎太丸年纪尚幼，仍居住在骏府。准父平岩亲吉代其进驻清须，署理地方政务。平岩亲吉到达清须之后不久，便和忠吉的旧部产生了矛盾，冲突一触即发。二郎三郎去清须，就是为了平息这场骚乱。

二郎三郎在骏府时听说，矛盾的起因都是些鸡毛蒜皮的小事。平岩亲吉在清须城下车伊始，忠吉的旧臣小笠原吉次、富永丹波守、户田信光、松平秀胜、松平正广等人打算为其设宴洗尘，希望平岩亲吉能够来小笠原吉次的领地犬山城。

亲吉拒绝了邀请：“我是义直的准父，怎能和你们对等交往。”

这是《德川实纪》中记载的亲吉的原话。小笠原吉次等人闻言大怒，无论如何也要找回颜面。

“小孩子打架。”得到消息时，二郎三郎最初是这样认为的。

平岩亲吉的话，严谨直率，符合他一贯的作风。准父就是替代父亲的意思，而忠吉的旧部当然也会成为义直的部下，义直的部下当然也就是亲吉的部下。和将要成为部下的人不能随意交往，亲吉应该是出于这个考虑，才会拒绝小笠原等人的邀请。而小笠原等人因此感到失了颜面，也在情理之中。二郎三郎以为，只要自己亲自去调解一下，应该不会再有什么问题。

但到了一月十五日，二郎三郎发现，事情恐怕没有这么简单。二郎三郎没有急着赶路，七日从骏府出发，一路上优哉游哉地到处打着猎。十五日这一天刚到三州吉良，就有十二名武士拦住二郎三郎的座驾告状。这些人腰插长刀，试图靠近座驾。二郎三郎大惊，怀疑这些人是柳生的刺客，后悔去年的事情结束以后，自己放松了警惕，让六郎回了箱根山。如果这些人是柳生的刺客，随行的武士根本就不是他们的对手。

二郎三郎迅速发出了准备战斗的命令，自己也下了座驾喊道：“铁铳！”

阿福的部下阿仙立即递上已经点燃了火绳的铁铳，见状比拦路告状者更加吃惊的是二郎三郎随行的护卫们。如果让大御所殿下亲自出手毙敌，自己这些人将无地自容。众人一起奋勇攻向十二名告状者，很快就砍翻了一人，余下的十一人逃进了附近的安西寺，侍卫们立刻包围了寺院。这个时候，如果不是一名叫日向正成的侍卫恳请二郎三郎暂缓攻击，逃进寺里的十一名武士恐怕都已死于非命。

日向正成原是武田家旧臣。武田家灭亡之后，织田信长下令，将被捕的所有武田家旧臣处死。家康却暗地里将这些人释放，并收为己用。人们在谈论信长和家康的区别时，经常会提及这件事情。正成就是当时保住了性命的一名武田家旧臣。

正成在那十一名告状者当中，认出了一名叫山寺的旧交，并报知二郎三郎，山寺也是武田家的旧臣，后来为忠吉效命。正成请求二郎三郎，让自己一人进入寺中去打探原委，如果对方果真欲对大御所殿下不利，自己将亲手杀死山寺。为了所有加入德川家的武田家旧臣的颜面，他要求二郎三郎务必答应他的请求。一对十一，如果进寺后发生战斗，自己必将不能幸免，正成心里很清楚这一点。但这样做并不是为了自己，而是考虑到了所有武田家的旧臣。二郎三郎答应了他的请求，其实一听说是忠吉的旧臣，二郎三郎就觉得，应该听一听告状者的说法。

这十二名武士全都是武田家的旧臣，转投到德川家后就跟随了忠吉，成了忠吉的老臣小笠原吉次的得力手下。忠吉死后，小笠原吉次的领地被换至关东，吉次向幕府提出申请，说这十二名武田家旧臣的采邑也是自己的领地，应该一并在关东拨给自己土地，而且他还要求这十二人跟随自己去新领地。十二名武士认为自己投靠的是德川家，而不是吉次，便在断然拒绝了吉次的要求后，提出了控诉。

小笠原吉次是和平岩亲吉发生冲突的一干旧臣的核心人物，而吉次的恶迹在二郎三郎还没有到达清须之前，就这样被揭露了出来。十一名武士得到赦免，日向正成也得到了二郎三郎的褒奖，深感颜面有光。

已经去世的忠吉不但体格孱弱，性格也很温和。他之所以崇尚武功，就是想试图改变自己的这种形象。由于年纪尚轻，因此他把领地的治理全都委托给了心腹重臣们。权力总是会伴随着腐败，忠吉的重臣们没用多长时间就开始滥用权力，胡作非为。

因忠吉的猝死备受打击的就是这些重臣。领主死后如果没有子嗣，领地将会被中央全部收回，这是一条德川幕府的铁律。即便去世的领主出自德川家，也不会有任何例外。早先的武田信吉就是一个很好的例子。清须松平藩解散，领地被幕府收回，领地内部的状况，必然会受到中央幕府的严格核查。那样一来，重臣们的恶迹必然会暴露。所以这些重臣才会想尽一切办法，掩盖他们的罪行，想必他们也曾为此贿赂过幕府的官员。但事情发生了令重臣们始料未及的转折，清须藩被转封给了义直，平岩亲吉代替年幼的义直前来治理领地。亲吉是一位正直廉洁，丝毫不畏惧权贵的铮铮铁汉。他肯定会对自己将要治理的土地进行一次彻底调查。小笠原吉次等人为了掩盖自己的罪行，非常愚蠢地试图拉拢亲吉，却吃了闭门羹。事已至此，忠吉的旧臣们只得联合到一起，打算排挤走亲吉。

二郎三郎通过这十一名武士的上诉，了解到了小笠原等人的种种恶行。这真是应了一句话，天网恢恢，疏而不漏。二郎三郎在岗崎和义直会合之后，进入了清须城。进城后，他听说了一件非常奇怪的事情。

因为大御所殿下将要驾临，所以全城都进行了大扫除。当时在天守阁上发现了一名可疑的男子。据《德川实纪》记载，该男子身着柿色衣衫，被发现时正在磨着一支枪尖。柿色的衣衫是忍者常用的装束，因此这名男子被怀疑是企图行刺大御所殿下的刺客。但在审问时，该男子自称，是住在尾张和三河交界处的一名百姓。有一天突然被一群强盗打扮的人捉来此处，强盗告诉他，只要在这里磨磨枪尖即可，随后留下了几天的粮食和清水便离开了。

二郎三郎听完报告之后心中一动，他不顾侍卫们的反对，亲自见了这名男子。这人虽然有些委顿，但从粗糙的手和被晒得黝黑的皮肤上，不难看出他的确是一名百姓。二郎三郎找来一名画师，命其根据这名百姓的叙述，画出强盗们的相貌。可是在当天夜里，这名百姓就被人暗杀了。很明显，凶手害怕他说出强盗的相貌，便将其杀害。而且，凶手肯定就在清须城内。二郎三郎察觉到这是忠吉旧臣的一个阴谋，他们企图借此陷害平岩亲吉。

二郎三郎感觉到了留在城里实在危险，而且想要在这里制裁忠吉的旧臣，也并非明智之举，便决定在骏府制裁他们。如此一来，已经没有必要再留在清须城，但二郎三郎还需要在这里等候浅野幸长，之前两人已经约定在此处见面。

浅野幸长的父亲长政，是太阁秀吉幼年时的异姓兄弟，幸长自己后来也成了秀吉的忠实家臣。幸长年轻时曾在朝鲜立下了赫赫战功，关原之战时他参加了东军，战后在纪伊之国被授予了三十七万六千石的领地。幸长和加藤清正、福岛正则都是大阪城淀君最为仰仗的人物。幸长这一年三十四岁，正当盛年。

二郎三郎打算让五郎太丸义直娶幸长的女儿为妻，以借此控制大阪城的秀赖。同时，在发生紧急情况时，幸长作为岳父还可以保护义直。二郎三郎和幸长在清须将协商此事，所以现在无法离开。暂停了对忠吉旧臣的追查之后，二郎三郎命令侍卫们枕戈待旦，自己的身边也都随时放着一支铁铳。

幸长于一月二十八日抵达了清须城，经过三天的商议，他接受了这门婚事。在和二郎三郎研究了大量的细节之后，二人决定在第二年庆长十五年（1610 年）举行婚礼。

二郎三郎又在清须和平岩亲吉密谈了三天，才带着义直离开了清须城。在第二天，二郎三郎在冈崎遇到了六郎和风斋。

“见到你们，我终于可以放心了。”二郎三郎见到两人之后，高兴地说道。

忠吉旧臣们的胡作非为，着实让他伤透了脑筋。即便打算处罚他们，也必须事先在暗地里做好调查，二郎三郎的身边一直没有能去完成这项调查任务的人。

二郎三郎立刻向清须派出使者，命令富永丹波守、户田信光、松平秀胜、松平正广等人到骏府接受调查。六郎和风斋也去了清须，负责监视众臣接到命令之后的反应。

“太没劲了。”风斋对这项任务有些提不起兴趣。

六郎苦笑了一下，如果所有任务都能让这位精力充沛的老人感兴趣的话，自己有多少条命也不够用。但这项任务的确很枯燥，六郎真搞不明白，为了掩盖根本就无法掩盖的罪行，这些重臣为什么还要如此拼命地做出无谓的抵抗。

二郎三郎和义直一行回到骏府时，是二月十一日。回到骏府的同时，二郎三郎就召回了忠吉旧臣的领袖，现在是斗间城主的小笠原吉次。以吉次为首的忠吉旧臣们，在骏府是如何接受审问的，现在已经无从考证。但在三月四日，富永丹波守以下众人全部认罪，被没收领地的同时，还被逐出了清须城。他们的同犯以及亲属的领地和住宅也都被没收，并全体被逐离了清须。这次处罚是非常严厉、彻底的，就连三名已经离开清须，转投了播州池田家的旧臣，也因过往的罪行被斩首。到了三月二十六日，小笠原吉次的斗间城也被收回，三万石的领地全部被没收。

面对这次狂风暴雨般的处罚，清须城的旧臣们无不大惊失色，没人想到二郎三郎会下手如此狠辣。大家原本以为，自己这些人都是家康最疼爱的儿子的老臣，多少都该给些情面吧。

但对二郎三郎来说，比起这些人来，平岩亲吉要重要得多。

平岩亲吉和家康同龄，六岁时就跟随了家康。不管是在织田家还是在今川家做人质时，亲吉都和家康形影不离。在长年的战争中，亲吉陪伴家康参加了所有的战斗，在立下了赫赫战功的同时，也留下了一身伤病。亲吉可以说是德川家忠诚嫡系家臣的代表人物。

像亲吉这样的人又怎么可能没有察觉到，现在的家康是由别人假冒的呢。但亲吉在关原之战后初次见到二郎三郎时，连眉毛都没动一动。不是亲吉老眼昏花没有认出来，而是因为他立刻就对眼前的局势做出了自己的判断，并故意保持了沉默。那一天，亲吉告退之后，一个人进了庭院深处迟迟没有出来。二郎三郎凭直觉断定，亲吉已经认出了自己，便来到庭院中寻找亲吉，发现他正坐在庭院一角的一棵松树下面号啕大哭。二郎三郎大为感动，随后就轻轻地离开了。从那以后，二郎三郎便对亲吉信任有加。也正是出于这个原因，他才会把家康留下的最后一个儿子，但又同时把自己当成亲生父亲的五郎太丸，交给亲吉抚育。就算不知道事情的背景，但小笠原吉次等人竟然自不量力地妄图和亲吉角力，他们只能怪自己的运气不好了。

至此，五郎太丸已经安全。下面该为长福丸（赖宣）考虑一下了。

二郎三郎的意图很简单，他打算无论如何也要说服大阪城的秀赖，在形式上成为德川家的家臣。作为交换条件，德川家不会改变秀赖眼前的领地。换句话说，二郎三郎希望，把秀赖作为一个拥有推翻德川家统治的实力的大名保存下来。如果这件事情可以成功，二郎三郎就可以在骏府坐山观虎斗，通过让东方的秀忠和西方的秀赖互相牵制，达成一种平衡的政治态势。

欲谋大事，须先打好基础，这个基础就是骏府。二郎三郎决定要把骏府建成足以和大阪、江户匹敌的大都市，并在经济上和政治上都成为日本的中心。另外他还需要大量绝对不会背叛自己的心腹，在关原之战后出生的五郎太丸、长福丸、鹤松（赖房）这三个孩子，就是二郎三郎心中的人选。五郎太丸是家康最后的儿子，另外两人都是二郎三郎自己的儿子。二郎三郎之所以从未让这三个孩子离开过自己，就是考虑到将来会有很多地方要仰仗他们。

三个孩子中的五郎太丸现在作为清须的藩主，应该算是已经稳定了，他在将来可以成为大阪城秀赖的强力后援。接下来该考虑长福丸和鹤松了。现在长福丸在水户领有二十五万石的领地，鹤松也在下妻被授予了十万石的领地。但包括五郎太丸在内的这三个孩子，实际上都没有去自己的领地，而是一直住在二郎三郎的身边。

从清须回到骏府后的第八天，即庆长十四年（1609 年）二月十九日，二郎三郎派遣本多正纯去了江户。二郎三郎打算把长福丸的领地从水户换至骏河远江。本多正纯就是为此事去那儿，先行在私下里做一些准备工作。让长福丸做骏河远江地区的藩主，就意味着二郎三郎打算把骏府城也传给他。同时二郎三郎还打算把鹤松在下妻的十万石领地，变更为在水户的二十五万石。水户在名义上是控制北方地区的要冲，但二郎三郎的真实目的，是要对江户城的秀忠进行牵制。一旦秀忠起兵攻打二郎三郎或者长福丸，鹤松就可以攻击他的后方，和骏河远江地区的长福丸形成呼应。

本多正纯没有和秀忠谈及此事，而是先说服了自己的父亲本多弥八郎。然后又和弥八郎一起，让不了解真相的大久保忠邻等幕僚认可了此事。

本多正纯于二月二十六日返回了骏府，而长福丸和鹤松的转封令是在这一年的十二月被公布的。

这一年三月，肥后的加藤清正来到了骏府，表面上是来向大御所殿下请安，然后再马上去江户。清正的这次看上去无足轻重的来访，其实另有非常重要的目的——缔结女儿和长福丸的婚约。清正和丰臣秀吉有血缘关系，是丰臣家的股肱之臣。如果他的女儿和领有骏河远江五十万石的赖宣缔结了婚约，将产生不可估量的深远影响。所有旧丰臣家的大名都是秀忠潜在的敌人，清正就是其中的代表人物。如果秀忠胆敢讨伐赖宣，清正必定会非常愉快地前来救援。而对清正来说，赖宣也成为可以保护大阪城秀赖的重要屏障。清须的五郎太丸义直，也将迎娶同样身为旧丰臣系大名的浅野幸长的女儿。如此一来，两位五十万石级、控制着东海道要冲的德川家大名，将站在秀赖一方。这样强大的后援，是清正一直以来梦寐以求的。

也正因为如此，如果这个消息传入了秀忠的耳中，他必然会横加干预。所以六郎和风斋必须保证这次会见的情形绝对不会被外传，要做出清正只是在当众问候了二郎三郎之后，立刻就离开了骏府城的模样。

二人真正的谈话是在厕所进行的。

先是清正起身去了厕所，二郎三郎接到了六郎的暗号之后说道："看着别人去上厕所，我也有些憋不住了。"摇摇晃晃地站起身之后，二郎三郎又自嘲了一句，“上了岁数，人也变得没出息了。”

在满座的笑声中，二郎三郎紧随清正而去，在厕所门前追上了清正。

“我先来，我先来。”二郎三郎挤到了前面，一边心情愉快地撒着尿，一边说道，“把你的女儿嫁到我们家来吧，肥后守大人。”

清正的反应也很快，他在片刻间就理解了二郎三郎的意思，然后毫不犹豫地反问道：“是长福丸殿下吗？”

“当然不会是我了。”二郎三郎一面抖着腰一面答道。

“非常荣幸，但我的女儿要年长一岁。”

“那不正合适吗？”

清正非常配合地没有再提起这件事，并且立刻起身离开骏府前往江户，为的是不引起秀忠的注意。

之后，这件婚事的相关事宜一直在暗中筹备。庆长十五年（1610 年）九月，从两岁时就开始负责照顾长福丸的舅舅三浦为春，被派往肥后正式下了聘书。在此之前，秀忠对此事一无所知，闻讯发了一通火之后，秀忠也无法再改变这个既成的事实。

此时，长福丸赖宣九岁，清正的女儿的名字无从考证，十岁。二郎三郎和清正都未能亲眼看到二人完婚，两人的婚礼在七年后的元和三年（1617 年）正月二十二日举行。而清正在庆长十六年（1611 年）六月二十四日去世，二郎三郎在元和二年（1616 年）的四月十七日去世。清正在缔结婚约时喜出望外，声称要用领地三年的收入来举办这次婚礼。从后来的记录上来看，清正当时认为婚礼将在庆长十六年的春天举行。顺便提一句，清正的女儿在嫁给赖宣之后，被称为瑶林院殿下。

二郎三郎为五郎太丸、长福丸、鹤松三个孩子安排好将来之后，终于可以放松一下了。三月二十六日，他把居住在大阪的大和能乐[1]的四位名家，即观士座、宝生座、金春座、金刚座迁至骏府。丰臣秀吉曾是这四位名家的最大的保护者，秀吉不但定期配给他们米粮，还赐予了领地，在演出时，还另有赏赐。能乐艺人们因为生活安定，所以可以专心地研究能乐的技艺。查阅秀吉颁发的命令，观士座的领地是九百九十五石，宝生座的九百六十石，金刚座的八百五十石。秀吉最喜爱的金春座，因为是丰臣家直辖的艺人，所以在这份命令中没有提及。

1　日本古代戏剧。

实际上，金春座的大夫的领地为五百石、小鼓一百石、狂言一百二十石[1]，据说金春座其他所有艺人的领地之和已经远远超过了这三家。

丰臣秀吉以来，能乐在武士中十分盛行。二郎三郎成为征夷大将军后，沿袭了这个习惯。他现在要把这些艺人一股脑儿地全都迁至骏府。从这件事上也不难看出，二郎三郎想要在各方面把骏府建设成天下的中心。不仅仅是在政治、经济方面，在文化方面，他也有同样的打算。顺便提一句，二郎三郎死后，能乐四座被迁往江户，并被赐予了住宅。从那以后，江户成为他们的根据地。

四月四日发生了一件怪事。有人发现，一个男人呆呆地站在骏府内城的庭院当中，正在吃着青蛙。此人衣衫褴褛、发迹散乱、赤着足，年纪有四十五六岁。内城守卫如此森严，没人知道他是如何混进来的，各门的门卫和巡城的武士都没有发现他，如果发现了，当然也不会让他进来。在庭院中发现此人的，是二郎三郎的一名贴身侍卫，侍卫大惊之下，叫来了数名同伴。几名侍卫将这个怪人带到了值勤用的小屋中，怪人没有抵抗，态度十分顺从。

让人惊讶的是，此人没有手指，两手的手指全被斩断，而且看伤口也不是近年的事，应该有些年头了，现在的伤口看上去有些像章鱼的触须。即便如此，怪人的行动却未受任何影响，他用双掌夹住青蛙，津津有味地撕咬着，悬在腰上的布袋中还装着十几只青蛙。怪人不管被问到什么，都是笑嘻嘻不作答。对他进行拷打，也没有任何反应，好像完全没有痛觉。看来是个疯子。原本轰出去也就是了，但现在有一个很严重的问题——此人是如何进城的？这座城中设置了很多防范忍者的机关，是一座忍者都难以进入的城池，可现在这个怪人竟然神不知鬼不觉地进入了内城。

“杀了他。”最初发现怪人的侍卫说道。

既然搞不清楚他是如何混进来的，那么如果放走他，怪人可能还会再次混进来。如果他被人跟踪了，今后敌方的忍者就能非常轻易地混进城来。因此不能放他出去，杀掉是最简单的办法。侍卫拔出了刀，怪人依然没有任何表情，自顾自地吃着青蛙，看来他还不知道自己就要被人杀死了。

侍卫们都知道二郎三郎不喜欢无缘无故地杀人，所以决定还是要请示一下。

二郎三郎闻报，只是不耐烦地说道：“把他捆起来，在小屋里关一晚上，看

---

1 大夫、小鼓、狂言都是能乐中的角色。

好了。”

侍卫们退出之后，六郎和风斋走了进来。

“看来你知道这人是谁吧。”二郎三郎说道，他从六郎的脸上已经看到了一丝慌乱。

“真没想到。”六郎有些六神无主。

“是武田忍者吗？”

“我以为他早就死了。”六郎嘀咕道，“他叫青蛙藤左，因喜食青蛙而得此名。藤左是武田忍者中的绝世高手。”

藤左在武田家灭亡之后，投靠了关白秀次。文禄四年（1595年），秀次被流放之后自杀，藤左失去了主家。其他的武田忍者大都逐渐堕落了，藤左却在此时生出了轻生厌世的想法，他明白自己今后也只能沦落为强盗，战国忍者的光荣已经远去，自己一身的本领将再无用武之地。既然如此，又何必在悲伤的回忆中苟且偷生呢。

藤左决定去死。但既然要死，索性就做一件轰轰烈烈的大事，这件大事应该能够让后世记住青蛙藤左的名字。藤左打定主意，决定去刺杀太阁秀吉，顺便还可以为主君秀次报仇。藤左混进了大阪城，一路过关到达了秀吉的寝室。但藤左的运气也就到此为止，在寝室他失手被擒。秀吉问他为何来行刺自己，藤左如实地答了，因为他不愿意让别人把自己看成普通的宵小鼠辈。秀吉暴怒之余，没有杀掉藤左，而是想出了一个恶毒的办法。

“不能让你因刺杀我失败而留名后世，我要让你从今以后一无所有，直至老死路旁。”

秀吉命人斩掉藤左所有手指之后，将其轰出城去。从那以后，藤左就作为妄图刺杀太阁者的榜样，像个可怜虫似的被人指指点点。不久藤左就失去了踪迹，从此再也没有人听到过他的消息。武田忍者和其他各地的忍者都以为青蛙藤左已经死了，甚至有人说他是自杀的，当时大家也没有感到奇怪。

岁月如梭，十四年过去了。

在大阪城被擒时，藤左三十五岁，今年应该已经四十九岁了。可是侍卫们捉到他时，以为他大概只有四十五六岁。而且在严刑拷打之下，他也没有任何痛苦的表现。看来藤左的体力完全没有衰退，这一点让六郎感到很紧张。体力没有衰退，那么精力也应该同样旺盛，对精力体力都很旺盛的藤左来说，进入骏府内城应该不是什么难事。但如果想进入本丸则另当别论，这里的防范设施都是风魔小太郎和岛左近的智慧结晶。

藤左应该立刻就发现了这一点，所以才会装成白痴让人抓住自己，故意大啃青蛙，应该是为了通知六郎自己来了。换言之，藤左进入骏府城的目的是要见六郎，但这个目的也很有可能只是一种掩护。六郎深知与藤左为敌，必须看到事情的背后的背后。

六郎请求二郎三郎立刻释放藤左，因为他认为把藤左留在内城过夜是非常危险的，说不定藤左是故意让人捉住自己，以便在夜深之时混入本丸。从捆绑中脱身对忍者来说，只是一种雕虫小技。无论如何，都应该先把藤左弄出城去，然后再和他谈话。当然六郎打算在藤左出城之前，自己要和他形影不离，因为谁也不知道他在离城之前会搞出什么乱子来。即便如此，六郎仍然觉得十分不安，便请求风斋装作不相干的人，暗中观察藤左的举动。

“这么厉害的高手。”风斋瞠目道。能让六郎如此紧张，足见藤左的本领是如何了得。

“如果他还是以前的那个藤左。”六郎讲述了藤左暗杀太阁失败的经过，以及他的动机。

风斋听说过暗杀失败的事，但一直不知道其中的详情。“这个人很有意思。”风斋笑道，“但的确也很危险。”

忍者原本应该是为金钱而工作，不要钱，仅仅为了让自己名留后世，就去做下惊天大案，这有些不太正常。而如果这只是一种自杀的手段，那就更不正常了。这种人最让人头痛的是，你无法推测出他的动机。

风斋特意打扮成看守的模样，在六郎之前先来到了小屋。和正在值勤的看守做了交接之后，风斋进了房间。藤左被捆了个结结实实，正坐在地上睡觉，脸上和手脚上都有新伤，让人不难看出他刚刚被拷打过。三名下级武士正在一旁监视。

风斋尽量收敛气息，在屋子的一角蹲下身来。就在这一瞬间，原本正在睡觉的藤左猛地睁开眼睛，扫视了风斋一眼，虽然时间不长，但他的目光异常犀利。

“名不虚传。”

风斋明白了六郎为什么表现得那么紧张。藤左作为忍者的实力丝毫没有衰退，风斋进屋时，藤左是真的睡着了。如果是假睡，风斋会立刻察觉。但藤左在片刻间就醒了过来，说明他在熟睡时五官依然保持着警惕，一旦有强敌出现，身体自然就会醒来。风斋已经尽力收敛了气息，但依然被藤左察觉，说明他的确是一名非凡的忍者。

藤左又开始睡觉，但这次是装睡，对风斋的戒备使他无法入睡。

风斋苦笑了一下，在心中对对方说道："别担心，我对你没有恶意，只不过是一个看守。"

令人吃惊的事发生了。藤左好像听到了风斋的话，立刻又放心地进入了熟睡。

"绝代高手。"风斋在心中发出一声赞叹。

但他来此的目的是什么呢？这种高手的目的想必也没那么简单，难道是想刺杀大御所？但如果想刺杀二郎三郎，没有必要潜入骏府城。在二郎三郎出猎时下手，成功的概率要更高，而且他故意大嚼青蛙，让六郎知道自己来了，这一点也十分奇怪。

"他的目标是六郎吗？"

风斋想，如果是这样，藤左的雇主十有八九就是柳生。根据二郎三郎和秀忠的约定，柳生无法下手加害六郎，但六十名柳生惨死的仇恨，不会因一条约定而被化解。宗矩本人暂且不说，死者的亲友肯定对六郎恨之入骨，很有可能雇人来暗杀六郎。

"如果是这样，来的肯定不止藤左一人。"

不管藤左的手段如何高明，想杀死现在的六郎也并非易事。而且忍者不是剑手，藤左不是做一对一决斗的合适人选，如果试图暗杀六郎，对方当然已经做好了周全的准备，制订了一击必杀的计划。

风斋装作若无其事的样子出了小屋。现在已是四月，外面的阳光十分刺眼。风斋从衣服底下取出一小片镜子，对准了太阳，镜子发出了一道光线。马上就另有一道光线照到了风斋身上，这道光线发自望楼的一角，那里随时都有风魔待命。这是小太郎安排的一个通信手段。风斋或者六郎只要用镜子发出信号，城外的风魔就会用镜子或者飞隼把信息传递出去。

风斋用镜子打出了一串信号，风魔们可以用一面小小的镜子传递很长的一篇文章。风斋现在要做好准备，以防万一。自己和六郎出城之后，将立刻会有三十名风魔远随保护。如果被六郎知道了，他肯定会皱起眉头，认为没有这个必要。但风斋不得不这样做，因为他从青蛙藤左身上嗅到了危险的气息。

六郎过了很长时间才来到小屋，他没有注意到风斋做的安排。六郎之所以会来迟，是因为他又搜查了一遍内城，看看是否还另有入侵者。说不定青蛙藤左是故意让侍卫捉住自己，以掩护同伴。但六郎没有再发现其他形迹可疑的人。

和风斋进屋时一样，当六郎进入小屋时，藤左立刻惊醒了。发现来人是六郎之后，藤左大大地打了一个哈欠。意思是说，好久不见了。六郎面无表情地向侍卫们传达了大御所殿下的口谕："此人只不过是个疯子，立即释放，由六郎负责把他带到四足门。"

六郎牵着五花大绑的藤左来到四足门之后，解开绳子，把藤左推了出去。藤左又打了个哈欠，然后慢悠悠地向安倍川方向走了。六郎远远地跟在他的身后。不用说，藤左对此是心知肚明的，但他没有做出任何反应。六郎的身后又尾随着风斋，在这么短的时间里，风斋已经又改变了装束，他戴着头巾，看上去像是一位在城镇里过着退隐生活的老先生。而在三人的周围，三十名风魔远远地形成了一个包围圈。

六郎立刻发现了风魔的行动，转身板着脸看了一眼风斋，表示了自己的不满，但风斋完全没有理会。

忽然间，藤左加快了脚步，换作普通人已经很难跟上他了。很快，他就翻过了安倍川的大堤来到河滩，然后消失在一间小屋之中。六郎还没有自信到敢于紧随其后进屋的地步，于是便在大堤上蹲了下来，耐心地等待藤左再次现身。

在滔滔江水的旁边，密密麻麻地建着一片看上去随时都会倒塌的小屋。这些都是浪迹天涯的"漂泊之民"的临时住所，每间小屋里住的人也经常会改变。这里对他们来说只是一个暂时歇脚的地方，没有人会像对待自己的家那样留恋这里。洪水一来，这些小屋也随时会被冲走，因此没有必要维护，所以显得有些破败也是难免的。

这些小屋里住的会不会都是敌人呢？这个疑问浮现在六郎的心里。他迅速数了一下，有六十间小屋，如果一间里面有一个人，就会有六十人，每间两人，则会有一百二十名敌人。六郎有些后怕，他现在才觉得风斋的安排是正确的。

就在这时，藤左现身了。六郎有些不敢相信自己的眼睛，藤左已经完全变了一副模样。原本看上去可以养虱子的一头乱发，整整齐齐地结成了发髻，身上也是一副武士的打扮，腰间插着长短刀。

藤左慢慢地向六郎走来。六郎没有动，仍然蹲在地上，在藤左离自己只有几米远的时候才站起身来，两手自然下垂在两侧，表示自己毫无敌意，表情也是一片木然。不论藤左多么高明，也无法从六郎的脸上看出他的心意。

在六郎身前三尺，藤左停下了脚步，直截了当地说道："用不着来三十人吧，我可是一个人。"藤左早就发现了周围的风魔，还正确地数清了人数，"你是想杀我吗？"

"如果想杀你，在小屋里就动手了。"六郎平静地说道。

"有道理。"藤左用饶有兴趣的目光，上上下下地打量着六郎。六郎依旧保持着冷漠的表情，对藤左的目光浑然不在意。"你的功夫比以前高多了，六郎。"

"因为我一直没有闲着。"

忍者和剑手不一样，他们无法一个人单独进行修炼。虽然可以练习飞刀、跳跃等专项技巧，但这些对忍者来说，不是真正意义上的训练，只有经常面对敌人，才能提高自己的功夫。六郎在关原之战后的九年中，几乎每天都在战斗中度过，功夫大长是必然的结果。现在的六郎和被岛左近领回家时的六郎，已经有了天壤之别。六郎的这句话，同时也是对藤左的警告——你以前也许是武田忍者的第一高手，但你最后的任务早在十四年前就已经结束了，之后没有执行过任何任务。现在就算你有什么企图，也肯定不是我的对手。

藤左立刻就明白了六郎的言外之意："我知道，我已经退步了。如果现在与你为敌，倒下的肯定是我。"

这句话不是藤左的风格，六郎进一步提高了警惕，很明显，藤左必定有所图谋。

"你有什么事？"六郎催问道。如果藤左仍旧不肯直言，那么他也许真的是在调虎离山，自己必须尽快赶回城去。

"我原本是想问你需不需要忍者，但看起来你们的人手已经十分充足了。能让风魔供你驱使，了不起。"藤左笑嘻嘻地说道。

六郎尽管面上不动声色，但心里极为震惊。二郎三郎联手风魔一事，就连柳生宗矩也是最近才得到的消息，可眼前这个落魄忍者竟然发现了这个秘密。他的背后肯定还有一股不容忽视的力量，六郎凭直觉断定。

"就是这件事吗？"和极度不安的心情正相反，六郎的语气十分冷淡。这句话也拒绝了藤左前来投身。

"别着急。"

藤左选了一块干净的地方坐了下来，并用目光示意六郎也坐下来。六郎犹豫了片刻之后，带着无可奈何的表情蹲下身来。六郎其实是在演戏，不打探出藤左的真实目的，六郎根本没打算回去。

"有个小礼物。"藤左的话有些令人吃惊。忍者口中的"小礼物",指的是情报,"城里还会着火,大概在一个月以内。"

"我不信。"六郎断然答道。柳生现在不可能挑起事端,如果胆敢那样做,秀忠首先就不会放过他们。

"你以为只有柳生才会来放火吗?"

藤左的话又让六郎一惊。柳生和二郎三郎之间的恩怨,是机密中的机密,就连各地的大名都不知道。

"你别忘了,有些小人物,有时会为了微不足道的原因,做出违背常理的事来。"藤左的口气像是师父在教训弟子。

六郎在十几岁的时候,的确跟随过藤左一段时间。其实,六郎是被藤左的本领和风采所吸引,主动要求跟着藤左跑跑腿的。那时藤左对待六郎的态度,是先大加利用,然后弃之如敝屣,一点儿本事也没有传授。在忍者的世界里,即便亲如父子兄弟,也随时有可能成为敌人,师徒之间就更不会有任何感情存在。如果心肠不能坚如铁石,根本就无法成为一流的忍者,这就是六郎在藤左身上学到的最有价值的经验。所以六郎才会对藤左的突然出现,表现得十分敏感。

"小人物?"六郎紧盯着藤左的眼睛问道。

"松平忠吉的旧臣们,在你的眼中不就是小人物吗?"藤左的语气像是在嘲笑六郎,"不管看上去如何不起眼,武士就是武士,挨了打肯定要还手。"

"忠吉的旧臣?"六郎瞪大了眼睛,这回的吃惊不是在演戏。

"对,就是以小笠原为首的那些老臣。"

"那就更让人无法相信了。小笠原吉次大人在忠吉殿下很小的时候,就开始负责照顾他,而且他的儿子忠重大人……"

"你说的那件事,我知道。"

小笠原吉次的儿子忠重,曾经担任过忠吉的家老,并享领着一万四千石的领地。有一次,他的养子被忠吉处以破门的惩罚,忠重怀恨在心,离开忠吉逃往了奥州松岛。庆长十二年(1607 年),忠吉死后第十五天的三月二十日,在芝增上寺举行了葬礼,葬礼由小笠原吉次负责筹办。他告诉部下,殉主的人也要同时进行安葬,需要准备四副棺木。殉忠吉而死的有石川吉信、稻垣忠政以及中川清九郎等三人,因此部下询问是不是准备三副棺木就够了。吉次闻言大怒,命部下只管按自己的吩咐去做,部下无奈之下只得备了四副棺木,其中一副一直空着。大家都嘲笑吉次已经老糊涂了,吉次当时已经过了六十岁。在葬礼即将开始的时候，忠重从松岛赶来，并在忠吉的遗体前切腹自尽。吉次让人准备的第四副棺木，就是留给自己的儿子忠重的。需要说明一下，忠重和吉次之间一直没有音信往来，所以吉次不可能得到忠重将要殉主的消息，但吉次确信忠重肯定会这样做。

为了表彰吉次，二郎三郎和秀忠先是在下总佐仓赐给他两万八千石的领地。第二年又改封于常陆笠间，领地三万石，享城主之位。这样一个人又怎么能向大御所拔刀相向呢？

“再勇敢的人，也有胆怯的时候；再清廉的人，也有腐败堕落的可能。这都是人的本性，你难道都忘了吗？”

藤左的话的确抓住了六郎的弱点。在调查清须事件时，六郎简直无法忍受忠吉旧臣们的愚昧和顽劣，心中对他们很是轻蔑。于是就没有严密地注视这些人的动向，在他们全部受到了严厉的处罚之后，六郎认为事情已经结束了。如果藤左所说无误，六郎就险些为自己的轻慢付出惨痛的代价。

“送礼物给我，你有什么要求。”

“你先确认一下礼物的真假，之后再谈我的要求。”藤左说完，嘻嘻一笑。

藤左又保证，情报的真伪得到验证之前，自己会一直留在安倍川河滩的小屋。结束这个话题之后，藤左瞄了一眼六郎的背后，眼中精光一现。

“真是位了不起的老人家。你身后的护卫，举手投足间看上去轻描淡写，却丝毫不露破绽。他年轻时肯定也是一位大名鼎鼎的人物吧。”

就连藤左也没有想到，风斋就是上一代风魔小太郎。由此可以看出，风魔花大力气在全国各地散布的关于小太郎相貌的传言，已经彻底深入了人心。

“我也这么认为，但我不知道他的名字。”六郎淡淡地答道。忍者一般不会提及自己的过去，而追查别人的过去也是一种禁忌。藤左闻言，点了点头。

在回去的路上，听六郎描述了藤左的话后，风斋表情严峻地断言道：“藤左背后的人物是个危险的存在。”

六郎从刚才开始，也在一直琢磨这件事：“大阪的秀赖殿下，或者是萨摩的岛津、肥后的加藤清正、加贺的前田、仙台的伊达。”

会派忍者来接近二郎三郎的，也就只有这些大名了。“另外伊贺的藤堂高虎也有可能。”在六郎的心目中，藤堂高虎是个高深莫测的人物，而且从地域上看，他也有和柳生联手的可能。

风斋摇了摇头，否定了六郎的说法：“不对，这些人的手下虽然都有忍者，但他们不会使用藤左这样的人。”再怎么说，这些大名也不会使用没有手指的藤左。而且出于安全的考虑，他们一般都不会使用自己领地以外的忍者，“孙女婿，你不明白大名们的虚荣心。而且，使用到处流浪的忍者，是件非常危险的事情。”

万一事情败露，被世人嘲笑自己使用了一个没有手指的忍者，这对大名们来说，将会是一个永远的耻辱。而且到处漂泊的忍者往往贪恋钱财，缺乏忠诚心。这样一分析，就更加想不出藤左的雇主到底是什么人。在这个国家里，除了各地的大名，还有什么人会雇用忍者呢？大商人们尽管有相应的财力，但他们的目的无非是获利，没有要接近大御所的理由。

“会不会是某个基督教会呢？”风斋的话有些耸人听闻。

“基督教会？”六郎禁不住提高了声音，脸上也写满了困惑。

“或者不是教会，而是某位葡萄牙商人。你还记得去年有马朱印船那件事吗？”

庆长十二年（1607年），有马晴信的朱印船驶向了占城国（现在越南南部）。二郎三郎应阿梶夫人之请，支付了六十贯银子，委托朱印船购买伽罗香木。朱印船顺利地购到了香木之后，起程返航。归途中为了躲避大风，暂停在了澳门。大风持续了很长时间，朱印船不得不在港内度过了新年。大批无所事事的船员上岸到处惹是生非，因为日本是重要的客户，所以澳门当局对此采取了非常克制的态度，这种态度反而助长了船员们的骄横。在忍无可忍之下，澳门当局派出了军队镇压，船员们拔刀抵抗，苦战之后退入了两处住家。

自从出现倭寇以来，日本人就以强悍闻名于东中国海沿岸地区。这次参加闹事的船员人数也不少，当局不得不认真对待。大批的军队手持铁铳包围了两处住家，命令船员们放下武器投降，否则就要放火烧屋。澳门当局的做法也实在值得商榷，大概是因为当地人已经吃够了倭寇的苦头。

一处的船员们无奈之下缴械投降，而另一处则准备顽抗到底，他们大概以为澳门当局不敢把自己怎么样。但军队真的放了火，被烟火逼出室外的船员们，遭到了军队的铁铳齐射，六十余人丧命。消息被生还的船员们带回日本，幕阁震动，甚至讨论了是否应该起兵讨伐澳门。经过这件事情之后，幕府对外国的态度有了大幅的改变，为后来的锁国令埋下了伏笔。

在关原之战后的九年当中，基督教会逐渐恢复了元气。天正十五年（1587年），太阁秀吉颁布了禁止传播基督教并驱逐传教士的命令后，基督教在日本一时间销声匿迹。二郎三郎由于要推进海外贸易，并引进西方的先进技术，逐渐放松了对基督教的限制，对传教采取了默认的态度。之后，基督教的浪潮再次席卷了日本全国。有些学者甚至认为，这段时间是基督教在日本最为盛行的时期。耶稣会每年都会写出报告，委托西洋船送回总部，这就是所谓的《耶稣会日本年报》。在这几年的报告之中，毫无例外地有着这样的记述："本年度一切顺利。"但是现在这个来之不易的局面出现了崩溃的趋势，在这危难之际，传教士们却很难直接获悉秀忠或者家康的想法，因为精通日语的传教士非常稀缺。传教士们在经历了太阁秀吉时代之后认识到，专制君主的意志是会突然发生巨大转变的。著名的驱逐传教士的命令，就是在天正十五年（1587 年）六月十九日的深夜，被下达给耶稣会主教格斯帕尔·克艾利的，而秀吉就在前一天，还兴致勃勃地视察了克艾利为自己建造的船只，之后还曾对其盛情款待。

对基督教会来说，不幸中的万幸是，这次要面对的不是秀吉。但他们同时也遇到了另外一个困难，搞不清楚现在掌握外交实权的到底是家康还是秀忠。从本多正纯负责颁发朱印状这点来看，可能是家康。但世间流传着家康和秀忠不和的传言，令基督教会也不敢轻举妄动。和双方平等地进行接触，可能反而会招致来自两方面的猜忌。但如果把筹码都压在家康身上，则又无法判断秀忠会做出什么样的反应。驱逐传教士的命令现在并没有被撤销，局面只是有所缓和，或者说布教活动只是得到了默认。如果以秀忠为首的幕阁，以驱逐令为借口再次驱逐传教士，那么眼前来之不易的局面，将会在顷刻间土崩瓦解。

所以说，基督教会的当务之急，是探明江户和骏府两方面的真实意向，并设法消除澳门事件带来的负面影响。但传教士们不是探子，而且他们还不精通日语。因此，他们必须雇用职业的探子，在日本当然就只能是忍者了。

风斋之所以说藤左的幕后指使是基督教会，就是基于这种推测。基督教会当然不可能拥有自己专属的忍者，他们只能雇用四处漂泊的忍者。从这种意义上来看，青蛙藤左的确是一个合适的人选。

吃惊过后，六郎也认可了风斋的说法，但从内心里并不相信这就是事实。作为一个假设在逻辑上可以成立，但在现实生活中缺乏真实感。

"我对基督教会的事情也不太明白，有必要进行一次详细的调查。"风斋对自己的假设也没有十足的把握。

"再等等看吧。我怀疑会不会真的有人来放火。"

风斋也同意六郎的这个看法。

火灾真的发生了。时间是六月一日。

火源来自大内，准确地说，是阿万夫人侍女的房间。这一天恰逢二郎三郎犯了胃病，阿万夫人彻夜都在陪护。侍女们也都跟随阿万夫人去了二郎三郎的房间，因此她们的住处空无一人。

纵火者可能是使用了烟硝和油，火势迅速扩展开来。如果不是因为有藤左的警告，六郎和风魔们彻夜戒备，结果将很难预料。从火势来看，至少内城是保不住了。

风斋最先嗅到了烟的味道，其中还混杂着烟硝和油的味道。这位老人的嗅觉随着年龄的增长不但没有衰退，反而更加敏锐了。

“不要用水，用土。把水洒在周围。”风斋很清楚，在油上面泼水，反而可能会助长火势，风斋的这句提醒避免了更大的损失。

火势意外凶猛，有三名风魔在灭火的过程中被烧伤。据《德川实纪》记载，纵火者就是住在起火房间中的两名侍女，这两名侍女都是忠吉旧臣的亲友。事后，二人被处以火刑。而他们的亲戚，忠吉的那位旧臣，早在三月间就已经被命切腹自尽。此人在临死前为了报复二郎三郎，留下了纵火的遗命。

事情到此就结束了，但六郎的心中却留下了深深的自责。

这是一件无法预期的事情。而事情的无法预期性，也正是让六郎感到痛苦的原因。在三月里，判决下达命令、有罪者受到惩罚的时候，如果自己的调查再细致深入一些，就可以了解到受处罚者的亲人抱着怎样的想法，是否准备报复，会采取什么行动。这次的事情也就可以得以避免。但是因为自己对他们的轻视，险些酿成苦果。六郎对自己的大意悔恨不已。

看着苦着脸，恨不得痛打自己一顿的六郎，风斋安慰道：“别想得太多。要不然正好会落进藤左的圈套。”

对忍者来说，后悔是没有任何意义的。不管是成功还是失败，都应该立刻抛在脑后，随时都要以崭新的心情迎接明天的到来。如果不能做到每时每刻都保持着一颗平常心，忍者将无法圆满地完成自己的任务。风斋说的其实都是一些忍者的常识。

火灾发生后的第十一天，即六月十二日，三河地区刮起了强风，甚至吹翻了城上的望楼。骏府也受到了影响，城中的行人在风中举步维艰。如果纵火被选在了这样的天气里，骏府城恐怕已经化为灰烬了，六郎和风斋越想越后怕。另外，这一年的天气异常寒冷。在六月中旬，城郊甚至下起了冰雹，农作物遭受了灭顶之灾。在骏府城中，冷雨绵绵不绝，人们都说这是大凶之兆。

在狂风暴雨中，六郎来到安倍川河滩见藤左，风斋当然也去了，护卫人数被增加到了五十名。如果藤左想杀六郎，这一天将是一个绝佳的时机。藤左提供的情报被证明是正确的，六郎肯定会对他或多或少产生了一些信任。此时动手，正好可以收到出其不意的效果。风斋因此把护卫的人数增加了近一倍。六郎很快就发现了风斋的安排，他只是苦笑了一下，没有再表示抗议。

藤左正在小屋外候着六郎，他今天的打扮，看上去就是城里的一个普通居民。藤左也立刻发现了六郎的随行护卫，并对此大为恼火。

“你身后的护卫也太谨慎了。我来找你，只不过是想让你帮点忙而已。”

“我也没办法呀。”六郎说的是实话，但不知道藤左是否真的相信了。

“咱们去清水一趟。”藤左正色说道。

清水是骏府的外港。二郎三郎在建城时，原本打算在清水和骏府间挖一条水道，以使舟楫可以直达骏府。因为地基过软，这项工程被中途放弃了。

二郎三郎有独霸日本海外贸易的想法，贸易许可证即朱印状，也是在骏府由本多正纯颁发的。海内外的商贾因此云集骏府，大小船只也繁忙地穿梭于清水港。巨大的西洋船，从一千石到三千石左右的国产船，各式各样的船只停泊在清水港中，帆桅林立，海鸥长鸣。中国人和西洋人忙忙碌碌地奔波着，整个清水港都充满了异国情调。

藤左和六郎在狂风暴雨中以惊人的速度飞奔着，风斋和五十名风魔紧随其后。到达清水后，藤左唤来了早已安排好的小船，自己迅速登船之后，扭头饶有兴致地看着六郎。脸上的表情好像正在说，这回我看你的护卫们怎么办。六郎很平静地上了船，突然不知从哪里冒出来的风斋，和船夫打了一声招呼之后，也毫不客气地登上了小船。

“早上好。”他慢吞吞地和船夫打了声招呼。

头上戴着一顶黑色斗笠的风斋，径直在船头坐了下来，在这个位置上随时都可以出手格杀船夫。船夫的神色变得有些不太自然，这说明他并不是一名单纯的船夫，肯定是藤左手下的忍者。被别人抢占了有利的位置就面带惊慌，看来此人也不是什么了不起的高手。六郎轻轻一笑。藤左板着脸，命令开船。

小船在冷雨中驶离了岸边，未及驶远，藤左就神色大变。藤左三人乘坐的小船距离目标（看上去应该是一艘西洋船）尚有一半的距离，可此时却从几个不同的方向蹿出几只快艇，飞快地包围了藤左乘坐的小船。每只快艇上都有十人，共计五十名风魔面无表情地严阵以待。而且这些快艇的来历大有名堂，这是一种被称为“小早”的战船。

当时的战船以大型的安宅船为中心，周围配以关船，比关船更小一些的便是小早，通常被用来侦察或是联络。船体的大小从三十桨到八桨不等，现在风魔使用的就是最小型的八桨小早。船头尖细，速度惊人，船上搭有船棚，根本不惧怕眼前的这点雨。小早一般都配备火铳，但风魔的小早上配备着两门大铁炮。所谓的大铁炮就是小型火炮，威力不容小觑。即便是大型的西洋船，如果在下锚停船时被五艘小早缠住，特别是让小早进入了射击死角之后，也完全没有抵抗能力。

当然，风斋并不是真的打算要开战，只是要展示自己的实力。让藤左知道，只要自己愿意，随时都可以让他有来无回。

藤左面色苍白地看了一眼六郎：“你们怎么知道的？”

以藤左的水平，原本不应该提出如此拙劣的问题，因为六郎根本就不会回答。但风斋出人意料地答了话：“我们并不是预测出来的，而是随时都做好了这种准备。”

这句话给藤左的打击是决定性的。随时都备有小早，而且是五艘。这样的忍者门派，在日本全国不会再有第二家了。即便是伊贺·甲贺忍者也不具备这样的实力。藤左终于明白，自己现在面对的是日本第一的忍者门派。

藤左三人乘坐的小船来到一艘西洋船的船舷旁。从旗帜上看，这是一艘葡萄牙船。藤左一面顺着绳梯向上爬，一面观察着小早的动静。小早已经进入了西洋船的射击死角，隐隐地构成了包围之势。射击死角指的是西洋船上的火炮在俯射时的最短射程以内的区域，在这个区域内，西洋船的火炮已经完全失去了作用，反而是小早可以随时用大铁炮在西洋船的吃水线上轰出几个窟窿来。

果然，西洋船上的水手们一片哗然，这也怪不得他们，现在的形势就如同被人用利刃顶在了咽喉上。藤左一面冷眼看着慌乱的船员们，一面把六郎和风斋请进了船舱。

这个房间装饰很豪华，看上去像是船长室。窗户半开着，一片烟雨中的港口可以尽收眼底。

巨大的书案的另一端坐着一个人，看服装应该是弗郎西斯派的传教士，但六郎和风斋根本就搞不清楚传教士之间的区别。此人高额鹰鼻，相貌堂堂。虽然这是一艘葡萄牙船，但此人的相貌带着明显的西班牙人的特征。

传教士静静地注视着六郎和风斋，犀利的目光中，自然地流露出一种不容冒犯的威严。六郎和风斋，都不是那种会简单地被别人的气势压倒的人，他们只是瞥了一眼这名传教士，就把目光转移到了藤左的脸上，等待他说明为什么会带自己来见此人。

这时，传教士从椅子上站起身，走向了六郎和风斋。他刚才所流露出来的威严立刻荡然无存。此人的个头矮得超乎寻常，而且体形肥胖，看上去就像一只水桶。鹰一般强悍的相貌，和蠢笨不堪的体形构成了奇妙的组合，给观者以强烈的冲击。传教士收起了严肃的表情，一种很讨人喜欢的笑容迅速在他脸上绽开，给人的感觉也立刻变得暖洋洋的。

"我是路易斯·所得罗传教士，让你们吃惊了吧。"所得罗一面笑一面说道。他很清楚，自己特殊的相貌和体形会带来什么样的冲击性效果，"如果你们吃惊了，就是我的胜利。哈哈哈哈……"

六郎也放声大笑，如果说被吓了一跳就算输了的话，现在的情况的确正如此人所说。但在吃惊之余，这位传教士的幽默感也让两人感受到了很强的亲和力。

路易斯·所得罗出生在西班牙的塞维利亚，他从很早的时候就希望能到日本来传教。并于庆长五年（1600 年）渡海来到菲律宾的马尼拉，开始在旅居当地的日本人中传播基督教教义。他好像在那里努力学习了日语，在三年后的庆长八年（1603 年）来到日本时，所得罗已经可以操着一口怪腔怪调的日语，和人自由地交谈了。所得罗曾在日本各地传教，特别是在纪州、奥州停留了很长时间。此时他正寄身于弗朗西斯派教会。

后世对所得罗的评价极端恶劣，就连和他同时代的西班牙人也不信任他。

"他不是一个诚实的人物。"

"随着时间的推移，经常发现所得罗的话只是一些美好的梦想。"

再看看日本的历史学家是怎样评价他的吧。

"分不清空想和现实的半疯狂僧人。"（姐崎正治博士）

"作为僧侣，他是一名了不起的谋略家。"（幸田成友博士）

"为人极度热情，这种性格的人，经常有把自己的梦想当作现实的倾向。"（蒲川和三郎）

但对他也有这样的评价："所得罗此人，在受神的召唤进行传教活动的人当中，是一位最优秀的修道者。他富有学识，谦虚、虔诚地进行祈祷和苦行。他一生清贫，严格地遵守我们神圣的会规（弗朗西斯会的会规），为了上帝的荣誉，奉献了满腔的热情。曾经和他生活在一起的人都知道，所得罗不允许自己在生活中有任何特权。他遵守赤足修行的会规，在日常饮食及穿着上严格要求自己……如果是为了传教，帮助穷人或者是修建教堂，他不惜到处化缘。尽管他向上帝做了如此大的贡献，但有些人对他所做的神圣工作，不仅没有给予正确的评价……最后他受到了极为残酷的处置。”（迪亚哥·德·圣·弗朗西斯神父）

客观地说，所得罗经常会大吹法螺，并经常强硬、执着地去说服别人。为达目的，他有时不惜使用权谋。但他所做的一切都是为了教会的发展，没有一件事是出于个人私欲。顺便提一句，弗朗西斯会提倡过清贫的生活，会中的传教士在一生中，只需要一件修道衣、一根绳子和一条裤子就足矣。所得罗一直严格地遵守着这项教规，后来他在大村湾附近的放虎园被处以火刑殉教。那是宽永元年（1624 年）的事情。1867 年，所得罗被追认为福音者。

所得罗极富个人魅力，他穿着褴褛的衣衫穿梭于各地的大名之间，成功地说服他们建设了许多医院和教会。六郎也立刻就感受到了所得罗的感染力，利用刚见面时的这次出色的表演，他把双方的拘谨一扫而光。

“所得罗神父就是我的雇主。”藤左说道。忍者原本绝对不能说出自己雇主的名字，但藤左现在对此没有任何顾忌。

“你是什么时候成为基督徒的？”六郎问道。受雇于传教士者，不一定就是基督徒，但藤左对待所得罗的态度，明显充满了敬意。

“我被砍断手指时，是一位传教士为我治的伤。”藤左轻描淡写地说了一句。

但实际上，藤左当时死活都不肯接受治疗，传教士只得把他捆起来疗伤。那位传教士好像很理解藤左只求速死的心情，他流着泪说道：“人不是靠手和脚活着，而是靠灵魂。只要灵魂还活着，你就没有死的权利。”

这句奇怪的话，打动了藤左的心。人们经常说，忍者是没有心的，因为怀着一颗慈悲心的忍者，根本就无法在惨烈的战斗中生存，所以只有没有心的忍者，才能长久地生存下去。这也是为什么世人评价忍者没有人性的原因。但忍者虽然没有心，可是他们有灵魂，藏在身体最深处的灵魂。藤左的灵魂被这位传教士唤醒了，他最初想凭借灵魂为自己带来的力量，无论如何也要杀死太阁秀吉。但发生在庆长元年（1596 年）十一月十五日的对基督徒的大搜捕行动，让藤左放弃了这个狭隘偏执的想法。

当时被捕的弗朗西斯会的六名神父中，就包括了为藤左治伤的那名传教士。这六名传教士和三名耶稣会的日本人会员，以及十五名信徒，都在被割掉了耳朵之后押往了长崎，途中又增加了两名。一行二十六人于庆长元年十二月十九日，在现在长崎的西坂之丘被钉在十字架上，用长枪刺死。这就是在基督教迫害史上，非常有名的二十六圣人殉教事件。

藤左从大阪一直跟随到了长崎，他原本打算救出传教士们，但被拒绝了，传教士们还向他讲解了殉教的光荣。在十二月十九日行刑的时候，藤左和许多信徒一起脱下衣服，浸在二十六人的鲜血当中。这一天，他成为一名基督徒。

现在的藤左已经是一名虔诚的基督徒了，他参加的不是耶稣会，而是弗朗西斯会。这个教会有严格的戒律，会员们都过着清贫的生活，是一个战斗性的传教组织。

“然后呢？”六郎催问道，意思是让藤左尽快说出接近自己的理由。

藤左看了一眼所得罗：“他在问我们的目的。”

“这一点由我来说吧。”所得罗颔首道，“我知道大府和将军之间发生了争执，我想谈的就是这件事。”大府指的就是家康。

据劳伦森·佩雷斯所著的《路易斯·所得罗传》记载，所得罗跟随旅居马尼拉的日本人学习了日语，来到日本之后，为了提高自己的语言能力，所得罗又去京都住了四个月。结果，他说日语时经常会夹杂着京都方言。后来在江户的教会里，所得罗又接触了很多来自全国各地的商人，最终使得他的日语成了南腔北调的大杂烩。但他现在对六郎说的这件事，却是一件在日本全国也只有很少数的人才知道的秘密。

六郎的回答，没有任何的迟疑和动摇：“这种事，不是我们做下人的能够知道的。”

“不对吧。藤左说你才是大府最信任的心腹。”

“我只是个护卫而已。虽然经常在大御所殿下的身边，但也仅仅是为了保护他的安全。怎么能参与这么重要的事呢？藤左应该很清楚这个道理。”

“将军殿下的护卫是柳生，而你正和柳生斗得你死我活。这不就代表着，大府殿下和将军殿下正在发生争执吗？”

所得罗穷追不舍，言辞之犀利令六郎在心里暗自咂舌：“太夸张了。只不过是德川家内部两股小势力之间的争斗罢了。”

“小势力之间的争斗会死六十人吗？”

六郎对这句话并没有感到吃惊，因为他已经预料到，所得罗会提这个问题。六郎一直在琢磨，藤左是从什么地方得到的这个情报。肯定是柳生，所得罗现在的话也证实了这一点。

“即便是小势力之间的争斗，如果对对方恨之入骨，也是会死人的。”六郎始终把这件事定义为德川家内部忍者门派之间的争斗，而且他也只能这样说。

所得罗用怀疑的目光注视了六郎片刻后，突然改变了话题：“五月二十八日，两艘荷兰船进入平户港的事情，你知道吗？”

这两艘荷兰船分别是派林号和福林芬号。两艘船从马来半岛的巴塔尼出发北上，发现了一艘葡萄牙的敌船之后一路追赶。而这艘葡萄牙船，是一艘定期往返于澳门和日本之间的商船。两艘荷兰船尾随着商船也驶入了平户港，这两艘船因为原本没有来日本的计划，所以船上没有装载任何可以用来交易的商品。这一点也成为旧教传教士们把两艘船指为海盗船的证据。

平户的领主松蒲法印，正在为平户港被长崎夺去了作为贸易港的繁荣，而暗自恼火。于是他便和自己的孙子隆信一起，欢天喜地地迎接了两艘荷兰船，并配备了翻译，把船上负责贸易的人送往骏府。此时一行人应该正在来此地的途中。

六郎和风斋从二郎三郎处听说过此事，但二人对海外的情况了解不多，并不知道这份情报的价值，只是认为又来了一批西洋人而已。

但是对所得罗等旧教的传教士来说，这是一件天大的事情。荷兰是他们不共戴天的仇敌，其原因并不是因为荷兰是从西班牙独立出去的国家，而是由于荷兰信奉新教。在六郎等人的眼中，不论旧教还是新教，都是基督教。但对当事者本人而言，两者之间有着天壤之别，彼此都是对方不共戴天的仇敌。而荷兰船正式进入日本的港口，这还是第一次。

早在庆长五年（1600 年），远航号就因为遭遇海难而漂流至日本，虽然那并不是一次有计划有目的的行动，但当时旧教的传教士们依然一片哗然。这次来日的是正式的商船。尽管这两艘船是因为追踪敌船才偶然来到了日本，但旧教的传教士们并不清楚这一点。况且，这两艘荷兰船的背后，还有成立于庆长七年（1602 年）三月的荷兰东印度联合公司，这样一个令人生畏的庞大组织。

荷兰从西班牙独立之前，荷兰的商船可以自由地进出葡萄牙的商港里斯本，以中转葡萄牙商船从东洋运回的商品而获利。在荷兰作为新教国家独立之后，身为旧教徒的葡萄牙国王就禁止荷兰商船进入里斯本港。

当时的东洋贸易基本上被西、葡两国所垄断，葡萄牙的这项禁令，使得荷兰无法再得到任何来自东洋的货物。荷兰只能和同为新教国家的英国一样，谋求自力开展和东洋的贸易。在这种背景下，许多旨在和东洋开展贸易的公司相继成立。通过和西班牙、葡萄牙进行惨烈的海战，荷兰人终于在爪哇西北部的班达姆开设了商馆，商船也可以定期往来于本国和东洋之间。在庆长七年三月，一些荷兰公司联合成立了荷兰东印度联合公司，在国家的保护下，试图逐渐垄断西洋和亚洲之间的贸易。西班牙、葡萄牙等旧势力当然不会坐以待毙。

进入平户的两艘荷兰船就隶属于荷兰东印度公司，在日本的葡萄牙、西班牙贸易公司，自然会感受到巨大的压力。长期以来担心的事情终于发生了，旧教国家对日贸易的垄断将被打破，荷兰人也要来分一杯羹。传教士比商人们感受到了更大的压力，他们苦心经营的传教体系，很可能会就此崩溃，尤其是对由葡萄牙人掌控的耶稣会来说，简直就是屋漏偏逢连阴雨。去年在澳门发生的杀害日本船员事件依然悬而未决，而这件事的最终结果，很可能是葡萄牙人的对日贸易被禁止，由荷兰人取而代之。

说来也巧，澳门使节安德雷·佩索尔，在五月末乘商船来到了长崎，目的是要和平解决杀害日本船员事件。当时澳门的相当一部分收入都来源于对日贸易。如果贸易被禁止，澳门将受到沉重打击。佩索尔已经没有退路了。而就在此时，荷兰船进入了日本，他们的出现很可能会对澳门更不利。

对耶稣会的传教士来说，情况十分严峻，日本耶稣会的全部资金都来源于对日贸易。也正因为如此，耶稣会才无法轻举妄动，他们曾经有过惨痛的教训。早些时候，传教士们为了把威廉·阿达姆斯从家康的身边赶走，对他进行了种种的中伤和非议，但结果却是阿达姆斯得到了家康更多的宠爱，而耶稣会却失去了信任。

所得罗注意到了耶稣会的不安。虽然同为旧教教会，但至少在日本，耶稣会和所得罗所属的弗郎西斯会的关系并不融洽。更早在日本开始传教的耶稣会，把日本当作了自己的势力范围。而且耶稣会以黄金、生丝的贸易或新式武器为诱饵，诱使各地大名允许自己在其领地传教。他们的传教方式是极其现实的"战斗教会"的做法。

与耶稣会正相反，弗朗西斯会从创立伊始，就提倡清贫的生活。他们对现实生活的关心也仅限于设立医院一事，弗朗西斯会既不买卖黄金和生丝，更不会从国外带来先进的武器。所以他们远离大名，通过提供医疗等服务，直接渗透到了底层民众内部，因此对所得罗等人来说，澳门的兴衰与自己没有任何关系。新教徒的到来虽然是一个严重的问题，但如果只限定于贸易层面，那么来的不管是荷兰人还是英国人，对自己也没有任何影响。

所得罗对宗教怀有超常的热忱，他同时又是一位非常清醒的现实主义者，并且拥有宽广的视野和良好的教养。换言之，他是旧教徒中唯一能够和威廉·阿达姆斯匹敌的知识分子。

所得罗认为，现在是一举改善耶稣会和弗朗西斯会关系的大好时机。弗朗西斯会在贸易问题上，与任何人都不存在利害关系。所得罗打算从这个角度出发，为葡萄牙和日本进行调停。

在家康身边有来自新教国家的威廉·阿达姆斯，没有关系，所得罗绝没有对这一点提出异议的想法。但如果家康只根据阿达姆斯的意见，就对西洋人的善恶做出判断，是一件不公平的事。他希望家康能够把来自旧教国家西班牙的自己也留在身边，凡事都在听取了双方的意见之后再做判断。这种做法对公平而且睿智的家康来说，应该是一种最妥善的处理问题的方式。

这就是所得罗的要求。一言概之，他希望自己能够成为家康的心腹。

这是个异想天开的要求，而且向六郎提这种要求也找错了门路，向本多正纯或者后藤庄三郎提出才是正途。六郎这样一说，所得罗立刻表示，已经安排好了明天和本多正纯会晤，该履行的手续肯定会严格履行。通过正式的途径，虽然可以转达自己的要求，但是无法传达自己的热情。因此所得罗希望在见本多正纯之前，请六郎无论如何也要把自己的诚意转达给大御所殿下。这就是自己接触六郎的原因。

“当然，我们还想亲眼看一看名满天下的风魔的手段。”

所得罗说话时，有人叩响了门。藤左悄无声息地突然拉开了门，船长气势汹汹地冲了进来，通红的脸上写着极度的愤怒和不安。他用葡萄牙语向所得罗飞快地大喊大叫起来，所得罗摆了摆手，打断了他的话。

然后，所得罗看着风斋和六郎说道：“船长非常担心，有五艘战船包围了我们，并且用大铁炮瞄准了这艘船的吃水线。船长说他要立刻起锚离开港口。”

“在起锚的那一瞬间，十门大铁炮的弹丸将射入这艘船的吃水线。同时五十名忍者会攀上甲板，杀光所有船员。请把我的这些话转达给船长。”六郎若无其事地说道，“只要船上有一点儿动静，立刻就会出现这种情况。我们的人平时受的训练，令他们完全有能力在顷刻间杀掉所有的船员，救出我们二人。”

所得罗大为感慨地摇了摇头，然后转身对船长说了几句话。船长恶狠狠地瞪着六郎和风斋，骂骂咧咧地嚷嚷了几句之后，转身急匆匆地走了。

“船长在说什么呢？”风斋不急不忙地向藤左问道。

所得罗飞快地在胸口画了一个十字后答道：“他说你们是恶魔之子。”

风斋笑了。

“了不起，风魔的实力，我见识到了。让人恐惧，不愧是大御所殿下的护卫。我希望你们也能把这种力量奉献给上帝。”所得罗终于说了实话。这才是他的真实目的。六郎敏锐地察觉到，所得罗希望风魔能够成为基督教会的护卫。

“他是当真的哟。”二郎三郎在骏府城内听完二人的报告后，满脸严肃地说道，“风魔不会有什么问题吧？”

二郎三郎是真的有些担心。他的意思是，风魔当中有没有基督教徒。风斋毫不迟疑地否认了，风魔一族中根本没有传播宗教的空间。因为风魔一族的存在形式原本就已经接近宗教，我们甚至可以把这一族称为风魔教。如果没有这种类似于宗教的组织结构，风魔一族也不可能如此紧密地团结在一起。在他们心中，族群是至高无上的，为了族群，每个人都不惜牺牲自己乃至于家人的生命。在很久以前，为数不多的风魔从大海彼岸来到这片土地。从那时开始，他们就不断面临着灭亡的危险，在这种环境中，团结成一个族群，靠集体的力量生存下去，就成为风魔至高无上的法则，一种至高无上的生存法则。而且出于职业上的原因，风魔一族都是彻底的现实主义者。“净土”也好，“乐园”也好，在他们眼中都只是一种逃避。因为这些原因，风斋才能确信基督教没有渗透进风魔一族。

希望青蛙藤左不要给我们带来什么厄运，二郎三郎始终不能释然。

二郎三郎的半生都是在一向宗起义中度过的，但他却从来没有信奉过一向宗，也从来没有过所谓的“欣求净土，厌离秽土”的想法。他投身战斗的目的，只是为了追求自由。自由地选择生活方式，自由地选择信仰，自由地选择漂泊抑或是定居。为了维护自己的这些追求，他一直战斗至今，而现在二郎三郎正准备在骏府构建这样一个世界。

六郎一直无言地听着二郎三郎和风斋的对答，他的心中忽然有了一个疑问——像二郎三郎这样一个人，为什么会对基督教心存恐惧呢？

二郎三郎好像是听到了六郎心中的疑问：“作为一个宗教，我对基督教谈不上喜爱或者厌恶，但我不喜欢他们的传教方式。以开展贸易和提供武器为诱饵，笼络各地的大名，在国内挑起战乱，然后他们就乘虚而入，大收信徒。我想这种做法绝对不是神的旨意。另外，传教士中有些人以本国的强大实力为后盾，经常来威胁各地的大名，太不像话了。开玩笑，谁会怕他们。只要基督教不改变传教方式，我就不会承认基督教。”

二郎三郎的面色通红，他很少这样激动。

“我的想法和太阁的想法看上去有些相似，但基本的出发点是不一样的。”二郎三郎继续说道，“我根本不介意什么人会去信奉什么宗教，但如果为此挑起战争，则坚决不行。更不要说因为西洋人内部的宗教之争，把我们的国家也卷入战乱。所以，我绝不会宽恕妄图挑起事端的人。但我也不打算像太阁那样把他们全都杀掉。”

事实上，二郎三郎在他去世之前，没有杀过一名传教士。通过自己参加的一向宗起义，二郎三郎明白了一个道理，试图以灭绝性的屠杀抹杀一种宗教，是极端愚蠢的做法。织田信长对一向宗起义军进行的大屠杀，只是无谓地增加了彼此的伤亡人数，而没有起到任何决定性的作用。就连信长最后也不得不通过赦免和和谈来平息事端。

“我反而认为，位于统治中心的人，不应该属于任何宗教门派，否则会有失公平。”二郎三郎的想法是，武士阶层的人不管信奉什么宗教，都不应该是一名狂热的信徒，“所以，我觉得所得罗这个人很有意思。我想见一见他。你们告诉他，我随时都欢迎他来。但藤左不行，让传教士一个人来。”

六郎对此也深有同感，绝不能让藤左这样一个危险人物进入骏府城。风斋也笑了笑，表示同意。

所得罗于两日之后来到了骏府城。他身穿一身已经洗得发白的修道衣，腰间系着一根绳子代替腰带，这身打扮让城门的守卫有些目瞪口呆。尽管有些不情愿，但因大御所有严命，所以他只能把所得罗引了进去。青蛙藤左也一同来到了大守门，并在此等候所得罗的归来。

“是你的主意吧。”藤左很不高兴地对六郎说道。因为担心藤左会再一次潜入城内，所以六郎假借问候之名，跑来监视。风斋竟然没有出现，应该是留在城内负责监视所得罗。

“就算让我进去也构不成什么威胁。而且我很担心所得罗神父的安全。”

六郎笑了笑：“虽说你现在入了基督教，但忍者还是忍者，说谎连眼睛都不眨一下。”

藤左想要反驳，犹豫了一下又放弃了。因为事实正如六郎所说，藤左原本想要观察一下内城的防范设施，而且他也知道所得罗是安全的。

二郎三郎和所得罗的见面进行得非常愉快，而带来这种愉快氛围的，正是两人极端相近的体形。

所得罗在踏入二郎三郎房间的一瞬间，像有些怀疑自己的眼睛似的呆住了。二郎三郎正站在一张西式书案旁，脸上也是一副目瞪口呆的表情。两人都以为对面的这个人是自己的孪生兄弟，当然，长相完全不一样，年龄和服装也有差别，但整体的轮廓简直就是一模一样。

二郎三郎突然放声大笑，迟了片刻，所得罗也发出了会心的笑声。两人一直在笑个不停，最后笑得连眼泪都流出来了。

“吓了我一跳。”

“我也是。”

“我做梦也没想过我在西洋也有了后代。”

“我也没想到自己在日本竟然还能找到亲人。”

两人又一次放声大笑。

有了这样的开始，两人的会见注定将非常愉快地结束。二郎三郎立刻就发现，所得罗视野宽广，内心无私无畏。所得罗也从二郎三郎身上，捕捉到了日本武士身上很少见的自由和务实的精神。

“这件事很可能会有一个圆满的结果。”二人同时感觉到。

所得罗讲述了自己此行的目的。他先是描述了日本船员在澳门的胡作非为，然后恳请二郎三郎，不要因为此事停止和葡萄牙商人的贸易往来。最后，他又说出自己是西班牙人，和以耶稣会为中心的葡萄牙人隶属于不同的教派，并没有什么密切的往来。也正因为站在这个立场上，自己才能提出客观的意见。

二郎三郎对所得罗的说法感到很满意，并保证在骏府会见澳门使节安德雷·佩索尔的时候，会公平并且理性地处理这个事件。

“你为这件事尽了很大的努力，我会把这一点告诉他们的。”

“您的好意我心领了。我不想把这个功劳归属于我个人，我的目的是为了改善耶稣会和弗朗西斯会的关系。您可以把我说成是一名弗朗西斯会的传教士，不必再提起所得罗这个名字了。”

二郎三郎相信了所得罗所做的一切并非出自私心，于庆长十四年（1609年）七月二十日遵守承诺，下达了禁止日本船只停靠澳门的命令。此前澳门使节佩索尔抵达了骏府，在解释了日本船员事件的起因之后，提出了希望禁止日本船只停靠澳门港的要求。澳门是个很小的港口城市，而日本船员大都暴戾不驯，经常借酒生事。如果不禁止日本船只靠岸，今后很难杜绝类似事件的发生。其实这些说法不是澳门人的全部真实想法，背后另有隐情。澳门人从中国大陆商人手中购得廉价的丝绸，然后高价转手销往日本。澳门这个城市也是以此为契机出现的。日本商船长期停靠澳门，很可能会从澳门人手中夺走这个生意，危及澳门的生存。

二郎三郎并没有考虑到这个因素。但他知道在海外只要提起日本人，人们就会联想到倭寇。能否成功地消除这个恶劣的影响，关系到贸易立国政策的成败。因此二郎三郎下达了禁止日本船停靠澳门的命令，而且没有忘记添油加醋地描述了一番所得罗在本次事件中起到的作用。

二郎三郎随后又叮嘱佩索尔，不要再对荷兰人进行中伤和诽谤，因为他一直指责进入平户港的荷兰船是海盗船。二郎三郎已经就此事征求了威廉·阿达姆斯的意见，阿达姆斯告诉二郎三郎，西班牙和荷兰之间达成了为期十二年的停战协议，因此荷兰船不可能主动袭击西班牙船。这项协议确实存在，但在遥远的东洋，两国的船只并不一定会严格遵守协议的内容。

停战协定是在这一年四月订立的。阿达姆斯从比佩索尔早一周到达骏府的荷兰人使节处，得知了这个消息。比葡萄牙人早几日到达骏府，为荷兰人带来了幸运。

二郎三郎对佩索尔提起停战协定时，佩索尔立刻神色大变，哑口无言。二郎三郎情报的迅速和准确令他方寸大乱，明白自己如果信口开河，必将会招来不测。

二郎三郎的态度是公正的。不论是西班牙人、葡萄牙人还是荷兰人，他都一律给予了平等的贸易机会。佩索尔明白，自己不能破坏这个公平的环境。

据《德川实纪》记载，这个月的十一日，二郎三郎下令和荷兰通商，严格地执行了公平贸易的原则。

这一年七月，二郎三郎下令，让骏府奉行彦坂光正在骏府城及骏府城下町举办风流舞大会，并允许城下町的平民乃至于阿部川町的游女们，进骏府城内参加大会。

看上去，二郎三郎现在的心情很不错。

柳生或者说秀忠已被成功地压制，五郎太丸以及两个亲生儿子不但封地有了着落，还通过和外地强藩联姻，得到了强有力的后援。海外贸易也逐渐走上了正轨。现在二郎三郎终于有了一块立足之地，接下来最重要的工作就是说服大阪城的秀赖臣服于德川家。

二郎三郎迎来了一个转折期，关原之战后的九年，是血雨腥风的九年，现在终于可以松一口气了。这次的风流舞大会，可以说是二郎三郎心情的写照。但是，政治家的娱乐不是单纯的娱乐，其背后总是附带着一些其他的动机。这次的风流舞大会也不例外。

有心人一定会发现，到目前为止，二郎三郎从未让外人进过骏府城，无差别地放平民入城，这还是破天荒头一遭。对各藩国的忍者来说，这是一个难得的机会。错过了这次，以后很难再有机会进入骏府城了。

其实，这是二郎三郎设下的圈套。所有参加这次风流舞大会的市民，都被严格地登记在案，只要有来路不明者加入，立即就会被发现。以风流舞大会为诱饵，大批忍者落网并被严刑拷打。通过这次行动，二郎三郎成功地建立了一份异己者的黑名单，这是下一步对秀赖开展工作时，必不可少的情报。

很有趣，被捕的忍者中没有一名来自柳生，也没有一名来自基督教会。这二者要么是现在对二郎三郎不存敌意，要么是明智地没有踏入圈套，二者必居其一。基督教会很明显应该属于后者。

所得罗应二郎三郎之邀，登上了天守阁。他出人意料地一边和阿达姆斯谈笑风生，一边和众人共同欣赏了风流舞会的盛况。所得罗和阿达姆斯表现得惺惺相惜。

所得罗在返回住处时，对前来送行的六郎说道："阿达姆斯先生拥有超凡的智慧，只有大御所殿下这样的豪杰，才有资格做他的主君。我虽不才，也愿效仿。"

六郎一面点头，一面望着大守门外黑压压的人群。藤左和他的手下肯定也混迹于其中。六郎很清楚，藤左不会放松对所得罗的护卫。只要所得罗踏出城门一步，他的身边立刻就会形成一道保护圈。不能肯定的只有一点，藤左是否也在其中。如果不在，他会去哪里呢？

仿佛听见了六郎的心声，藤左从人群中走了出来。

"太露骨了！"藤左一走近就满脸不痛快地说道。他指的是诱捕忍者的行动。

人群中没有人发现发生了异常，六郎特意在这方面下了些功夫，但藤左一眼就识破了圈套。六郎原本也没有期望这些安排能躲过藤左的眼睛。

"被抓的里面，有你的熟人？"六郎轻松地反问道，这是六郎式的揶揄。

“你想哪儿去啦！”藤左只能苦笑一声，“设下这样的圈套，你们是不是要有什么行动啊？”

藤左的洞察力依然敏锐。六郎只得含混应答：“大御所殿下很关注基督教会的忍者。”

“是吗？”藤左哼了一声，他看出六郎没有说实话。

“殿下多虑了。”所得罗闻言一惊，现在他最需要的就是二郎三郎的信任，“藤左，立刻做好我们手下忍者的名单，呈交给大御所殿下。”

“怎么能做这种傻事？”藤左并没有把这句话说出口，只是冷冷地瞪了六郎一眼。

这次轮到六郎暗自苦笑一声，没想到所得罗如此实在，看来他是真心实意地想与二郎三郎合作。不管藤左如何不情愿，基督教会所属忍者的名单想必会被呈交给二郎三郎。只要所得罗不想给二郎三郎留下任何疑虑，他肯定会这样做，这种事简直是闻所未闻。

但正因如此，这个做法同时也是非常有效的。

“好气魄！”现在六郎也觉得所得罗有些可怕。

澳门使节佩索尔一行正在返回长崎的路上。佩索尔现在感到很得意，日本的大御所殿下竟然如此好相与，这么轻易就下达了禁止日本船停靠澳门的命令。

佩索尔得意得有些早。当他到达长崎时，等待他的是当地奉行的传唤。二郎三郎没有欺骗佩索尔，这次传唤并非他的意志。向二郎三郎请求进行传唤的，是有马晴信。被铳杀了六十名船员的那艘日本船的船主，正是这位有马晴信。

六十名部下被杀，就让葡萄牙人这么趾高气扬地走了，不但晴信自己咽不下这口气，向部下也无法交代。大御所已经下令，作为一介地方大名的晴信，当然不敢真的为难佩索尔。但最起码也要把他传来，问一问事情的详细经过，并逼他说出一句道歉的话。

如果当时佩索尔老老实实地出头，大概什么都不会发生。大御所殿下已经明确地下达了命令，九州地方的大名又怎敢将佩索尔私自处刑呢？但当时佩索尔可能觉得日本人可欺，又或他认为有马晴信是一个野蛮嗜杀的人。总而言之，佩索尔没有应讯，反而收拾好行李准备立刻起锚溜走。

有马晴信闻信大怒，这是一种侮辱！佩索尔这种无礼的态度，是不是表明他在铳杀六十名日本船员一事上，有什么理亏之处？从某种角度上来看，晴信这样想也有一定的道理。

十二月九日，晴信下令攻击佩索尔乘坐的九百吨大船“道斯”号。战斗持续了数日，“道斯”号尽管进行了顽强的抵抗，但始终无法冲出包围。战斗进行到第四天，晴信的部下乘小船向“道斯”号投掷燃烧弹，并成功地将其主帆焚毁。失去了主帆，“道斯”号将无法出海。佩索尔放弃了战斗，命人点燃了船上的火药库。

“道斯”号的爆炸声，在长崎市内依然清晰可闻。不大会儿工夫，“道斯”号倾覆，船员基本上全部战死，只剩下船上装载的白色生丝随波漂荡。

❖

庆长十四年（1609 年）的雨水多得异常。据记载，从正月到八月，降雨日多达一百二十天，并且狂风不断。不知道是否有关联，这一年发生了许多不寻常的事件。

进入九月，家康第六子松平忠辉所领的川中岛藩发生了内乱。据《当代记》等史料记载，松平忠辉迁入领地川中岛之后，行为乖张，家老皆川山城守联合山田长门守、松平出羽守、松平赞岐守等人向家康上书参劾。

这些记载中，有两个疑点。

其一，忠辉当时十八岁，居住在江户，尚未迁入川中岛。

其二，皆川山城守联合其他家老的说法也值得商榷。忠辉出生时眼部漆黑，相貌丑陋，被称为“鬼孩”。家康心中厌恶，命人将其丢弃。是皆川山城守将其捡回，并养育成人。为了报答大恩，忠辉在受封十四万石领地之后，立刻将其中的四万石赐给了皆川。皆川山城守实际上并不是忠辉的家老，而是忠辉最仰仗的大名，他联合川中岛藩的家老，向家康参劾自己的主君，这件事很难想象。《藩干谱》中记载道，花井九三郎因得到忠辉的宠信，独霸藩政，胡作非为。皆川、山田等人忍无可忍之下，把花井九三郎告到了家康处。这个记载应该与事实相去不远，但皆川主谋、花井九三郎作恶这两点应该和事实不符。

花井九三郎原是一名猿乐师[1]，后来成了家康的随从，并娶了茶阿夫人与前夫所生的女儿阿初为妻，论关系应该是忠辉的妻舅。从他的出身上来推断，很容易把他当成一个经常狐假虎威、胡作非为的恶党。但事实上此人是一位了不

1　艺人。

起的人物，在政务上也多有精彩的手笔。

笔者的结论是，这个事件应该是川中岛藩的一些城主之间的内乱。

在这个时代，家臣控告主君的事情并不少见，但大多数发生在藩的存亡受到了威胁的情况下。如果藩亡了，主君也不再是主君，数百家臣将失去俸禄沦为浪人，有些人的家庭生活甚至将要因此陷入窘境。当时的武士想转投别处是很困难的。身为一藩家老的人，也属于武士阶层，怎么会不明白这个道理呢？明知前路艰难，依然要控告自己的主君，需要一个令人信服的理由，但我们从忠辉身上很难找出这个理由。因此，川中岛藩事件应该只是一次内乱。

川中岛藩有四名城守级的家老，分别是松代城主花井三九郎、长昭城守山田长门守、牧之岛城守松平出羽守、稻荷山城守松平筑后守。因忠辉年幼，藩政由此四人共同署理。

川中岛藩的中心是松代，因此松代城守花井三九郎实际上就相当于忠辉的代理，在四人中最有实权。其他三人都是松平家的老臣，并互为姻亲。在他们眼中，花井三九郎不过是个卑微的猿乐师。还有一个不知是否属实的传言，说花井三九郎是一个中国戏子的后代。

松平出羽守是山田长门守的义弟，当时只有二十五岁，对山田长门守言听计从。松平筑后守则投向了花井三九郎，四名城守之间势均力敌，向家康控告三九郎会显得有些勉强。于是山田长门守想到，要把江户家老松平攒歧守以及忠辉最仰仗的皆川广照也拉下水，这样就会形成四对二的局面。

再重复一次，山田的目的只是要排挤花井三九郎。所谓的“忠辉行为乖张”，只不过是后世的附会。忠辉在当时还从未去过川中岛，又怎会在那里胡作非为呢？而且完全没有这方面的记载。

疑问不止于此。一藩内部家老间的争斗，为什么要诉诸外部呢？即便要诉诸外部，为什么不选择将军秀忠，而要选择家康呢？在第一个疑问里隐藏着一个玄机。山田长门守并不是一个因出身名门便骄傲自大的蠢人，也不是一个见到花井三九郎飞黄腾达就心存忌妒的小人。而且前面已经提过，花井三九郎在政务上很有作为，不是那种全无是处的人。那么，山田长门守为什么一定要控告花井三九郎呢？原因就在于，花井三九郎是领家老大久保长安的傀儡。

大久保长安是猿乐名家大藏大夫的衣钵传人，仅凭此一点，长安对三九郎来说，就已经是高不可攀的人物了。而且，长安从忠辉幼时起，便经常照拂于他。忠辉在弟弟松千代夭折后，能够继承他在长泽的一万石领地，以及后来从下总佐仓四万石的领地，被转封川中岛十四万石的领地，全部都是长安的功劳。在被转封于川中岛之前，忠辉一门一直不算富裕，长安经常送来金子接济。花井三九郎受茶阿夫人之托照顾忠辉，能够得到如此之大的帮助，他又怎能不对长安言听计从呢？长安在松平家的影响力日益增强，山田长门守从中嗅到了一丝危险的味道，但他没能把握到这种危险的实际内涵。从长安的为人来看，他现在肯定正在策划着一个巨大的阴谋。

实际上，山田长门守曾数次派人去侦察长安，但派去的手下无一人生还。对花井三九郎也进行了同样的侦察，但没有发现任何异常情况。派去的部下大都平安归来，只有两人出了意外，一人意外落井身亡，一人被强盗杀死。

山田长门守控告花井三九郎也是无奈之举，他实际上想控告的是三九郎背后的大久保长安。可是长安是大御所殿下的宠臣，山田长门守尽管出自豪门，却也不敢轻举妄动。山田长门守事先曾找土井利胜商议。土井劝告说，大久保长安使各地矿山的产量激增，如果山田长门守胆敢控告他，恐怕反而会遭到将军秀忠的处罚。

长门守虽然暂时听从了土井利胜的劝告，但他并没有就此认输。在山田长门守的心目中，最重要的是长泽松平家，而不是忠辉个人。两相比较之下，与其让松平家卷入大久保长安的阴谋，还不如牺牲忠辉和花井三九郎。

万般无奈之下，山田长门守向大御所本人，而不是将军秀忠提出了控告。闻讯最为吃惊的，既不是忠辉，也不是花井三九郎，而是茶阿夫人。忠辉是自己的亲生儿子，花井三九郎是自己的女婿，妄图伤害他们的人，就是茶阿夫人不共戴天的仇人。

茶阿夫人和其他的侧室有些不太一样。首先，其他的侧室大都来自武士之家，而茶阿夫人则出身平民，她原本是远州金谷的一位铸物师的妻子。铸物师就是铁匠，同时也是寻找铁矿的探矿师。有人说他们的祖先来自中国，也有人说是朝鲜。探矿师需要到处寻找铁矿，也是一种“漂泊之民”。

茶阿夫人天生美貌惊人。当地的地方官对她生了非分之想，挑逗不成，就厚颜无耻地叫来茶阿夫人的丈夫，强迫他把茶阿夫人让给自己。“漂泊之民”都具有强烈的“不尊上”意识，又怎会向区区一个地方官低头？在又一次遭到拒绝之后，地方官陡生歹念，认为如果丈夫不在了，茶阿夫人可能会委身于己，于是便将铸物师捉来拷打，并最终害了他的性命。

茶阿夫人悲愤交加，抱着三岁的阿初候在路边，在家康打猎归来时拦路喊冤。家康将地方官斩首后，把茶阿夫人带回了浜松城自己的府中。据文献记载，茶阿夫人最初负责侍候家康沐浴，并因此得到眷顾，成了家康的一名侧室，后来生下了辰千代（忠辉）和松千代。

茶阿夫人坚决不愿住在伏见，而是选择独自居住在江户城。这正是她的精明或者说聪明之处。如果住在伏见，很难避免要和其他的侧室争宠。武士家庭出身的侧室们，必然会联合起来欺侮茶阿夫人。茶阿夫人的两个孩子也都出生在江户。

出于这个原因，二郎三郎在阿梶夫人的协助下收服家康的侧室们时，阿梶夫人和阿茶局夫人都认为不能把秘密告诉茶阿夫人。因为她不仅不合群，而且太过精明。

二郎三郎后来虽然去过很多次江户，但从未招茶阿夫人侍寝。尽管在茶阿夫人过来问安时也见过面，但距离很远，而且时间也都很短暂。二郎三郎和阿梶夫人一直想当然地认为，茶阿夫人没有发现真相。但事实正相反。二郎三郎采取的这个防范措施，恰好成了茶阿夫人识破他身份的证据。因为家康来江户时，不可能不在茶阿夫人处留宿。

茶阿夫人出身于一个"漂泊之民"的家族。这个家族的女性通晓一种代代相传的养生术，这种养生术在平安时代传入日本。当时的知识阶层，大都在理论层面对养生术有一定的了解，但在实践层面则远远比不上中国人。"漂泊之民"中有很多人原本来自中国或朝鲜，这些人不仅在理论上，而且在实践方面也有着很多的经验传承。

京都的岛原、大阪的新町以及后来的江户吉原等地的游女们，大都原是"漂泊之民"。她们对自己的性技巧极为自信，宣称"远非普通女人可比"。"普通女人"指的是她们以外的所有女人，包括宫廷贵妇、大名们的侍妾以及普通人家的妇女。游女们的自信是有道理的。

家康在自己四十二岁，即天正十一年（1583 年）时，和一位叫于都摩的侍妾生下了五子信吉。之后的九年，家康再也没有生下一男半女。而他在五十一岁那一年得到了茶阿夫人之后，却连续生下了辰千代（忠辉）和松千代。这也许就是家康把茶阿夫人安置在江户的理由。茶阿夫人见家康不肯招自己前去侍寝，立刻就发现这时的家康是由人假冒的。茶阿夫人此时表现得很理智，她对自己的遭遇没有任何抱怨，只是一心一意地抚育辰千代。她把被认为是"不吉之子"并险些被丢弃的辰千代，培养成了长泽松平家的继承人，在川中岛享有十四万石的领地。除了茶阿夫人自身的力量，她和前夫所生的女儿阿初之夫花井三九郎，也做了很大的贡献。

茶阿夫人母子最为仰仗的就是他们名誉上的家老大久保长安。而现在三九郎和大久保长安都遭遇了危机，茶阿夫人准备用保守了九年的秘密，来做捍卫自己利益的武器。

二郎三郎最初并没有重视这次的事件，仅把此事当作一个藩地内部的纠纷。让他感到为难的是，大久保长安是忠辉的名誉家老。对二郎三郎而言，大久保长安是自己最早的心腹，也是一棵摇钱树。在大久保长安手中源源不断地出产着矿石，二郎三郎能够活到今天，靠的就是这些金银。如果不是得到了风魔的支持，二郎三郎早就没命了。请不要忘记，用来支付给风魔的，正是黑川金山的金子。

"全日本最奢侈的人"，二郎三郎也知道世间对大久保长安的这个评价。长安在去佐渡时，在全国巡回丈量土地时，随从的人数有一百三十人，也有人说超过了二百人。这已经不是一名地方官可以使用的随从人数了。况且，据说随从中有三十至七十名美女，更可以佐证长安的骄奢。

在各地巡视，当然要住在当地的官衙。长安命人将这些官衙装饰得如同宫殿一般，经常连日举办盛宴。装饰官衙的工程当然被交给了当地的百姓，即便没有这个额外的负担，修建驿站等差事已经让百姓不堪重负。现在有一张庆长十一年（1606年）木曾的地方官山村甚兵卫写给执川村百姓的收条。品其内容，简直就是一封致歉信。在长安过境之后，地方官员竟然要给百姓写信致歉，长安的奢侈由此可见一斑。二郎三郎对此却熟视无睹，他不会为这点儿事处罚长安。但二郎三郎也希望，这次的川中藩内讧可以给长安一个教训。实施恶政的罪名，就由三九郎一人去扛吧。至于长安，以监督不力之名，削去他虚衔也就是了。

《德川实记》中是这样记载此事的："大御所殿下召来三九郎，怒斥其平时所犯的错误，让人难以理解。"这是二郎三郎演的一出戏，和山田长门守等人的真实意图是要排斥大久保长安一样。二郎三郎演这出戏的目的，也是要对大久保长安加以警告。花井三九郎只不过是一个道具罢了。

茶阿夫人就在此时来到了骏府，她首先见了阿梶夫人和阿茶局夫人。从茶阿夫人并没有见阿万夫人这一点上就可以看出，她的目光很犀利，知道对二郎三郎有影响力的人是谁。茶阿夫人完全未提及家康由他人假冒一事，只是一个劲儿地为女儿阿初的丈夫花井三九郎求情。

阿茶局夫人在现存的侍妾中资格最老。在三九郎还是家康的随从时，阿茶局夫人就已经很了解他了。在印象中，三九郎是个懂事又诚实的人，虽然已经过去了很多年，三九郎的地位也今非昔比，但他肯定不是一个会因专横跋扈而得罪同僚的人。尽管因为不了解具体情况，阿茶局夫人不能亲自出面为三九郎脱罪，但仍愿意安排茶阿夫人和二郎三郎见一次面。

阿梶夫人出于本能，有些不喜欢茶阿夫人，认为她是一个什么事都做得出来的女人。但阿梶夫人是个理性的人，明白招惹一位正在拼命保护自己孩子的女人有多么危险。

“我可不想与这个女人为敌。”茶阿夫人执着的眼神，让阿梶夫人在一瞬间有些胆怯。再说，就算让她和二郎三郎见面，地点也不会是在寝室，下人也会在一旁侍候，隔壁的房间里有随时待命的侍卫，梁上也有和自己相熟的女忍者。在这样的情形下，如果自己依然表现得很不安，肯定会令别人说自己太小气。至少，现在同席的阿茶局夫人肯定会这样想。出于这样的考虑，阿梶夫人同意让茶阿夫人和二郎三郎见面。

“太美了。”二郎三郎在见到茶阿夫人的那一刻，情不自禁地心中一动。茶阿夫人虽然已经年近四十，但美丽的容颜让人难以直视，全身上下都散发着浓烈的成熟女人的妖娆。

前一天夜里，阿梶夫人表现出了近来少有的放荡。她一面大声呻吟，一面不停地警告二郎三郎不许对茶阿夫人动心。现在二郎三郎终于明白其中的缘由了。

“你来见我，有什么事吗？”二郎三郎故意装起了糊涂。

其实他早就知道茶阿夫人来此的目的，并打算给阿梶夫人和阿茶局夫人一个面子，饶花井三九郎一条性命。但死罪可免，活罪难饶，为了警告大久保长安，还是要给三九郎一定的处罚。

“流放比较合适吧。”二郎三郎正在心里盘算着。

这时茶阿夫人做出的举动，令一旁的下人惊倒在地，并在骏府被人们谈论了很长一段时间。而阿梶夫人闻讯后大怒，发誓一辈子都不会原谅茶阿夫人。

茶阿夫人先是深施一礼，然后轻轻起身，碎步走向二郎三郎，姿态如伶人一般行云流水。茶阿夫人直接坐到了正在发呆的二郎三郎的膝上，双腿大幅分开，同时搂住二郎三郎的脖子，将他拉向自己，然后立刻献上了朱唇，把香舌探入了二郎三郎口中，并在里面灵动地探寻起来。二郎三郎的口中立刻充满了甘美的香气。

更令人吃惊的还在后面。

茶阿夫人用自己的右手拉起二郎三郎的手，伸向自己的下身，并把他的食指插入了自己的私处。二郎三郎大惊之下试图缩回自己的手，但未能如愿。茶阿夫人的私处紧紧夹住了二郎三郎的手指，根本不打算放开。非但如此，手指被越吸越深，包裹着手指的肉壁开始猛烈地蠕动起来。

太美妙了。二郎三郎活了这么大年纪，从未有过这种体验。欲仙欲死的感觉，竟然通过一根手指就如同电流般传遍了全身。意想不到的愉悦带来的冲击，令二郎三郎险些流下了眼泪。

“怎么样？”茶阿夫人在二郎三郎的耳边轻轻地喘息着。

二郎三郎一颤，这声喘息就好像一阵春风，顺着耳朵深深地吹进了他的脑髓中。无法言状的快感，原来这就是茶阿夫人的秘术。

“您是忘记了这种感觉，还是已经厌倦啦？”轻风般的喘息声，又在二郎三郎的耳畔响起。

如果是伏见城的二郎三郎，也就是说如果年轻了五岁，二郎三郎肯定会立刻就要侵犯茶阿夫人。但此时的二郎三郎已经六十七岁了，而且正处于向理想刚刚迈出了第一步的关键时刻。

男人的理想和野心总会凌驾于对女色的欲望之上。茶阿夫人的绝技，也无法使二郎三郎失去理智。

“别开玩笑了，差不多就行了吧。”二郎三郎又找回了冷静，甚至已经可以把茶阿夫人的行动看作是一个玩笑了。

茶阿夫人此时又用轻风一般的喘息声，在二郎三郎的耳边叹了一口气：“殿下果然已经不在了。”这句话的意思是，自己已经识破了二郎三郎的身份。

这句话很令人吃惊，但同时也很危险。如果这是事实，茶阿夫人很可能会被立即灭口，这是一个天大的秘密。但是，精明如茶阿夫人，不可能没考虑到这种可能性。考虑到了这种可能性，还敢把事情说出口，说明她来这里之前，已经做好了万一情况下的准备。

对于茶阿夫人在自己耳边说出的话，二郎三郎立刻用反问做出了回答。“你来之前都做了什么准备？”就在这片刻之间，二郎三郎已经洞察了一切。

茶阿夫人把身体略微后仰，露出了一个艳丽的笑容：“真不愧是大御所殿下。”

二郎三郎在茶阿夫人的身体中动了动自己的手指：“不管怎么说，你先放开好吗？这样子可没法谈话。”

二郎三郎的手指终于恢复了自由。茶阿夫人轻笑一声，拿出怀纸为二郎三郎擦干手指，空气中立刻弥漫着一股馥郁的芳香。茶阿夫人平时总在私处中放一个香袋，后世吉原的妓女们也经常使用同样的方法。

“真香。”二郎三郎赞道。

“这是‘侍从’。”茶阿夫人说出了一种古老香料的名称。据说“侍从”释放出的香味很淡雅，会给初闻者似曾相识的感觉。

“刚才我问你做了什么准备……”二郎三郎把话题引回了正题。面对这个女人，谈话好像随时都会偏离主题。

“什么准备都没做。”茶阿夫人若无其事地答道。

二郎三郎苦笑一声：“不可能。你怎么看都不像是一个想要自杀的女人。”意思是，你不怕我杀了你吗？

“真的，我什么准备都没做。不过，我把事情告诉了上总介……”

上总介，指的是忠辉。

“是吗？你告诉上总介了。”二郎三郎看上去若有所思，他正在估量忠辉了解了真相，会带来什么样的后果。

“是啊。他是我的儿子啊……”茶阿夫人的声音依然甜美。

二郎三郎苦笑了一下，然后重重地在仍然坐在自己膝上的茶阿夫人的臀部打了一下：“赶快下去。太重了。”

茶阿夫人立刻就明白，女色已经在二郎三郎的面前起不了任何的作用，身体乖乖地离开了二郎三郎的膝盖之后，仍旧紧紧地贴着二郎三郎。

“再离远点。”二郎三郎并没有这样说，如果这样说了，反而会显得示弱。就保持着这个距离，二郎三郎平静地问道：“上总介什么时候来这边？”

“大概，就是明天……”茶阿夫人说到一半时突然一惊，情不自禁地向后闪了一下，在心里涌起了一个念头。

“难道，他要把我们母子二人都杀掉？”

“放心。我不喜欢杀人。”二郎三郎看出了茶阿夫人的心思，“但是，你做了件糊涂事，竟然把事情告诉了上总介。我虽然不喜欢杀人，秀忠可不一定不喜欢。”

茶阿夫人又一次遭到了当头一击，她完全没有考虑到这一点。仔细一想，秀忠又怎么可能不知道家康是假的呢？很可能，正是为了秀忠，才有了眼前这个假家康。家康异常迅速地把将军大位传给秀忠一事，至此也有了合理的解释。所有的一切，都是为了让秀忠顺利登上将军的宝座，进而使德川家的统治能够稳如磐石。如果当时公布了家康的死讯，秀忠根本不可能当上将军。有家康在，才会有将军秀忠。

关原之战已经过去了九年，尽管秀忠终于如愿当上了将军，但他真正的实力依然不够强大。更何况大阪城里还有一位秀赖，加藤清正、福岛正则等旧丰臣系的大名也依然健在，像伊达政宗这样的野心家也在一旁虎视眈眈。如果现在家康不在了，谁也无法预料德川家的未来会走向何方。

最担心假家康一事被告知天下的，应该是秀忠。长期居住在江户城的茶阿夫人，很清楚秀忠谨小慎微的假面背后，隐藏着的是一张薄幸残忍的冷血嘴脸。毫无疑问，如果秀忠觉得自己的地位受到了威胁，他肯定会像踩死一只小虫子一般，毫不犹豫地将敌人杀死。不管这个敌人是茶阿夫人还是忠辉。

忠辉现在只有十八岁，让他装作毫不知情，实在是难为他了。万一他在秀忠面前，在言语中或表情上露出了破绽，秀忠肯定会立刻就派人将其刺杀。

"女人的见识到底还是太浅薄了。"伴随着一声深深的叹息，茶阿夫人低声自责道，"我做了一件无法弥补的蠢事。"茶阿夫人对自己凭着女人见识，把假家康之事告诉了忠辉而悔恨不已。

"我亲手把我的儿子推上了绝路啊。"茶阿夫人恨不得割掉自己的舌头。可是就在自己正在后悔的这个工夫，忠辉也在一步一步走向死亡。

忠辉住在江户龙之口附近的松平府邸。为了办理来骏府的手续，他现在肯定去了江户城。因为是亲兄弟，所以忠辉一定会去见秀忠。如果在见面时，忠辉在不经意间露出了破绽，大概他的性命也就要不保了。秀忠虽然不会当场就杀死忠辉，但他大概会派宗矩去刺杀。

茶阿夫人很清楚宗矩在秀忠政权中的职责。在江户城住了这么久，有很多人在为茶阿夫人提供消息。这些人身份低贱，但无孔不入。通过这些人，江户城中的动静，事无巨细都会传入茶阿夫人的耳中。

宗矩令人恐惧的身影出现在茶阿夫人的脑海中。她仿佛看见，宗矩正在接受刺杀忠辉的指令，脸上没有任何表情，如同一块冰冷的岩石。

"请您救救他吧。求您了，请救救忠辉的命吧。"形势完全逆转，恐吓者开始向被恐吓者求助。

“我现在也没有办法。只能希望忠辉的嘴很严，或者能有好运气吧。”二郎三郎冷冰冰地说道。

事实也的确如此，二郎三郎有能力防范秀忠来刺杀自己，但没有余力去保护别人。而且，他现在不准备这样做，绝望的茶阿夫人脸色苍白。会见就这样结束了。

让事情出现转折的，是一个意外的人物的一席令人意想不到的话。

二郎三郎回到寝室，叫来六郎和风斋，准备一起商量一下已经完成了大半的秀赖怀柔计划。这时有人来报，所得罗前来拜访，说是有紧急要事。

“大御所殿下，您就要失去七十五万人的支持了。”一进房间，所得罗就立刻语出惊人。

二郎三郎没有让六郎和风斋回避，因为这二人和所得罗也有很深的交往。既然所得罗说有紧急要事，很可能会用得上他们。

“七十五万人？”二郎三郎忍不住笑了。

听起来，这是一个耸人听闻的数字。各国大名能够征集民夫的人数，上万就很了不起了。关原之战时，东军的兵力为八万，西军是十万，敌我双方合计也不过才有十八万人。这个七十五万的数字是从何而来的，让人十分费解。

“那可大事不妙啊。”二郎三郎当然不会真的在意，这位所得罗平日里就有夸大其词的习惯，“这七十五万人，都在什么地方啊？”

所得罗的回答，足以令二郎三郎大惊失色：“现在日本全国的基督教徒共有七十五万人。既有商人也有武士，既有官员也有百姓。有人住在高山之上，也有人住在大海之中。”

根据记录，这个七十五万的数字，是庆长十年（1605年）的统计。四年后的庆长十四年，实际人数肯定已经超过了七十五万人。

二郎三郎与六郎和风斋对视了一眼。“你们怎么看？”二郎三郎是在问，此事是否属实。

“现在风魔正在调查此事。”六郎已经从青蛙藤左处听到过这个数字，并委托风魔小太郎正在全国各地加以核实。“但应该不会相去太远。”六郎根据得到的报告，得出了这样的结论。

“这件事让人很吃惊。”二郎三郎看了看所得罗，“为什么说，我将失去这七十五万人？”

“因为您杀死了松平忠辉大人。不，准确地说，应该是因为您坐视他被人杀死而不理。”所得罗的回答令二郎三郎颇感意外。

“为什么？”二郎三郎的声音里带着一股寒意。

“上总大人是我们外国人的希望之星。”这句话令二郎三郎更加意外。上总大人指的就是忠辉，外国人大多习惯称其为“上总大人”。

“上总大人虽然年轻，但心胸宽广。在他眼中，人和人之间没有差别。和任何人，他都可以真心交往。这在武士阶层里非常罕见。”

二郎三郎面带沉思。说实话，他从未发现忠辉是一个值得所得罗如此称赞的人。

“不仅仅是我们弗郎西斯会的人这样说，耶稣会的牧师们也持有同样的看法。不光是牧师，西班牙和葡萄牙的商人们也这样说，就连荷兰人扬·约斯坦也同意我们的看法。如果不信，您可以询问一下威廉·阿达姆斯。”

二郎三郎点了点头：“敌对的双方竟然都如此称赞忠辉，他为什么在西洋人中有这么高的威望？”

“不仅是西洋人，中国人也一样。”意思是，所有的外国人都喜爱忠辉，并将其视为靠山。

“为什么？”二郎三郎不得不又问出了同样的问题。

“上总介大人可以讲我们的语言。”

“真的吗？”二郎三郎大吃一惊。实际上，他自己也能讲些葡萄牙语。跟随威廉·阿达姆斯学习了一段时间以后，英语也可以说几句。

“葡萄牙语、西班牙语、荷兰语、广东话、福建话，”所得罗掰着手指一一数来，“他全会说，而且说得很好，用每种语言都可以和别人开玩笑。大御所殿下您可以用英语和别人开玩笑吗？”

二郎三郎吃惊之余，剩下的还是吃惊。他自己的英语和葡萄牙语的水平，无论如何也达不到这个境界。如果所得罗说的是事实，忠辉就是一个语言天才。虽说也有年轻的因素，但没有惊人的天赋，是不能有这样的成就的。

“能够说自己母语的人，当然值得人信任。况且，不管是哪个国家的人，上总介大人都一视同仁，和他们诚心诚意地交往。”

原来如此。忠辉这样做，不受人爱戴反而不正常了。但事情没有这么简单。是谁教忠辉外国话的？又是谁让他可以接触到这么多外国人的？还有一个更重要的问题，忠辉本人是不是基督徒呢？如果不是基督徒，他为什么会如此热心地学习外国话？这在当时，是一个常识性的问题。

“忠辉什么时候成为基督徒的？”二郎三郎紧盯着所得罗的双眼问道。

“上总介大人不是基督徒。”二郎三郎略感安心，所得罗的目光一如既往地清澈，完全不像是在说谎。

“如果他是基督徒，荷兰人又怎么可能那么拥戴他，您说是不是这个道理？”

二郎三郎能够理解所得罗的意思，但六郎和风斋就不知道新教和旧教的区别，更难想象二者之间正在进行着你死我活的斗争。

“有些道理。”二郎三郎沉默了片刻之后，又开始发问，“但是，忠辉为什么会和这么多的外国人有交往？又是从什么时候开始的？”

所得罗不以为然地摇了摇头：“和外国人交往有什么不妥吗？”

“那倒……不是。我只是有些奇怪。”

“如果和外国人交往是一种罪过，那就请您把我推出去斩首吧。”所得罗愤愤地说道。

“是你……”这一下，二郎三郎也不知道该说什么才好。

“我的传道所在浅草，还附带着一家诊所。那里有一位叫伊耳曼·弗耳约斯的医生，他不但医术高超，还经常为一些没钱看病的穷人治疗。”

弗耳约斯是一位精通医术的传道士，年纪虽轻，但已是一位名医。最初，老百姓还只是出于好奇而围观，在见识了他的医术之后，慕名求医者络绎不绝，每日里诊所前都要排起长长的队列。

“上总介大人，出于对药理和医学的好奇，经常前来参观。”

家康和二郎三郎对医术也同样很感兴趣，因为战国时的武将都有一种观念——过于依赖医生很危险。因为医生有可能会被敌人收买，二郎三郎更是坚决不服用别人配的药，所有药都必须由自己亲手调配，他使用过的配药器具一直被保留至今。因此，二郎三郎对忠辉的行为也能够理解。

“之后呢？”稍作停顿之后，二郎三郎又开始催促所得罗。

“上总介大人总是会问很多问题。他很聪明，经常会注意到一些细节。因为弗耳约斯的日语水平不高，所以总是由我来做翻译。而上总介大人如果想进一步了解医学知识，就只能自己学习葡萄牙语。”

我们可以想象一下这样一个场面，忠辉迫不及待地一个接一个地提出问题。因为不知如何用日语解释专业术语，伊耳曼急得抓耳挠腮，还有口沫四溅地努力做着翻译的所得罗。这是一个令人愉快的场面。

在这种情况下，忠辉开始学习西班牙语。据说，他甚至学习了拉丁语。众所周知，拉丁语是当时欧洲各国语言的基础。只要掌握了拉丁语，再学习葡萄牙语或荷兰语，就会变得很轻松。忠辉在很短的时间内就掌握了这些语言，展示出了出类拔萃的语言天赋。一路为他提供帮助的人，正是所得罗。

不用说，所得罗曾试图劝说忠辉皈依上帝，但忠辉的态度很明确——“我对神不感兴趣。感兴趣的只有人创造出来的东西。”

很快，所得罗就改变了想法，至少他本人是这样对外宣称的。当时有一个奇怪现象，信奉基督教的大名们，为传播基督教没有提供任何的助力。自从丰臣秀吉驱逐传教士之后，信奉基督教的大名们要么退教，要么被流放，已经丧失了护教的能力。在这种环境中，即便是德川家，如果出了一位基督教大名，也同样会受到世人的指责。

“我们需要的是一位不会毫无理由地排斥基督教，歧视西洋人，并且心胸宽广、聪明睿智的有实力的大名。确定了这个目标之后，我就决定不再劝上总介大人信教。”

所得罗的目的达到了。作为可以讲各国语言的大名，忠辉聚集了很高的人气。很快，不论是西班牙人、葡萄牙人还是荷兰人，纷纷开始造访忠辉的府邸。忠辉的府邸位于浅草，离所得罗的诊所很近。对外国人来说，去位于江户城附近的龙之口忠辉府邸，多少会产生一些顾虑。而浅草的府邸则因远离江户城，让人来去较为轻松自在。

就这样，十八岁的忠辉成为外国人的人气之星。大家都相信，对这位大人可以倾诉自己的烦恼和悲痛。借用所得罗的话，忠辉是全体外国人的希望。

“在日本，像上总介这样的人，再也没有第二位。决不会再有一个人，可以同时得到西班牙人和荷兰人的信任。”

这句话在二郎三郎听来有些刺耳。自己过于宠信威廉·阿达姆斯，从而引起了耶稣会的不满。二郎三郎自己也很清楚这一点，主动接近所得罗，也是反省后的结果。

“不仅如此。”

所得罗接下来又讲出一件更令人震惊的事情——忠辉的妻子五郎八姬是一位基督徒。五郎八姬是伊达政宗的长女。庆长四年（1599 年），忠辉八岁，五郎八姬六岁时，两人订下了婚约。庆长十一年（1606 年）二人完婚，当时忠辉十五岁，五郎八姬十三岁。

这次婚约在当时险些引发了一场战争。因为没有丰臣政权的许可，大名间的联姻是被禁止的，身为丰臣家五家老之首的家康，却带头明知故犯。据说，五奉行之一的石田三成义愤填膺，准备立即起兵讨伐家康。后在三中老的斡旋之下，事态才得以平息。石田三成的反应之所以如此强烈，原因在于作为东北豪强的伊达政宗，拥有强大的实力，他和德川家的强强联合，足以震动全天下。

现在二郎三郎之所以如此震惊，也是因为考虑到了伊达政宗不容任何人小觑的实力。伊达政宗的女儿竟然是一名基督徒！二郎三郎很清楚，伊达政宗本人并不信教。出于牵制秀忠的目的，二郎三郎很注意维护和政宗的关系，两人之间的会面也非常频繁。

“五郎八姬在伊达家时，就已经是基督徒了吗？”

如果所得罗称是，说明他在撒谎。政宗不可能让自己待嫁的女儿信教，像他们这样的豪门，成员之间必须保持一种平衡，因此不能让家族中的一员皈依某个特定的宗教。政宗本人肯定也很清楚这一点。

“不是。她信教是在嫁给了上总介大人之后，我也参加了她的洗礼，所以对这一点很清楚。”所得罗从容答道。

二郎三郎有些慌乱。这个貌不惊人的传教士所展示出来的实力，实在是深不可测。所得罗不但把德川家的一位公子培养成了全体外国人的靠山，还让他的正妻信奉了基督教，而且这位正妻的父亲是东北的豪强伊达政宗。这些事情在所得罗的口中，像是一系列的偶然，但这一切肯定都是有预谋的。

二郎三郎、六郎以及风斋，都十分佩服所得罗的眼光。现在，有实力的大名中，以伊达家的领地距江户最近。有伊达家背景的忠辉只要愿意，随时都可以拥有能够威胁到秀忠的实力。忠辉本人在川中岛的领地只有区区的十四万石，所以，二郎三郎和秀忠一直没有把他放在眼里。但如果一切确如所得罗所讲，忠辉不但可以利用所有在日外国人的力量，背后还有七十五万基督徒的支持，就算其中的三分之一是可以作战的男子，兵力也将直达二十五万之众。这二十五万基督徒大军如果和伊达政宗的人马兵合一处，秀忠的好日子恐怕就要到头了。将江户全部的德川家以及外姓大名的兵力加在一起，肯定也无法和忠辉对抗。

而所得罗也因为手中掌握忠辉这张王牌，已经使弗郎西斯会在日本的影响力远远超过了在日本历史更久的耶稣会。所得罗最令人佩服的地方是，他在完全不引人注意的情况下完成了这些工作。这样一来，一旦忠辉起事，就会有出其不意的效果。现在的忠辉，是胜负天平上最重要的一颗砝码。如果忠辉被刺杀，万事休矣。不论是基督徒还是伊达家，失去了忠辉，也就失去了凝聚力。因此，所得罗才会求助于二郎三郎。不用说，肯定茶阿夫人也是所得罗手中的一颗棋子。

在所有外国人中，只有所得罗一人知道以六郎为中心的风魔的实力，同时他也清楚柳生刺客的厉害。如果现在柳生的刺客正准备暗杀来骏府途中的忠辉，能够施以援手的只有风魔。

“大御所殿下您也不能失去上总介大人，不是吗？如果您想违背将军殿下的意志，保护大阪城秀赖殿下的安全，七十五万基督徒的力量是不可或缺的，只有骏府这么一点儿兵力，一旦事情有变，恐怕力量略显单薄吧。”

所得罗的这段话更加让人吃惊，他竟然已经看出了二郎三郎打算保护秀赖。二郎三郎眯起了眼睛。六郎心中一惊，通过相伴八年的经验，他感觉到了二郎三郎的杀意。

“是否该杀掉这个所得罗？”这个想法在二郎三郎的心头一闪而过。但六郎认为与其杀掉他，不如加以拉拢。要杀他，随时都可以办到。六郎在这微妙的时刻，向所得罗伸出了援手。

“上总介大人是今天早晨离开江户的吗？”如果是一般的大名，按正常速度，现在应该刚到神奈川。

“上总介大人没有声张。随身侍卫有十名，全部骑马。”所得罗简洁地介绍了一下情况，可能是感到了二郎三郎的杀意，他的声音有些紧张。

“骑马——”忠辉一行人如果骑着马又不大事声张，现在可能已经过了藤泽。

“如果不在他们到达小田原之前和他们会合，情况就危险了。柳生肯定不会在箱根山动手。”

柳生很清楚，箱根山是风魔的势力范围。在这里动手杀人，等于向风魔宣战，他们肯定不会冒如此大的风险。而小田原是大久保忠邻的领地，戒备十分严密。因此，柳生的伏击地点应该在小田原附近的二宫或国府津。

柳生忍者大概会迂回到忠辉一行的前面进行伏击。从方向上来看，他们将会面向东方，背靠箱根山。也就是说，风魔可以从背后攻击柳生。

风斋看了一眼二郎三郎。“放吗？”风斋是在询问，要不要放飞隼和箱根山联络。

“好吧。”二郎三郎有些不太情愿，“还来得及吗？”

风斋急忙起身去了角楼，飞隼就是从那里放飞的。支援忠辉的事情至此暂时告一段落。

“你的目的是什么？”二郎三郎向所得罗问道，语气十分严厉。

“我只是想帮助上总介大人而已。”所得罗假装没听懂二郎三郎的意思。

“不是这件事。我是问你为什么要控制忠辉。”二郎三郎又紧追不舍地补充了一句，“控制了他，你会得到什么好处？”

“我是弗郎西斯会的传教士。之所以这样做，没有任何个人的理由，完全是为了教会，为了上帝。”

“你是想以忠辉为统治者，在日本建立上帝的国家吗？”

“俗世中不可能存在上帝的国家。”所得罗的表情也一转变得十分严肃，“我不是那种不切实际的传教士。连我们自己的国家，都不能被称为上帝的国家。在异国他乡，又怎么可能实现这个想法呢？”

“那你有什么计划？”

“我想得到传教的自由。佛教当然也可以并存，我只希望能够自由地向子民们传播上帝的福音。”

二郎三郎陷入了沉默。

六郎觉得所得罗所说和二郎三郎的梦想很接近。二郎三郎本人肯定也感觉到了这一点，所以才会保持沉默。

“对我们而言，新教徒都是恶魔。但即便这些恶魔在日本传播他们的教义，也没有什么关系。说这些话可能会遭到上帝的惩罚，但我希望所有人都有信仰的自由。”所得罗目不转睛地直视着二郎三郎，“而且，据我了解，大御所殿下不也是正在准备建立这样一个国家吗？”

二郎三郎没有回答这个问题，反而提出了另外一个问题：“为了达到这个目标，你不惜发动一场战争吗？”

“决不、决不，我绝对没有这样的想法。战争太悲惨了，没有罪的人们，将蒙受巨大的不幸。这违背了我们传教的初衷，我决不会考虑这样的事情。”

“如果战争将不可避免，你会怎么做？”二郎三郎步步进逼。

“我会选择死亡。对基督教的传教士来说，能够为了信仰、为了上帝献出生命，是一种光荣。如果能够殉教，我不会有任何遗憾。”所得罗的表情很神圣。他的想法让二郎三郎和六郎一时间有些难以理解。

一队武士如狂飙般一闪而逝。

这些武士正以惊人的速度从箱根山上飞奔而下。到处都是没有道路的森林和草原，武士们时而隐没在一丈多高的野草中，时而在树梢上纵跃前行，旁人很难发现他们的踪迹。即便真有行人看到了，也会以为是一群妖怪。因为这种速度已经超过了正常人可以想象的范围。

这群武士共有五十人，以风魔小太郎为首。经过一阵如此剧烈的飞奔之后，小太郎依然面不改色，果然是名不虚传。

骏府的飞隼传书上，只写了忠辉的护卫人数，离开江户的时间，全体乘马，敌人是柳生。没有写理由，但要求必须保护忠辉的安全。小太郎见信后毫不迟疑地命令出发，现在不是考虑理由的时候。既然用飞隼传书，说明事情十分紧急，既然紧急，就必须立刻出发。于是小太郎马上就开始飞奔，部下们会自动跟上来。

小太郎一边奔跑，一边紧张地计算着。忠辉一行的马速如何，在何处休息，柳生在何处超越忠辉，会在何处伏击。

计算完毕之后，小太郎大声喊出了结论："大矶，下午四点。"

从江户到大矶有十五日里（五十九公里），如果步行，需要整整一天。但如果骑马，走完这点儿路程是很轻松的。可是忠辉一行想必不会连夜翻越箱根山，应该会在小田原休息一夜。所以他们将在天黑前赶到小田原。从大矶到小田原还有四日里。这些就是小太郎做出"大矶，下午四点"的判断的理由。再有，忠辉一行骑马，应该会沿海岸线前进，柳生的伏击地点应该会在大矶海岸，风魔要在下午四点之前赶到那里。

五十名武士不可能像在旷野中一样，在小田原市区奔跑。小太郎对此早已做好了安排，二十艘被称为"小早"的快艇已经在港口待命。想要把忠辉安全地运抵骏府，使用"小早"也是上策。五十名武士上船之后，二十支长橹一起摇动，小艇如箭一般驶出了港口。

"小早"接近了大矶海岸。

"快看。"一名小头领指着海边喊道。

十一匹马被笼在一处，五名骑手骑在马上，还牵着另外的六匹马。四名武士站在岸边喊着什么，另有二人站在浅水处，其中一人一边笑着，一边试图把另一人的头按进水里，看样子是在戏水。旧历的九月是阳历的十月，海水应该已经很凉了，可这根本就无法影响戏水者的兴致。

小太郎迅速取出望远镜，调好焦距望去，一看之下不禁吸了一口凉气。那个按着别人脑袋的武士正是忠辉。

"这就是那位正主啊。"

"还在玩儿。一点儿都不知道马上就会有人来要他的命。"

"他没察觉。这么晚了，还在海水里——"

正在说话间，从松林中冲出二十余名头戴斗笠的骑士，从容不迫地把忠辉等人围在了当中。

“铁铳准备！靠上去！先救上总介大人！挠钩准备！”

二十只快艇同时劈波斩浪向岸边冲去。

同时，忠辉像一条大鱼似的，转眼间就游上了岸。

柳生忍者一拥而上，忠辉的侍卫片刻间就有二人被砍翻在地。

“开火！”

小太郎一声大喊。虽然还没有进入射程，但至少可以对敌人产生威慑。二十支铁铳一齐开火，发出一阵震耳欲聋的轰鸣。柳生忍者们不禁为之一震，有二人中弹倒地。小船上的另外二十人又进行一次齐射，柳生忍者只得暂时后退。忠辉趁机一跃上马，向小田原方向疾驰而去，但只是独自一人，侍卫们没有追上来。

“跑得真快啊！”小太郎一边看着急忙转身追赶忠辉的柳生们，一边叹道。

但小太郎错了，忠辉不是要逃走，而是要把柳生从侍卫们身边吸引开。跑出很远一段距离之后，忠辉突然在不减速的情况下，原地掉转了马头，骑术十分了得。掉过方向之后，忠辉抽出插在马鞍旁的长刀，一磕马腹，反向柳生忍者发起了冲锋。他赤裸的身体还在滴着水珠。

眼看忠辉就要撞上自己，紧追而来的柳生忍者不得不勒住了缰绳。忠辉和追敌擦马而过，双方错身时，长刀电闪而出。一名、两名、三名、四名、五名，在回到侍卫们身边时，忠辉已将五名敌人斩于马下。

柳生忍者在片刻的混乱之后，立刻试图重组战斗队形。

“开火！”小太郎又发出一声大喊。

二十支火铳一齐喷射出火焰，“小早”已经迫近了岸边，小太郎的身边，没有一个人会在这么近的距离射偏。八名柳生忍者，每人都中了两发以上的弹丸，身体从马上飞了出去。柳生只剩下了五个人，但这五个人依旧十分强悍，他们一步也没有后退，径直冲向了忠辉。

忠辉再次打马上前，和刚才一样，又和敌人打了一个照面。这一次，柳生忍者倒下了三个人。

最后的两名柳生忍者使出了柳生的绝招。一人抛掉长刀，从马上飞身跃起，向忠辉直扑过来。忠辉一刀砍掉了他的首级，但失去了头颅的柳生忍者依然抱住了忠辉，使他暂时无法动弹。最后一人挥刀直刺自己同伴的身体，这是一种玉石俱焚的壮烈打法。如果忠辉不是全身赤裸，这次攻击可能就成功了。忠辉在敌人的兵刃将要触及自己身体之前，间不容发地滑到地面，同时脱手飞出长刀插入了敌人的面门。这名柳生握住透脑而入的长刀，未及拔出已经气绝身亡。

忠辉迅速奔回两名倒地的侍卫身旁，一人已当场毙命，一人失去了左臂，已经进行了紧急止血。

“医生！”就在忠辉大喊的时候，小太郎已经蹚着水走了过来。

“抬到船上吧。那边有医生。”

“多谢相助！但你们是什么人？”忠辉毫不含糊。连对方的身份都不清楚，又怎么能上他们的船呢，上了船就连一点儿反抗的机会都没有了。

“我们是大御所殿下麾下的水军，奉殿下之命前来迎接大人。让您的部下受到了损伤，是我们的失职。请您恕罪。”

小太郎面不改色地撒着谎。操着作战快艇，手持火铳，还是自称大御所水军比较自然。

“骏府连水军都有了！”忠辉大吃一惊。

也难怪他吃惊，德川水军由奉行向井兵库率领，平时驻扎在三蒲半岛的三崎，从来就没有人听说过骏府水军。

“清水、江尻的港口中，每天都有往来的中国船和西洋船。如果没有水军，根本无法维持秩序。”

这是事实。西洋船吃水深，需要用小船向岸上运送人员和货物。小船的数量增加之后，就需要有维持秩序的水上力量。风魔自荐承担了这项任务，并从中获得了巨大的利益。而用来完成这项任务的，正是快艇“小早”。

“没想到啊，没想到。”忠辉吃惊的样子，透着年轻人特有的单纯。小太郎立刻就喜欢上了眼前的这个年轻人。

“这是一个爽快人。”小太郎一面命令部下搬运伤员，一面想。同时，他在心里有了一种感觉：危险。

身为德川家的公子，却拥有这样直爽的性格。从很多意义上来看，这都是一件极端危险的事情。首先，忠辉太容易被人欺骗。但更危险的是，这位公子的身上聚集了太多的人气，必然会被为政者（秀忠）所忌。而秀忠深知自己不得人心，更增加了他对忠辉的忌妒。只要忠辉不加收敛，秀忠必定宁愿冒天下之大不韪，也要先将其除去而后快。这次柳生的暗杀行动，就是一个很好的证明。

“这位公子的一生，注定要多灾多难。”这是小太郎的直觉。

而忠辉的一生，正好印证了小太郎此时的想法。七年之后的元和二年（1616

年)，忠辉被秀忠没收了全部领地后，又被流放。辗转于伊势朝熊、飞驿高山、信州取访等地之后，以九十二岁的高龄去世。他以流犯的身份见证了秀忠、家光、家纲、纲吉四朝。众所周知，直至昭和六十一年（1986年），经历了三十多年之后，忠辉才得到了德川家的赦免。

小太郎和忠辉一行一起进入了骏府城。即便有人在暗中监视，也会把他当作是忠辉的一名随行侍卫。据记录记载，忠辉携十名侍卫入城，其中一名负伤，小太郎也被计入了十名侍卫之中。

进城之后，小太郎就失去了踪影。因此，内城的城守记录的侍卫人数为九人。后来这个误差被发现，两名城守还因此受到了处分。

小太郎必须在忠辉之前见到二郎三郎，以便向二郎三郎以及六郎和风斋通报情况。

"他杀了十个敌人！"二郎三郎十分吃惊。

"是。他的剑法完全超出了普通的公子们，已经可以跻身一流剑客之列了。"小太郎不禁又回想起了忠辉把敌人从侍卫们身边吸引开之后，展示出的精妙剑法。

"听说他是跟奥山休贺斋学习的剑法——"二郎三郎看上去像是在自言自语。

奥山休贺斋师从上泉伊势守学习了新阴流剑法，是柳生石舟斋的师弟。后来独自开山立派，创建了奥山流。奥山休贺斋是家康的剑术师傅。家康曾获得过奥山流的证书，在当时的武将当中，是一名很罕见的剑术高手。忠辉看来是继承了家康的这部分天赋。

"大矶海岸的海浪一向很大，他竟然会在那里游泳。"说话的是六郎。

的确，忠辉的行事不像是德川家的公子。一般来说，家臣们决不应该让他这样做。可是随行的家臣竟然未加阻拦，说明他们对忠辉的本领有充分的信心。

"他游泳时就像一条大鱼，根本不在意波浪，这份水感应该是天生的。在他的左臂上，甚至长着鳞一样的东西。"忠辉在小艇上就让小太郎见识了自己身上的鳞，真是个急性子的年轻人。

"如果让此人成为七十五万基督徒大军的统帅，天下从此多事了。"风斋非常担忧地说道。看来这位老人真的对忠辉生出了畏惧之意。

"那只是散居在全国的基督徒的人数而已。只要他们不聚集在一起，就不会产生任何危害。另外，川中岛十四万石的领地，力量是不是太单薄了。"小太郎一贯都表现得十分现实。他的意思是说，七十五万基督徒大军云云，只不过是水中月、镜中花而已。

“而且他首先还得从秀忠手中保住性命再说。”二郎三郎说完，看了六郎一眼，意思是让六郎去保护忠辉。

六郎感觉到了一股重压，低头思虑良久之后，他果断地摇了摇头：“我做不到，保护殿下已经让我无法分身。”

“那怎么办？”二郎三郎毫不放松地追问道。

“看看在大矶海岸的战斗情况，他的部下中应该没有能人。”

主君为救部下而不得不亲自诱敌，这些部下大概派不上什么用场。

“青蛙藤左。”六郎推荐了所得罗的心腹，“至少比那些侍卫强，他至少懂得如何拼命。”

以血肉之躯挡住来犯之敌，以便为主君创造逃走的机会，这是侍卫们的使命。忠辉的部下在这方面欠缺经验。

“让忠辉大人离开江户返回松代，有了地利，藤左也可以应付了。”风斋插言道。

“信州松代和江户没有太大的区别，最好是把他的封地换到更靠北的地方。”二郎三郎看了一眼小太郎之后说道。

“我赞成，但仅凭这些还不够。”小太郎考虑了片刻之后说道，“首先，要造成大御所殿下和上总介大人不和的假象。”

这句话切中了要害，将军秀忠还不知道忠辉的潜在实力。这次暗杀忠辉的理由，是因为忠辉直截了当地向秀忠询问：外界有传言说，大御所殿下是由别人假冒的，不知是否确有此事？秀忠因此而惊慌，才会派人暗杀他。作为秀忠，无论如何也不能让外界知道，自己是从假家康手中继承了将军的宝座，尤其不能让忠辉知道。现在秀康、忠吉、信吉三兄弟已经去世，能够威胁自己将军之位的，仅剩下忠辉一人。如果秀忠得知忠辉拥有七十五万基督徒的支持，肯定会立刻将其除掉，甚至会不惜出动大军。而秀忠一旦认为忠辉和二郎三郎有结盟的迹象，更会不顾一切地展开行动。这就是小太郎建议制造二郎三郎和忠辉不和的假象的原因。

❖

花井三九郎和山田长门守、松平赞岐守、皆川广照的对质，是在骏府进行的。那一天，是庆长十四年（1609年）九月二十三日。

松平出羽守虽然也在诉状上署名，但没能来到对质现场，因为他没有被传唤，理由是他年纪尚轻。其实，出羽守此时二十五岁，在当时已经不能算年轻了。

其实，是忠辉因喜爱其诚实的人品，在背后给予了关照。

“他是一位可以信任的人，不管胜负如何，我实在不愿意看见他被卷入这种无聊的事情中来。”经忠辉求情之后，二郎三郎才做出了上述的处置。

据《德川实纪》中记载，出羽守对这个处置不服，主动来到了骏府。

二郎三郎见到他之后发怒道：“谁让你来的？年轻人为何如此不明事理！”随后便将出羽守逐出了城。

我们现在仅知道，这场官司开始于九月二十三日，十月二十七日下达了处罚令。在这三十余日里，各方大概进行了一场较力，但最终还是于十月二十七日执行了大御所的处罚令。

这次判决很难说是一个公正的判决，因为二郎三郎从一开始就没打算处罚花井三九郎。如果判决对花井三九郎不利，秀忠必然会追究忠辉的连带责任。获悉了忠辉的特殊才能之后，二郎三郎无论如何都要避免这种情况的出现。而且，二郎三郎同时还要保护忠辉名誉上的家老大久保长安。因此，他要在审理过程中做足文章。

判决的内容如下：

花井三九郎	免责
山田长门守	破门之后切腹，其子因幡守切腹
松平赞岐守	破门
皆川广照	破门
松平出羽守	破门

从某种意义上来说，这个判决有些过于严厉。山田长门守等原告接到判决之后，无不大惊失色。

庆长十四年（1609年）十月二十七日，山田长门守怀着一腔怨恨，无奈切腹自尽。原为江户家老的松平赞岐守破门后，被逐出了川中岛，之后下落不明。未能出面对质的松平出羽守，也受到了破门的处罚。但在第二年即被赦免，又回到了忠辉的身边，不久就得到了五千石的领地，后来又被增加至二万石。

皆川广照被《藩干谱》等文献记载为此次控诉事件的主谋。毫无疑问，这个说法是错误的。广照拥有四万石封地，是川中岛藩内实力首屈一指的大名，他没有必要主谋这次内讧。史家应该是不敢明言山田长门守是主谋一事。山田长门守是土井利胜的女婿，同时，他还把自己的女儿嫁给了酒井重忠。有传闻说土井利胜其实是家康之子，作为当时的无双智者，他是秀忠、家光两代将军的重臣，而酒井家则与德川家有着深厚的渊源。可能是出于对这两家的顾忌，史家才会把没有任何背景的广照当作了这次事件的主谋。

广照在破门后，闲居在京都的智积院。而其子隆庸一直蛰居在八王子一带，谋求家族的再起。

有一封隆庸在庆长十五年（1610 年）五月写给熊野那智权现[1]的祈愿书，一直被保留至今。在书中，隆庸许愿道，如果在当年得到赦免，愿向神献上黄金百两及神马五匹；如果在第二年得到赦免，今后将每年都献上黄金三十两；如果两年内得不到赦免，希望神能够赐给自己死亡。

很不幸，皆川父子得到赦免时，已经是十四年后的元和九年（1623 年）五月了。其后父子二人又为第三代将军家光效力，广照得到了一万石的封地，并在四年后的宽永四年（1627 年）去世。隆庸在宽永九年（1632 年）被晋升为禁军统领，也被赐予领地八千石。

关于川中岛藩内讧的判决结束了。茶阿夫人、忠辉和花井三九郎一起，乘坐风魔的关船回了江户。所谓的"关船"，配有桨手五十名、战士五十名，是真正的战船。众人乘坐的关船横渡骏河湾后，绕过伊豆半岛进入相模湾，然后在江户铁炮州靠岸。

忠辉一行没有上岸，而是转乘小船沿江而上，直抵自己在浅草的川中岛藩的住宅。有五十名侍卫随行，这些人都是青蛙藤左率领的忍者。

❖

同一时期。

和松平忠辉事件平行，还有一件非常重要但意趣全然不同的事件发生。事情发生在皇宫之中，后来被称为"宫女私通事件"。

事情说起来其实也很简单。几名京都皇宫中的宫女和几名官员私通的事情败露了。但因为宫女们曾经被后阳成天皇宠幸过，这几名官员的行为已经冒犯了皇室的威仪。再加上后阳成天皇大发雷霆之怒，所以事情的性质才显得有些重大。

1　那智权现，日本神教中的神灵。

事情的起因是一名叫花山院忠长的年轻官员，垂涎于一位叫新大佐的宫女的美貌，这位新大佐是广桥大纳言之女。花山院忠长请可以自由出入内宫的药师兼安备后，为自己传递消息。新大佐大概也是一位猎奇心旺盛的女子，在美貌女子中，这种情况很常见。总之，花山美梦成真，二人开始在兼安的住处幽会。

花山的艳遇很快就被他的狐朋狗友得知，以猪熊教利为首的七名年轻官员也蠢蠢欲动。最后，猪熊提出了一个异想天开的计划，通过兼安备后和他十八岁的妹妹赞岐，年轻官员们给一些宫女送去了情书。有三名宫女以及同样身为宫女的赞岐本人，未能拒绝年轻官员们的诱惑。这三名宫女是二十岁的权点侍、十六岁的掌侍、十八岁的官内侍。

四名宫女趁着歌舞伎艺人进宫献艺时，扮成舞女溜出禁宫，在兼安的住处和年轻官员们见了面。

七人中的飞鸟井雅贤来自于一个蹴鞠世家。说到蹴鞠，当时以贺茂的松下家实力最为雄厚，可以向学徒授业并颁发资格证书。雅贤向幕府申请后，夺得了颁发证书的资格。松下家的女儿是皇宫中的一名宫女，碰巧得知了这个丑闻后便告了官。

后阳成天皇闻讯动了雷霆之怒。

庆长十四年（1609年）七月四日，以新大佐为首的五名宫女被逐出皇宫，返回原家。花山院忠长等七人被革职，主谋猪熊教利和兼安备后逃往九州。由于当时的朝廷没有司法权，因此后续的处置只能委托幕府办理。

《德川实纪》在七月十四日的日记中记载了这件事。大概是因为京都所司代板仓胜重在这一天来到骏府，和二郎三郎商议了此事。

天皇的怒火久久不能平息，他要求将案犯全部处死。但事情的性质还没有达到死罪的地步，而且天皇之母新上东门院也希望二郎三郎宽大处理此事。

可是，二郎三郎欠着天皇一个很大的人情。在和秀忠的斗争中，二郎三郎担心自己会被谋害，便把自己假扮家康一事禀告了天皇，并把天皇当作了一道护身符。天皇在了解了全部隐情后，在授予秀忠征夷大将军的同时，把天下武家领袖的称号保留给了二郎三郎。二郎三郎必须报答这份恩情。

但是就眼前的这件事来说，二郎三郎并不认为遵照天皇的要求处死所有案犯就是报答了恩情。

二郎三郎于八月四日，派板仓重昌和大泽基宿二人进宫禀告天皇，尽管自己愿意遵承天皇旨意处死全部案犯，但希望在此之前可以进一步查明案情。这明显是一种拖延战术，希望时间可以平息天皇的怒火。

猪熊教利在九州被捕时，是九月二十三日。同一天，板仓胜重离开骏府返回了京都，并进宫上奏天皇，可否将猪熊、兼安二人斩首，其他案犯罪减一等，全部流放。

据说后阳成天皇对这个判决很不满。但事已至此，天皇也很难推翻幕府的意见，强硬地要求处死所有案犯。就这样，案件暂时告一段落。《德川实纪》中记载此事的日期是庆长十四年（1609 年）十月十日。从表面上看，二郎三郎的拖延战术取得了一定的效果，但事情却发生了意想不到的变化。

后阳成天皇在事后一直郁郁寡欢，近臣、皇后、母君一律不见。到了年底，幕府突然收到了天皇准备退位的消息。

实际上，后阳成天皇退位的想法，已经由来已久。在庆长三年（1598 年）十月，太阁秀吉死后两个月，天皇就曾经突然要让位于弟君八条宫智仁亲王。当时天皇提出的理由是御体违和，但皇家、朝廷以及丰臣家的五大老都对天皇的本心不得而知，全体束手无策。而且继位者并不是皇太子一宫良仁亲王，这种做法于礼不合。皇家内部也认为这是天皇的乱命。最后，那次的让位只能不了了之。

事后，天皇非常愤怒，无论如何也要把皇位传给八条宫亲王。不但一宫良仁亲王，还连带着次子二宫幸胜亲王，都被他强迫出家为僧。一旦出家为僧，自然也就丧失了继承皇位的资格。当时，一宫亲王只有十四岁，他对失去继承皇位一事十分痛惜。

“亲王殿下，落泪不止。”

这是壬生孝亮日记中的描述。据说，一宫亲王出家后，除了寺中僧众，再也没有见过任何人。

在两位兄长出家之后，三宫政仁亲王成了仅存的皇子。三宫当时只有三岁，他就是后来的后水尾天皇。

顺便提一句，“后水尾”是天皇亲定的名号，而“水尾天皇”指的是葬于水尾的清和天皇。清和天皇也是并非出于自身意愿，却跃过自己兄长继位的天皇。由这个名号上不难看出后水尾天皇的心情。

三宫在庆长十四年（1609 年）时，只有十四岁，还没有举行成人仪式。按照常理，应该先举行成人式，再举行让位大典。可是后阳成天皇却将两个仪式同时进行，真是不顾一切了。

二郎三郎接到京都所司代板仓胜重的报告之后，十分困惑。在上次的事件中，二郎三郎虽然违背了天皇的旨意，但初衷是要维护皇室的形象。难道是这件事伤了天皇的心，才令其突然做出了退位的决定？如果真是这样，二郎三郎就等于做了一件恩将仇报的事情。对二郎三郎来说，这是一种耻辱，是一种背信弃义。

二郎三郎先推托说，要和秀忠商量此事，然后立刻派六郎去了京都，以探明天皇的真意。六郎把二郎三郎的护卫任务委托给风斋，自己以每天五十日里（一百九十六公里）的速度飞奔去了京都，并于第二天傍晚抵达。

五年前的庆长九年（1604年），六郎在皇宫中得到了一位知交——皇宫忍者首领青地新左卫门。凭借着新左的帮助，六郎才成功地把密信呈交给了后阳成天皇。那以后，六郎没有去过京都，和新左卫门也没有通过音信。但只要见面，二人肯定还可以推心置腹，这就是忍者知己间的信任。

但在五年前，新左卫门就已经上了岁数，他的手下也都是一群老龄忍者。现在不知他们是否还在世。甚至皇宫中是否还有忍者，尚且是一个疑问。天皇的那一点儿可怜的收入，根本就供养不起忍者。皇宫忍者肯定都是无偿地在为天皇提供护卫，所以才会全是老年人，年轻忍者对朝廷是不会有这份忠心的。

六郎没有迟疑，立刻进入了皇宫，上了屋顶直奔正殿而去。在六郎到达正殿之前，屋顶上出现了一个灰色的身影。

“好久不见，甲斐的六郎。”

青地新左卫门依然健在，但已垂垂老矣，老得连屏息隐身也难以做到了。可能见到新左卫门，六郎依然很高兴。

“您看上去还很硬朗嘛。”

“硬朗什么呀！和死人差不多喽。”新左卫门说完，咧着嘴向六郎一笑，看上去简直就是一颗骷髅在笑。六郎不知该如何回答新左卫门的话。

“又来给天皇送东西吗？”新左卫门用揶揄的口吻问道。

“不是。我想知道天皇的真实意图。”六郎直率地答道。

“呵呵呵——”新左卫门的笑声听上去像山间野犬的吠声。

“是大御所还是将军？”新左卫门是在问六郎奉谁的命令而来。

“当然是大御所殿下。”

“是让位之事吧。”

“是。”

“呵呵呵——”新左卫门又一次像野犬似的笑了一阵之后，又说了一句让六郎大感意外的话，“这么重要的消息，你不带点礼物来，就想让我告诉你吗？”

六郎有些迷惑，他无法猜出新左卫门的真实意图，不知道他是说真的，还是在开玩笑。从眼前这张堆满皱纹的脸上，很难看出任何迹象。

“人活到这个岁数，和妖怪也差不多了。”六郎在心中感叹道。

“您想要什么？”十有八九，新左卫门会问什么情报，对忍者来说，“礼物”一般说来指的就是情报。

新左卫门的回答让六郎无论如何也没有想到。

“找几个十八九岁的姑娘吧。”

六郎哑口无言。尽管不知道新左卫门的年龄，但至少也该过了七十岁。过了七十岁的老家伙，还想找不到二十岁的姑娘，简直就是妖怪。

“这段日子口袋里缺钱，好久没尝过姑娘的味道啦。”新左卫门嘿嘿一笑，嘴里的牙齿已经没剩几颗了，看上去就像一个黑黑的洞，“再说，那种话题，在这里也没法谈啊。”

的确如新左卫门所说，在天皇的正殿旁，谈论天皇本人退位的问题，的确很不合适。

“那种地方会不会隔墙有耳啊。”

听六郎这么一说，新左卫门带着嘲笑的表情撇了撇嘴：“正合适。在那种地方没人会注意我们在谈那么重要的事。”

这个时期，京都的游郭集中在三筋町一带。两人在三筋町的一家店中落座，按新左卫门的意愿唤来了三名十八九岁的姑娘。到这时六郎才明白，新左卫门的话很正确。在这里只要不使用“皇宫”“天皇”等字眼，不管说什么都是安全的。两人的谈话内容，早已超出了姑娘们的理解范围。

新左卫门左拥右抱，时不时地摸摸姑娘们的小手，捏捏她们的屁股，弄得姑娘们娇呼连连。

六郎实在无法忍耐新左卫门的丑态：“那件事……”

新左卫门答道：“和你的主人一样。”

这句话说的是二郎三郎。也就是说，天皇退位后将成为太上皇，就像二郎三郎辞掉将军之职后，做了大御所一样。

“那他退休之后，具体都准备干些什么？”六郎不能不有此一问。二郎三郎成为大御所之后，准备干建立公界这样的大事，不知天皇是否也有与之匹敌的计划。

“那还用说！他想回到从前。”新左卫门的语气已经有些不耐烦了。

"真的吗？"六郎大惊失色，紧张地盯着新左卫门。

"回到从前"指的是王制复古，即废除幕府的统治，回归天皇亲政制度。真是异想天开！现在提出这种事情，毫无疑问立即会遭到幕府的弹压，而且对手是阴险残忍的秀忠，谁知道他会用什么样的手段？说不定会派人暗杀太上皇，也有可能会把太上皇流放海岛。很多年以后，后水尾天皇也准备退位。消息一经发布，犹如晴天霹雳一般，引起了极大震动。当时身为大御所的秀忠闻讯大怒，准备把后水尾天皇流放到隐岐的海岛上。在第三代将军家光的极力反对之下，事情才不了了之。但这件事很清楚地反映了秀忠内心对天皇的态度。

后阳成天皇现在也正面临着巨大的危险。后阳成天皇原本就非常希望恢复天皇亲政的制度，他对事事都要看武士阶层脸色的现状，表示出了极大不满。他在位时，一个又一个地恢复了许多朝廷的旧礼。

天皇在自己的图书中，每一册都署上了"神武天皇百余代末孙周仁"的签名。这个签名如实地反映出了天皇内心的想法。

对持有这种意识的天皇来说，现在幕府的政策令他无法忍受，特别是秀忠成为将军之后，对朝廷的轻视已经达到了极点。

天皇从二郎三郎呈上的密信中获知秀忠是如何不光彩地登上将军宝座的。他经常在激愤之余，准备向天下公布这个秘密。可如果这样做了，天下又将重回战国乱世。就算能够打倒秀忠，世上也将是一片战火。城镇将被烧毁，众多的百姓将失去生命，就连皇宫可能也会毁于战火。不，最先被烧毁的，必定就是皇宫。德川家肯定不会轻易放过亲手挑起战端的天皇。十有八九，自己也将被杀，弄不好皇统将自此而绝。

考虑到这些因素后，天皇也不敢轻举妄动。二郎三郎的密信也失去了利用价值。如果一定要加以利用，只有一个办法，那就是用公开密信来恐吓秀忠。但身为天皇，又不可能真的去做恐吓的事。

后阳成天皇再次下决心退位，不能说没有受到这封密信的影响。天皇退位后将成为太上皇，或出家成为法皇。身份变了，自然就少了束缚，很多想法都可以付诸行动，包括用密信进行恐吓。到那时，可以借用这封密信，要挟秀忠答应自己的一切要求。秀忠也许会杀死自己，但他也必须付出密信被公开的代价。即便太上皇被杀，也不会影响皇统的存续，新天皇对这些事情将一无所知。虽然自己不愿天下陷入战乱，但秀忠也必定怀着同样的心情。对他来说，答应自己的各种要求，肯定比让天下陷入战乱要强。

这些是后阳成天皇心中的秘密。新左卫门在谈这些事情的时候，巧妙地避开了天皇和大御所的名字。他的言谈中，不自觉地带着一股情绪，六郎并没有忽视这一点。

“怎么样？朝廷也能干这些事。”

六郎读出了新左卫门的心声。说实话，对新左卫门的想法，六郎并不敢苟同。后阳成天皇现在打算做的事情，是无谋之举。虽然有些道理，但完全不现实。

他可以威胁秀忠，但天皇对秀忠的反应所做的预测，未免过于乐观。秀忠肯定会大吃一惊后陷入恐慌，可他从根本上来说是一个软弱的人。换作一个坚强的人，也许会很快冷静下来，先与天皇谈一谈，但软弱的人是不会有这种心情的，他们的第一反应就是除掉对方。这种情况很像女人看见了令自己恐惧的小虫子，因为出于对虫子的恐惧，女人会忘我地、不顾一切地将虫子打死。秀忠如果害怕了，他也会毫不犹豫地杀死后阳成天皇。

当然，秀忠不能从正面下手，只能进行暗杀。他就任将军以来，已经做过若干次类似的事情了。柳生忍者不也正是因此才存在的吗？后阳成天皇对柳生忍者也没有任何防范。即便皇宫中那群老迈的忍者全部聚集在他的身旁，如果柳生真的来犯，这些老人估计在片刻间就会全部变成一堆尸体。

六郎的眼前浮现出了在增上寺武田老忍者们被柳生屠杀时的惨状。甲斐的飞助悲壮但又毫无意义的牺牲，仿佛就发生在昨天，可悲可叹。而新左卫门等人也将面临同样毫无意义的死亡，导致他死亡的原因，就是盲目的乐观。而这个愚昧的老忍者，现在还在为朝廷可以有一点点作为而沾沾自喜。

六郎快要无法克制自己了——这些人为什么会这么蠢？但看看身边的姑娘们，六郎无法明言。于是，六郎只好用尽全身力气，猛掴了新左卫门一掌。忙着和姑娘们调情的新左卫门完全没有防备，结结实实地挨了这一下后，直接倒下昏了过去。

“别打架。”一个姑娘用力抱住了六郎的胳膊，其他人迅速起身，准备去外面唤人来。

“都别动。”六郎低喝一声，声音里流露出的气势，让女人们不敢动弹，“谁动，就杀谁。”

逼人的杀气，森冷的目光，让女人们的心中一片冰凉。所有人都软倒在地，其中一个姑娘竟然吓得小便失禁。

六郎恢复了平常的表情：“大伙儿受惊了，但这是我们的家丑，我不想让外人知道。其实，他是我的父亲。”

从年龄上看，新左卫门的确可以做六郎的父亲。

“我父亲是个无可救药的无赖。他从没有给过家里一分钱，赚的钱都花在了女人身上。”

可是父亲到底还是父亲，几十年来自己一直在苦苦忍耐，但在今天终于不得不爆发了。

“我母亲今天早晨去世了。”

母亲为父亲辛苦了一辈子。如果还是个人，父亲今夜就应该去为母亲守灵，说一句道歉的话。

“但这个混蛋，竟然连一句人话都没有。”

所以才会揍他，揍他的绝不是自己，而是死去的母亲。

让人吃惊的是，六郎竟然被自己信口道来的谎话感动，渐渐地泣不成声。

女人们往往都容易被这类话题打动，三个姑娘已经开始抽泣。

“我知道不应该这样对待自己的父亲，现在我想好好劝一劝他。请让我们两个人待一会儿。”

六郎一面鞠躬恳求，一面在每个姑娘的手里都塞上了一些银子。姑娘们七嘴八舌地表达了一番同情之后离开了。

“起来吧。”六郎向躺在地上的新左卫门说道。六郎早就发现他已经醒了。

新左卫门慢慢地坐起身来，不停地揉着自己的下巴。“痛死我了。你用那么大的力气干什么！”新左卫门的嘴里不停地嘟嘟囔囔着。

“刚才还算轻的。”六郎的眼中依然含着怒意。

“不就是和姑娘们玩儿了玩儿嘛！”

“谁说姑娘的事了！”六郎忍不住吼了一声，“我是说，你置陛下于险境，却还装成没事人的样子。你还能算是一个忍者吗？”

新左卫门神色大变：“你不用吓唬我。只要有那封密信，将军就不敢对天皇下手。”

“他敢！秀忠大人是个顾前不顾后的笨蛋。因为他是个笨蛋，所以没有他不敢干的事情。你连这点都看不出来吗？蠢货！”

新左卫门的脸色开始变得有些苍白。

“天皇陛下想不到也还罢了，他是高高在上的人物，但连你们都以为朝廷有很强的力量！这一点不可原谅！秀忠大人关原之战以来的所作所为，都已经写在那封密信里了。你们难道看不出来他是个没脑子的人吗？可你们不但不阻止，还让天皇陛下为所欲为。这是不负责任！因为你们的不负责任，天皇陛下已经陷入了险境，还说自己是什么皇宫忍者。不知羞耻！”

六郎还从未这样骂过一个人。这次他是真的动怒了——再怎么说，新左卫门等人也是皇宫忍者，为了保护天皇周全，应该尽到一切努力才对。岁数大了，人手少，这些都是借口。最起码，这些人不应该让天皇自己踏入绝境。这些人还算是皇宫忍者吗？简直不可原谅。

六郎的激动也感染了新左卫门，他现在浑身颤抖不已，甚至可以听到他发抖的声音。“真的，真的会下手吗？”新左卫门好不容易才说出了一句话。

“会。柳生忍者会潜入皇宫下手。”

“柳生！”

“你们这些人，还能挡得住柳生吗？人数可远不止二三十人。”

这是事实。如果宗矩打算潜入皇宫动手，至少也会派来上百人。

“皇宫忍者现在还有多少人？”

新左卫门的回答令人有些心酸：“算上我，总共有十三名。”

六郎沉默无语。

“这如何是好啊？”现在由新左卫门反过来追问六郎了。

“能否劝他打消让位的想法——”

“做不到。”六郎的话还没有说完，提议就被新左卫门否定了。一介忍者，怎么可能有改变天皇意志的能力？

“把大御所的密信偷出来。”

“什么？”新左卫门跳了起来。

“东西没了，想用时也就用不上了。只要不用那个东西，天皇陛下即使做了太上皇，至少也不会死。”

“太过分了。我身为陛下的护卫，怎能去偷陛下的东西？”

“偷东西是为了保护陛下。如果你做不到，我来干。告诉我东西放在哪儿了？”

新左卫门没有回答，一个人陷入了沉思。

“放在哪儿了？”六郎又催促了一次之后，新左卫门总算抬起了头，眼睛有些湿润。

“我干，我不能让德川家的忍者偷天皇的东西。”话里流露出一名老忍者最后的骄傲，“我把东西偷出来保管好。如果天皇陛下有什么不测，我就把它公诸天下。”

“这才像皇宫忍者。”

二郎三郎的密信如果由天皇或太上皇公布，当然是一件大事。可如果由一名忍者来公布，天下人只会一笑置之，但六郎没有说出这句话。

六郎又叫回了姑娘们，随后离开游郭，连夜返回了骏府。

❖

十二月十七日，幕阁收到了希望家康和秀忠进京参加后阳成天皇让位暨政仁亲王即位仪式的邀请，对此秀忠迟迟未做答复。直到第二年二月十二日，才做出了反应——请天皇陛下按自己的意志考虑退位一事。

天皇并未退缩，他将退位仪式定在了三月十八日或二十一日。就在这个时候，发生了一个意外。

二郎三郎与阿梶夫人所生的市姬，于闰二月十二日猝死，年仅四岁。市姬是阿梶夫人唯一的孩子。

关原战后，二郎三郎被强迫继续扮演家康。这时最初认可并关心他的，就是阿梶夫人，而且阿梶夫人爱上了二郎三郎。为了自己心爱的人，阿梶夫人奉献了自己的一切。如果没有她的帮助，二郎三郎不可能在长达十年的时间里成功地扮演家康。凭借着阿梶夫人的力量，大内的女人们全体接受了二郎三郎。秀忠的残忍和狡诈，始终未能影响到大内。

阿梶夫人原来最大的恨事，就是不能为二郎三郎生下一男半女。两人在一起七年之后的庆长十二年（1607年）元旦，阿梶夫人终于生下了市姬。二郎三郎和阿梶夫人有了市姬之后，从此再无憾事，他们的感情融洽得甚至让其他侧室有些忌妒。市姬刚一出生就被指给伊达政宗之子忠宗为妻，准确地说，是伊达政宗在市姬出生之前，就通过本多弥八郎坚持不懈地前来提亲。

市姬就像一个可爱的小天使，就连忌妒阿梶夫人的侧室们，一见到漂亮的小市姬，就把满腔的怨恨抛到了九霄云外。二郎三郎去江户或出门打猎归来之后，第一件事就是要来到市姬的身边，把她抱在怀中疼爱一番。

市姬突然死了，病名未被记载。那天，在傍晚时她感到有些没精神，到了夜间突然就死了，连传医生的时间都没有。

不难想象，阿梶夫人是多么悲伤。二郎三郎担心她伤心过度会伤了身体，半年后便把鹤松过继到了阿梶夫人的名下，由她负责照顾抚养。如果二郎三郎没有想出这个办法，阿梶夫人可能真的会随市姬而去。

二郎三郎自己也很悲伤。就在这个时候，秀忠的信到了。信中说他无法参加三月份的天皇让位仪式，希望大御所殿下代为出席。

简直是开玩笑，以二郎三郎现在的心情，怎么可能去参加这种仪式呢？二郎三郎直言回信之后，秀忠竟然直接向天皇回信说，大御所因市姬的猝死而无法参加仪式，请将仪式押后。

后阳成天皇暴怒。

二郎三郎是从京都所司代板仓胜重的信中得知此事的。闻讯后二郎三郎惊恐万状，归根结底，“漂泊之民”的精神世界是以对天皇的崇敬为根基的。二郎三郎在对秀忠涌起了强烈的恨意之余，又不禁感到了恐惧。在秀忠心中全无对天皇的敬意，为了个人私欲，他肯定会不惜毁灭朝廷。就在这个时候，二郎三郎又接到了六郎的报告。听到后阳成天皇打算用自己写的密信威胁秀忠，二郎三郎心中万分焦急，他知道秀忠有可能会行刺天皇——这件事绝对不允许发生。

二郎三郎同意了六郎从天皇手中盗取密信的计划，六郎把盗信一事委托给了新左卫门。可即使是新左卫门，现在也不知道收藏密信的所在，肯定是被后阳成天皇秘密地收藏了起来。这也可以证明，天皇现在准备用密信豪赌一场。

不管怎么说，在取得密信，迫使天皇放弃胁迫秀忠的想法之前，不能让他退位。为了不迫使秀忠暗杀天皇或太上皇，现在不惜使用任何手段。二郎三郎决定，再次使出拖延战术。

二郎三郎利用了秀忠为自己营造的跋扈无礼的形象，向天皇提出了七条要求。

广桥兼务和劝修寺光丰于庆长十五年（1610年）四月二十八日向天皇转达了这七条要求。七条要求的核心内容是，先举办政仁亲王的成人礼，之后再举行让位礼。

关于这件事，天皇原来的想法是，两个仪式同时举行，原因是延喜之例。也就是说，后阳成天皇准备效仿醍醐天皇之例。醍醐天皇于宽平九年（897年）七月三日，在举行成人式的同一天，继承了宇多天皇的皇位，从此开始了天皇亲政的延喜之治。在二郎三郎看来，这个想法本身就是十分危险的。德川家主导的武家统治体制中，根本就没有天皇亲政的空间。

二郎三郎自己做了恶人，在这件事上彻底地站在了天皇的对立面。结果，这一年的十二月二十三日，举行了政仁亲王的成人式。第二年庆长十六年（1611